JULIE GARWOOD

AUTORA BESTSELLER DO NEW YORK TIMES

O Segredo

Highlands' Lairds -

Editora Charme

Copyright © 1992. The Secret by Julie Garwood
Direitos autorais de tradução© 2023 Editora Charme.

Todos os direitos reservados.
Nenhuma parte desta publicação pode ser reproduzida, distribuída ou transmitida sob qualquer forma ou por qualquer meio, incluindo fotocópias, gravação ou outros métodos mecânicos ou eletrônicos, sem a permissão prévia por escrito da editora, exceto no caso de breves citações consubstanciadas em resenhas críticas e outros usos não comerciais permitido pela lei de direitos autorais.

Este livro é um trabalho de ficção.
Este livro é uma obra de ficção. Embora referências sejam feitas a eventos históricos reais ou a locais existentes, nomes, personagens, lugares e incidentes são produtos da imaginação da autora ou foram usados de forma fictícia, e quaisquer semelhanças com pessoas reais, vivas ou mortas, estabelecimentos comerciais, acontecimentos ou localidades é mera coincidência.

1ª Impressão 2024

Produção Editorial - Editora Charme
Capa e Produção Gráfica - Verônica Góes
Tradução - Silvia Rezende
Preparação - Andresa Vidal
Revisão - Monique D'Orazio

Esta obra foi negociada pela Agência Literária Riff Ltda.

CIP-BRASIL. CATALOGAÇÃO NA PUBLICAÇÃO
SINDICATO NACIONAL DOS EDITORES DE LIVROS, RJ

G229s

    Garwood, Julie
        O segredo / Julie Garwood ; tradução Silvia Rezende. - 1. ed. - Campinas [SP] : Charme, 2024.   (Highlands' lairds ; 1)
        448 p. ; 22 cm.

    Tradução de: The secret
    ISBN 978-65-5933-171-0

    1. Romance americano. I. Rezende, Silvia. II. Título. III. Série.

24-91356   CDD: 813
                            CDU: 82-31(73)

Gabriela Faray Ferreira Lopes - Bibliotecária - CRB-7/6643

www.editoracharme.com.br

JULIE GARWOOD
AUTORA BESTSELLER DO NEW YORK TIMES

TRADUÇÃO - SILVIA REZENDE

Highlands' Lairds - 1

Editora Charme

Prólogo

INGLATERRA, 1181

Tornaram-se amigas muito antes de terem idade suficiente para entenderem que deveriam se odiar.

As duas menininhas se conheceram no festival anual de verão realizado na fronteira entre a Escócia e a Inglaterra. Era a primeira vez que Lady Judith Hampton participava dos jogos escoceses, a primeira vez que viajava para longe de sua casa isolada, que ficava nos confins do oeste da Inglaterra, e ela ficou tão empolgada com a grande aventura que mal conseguia manter os olhos fechados nas sonecas obrigatórias depois do almoço. Havia muito para ver e fazer e, para uma criança curiosa de quatro anos, uma boa dose de travessuras também.

Frances Catherine Kirkcaldy já tinha se metido em uma enrascada. Seu pai lhe dera uma boa surra no traseiro para fazê-la se arrepender pelo mau comportamento, e depois saíra, campo afora, carregando-a sobre o ombro como se ela fosse um saco de ração. Então, colocou-a sentada sobre uma pedra achatada, bem longe da cantoria e da dança, e deu ordens para que ela ficasse ali até ele achar que já estava na hora de voltar para buscá-la. Ela deveria, ordenou ele, usar o momento de solidão para refletir sobre seus pecados.

Uma vez que Frances Catherine não fazia a menor ideia do significado da palavra "refletir", concluiu que não precisava obedecer àquela ordem. Melhor assim, pois sua mente já estava bem ocupada, preocupada com a abelha gorducha que voava ameaçadoramente ao redor de sua cabeça.

Judith viu o pai punindo a filha e sentiu pena da garotinha sardenta e de aparência engraçada. Ela sabia que teria chorado se tio Herbert tivesse dado uma surra em seu traseiro, mas a ruivinha não fez uma careta sequer enquanto apanhava do pai.

Ela resolveu falar com a menina. Esperou até que o pai parasse de apontar o dedo em riste para ela e voltasse pisando duro pelo campo, e, só então, ergueu a barra das saias e saiu correndo pelo caminho mais longo para chegar por trás da pedra.

— Meu pai nunca teria me dado uma surra — vangloriou-se Judith, como que para se apresentar.

Frances Catherine nem virou a cabeça para ver quem estava falando. Não ousou desviar os olhos da abelha que agora andava sobre a pedra, perto de seu joelho esquerdo.

Judith não se intimidou com o silêncio.

— Meu pai morreu — anunciou ela. — Muito antes de eu nascer.

— Então como você pode saber se ele teria ou não batido em você?

Judith deu de ombros.

— Eu só sei que ele não bateria. Você fala de um jeito engraçado, como se tivesse com alguma coisa presa na garganta. Você tem?

— Não — respondeu Frances Catherine. — Você também fala de um jeito engraçado.

— Por que você não olha para mim?

— Não posso.

— E por que não pode? — perguntou Judith, torcendo a barra do vestidinho cor-de-rosa enquanto aguardava uma resposta.

— Preciso ficar de olho na abelha — explicou Frances Catherine. — Ela quer me picar. Preciso estar pronta para dar um tapa nela.

Judith se inclinou e viu a abelha voando ao redor do pé esquerdo da garotinha.

— Por que você não dá um tapa nela agora? — sussurrou.

— Estou com medo — respondeu Frances Catherine. — Posso errar. Se isso acontecer, ela vai me picar com certeza.

Judith ponderou sobre o dilema por um longo minuto.

— Você quer que eu bata nela?

— Você faria isso?

— Talvez. Como você se chama? — indagou, então, ganhando tempo, enquanto criava coragem para dar cabo da abelha.

— Frances Catherine. E você?

— Judith. Por que você tem dois nomes? Nunca conheci alguém que tivesse mais de um.

— Todo mundo sempre me pergunta isso — disse Frances Catherine, deixando escapar um suspiro dramático. — Frances era o nome da minha mãe. Ela morreu durante o meu nascimento. Catherine é o nome da minha avó, e ela morreu do mesmo jeito. Elas não puderam ser enterradas em solo sagrado porque a igreja disse que elas não eram puras. Meu pai espera que eu me comporte para que eu consiga ir para o céu, e assim, quando Deus ouvir meus dois nomes, Ele vai se lembrar da mamãe e da vovó.

— Por que a igreja disse que elas não eram puras?

— Porque estavam dando à luz quando morreram — explicou Catherine. — Você não sabe de nada, menina?

— Sei de algumas coisas.

— Eu sei de tudo — gabou-se Frances Catherine. — Pelo menos meu pai diz que eu acho que sei. Sei até como os bebês entram na barriga de suas mães. Quer saber?

— Oh, quero, sim.

— Quando eles se casam, o papai cospe na taça de vinho dele e então ele faz a mamãe tomar um golão. Assim que ela engole, fica com um bebê dentro da barriga.

Judith fez cara de nojo e estava prestes a pedir para a amiga lhe contar mais quando, de repente, Frances Catherine soltou um grito. Judith se aproximou um pouco mais. Então, gritou também. A abelha havia pousado na ponta do sapato de sua amiga e, quanto mais Judith olhava para a abelha, maior ela parecia.

A conversa sobre parto foi esquecida na hora.

— Você não vai dar um tapa nela? — perguntou Frances Catherine.

— Estou me preparando.

— Você está com medo?

— Não — mentiu Judith. — Eu não tenho medo de nada. Achei que você também não tivesse.

— Por que achou isso?

— Porque você nem chorou quando seu pai te bateu — explicou Judith.

— Porque ele não me bateu com força — disse Frances Catherine. — Ele nunca bate. Dói mais nele do que em mim. Pelo menos é o que Gavin e Kevin costumam dizer. Eles falam que dou muito trabalho e que o papai está me deixando mimada, e que eles têm pena do pobre homem que se casar comigo quando eu crescer.

— Quem são Gavin e Kevin?

— Meus meios-irmãos — contou Frances Catherine. — Papai é pai deles também, mas eles são filhos de outra mãe. Ela morreu.

— Ela também morreu no parto?

— Não.

— Então como ela morreu?

— Ela ficou muito cansada — falou Catherine. — Papai me contou. Estou com os olhos bem fechados agora, se você quiser acertar a abelha.

Como Judith queria tanto impressionar a nova amiga, ela nem pensou nas consequências, e se inclinou para dar um tapa na abelha, mas quando as asinhas resvalaram a palma de sua mão, ela sentiu cócegas, e instintivamente fechou os dedos.

Então, começou a chorar. Frances Catherine se levantou da pedra com um pulo para ajudar da única maneira que sabia. Ela se pôs a chorar também.

Judith começou a correr em volta da pedra, gritando tanto que mal conseguia respirar. A nova amiga corria atrás, gritando com a mesma intensidade, mais por pena e medo do que por dor.

Com isso, o pai de Frances Catherine veio correndo campo afora. Primeiro segurou a filha e, quando ela contou entre soluços o que estava acontecendo, ele foi atrás de Judith.

Em questão de minutos, as duas meninas já estavam devidamente calmas. O ferrão foi removido da palma da mão de Judith e aplicaram por cima um pouco de lama fria. O pai da amiga secou suas lágrimas gentilmente com a barra do tartã de lã. Ele agora estava sentado na pedra do castigo, com a filha sentada em uma perna e Judith na outra.

Nunca ninguém tinha dado tanta atenção a Judith, e a situação a deixou um pouco acanhada. Mesmo assim, ela não se afastou do aconchego; na verdade, aproximou-se para receber um pouco mais.

— Que bela dupla vocês formam — anunciou o pai quando elas pararam de soluçar e tinham condições de ouvi-lo. — Estavam gritando mais alto do que duas trombetas e correndo em círculos igual a duas galinhas degoladas.

Judith não sabia se o pai estava bravo ou não. Seu tom de voz era ríspido, mas ele não estava de cara feia. Frances Catherine riu, e Judith decidiu que o pai da amiga estava brincando.

— Ela estava sentindo muita dor, papai — anunciou Frances Catherine.

— Sei que deve ter doído muito mesmo — concordou ele, então, voltou-se para Judith e percebeu que ela o olhava fixamente. — Você foi uma mocinha muito corajosa por ter ajudado minha filha — elogiou ele. — Mas, da próxima vez, se houver outra abelha, tente não pegá-la. Combinado?

Judith assentiu de modo solene.

O pai da amiga fez um afago no bracinho dela.

— Você é uma menina muito bonitinha — comentou ele. — Como se chama?

— O nome dela é Judith, papai, e ela é minha amiga. Ela pode jantar conosco?

— Isso depende dos pais dela — respondeu o homem.

— O pai dela morreu — anunciou Frances Catherine. — Não é uma pena, papai?

— Com certeza — concordou ele, franzindo os cantos dos olhos, sem sorrir. — Mas ela tem os olhos azuis mais bonitos que já vi.

— Eu também não tenho os olhos mais bonitos que você já viu, papai?

— Sim, você tem, Frances Catherine. Você tem os olhos castanhos mais bonitos que já vi. Claro que tem.

Frances Catherine ficou tão satisfeita com o elogio do pai, que ergueu os ombros e soltou outra risadinha.

— O pai dela morreu muito antes de ela nascer — contou Frances Catherine. Tinha acabado de se lembrar da informação e estava certa de que seu pai ia gostar de saber.

Ele assentiu, então disse:

— Agora, filha, quero que você fique bem quietinha enquanto converso com a sua amiga.

— Sim, papai.

Ele se voltou outra vez para Judith. O modo como aquela garotinha, tão séria para sua idade, o encarava tinha algo de perturbador.

— Quantos anos você tem, Judith?

Ela ergueu quatro dedinhos.

— Está vendo, papai? Ela tem a minha idade.

— Não, Frances Catherine, ela não tem a sua idade. Judith tem quatro anos e você já fez cinco. Lembra-se?

— Lembro, papai.

Ele sorriu para a filha, então tentou falar com Judith mais uma vez.

— Você não está com medo de mim, está?

— Ela me falou que não tem medo de nada.

— Shhh, filha. Quero ouvir a sua amiga falar uma ou duas palavras. Judith, a sua mãe está aqui?

Judith negou com um aceno de cabeça enquanto torcia uma mecha do cabelo loiro quase branco em um gesto nervoso, sem tirar os olhos do pai da amiga. O rosto do homem era coberto por uma barba ruiva, e, quando ele falava, os fios espetados balançavam. Como estava curiosa para tocar naquela barba e descobrir qual era a sensação.

— Judith? Sua mãe está aqui? — repetiu o pai.

— Não, mamãe mora com o tio Tekel. Eles não sabem que estou aqui. É segredo, e se eu contar, nunca mais poderei voltar para o festival. A tia Millicent me falou isso.

Depois que começou, ela não queria mais parar de falar.

— O tio Tekel diz que é como se fosse meu pai, mas ele é irmão da mamãe, e eu nunca me sento no colo dele. Mesmo se eu pudesse, não ia querer, mas como não posso, então não faz mal, não é mesmo?

O pai de Frances Catherine não estava conseguindo acompanhar direito o relato, já sua filha não estava tendo nenhum problema. Além de também estar muito curiosa.

— Por que você não pode mesmo se quisesse? — perguntou Frances Catherine.

— Ele quebrou as pernas.

Frances Catherine soltou um suspiro admirado.

— Papai, não é uma pena?

O pai soltou um longo suspiro. A conversa estava se desviando de seu objetivo central.

— Sim, com certeza é — concordou ele. — Pois bem, Judith, se a sua mãe está em casa, com quem você veio?

— Com a irmã da mamãe — respondeu Judith. — Eu morava com a tia Millicent e o tio Herbert o tempo todo, mas agora minha mãe não quer mais que eu fique lá.

— Por quê? — perguntou Frances Catherine.

— Porque a mamãe me viu chamando o tio Herbert de papai e ficou tão brava que me deu um tapa na cabeça. Então tio Tekel me falou que, daquele dia em diante, eu ia morar com ele e a mamãe metade do ano para que eu soubesse quem é a minha família de verdade, e a tia Millicent e o tio Herbert iam ter que aprender a ficar sem mim. Foi isso que o tio Tekel disse. Então a mamãe falou que não queria que eu ficasse nem a metade do ano longe, mas tio Tekel ainda não tinha começado a beber depois do jantar, como ele costuma fazer, por isso ela sabia que ele não ia se esquecer do que tinha dito. Ele sempre se lembra quando não está bêbado. Mamãe ficou furiosa.

— Sua mãe ficou furiosa porque ela vai sentir saudade de você na outra metade do ano? — indagou Frances Catherine.

— Não — sussurrou Judith. — Mamãe diz que sou um estorvo.

— Então por que ela não queria que você fosse?

— Ela não gosta do tio Herbert — respondeu Judith. — Só por isso ela foi contra a decisão dele.

— Por que ela não gosta dele? — quis saber Frances Catherine.

— Porque ele é amigo dos malditos escoceses — contou Judith, repetindo o que ouvira a vida inteira. — Mamãe diz que eu não devo nem falar com os malditos escoceses.

— Papai, eu sou uma maldita escocesa?

— Claro que não.

— Eu sou? — perguntou Judith, em um tom de voz preocupado.

— Você é inglesa, Judith — explicou o pai da amiga, com toda calma.

— Eu sou uma maldita inglesa?

O pai já estava irritado com essa história.

— Ninguém é maldito coisa nenhuma — anunciou ele. Então ia dizer alguma coisa quando caiu na risada, chacoalhando a barriga de tanto rir. — É melhor eu prestar atenção ao que digo para vocês duas não saírem repetindo por aí.

— Por quê, papai?

— Esqueça — respondeu ele.

Então se levantou, segurando a filha em um braço e Judith, no outro. As duas menininhas soltaram gritinhos de satisfação quando ele fingiu derrubar as duas.

— É melhor acharmos a sua tia e o seu tio antes que eles comecem a ficar preocupados, Judith. Mostre a direção da tenda deles, mocinha.

Judith ficou assustada, pois não se lembrava de onde ficava a tenda. E, como ainda não sabia as cores direito, não era capaz nem de fazer uma descrição mais precisa para o pai de Frances Catherine.

Ela segurou o choro, baixou a cabeça e sussurrou:

— Não me lembro.

Então ficou tensa, esperando a bronca. Achou que ele fosse gritar com ela por ser tão burra, do jeito que seu tio Tekel sempre gritava quando estava bêbado e se irritava com alguma coisa que ela tinha feito sem querer e que o desagradara.

Mas, para sua surpresa, o pai de Frances Catherine não ficou bravo. Ela olhou de soslaio e o pegou sorrindo. Sua ansiedade desapareceu por completo quando ouviu que não era preciso ficar com medo, que logo ele acharia os tios dela.

— Eles vão ficar com saudade se você não voltar? — perguntou Frances Catherine.

Judith assentiu.

— Acho que tio Herbert e tia Millicent podem até chorar — disse ela para a nova amiga. — Às vezes, eu queria que eles fossem meus pais. Queria mesmo.

— Por quê?

Judith deu de ombros, pois não sabia como explicar seu sentimento.

— Não tem nada de errado em desejar algo — falou o pai de Frances Catherine.

Judith ficou tão feliz com a aprovação, que encostou a cabeça no ombro dele. A textura do tartã quentinho roçou áspero contra sua bochecha. Mas ele tinha um cheiro tão bom... um cheiro de natureza.

Judith achou que ele era o melhor pai do mundo. Como ele não estava olhando para ela naquele momento, ela resolveu satisfazer sua curiosidade e tocou na barba. Os pelos fizeram cócegas, e ela deixou escapar uma risadinha.

— Papai, gostou da minha nova amiga? — perguntou Frances Catherine, quando já estavam na metade do descampado.

— Gostei muito.

— Podemos ficar com ela?

— Pelo amor de... Não, você não pode ficar com ela. Ela não é um cachorrinho. Mas você pode ser amiga dela — completou ele, antes que a menina tivesse tempo de argumentar.

— Para sempre, papai?

A pergunta foi dirigida ao pai, mas foi Judith quem respondeu, com um sussurro tímido:

— Para sempre.

Frances Catherine se esticou por cima do peito do pai para alcançar a mão de Judith.

— Para sempre — prometeu ela.

E foi assim que tudo começou.

Daquele momento em diante, as duas menininhas se tornaram inseparáveis. O festival durou três semanas, com vários clãs indo e vindo. Os jogos e torneios eram sempre marcados para o último domingo do mês.

Judith e Frances Catherine ficavam alheias às competições, pois estavam sempre muito ocupadas trocando segredinhos.

Foi uma amizade perfeita. Frances Catherine finalmente havia encontrado alguém que queria ouvir o que ela tinha a dizer, e Judith finalmente havia encontrado alguém que queria conversar com ela.

Mas as duas se transformaram em um verdadeiro desafio à paciência de seus parentes. Frances Catherine começou a usar a palavra "maldito" para tudo, e Judith usava a palavra "pena" com a mesma frequência. Numa

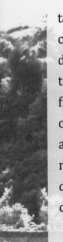

tarde, enquanto deveriam estar tirando a sagrada soneca, elas resolveram cortar os cabelos uma da outra. Quando tia Millicent pôs os olhos na arte das duas, começou a gritar e não sossegou enquanto não colocou uma touca branca na cabeça de cada uma para esconder o estrago. A tia também ficou furiosa com tio Herbert, porque ele havia sido encarregado de ficar de olho nas meninas e, em vez de mostrar uma pontinha de arrependimento, ao menos, por conta do resultado catastrófico de seu descuido, ele caiu na risada. Tia Millicent mandou o marido levar as duas pestinhas até a pedra do castigo e deixá-las sentadas lá por um tempo, para pensarem sobre seu comportamento vergonhoso.

As meninas pensaram muito, mas não sobre o que tinham feito. Foi Frances Catherine quem teve a brilhante ideia de que Judith também deveria ter dois nomes para que assim elas ficassem iguaizinhas. Demorou um bom tempo até que finalmente escolheram Elizabeth; mas, uma vez decidido, Judith se tornou Judith Elizabeth, e se recusava a responder a quem não a chamasse pelos dois nomes.

Um ano inteiro se passou e, quando as duas amigas se reencontraram, parecia que tinham se separado por uma ou duas horas apenas. Frances Catherine mal podia esperar para ficar sozinha com Judith, pois tinha descoberto outra coisa fantástica sobre como nasciam os bebês. Uma mulher nem precisava se casar para ter um bebê. Frances Catherine estava certa disso, pois uma das mulheres da família Kirkcaldy tinha um bebê na barriga e não era casada. Algumas mulheres mais velhas do clã resolveram jogar pedras na coitada da moça, contou Frances Catherine em um sussurro, mas o pai dela as tinha mandado parar.

— Jogaram pedras no homem que cuspiu na bebida? — quis saber Judith.

Frances Catherine negou com um aceno de cabeça e respondeu:

— A moça não quis contar quem fez aquilo com ela.

A lição foi fácil de entender, continuou Frances Catherine. Ficara provado que, se uma mulher adulta bebesse na taça de vinho de qualquer homem, certamente acabaria com um bebê na barriga.

Ela fez Judith prometer que nunca faria isso, e Judith a fez prometer o mesmo.

As lembranças da infância foram se misturando na memória de Judith, e a noção do ódio entre os escoceses e os ingleses demorou a penetrar sua mente. Ela achava que sua mãe e tio Tekel sempre haviam desprezado os escoceses porque não sabiam agir diferente.

A ignorância sempre acaba gerando o desprezo, não é mesmo? Pelo menos era o que tio Herbert dizia. Ela acreditava em tudo o que ele dizia. Ele era um homem tão gentil e carinhoso, que, quando Judith sugeriu que Tekel e sua mãe nunca tinham passado tempo suficiente com uma família escocesa e que era por isso que não sabiam como os escoceses eram pessoas gentis e de bom coração, seu tio Herbert lhe deu um beijo na testa e disse que talvez fosse por isso mesmo.

Ao ver a tristeza em seus olhos, Judith soube que ele só estava concordando para agradá-la, e também para protegê-la do preconceito irracional de sua mãe.

Quando tinha onze anos e estava a caminho do festival, descobriu o verdadeiro motivo do ódio que sua mãe sentia pelos escoceses.

Ela havia se casado com um.

Capítulo 1

ESCÓCIA, 1200

Iain Maitland era um grande filho da puta malvado quando estava zangado.

E ele estava zangado agora. O mau humor veio assim que seu irmão, Patrick, contou-lhe sobre a promessa que havia feito para sua doce esposa, Frances Catherine.

Se a intenção de Patrick era surpreender o irmão, tinha conseguido. A explicação que dera deixou Iain emudecido.

Porém, o mau humor não durou muito. A raiva passou logo. Na verdade, a promessa ridícula que seu irmão havia feito para a esposa não irritou tanto Iain quanto o fato de Patrick ter convocado o conselho para opinar sobre a questão. Iain teria impedido o irmão de envolver os anciões em uma questão que, para ele, era um assunto privado de família. No entanto, ele havia passado muito tempo fora caçando os malditos Maclean que tinham atacado três inexperientes guerreiros Maitland, e, quando voltou para casa, cansado, mas vitorioso, a coisa toda já tinha acontecido.

Bastou deixar Patrick sozinho para ele transformar uma coisa simples em um inferno. Pelo jeito, nem tinha avaliado as consequências desse seu ato precipitado. Agora, Iain, que acabava de ser nomeado o *laird* do clã, deveria deixar de lado o dever e a lealdade para com a família e agir apenas como um membro do conselho.

Não que estivesse disposto a cumprir tais expectativas, é claro. Ele tomaria partido do irmão mesmo que os anciões fossem contra. Assim como não permitiria que Patrick fosse punido. E se fosse preciso, estava preparado para lutar.

Iain não compartilhou sua decisão com o irmão porque queria que ele sofresse com a incerteza um pouco mais. Se a provação fosse dolorosa o suficiente, quem sabe Patrick afinal aprendesse a se controlar um pouco.

O conselho, composto por cinco membros, já estava reunido no grande salão para ouvir a solicitação de Patrick quando Iain terminou suas obrigações e subiu a colina. Patrick esperava no centro do pátio. Parecia pronto para a batalha, com as pernas afastadas e os punhos cerrados ao lado do corpo. No rosto, estampava uma carranca tão assustadora quanto a tempestade que se formava no céu.

Mas Iain não ficou nem um pouco impressionado com a pose do irmão. Apenas o empurrou do caminho quando este tentou impedi-lo e seguiu na direção dos degraus que levavam à fortaleza.

— Iain — chamou Patrick. — Pergunto agora, pois eu gostaria de saber qual é a sua posição antes de entrarmos. Você está ao meu lado ou contra mim nesta questão?

Iain parou, então se virou lentamente para o irmão. Sua expressão era de raiva, mas, quando ele falou, seu tom de voz era enganosamente brando.

— Como posso saber, Patrick, se você está deliberadamente tentando me provocar ao fazer tal pergunta?

Patrick relaxou a fisionomia no mesmo instante.

— Eu não tinha intenção de insultá-lo, mas você acabou de ser nomeado *laird* e será testado pelo nosso conselho em uma questão pessoal demais. E, até agora, eu não tinha me dado conta da posição desconfortável em que acabei colocando você.

— Você está em dúvida?

— Não — respondeu Patrick, com um sorriso, e se aproximou do irmão. — Sei que você não queria que eu envolvesse o conselho, especialmente agora que está tentando convencê-los a formar uma aliança com os Dunbar contra os Maclean, mas Frances Catherine quer muito obter a permissão deles. Ela quer que a amiga seja bem-vinda aqui.

Iain não comentou nada sobre a explicação.

Patrick pressionou.

— Sei que não entende meus motivos para fazer tal promessa para minha esposa, mas, algum dia, quando você conhecer a mulher certa, isso tudo fará sentido.

Iain balançou a cabeça, irritado.

— Juro por Deus, Patrick, que nunca vou entender. Não existe mulher certa. Uma é tão boa quanto outra.

Patrick riu.

— Eu também pensava assim até conhecer Frances Catherine.

— Você está falando igual a uma mulher — disse Iain.

Patrick não se ofendeu com o comentário do irmão, pois sabia que Iain não conseguia entender o amor que ele sentia pela esposa, mas, se Deus quisesse, um dia, ele também encontraria alguém para entregar seu coração. Quando esse dia chegasse, teria o prazer de lembrar Iain daquela atitude insensível.

— Duncan comentou que eles podem querer falar com a minha esposa — disse Patrick, voltando ao tópico de seu interesse. — Acha que o velho estava brincando comigo?

Iain nem se virou de volta quando respondeu.

— Os membros do conselho nunca brincam, Patrick. Você sabe disso tão bem quanto eu.

— Que se dane, eu sou responsável por isso.

— Sim, você é.

Patrick ignorou o fato de o irmão ter concordado tão rápido.

— Não vou deixar que o conselho intimide Frances Catherine.

Iain bufou.

— Eu também não — prometeu.

Patrick ficou tão surpreso que sua expressão suavizou.

— Eles acham que vão conseguir me fazer mudar de ideia — continuou ele. — É melhor você entender que nada que qualquer um deles diga fará diferença para mim. Dei minha palavra para Frances Catherine e pretendo mantê-la. Juro por Deus, Iain, sou capaz de caminhar pelo fogo do inferno pela minha esposa.

Iain se virou e sorriu para o irmão.

— Uma simples caminhada até o salão principal será o suficiente por enquanto — disse, arrastando as palavras. — Vamos acabar logo com isso.

Patrick assentiu, então correu na frente do irmão para abrir uma das portas duplas.

— Um conselho, Patrick — falou Iain. — Deixe a raiva do lado de fora destas portas. Se perceberem que você está nervoso, vão atacar na jugular. Apenas exponha seus motivos em um tom de voz calmo. Deixe a lógica guiar seus pensamentos, não a emoção.

— E depois?

— Eu faço o resto.

A porta se fechou junto com a promessa.

Dez minutos depois, o conselho mandou um mensageiro buscar

Frances Catherine. O incumbido, o jovem Sean, encontrou a esposa de Patrick sentada junto ao fogo em sua cabana e explicou que ela deveria ir para a fortaleza e esperar do lado de fora até que o marido viesse buscá-la.

O coração de Frances Catherine disparou. Patrick tinha dito que talvez fosse convocada para se apresentar diante do conselho, mas ela não havia acreditado nele. Nunca uma mulher tivera o direito de se apresentar diante do conselho ou do *laird*, em um prédio oficial, para falar o que pensava. E o fato de saber que o novo *laird* era o irmão de seu marido não ajudava muito. Não, esse parentesco não significava nada.

Sua mente passava de um pensamento assustador a outro, e não demorou muito para que o nervosismo tomasse conta. O conselho achava que ela tinha ficado louca. Sim, ela estava certa disso. A essa altura, Patrick já tinha contado sobre a promessa feita à esposa e, com certeza, era por isso que ela estava sendo chamada ao salão para dar sua própria explicação. Eles queriam ter certeza de que ela realmente tinha ficado louca antes de condená-la ao isolamento pelo resto da vida.

Sua única esperança estava nas mãos do *laird*. Frances Catherine não conhecia muito bem Iain Maitland. Duvidava de que tivesse trocado mais de cinquenta palavras com o guerreiro ao longo dos dois anos de casada com o irmão mais novo dele, mas Patrick havia garantido que Iain era um homem honrado e que ia reconhecer que o pedido era justo.

Mas, primeiro, ela teria que passar pelo conselho. Como se tratava de uma reunião oficial, quatro dos anciões não iam se dirigir diretamente a ela. Eles fariam as perguntas para o líder deles, Graham, e só este teria que se rebaixar a falar com ela. Afinal, tratava-se de uma mulher, e uma forasteira, pois tinha nascido e sido criada na fronteira, não nas gloriosas Highlands. Na verdade, Frances Catherine estava, de certa forma, aliviada com a ideia de que Graham seria o único a se dirigir a ela, uma vez que o considerava menos assustador do que os outros. O velho guerreiro era um homem de fala mansa e muito admirado pelo clã. Havia ocupado a posição de *laird* por mais de quinze anos e fazia apenas três meses que tinha se afastado da condição de poder. Graham não a assustaria, pelo menos não sem motivo, mas faria tudo que estivesse ao seu alcance para tentar livrar Patrick de sua promessa.

Ela fez um rápido sinal da cruz e então subiu a colina íngreme rumo à fortaleza, rezando. Lembrando-se o tempo todo de que conseguiria passar por aquela provação. Custasse o que custasse, ela não ia recuar. Patrick Maitland havia prometido na véspera do casamento deles, e, por Deus, agora ele teria que cumprir a promessa.

Uma vida preciosa dependia disso.

Frances Catherine chegou ao alto da escadaria da fortaleza e lá ficou, esperando para ser chamada. Várias mulheres passaram pelo pátio, olhando curiosas para a mulher que esperava à porta do *laird*. Frances Catherine não puxou conversa; virou o rosto e rezou para que ninguém lhe dirigisse a palavra. Não queria que nenhuma mulher do clã soubesse o que estava acontecendo antes que tudo tivesse sido resolvido. Certamente criariam caso quando ficassem sabendo, mas então já seria tarde demais.

A espera era insuportável. Agnes Kerry, a velha enxerida — sempre de nariz empinado por causa da filha bonita que, ela tinha certeza, acabaria se casando com o *laird* —, já dera duas voltas ao redor do pátio, tentando descobrir o que estava acontecendo; e algumas de suas seguidoras já estavam chegando mais perto agora.

Frances Catherine alisou as pregas do tartã sobre a barriga crescida, notou como suas mãos tremiam e tentou conter a demonstração de medo. Deixou escapar um suspiro audível. Geralmente não se sentia tão tímida e insegura, mas, desde que descobrira a gravidez, tudo tinha mudado drasticamente. Ela andava emotiva e chorava por qualquer coisa. O fato de estar se sentindo imensa, desajeitada e gorda como uma égua bem alimentada não ajudava muito. Já estava quase no sétimo mês de gravidez, e o peso do bebê vinha restringindo consideravelmente seus movimentos. Mas sua capacidade de raciocinar não tinha sido afetada. Os pensamentos passavam pela sua cabeça como um vendaval enquanto ela tentava adivinhar quais perguntas Graham poderia fazer.

A porta finalmente se abriu com um rangido, e Patrick apareceu. Foi um alívio tão grande vê-lo que ela quase chorou. Seu cenho estava franzido, mas, assim que viu a palidez e a preocupação na face de sua esposa, forçou um sorriso. Tomou então a mão dela, apertou de leve e deu uma piscadela. A inusitada demonstração de carinho à luz do dia acalmou tanto quanto as massagens que ele costumava fazer nas costas dela durante a noite.

— Oh, Patrick! — exclamou ela. — Sinto muito por tê-lo colocado nesta situação difícil.

— Significa que você não quer mais que eu mantenha minha promessa? — perguntou ele, com aquele seu tom de voz grave que ela tanto amava.

— Não.

A franqueza o fez rir.

— Imaginei que não.

Mas ela não estava para brincadeiras. Tudo que queria era se concentrar na provação que tinha pela frente.

— Ele já está lá dentro? — perguntou ela, em um mero sussurro.

Patrick sabia de quem ela estava falando. Frances Catherine tinha um medo irracional do cunhado. Ele achava que talvez fosse porque Iain era o *laird*. Só de guerreiros, seu clã chegava a mais de trezentos homens. Ou talvez fosse a posição de poder que o tornava inacessível para uma mulher.

— Por favor, responda — implorou ela.

— Sim, meu amor, Iain está lá dentro.

— Então ele já sabe da promessa? — Ela se deu conta, assim que as palavras saíram de sua boca, que aquela era a pergunta mais boba que poderia ter feito. — Céus, claro que ele sabe. Ele está bravo conosco?

— Minha querida, tudo vai dar certo — prometeu ele, e tentou puxá-la para dentro; porém, ela resistiu.

— Mas e o conselho, Patrick? — indagou ela. — Como reagiram a sua explicação?

— Eles ainda estão espumando de raiva.

— Meu Deus! — Ela enrijeceu.

Ele se deu conta de que não deveria ter contado a verdade. Então, passou o braço sobre os ombros dela e a trouxe para perto do corpo.

— Vai dar tudo certo — disse em um sussurro reconfortante. — Você vai ver. Nem que eu tenha que ir buscar a sua amiga na Inglaterra. Você confia em mim, não confia?

— Sim, eu confio. Se não confiasse plenamente, não teria me casado com você. Oh, Patrick, entende como isso é importante para mim?

Ele lhe deu um beijo na testa antes de responder.

— Claro que eu entendo. Você me promete uma coisa?

— Qualquer coisa.

— Que quando a sua amiga chegar, você voltará a rir?

Ela sorriu.

— Prometo — sussurrou, e entrelaçou os braços ao redor da cintura dele e o abraçou com força. E assim eles ficaram por um longo minuto. Ele estava tentando lhe dar tempo para recuperar a compostura. Ela tentava se lembrar das palavras certas que deveria usar quando tivesse que explicar seus motivos ao conselho.

Uma mulher que passava apressada, carregando uma cesta cheia de roupa suja, parou e sorriu ao ver a cena de carinho.

Patrick e Frances Catherine formavam um belo casal. Ele era tão moreno quanto ela era clara. Os dois eram altos, embora Patrick tivesse mais de um metro e oitenta de altura e a cabeça de sua esposa mal tocasse seu queixo. Patrick só parecia mais baixo quando estava perto de seu irmão mais velho, pois o *laird* era vários centímetros mais alto. Patrick não tinha os ombros tão largos, apesar de os cabelos serem do mesmo tom de castanho-escuro. Os olhos eram de um cinza um pouco mais escuro do que os de Iain, e ele não tinha tantas cicatrizes de batalha marcando seu belo perfil.

O que Patrick tinha de musculoso, Frances Catherine tinha de esbelta. Seus olhos castanhos eram tão lindos que Patrick jurava que refletiam tons dourados quando ela ria. Mas os cabelos eram seu maior tesouro. Eram compridos até a cintura, muito ruivos e sem uma ondulação sequer para afetar o brilho glorioso.

A princípio, Patrick se sentiu atraído pela aparência, pois era um homem luxuriosamente viril e ela era uma bela conquista, mas foi a inteligência que o conquistou definitivamente. Ela ainda o encantava com seu jeito dramático de ver a vida e uma paixão ardente por novas aventuras. Não era mulher de se entregar pela metade; ela o amava e mimava com o mesmo ímpeto.

Patrick sentiu o tremor da esposa em seus braços e decidiu que estava na hora de entrarem e acabarem logo com aquele sofrimento, para que ela pudesse sossegar.

— Vamos entrar, meu amor. Eles estão esperando por nós.

Ela respirou fundo, desvencilhou-se do marido e entrou. Patrick correu para acompanhar o passo.

Alcançaram os degraus que descem para o salão principal quando, de repente, ela se inclinou para o lado do marido e sussurrou:

— Seu primo, Steven, disse que, quando Iain fica bravo, a carranca dele é capaz de fazer o coração de uma pessoa parar de bater. Precisamos fazer de tudo para não deixá-lo bravo, Patrick. Certo?

Como ela parecia tão séria e tão preocupada, Patrick não riu, mas não conseguiu segurar a exasperação.

— Frances Catherine, precisamos fazer algo a respeito desse seu medo irracional. Meu irmão...

Ela o segurou pelo braço.

— Depois cuidaremos disso. — Apertou o passo. — Agora só me prometa.

— Eu prometo — concordou ele com um suspiro. — Não vamos irritar Iain.

Ela soltou o braço dele de imediato. Patrick apenas balançou a cabeça e decidiu que, assim que ela estivesse mais calma, tentaria encontrar um jeito de ajudá-la a superar o medo. Mas, antes, teria uma conversinha com Steven. Não, nada disso, ele chamaria o primo de lado na primeira oportunidade que tivesse e o mandaria parar de falar aquelas bobagens para as mulheres.

Iain era um alvo fácil das histórias exageradas. Raramente se dirigia a qualquer uma das mulheres, exceto nas raras ocasiões em que, como *laird*, era forçado a dar instruções específicas, e seu jeito seco era sempre confundido com irritação. Steven sabia que as mulheres morriam de medo de Iain, e achava muito divertido atiçar o medo sempre que podia.

E, naquele momento, seu irmão não fazia a menor ideia do quanto estava assustando Frances Catherine. Ele estava parado sozinho de costas para a lareira, de frente para eles, com os braços cruzados no peitoral largo. A pose era informal; os olhos azuis penetrantes não diziam muito. Mas, em compensação, a expressão amarrada fazia com que o fogo às suas costas parecesse frio.

Frances Catherine tinha começado a descer os degraus quando deu uma olhada ao redor do salão e percebeu a expressão de Iain. Imediatamente, ela perdeu o equilíbrio, mas Patrick estendeu o braço para segurá-la bem a tempo.

Iain notou o medo da cunhada. Mas achou que fosse medo do conselho. Ele se virou para a esquerda, onde os anciões estavam sentados, e fez um gesto para Graham começar. Quanto antes terminasse a briga inevitável, mais cedo sua cunhada poderia se acalmar.

Os anciões a encaravam. Em altura, os cinco se assemelhavam a uma escadinha. O mais velho, Vincent, que era o mais baixo, estava sentado na ponta oposta a Graham, o porta-voz do grupo. Duncan, Gelfrid e Owen ocupavam os assentos entre os dois.

Uma imensa quantidade de fios grisalhos tingia os cabelos de cada um dos anciões e, se juntasse as cicatrizes de todos, era possível cobrir as paredes de pedra da fortaleza. Frances Catherine se concentrou em Graham. O líder tinha linhas profundas nos cantos dos olhos, e ela preferiu acreditar que fossem marcas das risadas que dera ao longo da vida. Isso ajudava a acreditar que ele ia entender seu problema.

— Seu marido acabou de nos contar uma história surpreendente, Frances Catherine — iniciou Graham. — Na verdade, não conseguimos acreditar.

O líder meneou a cabeça para enfatizar a última observação. Ela não sabia ao certo se deveria falar agora ou esperar. Olhou, então, para Patrick, recebeu um sinal de aprovação e falou:

— Meu marido só fala a verdade.

Os outros quatro membros do conselho franziram o cenho juntos. Graham sorriu. Numa voz gentil, perguntou:

— Pode nos contar quais são seus motivos para exigir que tal promessa seja cumprida?

Frances Catherine reagiu como se Graham tivesse gritado com ela, pois sabia que a palavra "exigir" tinha sido usada como um insulto deliberado.

— Sou uma mulher e nunca exigiria nada de meu marido. Apenas fiz um pedido, e agora peço que a palavra de Patrick seja honrada.

— Muito bem — concordou Graham, sua voz ainda suave. — Você

não faz exigências, faz um pedido. Agora eu gostaria que explicasse para este conselho seus motivos para um pedido tão ultrajante.

Frances Catherine enrijeceu. Muito ultrajante mesmo. Ela respirou fundo para se acalmar.

— Antes que eu concordasse em me casar com Patrick, pedi que ele me prometesse trazer minha melhor amiga, Lady Judith Elizabeth, quando eu ficasse grávida. Minha hora está próxima. Patrick concordou com meu pedido, e nós gostaríamos de providenciar a vinda de Lady Judith Elizabeth o mais rápido possível.

A expressão de Graham indicava que ele não estava nada satisfeito com a explicação. Ele pigarreou e disse:

— Lady Judith Elizabeth é inglesa, mas isso não importa para você?

— Não, milorde, não importa nem um pouco.

— Você acha que cumprir essa promessa é mais importante do que a discórdia que causará? Você teria coragem, moça, de perturbar nossas vidas tão deliberadamente?

Frances Catherine balançou a cabeça em negação.

— Eu não faria tal coisa deliberadamente.

Graham pareceu aliviado. Ela desconfiou que ele achava ter encontrado um modo de fazê-la mudar de ideia. As palavras que vieram em seguida confirmaram a suspeita.

— Estou feliz em ouvir isso, Frances Catherine. — Ele fez uma pausa e assentiu para seus quatro companheiros. — Nunca acreditei, por um minuto sequer, que a nossa moça fosse capaz de causar tal alvoroço. Agora ela vai esquecer essa bobagem...

Ela não permitiu que ele ousasse terminar.

— Lady Judith Elizabeth não vai causar nenhuma discórdia.

Os ombros de Graham se curvaram. Fazer Frances Catherine mudar de ideia estava se mostrando uma tarefa nada fácil. Seu cenho estava cerrado quando ele se voltou para ela novamente.

— Escute, moça, a inglesa nunca será bem-vinda aqui — anunciou. — Essa mulher teria que comer conosco...

Um soco foi desferido sobre o tampo da mesa. O guerreiro chamado Gelfrid foi o responsável pela destemperança. Gelfrid encarou Graham e falou numa voz abafada e ríspida:

— A mulher de Patrick envergonha o nome dos Maitland ao fazer tal pedido.

Os olhos de Frances Catherine marejaram. Ela sentia que estava começando a perder o controle. Não conseguia pensar em um argumento lógico para responder à altura do comentário de Gelfrid.

Patrick se aproximou da esposa e parou à sua frente. Sua voz tremia de raiva quando ele se dirigiu ao membro do conselho.

— Gelfrid, você pode me mostrar o seu descontentamento, mas não vai erguer a voz na frente de minha esposa.

Frances Catherine se esticou por trás do marido para tentar ver a reação de Gelfrid. O ancião aquiesceu. Então Graham fez sinal com a mão, pedindo silêncio.

Vincent, o mais velho do grupo, ignorou o sinal.

— Eu nunca tinha ouvido falar de uma mulher que tivesse nome composto até Frances Catherine vir morar conosco. Achei que fosse uma esquisitice do povo da fronteira. Agora acabei de ouvir sobre outra mulher que tem nome composto. O que acha disso, Graham?

O líder soltou um suspiro. Vincent tinha uma tendência a desviar do assunto, o que irritava a todos.

— Não sei o que pensar sobre isso — respondeu Graham. — Mas sei que não vem ao caso agora.

Voltou-se, então, para Frances Catherine.

— Pergunto a você novamente se está mesmo disposta a perturbar nossa paz — repetiu ele.

Antes de responder, ela saiu de detrás de Patrick e parou ao seu lado, para não parecer uma covarde.

— Não sei por que acha que Lady Judith Elizabeth seria capaz de causar qualquer tipo de perturbação. Ela é uma mulher muito educada e gentil.

Graham fechou os olhos. Havia uma pontinha de diversão em sua voz quando ele finalmente falou.

— Frances Catherine, nós não gostamos dos ingleses em geral. Certamente você já deve ter percebido depois de viver tantos anos conosco.

— Ela foi criada na fronteira — Gelfrid lembrou ao líder. O guerreiro coçou o queixo barbudo. — Acho que não sabe a diferença.

Graham concordou com um aceno de cabeça. Um súbito brilho surgiu em seus olhos. Ele se voltou para os companheiros, inclinou o corpo e falou baixinho com eles. Quando terminou, os outros assentiam em acordo.

Frances Catherine sentiu enjoo. Pela expressão de vitória de Graham, ela concluiu que ele tinha achado uma forma de negar seu pedido antes mesmo de consultar o *laird*.

Patrick também tinha chegado à mesma conclusão. Suas feições se transtornaram de raiva e ele avançou mais um passo. Frances Catherine o deteve pela mão, pois sabia que o marido pretendia cumprir a qualquer custo a promessa que havia feito. Mas, por outro lado, ela não queria que fosse sancionado pelos anciões. A punição poderia ser dura, até mesmo para um homem orgulhoso e em boa forma como Patrick, e a humilhação seria insuportável.

Ela apertou a mão dele.

— O senhor vai decidir a questão, porque não tenho capacidade de discernimento e, por isso o dever de decidir o que é melhor para mim recai sobre as suas costas. Não é isso?

Graham ficou surpreso por ela ter descoberto exatamente o que se passava na sua cabeça. Ele estava prestes a responder ao desafio quando Patrick interveio.

— Não, Graham não pode achar que sabe o que é melhor para você. Seria um insulto para mim, esposa.

O líder do conselho encarou Patrick por um longo minuto. Em uma voz firme, ordenou:

— Você irá obedecer à decisão que este conselho tomar, Patrick.

— Um Maitland deu a sua palavra. Ela precisa ser honrada.

O vozeirão de Iain retumbou pelo salão. Todos os olhares se voltaram para ele. Mas Iain olhava fixamente para o líder do conselho.

— Não tente confundir as coisas — ordenou ele. — Patrick fez uma promessa para sua esposa, e ela deve ser cumprida.

Ninguém disse uma palavra sequer durante vários minutos. Então Gelfrid se levantou, as palmas das mãos apoiadas sobre a mesa quando ele se inclinou para encarar Iain.

— Você é um conselheiro aqui, nada mais.

Iain deu de ombros.

— Eu sou o seu *laird* — rebateu. — Eleito pelo seu voto — acrescentou. — E agora o aconselho a honrar a palavra de meu irmão. Só os ingleses quebram suas promessas, Gelfrid, não os escoceses.

Gelfrid assentiu, contrariado.

— Você fala a verdade — admitiu ele.

Um a menos, mas ainda faltavam quatro, pensou Iain. Maldição, ele odiava ter que recorrer à diplomacia para conseguir o que queria. Preferia travar uma batalha com socos em vez de com palavras. Assim como odiava ter que pedir permissão para que ele ou seu irmão pudessem fazer alguma coisa. Com esforço, ele controlou a frustração e se concentrou no problema em pauta. Voltou-se para Graham novamente.

— Depois de velho, Graham, você vai se preocupar com uma bobagem dessas? Está com medo de uma inglesa?

— Claro que não — resmungou Graham, ultrajado com a mera insinuação. — Não tenho medo de mulher nenhuma.

Iain sorriu.

— Fico aliviado em ouvir isso — respondeu. — Eu estava começando a ficar preocupado.

O truque não passou desapercebido ao líder da oligarquia. Graham sorriu.

— Você jogou a isca e a minha arrogância fisgou. — Iain achou melhor não comentar. Graham ainda estava com o mesmo sorriso quando se voltou para Frances Catherine. — Ainda estamos confusos quanto ao seu pedido e seria bom se pudesse nos dizer por que quer esta mulher aqui.

— Peça-lhe para explicar por que as duas têm nomes compostos — interveio Vincent.

Graham ignorou a pergunta do ancião.

— Você vai dizer quais são seus motivos, moça?

— Recebi o nome de minha mãe, Frances, e de minha avó, Catherine, porque...

Graham a interrompeu com um aceno de mão, impaciente. Ele ainda sorria para que ela não pensasse que estava irritado.

— Não, moça, não quero saber por que seu nome é composto. Quero saber por que você quer essa inglesa aqui.

Ela sentiu o rubor tomando conta de seu rosto por causa do mal-entendido.

— Lady Judith Elizabeth é minha amiga. Eu gostaria que ela estivesse ao meu lado quando chegasse a hora do bebê nascer. Ela já me prometeu que viria ficar comigo.

— Amiga e inglesa? Como pode ser possível? — perguntou Gelfrid, esfregando o queixo enquanto tentava entender a contradição.

Frances Catherine sabia que o ancião não estava tentando jogar uma isca. Ele estava confuso de verdade. Não havia nada que pudesse ser dito para fazê-lo compreender. Na verdade, ela não acreditava que Patrick realmente entendesse o laço que havia se formado entre ela e Judith há tantos anos, e seu marido estava longe de ser conservador como Graham e os outros anciões. Mesmo assim, sabia que teria que tentar explicar.

— Nós nos conhecemos no festival anual da fronteira — começou a explicar. — Judith só tinha quatro anos, e eu, cinco. Não sabíamos que éramos... diferentes uma da outra.

Graham bufou.

— Mas um dia você acabou entendendo?

Frances Catherine sorriu.

— Não fez diferença.

Graham balançou a cabeça.

— Na verdade, ainda não entendo essa amizade — confessou ele. — Mas nosso *laird* estava certo quando nos lembrou que não quebramos nossas promessas. Sua amiga será bem-vinda aqui, Frances Catherine.

Ela ficou tão contente que se inclinou no marido; e ainda se atreveu a dar uma olhadela para os outros membros do conselho. Vincent, Gelfrid e Duncan sorriam, mas Owen, o mais velho, que ela acreditava ter dormido durante toda a audiência, balançava a cabeça, em sinal de desaprovação.

Iain notou o movimento.

— Você não concorda com a decisão, Owen?

O ancião encarava Frances Catherine quando respondeu.

— Estou de acordo, mas acho que devemos dar um aviso à moça. Ela não deveria ficar feliz demais por nada. Estou com você, Iain, pois sei por experiência própria que os ingleses não cumprem suas promessas. Eles seguem o exemplo do rei deles, é claro. E aquele canalha muda de ideia a torto e a direito. Essa inglesa com dois nomes pode ter feito uma promessa para a esposa de Patrick, mas não vai cumprir.

Iain meneou a cabeça em acordo. Ele já tinha se perguntado quanto tempo demoraria para que o conselho chegasse a essa mesma conclusão. Os anciões pareciam muito mais animados agora. Mas Frances Catherine ainda sorria, e não parecia nem um pouco preocupada com a possibilidade de que a amiga pudesse quebrar a promessa feita. Iain se sentia responsável pela proteção de cada membro de seu clã. No entanto, sabia que não poderia proteger a cunhada das duras realidades da vida. Ela teria que enfrentar sozinha aquela decepção, mas, uma vez que aprendesse a lição, perceberia que só podia contar de verdade com a própria família.

— Iain, quem você vai enviar para a missão? — perguntou Graham.

— Eu vou — anunciou Patrick.

Iain balançou a cabeça, negando.

— Seu lugar é aqui, ao lado de sua esposa. A hora dela está próxima. Eu vou.

— Mas você é o *laird* — argumentou Graham. — Esta missão está abaixo de sua posição...

Iain não o deixou continuar.

— É um assunto de família, Graham. Como, neste momento, Patrick não pode sair de perto da esposa, eu devo assumir a missão. Estou decidido — acrescentou, com o cenho franzido, para desencorajar novos argumentos.

Patrick sorriu.

— Não conheço a amiga de minha esposa, Iain, mas já posso imaginar que, quando vir você, vai pensar duas vezes antes de aceitar vir para cá.

— Judith Elizabeth ficará muito agradecida por ter a escolha de Iain — comentou Frances Catherine, e se virou para sorrir para o *laird*. — Tenho certeza de que ela não ficará com medo de você. Sou muito grata por ter se oferecido para ir nessa jornada. Judith estará segura com você.

Iain ergueu uma sobrancelha com a última observação. Então soltou um longo suspiro.

— Frances Catherine, tenho quase certeza de que ela não vai querer vir. Se for o caso, quer que eu a obrigue?

Como olhava fixamente para Iain, ela não viu quando Patrick concordou com o irmão com um leve aceno.

— Você não deve forçá-la. Ela vai querer vir ficar comigo.

Tanto Patrick quanto Iain desistiram de tentar evitar que ela alimentasse muitas esperanças. Graham dispensou educadamente Frances Catherine da audiência. Patrick a pegou pela mão e seguiu em direção às portas.

Ela mal podia esperar para sair e poder abraçar o marido e lhe dizer o quanto estava feliz por ter se casado com ele. Patrick tinha sido tão... magnífico quando a defendeu. Não que tivesse duvidado de que ele o faria, é claro. Mesmo assim, desejava fazer o elogio que ela imaginou que ele gostaria de ouvir. Afinal, de vez em quando, os maridos precisavam ouvir um elogio de suas esposas, não é mesmo?

Ela estava quase chegando ao topo dos degraus da entrada quando ouviu o nome Maclean ser mencionado por Graham. Parou para escutar. Patrick tentou puxá-la, mas ela fingiu que o sapato havia escapado de seu pé e fez sinal para ele ir pegar. A menor de suas preocupações era o marido pensar que ela era desastrada; afinal, o que precisava mesmo era saber sobre o que eles estavam falando. Graham pareceu muito bravo ao mencionar o nome.

O conselho nem estava prestando atenção nela. Duncan estava com a palavra agora.

— Sou contra qualquer tipo de aliança com os Dunbar. Nunca precisamos deles — adicionou, praticamente aos berros.

— E se os Dunbar formarem uma aliança com os Maclean? — perguntou Iain, sua voz trêmula de raiva. — Esqueça o passado, Duncan. Pense nas ramificações.

Vincent foi o próximo a falar.

— Por que com os Dunbar? Eles são lisos como peixe ensaboado e traiçoeiros como os ingleses. Não suporto nem pensar. Não, não posso.

Iain tentou manter a calma.

— Gostaria de lembrá-lo que as terras dos Dunbar ficam entre as nossas e as dos Maclean. Se não nos unirmos a eles, eles podem buscar a proteção dos desgraçados dos Maclean. Não podemos permitir. Trata-se simplesmente de uma escolha entre o ruim e o pior.

Frances Catherine não pôde ouvir mais nada da discussão, pois Patrick havia acabado de colocar o sapato de volta em seu pé e a estava puxando novamente para irem embora.

Ela até acabou se esquecendo do elogio ao marido. Assim que as portas se fecharam às suas costas, ela se voltou para Patrick.

— Por que os Maitland odeiam os Maclean?

— A rusga é muito antiga — respondeu ele. — Vem de muito antes de eu nascer.

— Não tem como vocês entrarem em um acordo?

Patrick deu de ombros.

— Por que o interesse pelos Maclean?

Ela não poderia contar, é claro; se contasse, estaria quebrando a promessa feita a Judith, e jamais trairia a confiança da amiga. Havia também o fato revelador que faria o coração de Patrick disparar, caso ele ficasse sabendo que o pai de Judith era *laird* dos Maclean. Sim, havia mais esse detalhe.

— Sei que os Maitland são inimigos dos Dunbar e dos Macpherson, mas não sabia que os Maclean também eram nossos inimigos. Foi por isso que fiquei curiosa. Por que não nos entendemos com os outros clãs?

Patrick riu.

— São poucos os que consideramos nossos amigos — disse ele.

Ela resolveu mudar de assunto e finalmente fez o merecido elogio ao marido. Patrick a acompanhou até a cabana deles e, após um longo beijo de despedida, ele se virou para pegar o caminho de volta ao pátio.

— Patrick, você conhece minha lealdade a você, não conhece?

— Claro. — Ele se virou para ela.

— E que eu sempre levei em conta seus sentimentos, não é mesmo?

— Sim.

— Sendo assim, se eu soubesse de algo que possa aborrecê-lo, era melhor ficar de boca fechada, não é mesmo?

— Não.

— Mas se eu lhe contasse, estaria quebrando uma promessa que fiz para alguém. Não posso fazer isso.

Patrick voltou e parou bem diante da esposa.

— O que você está tentando não me dizer?

Ela balançou a cabeça.

— Não quero que Iain obrigue Judith a vir para cá — disse ela, na esperança de fazê-lo se esquecer da conversa sobre promessas antigas. — Se ela não puder vir, ele não deve obrigá-la.

Ela insistiu até que Patrick prometesse. Foi com relutância que ele concordou, e só para agradá-la, pois não tinha a menor intenção de cumprir essa última promessa. Não permitiria que a inglesa partisse o coração de sua esposa. Mas mentir para Frances Catherine não pareceu certo, então Patrick pegou o caminho de volta para a colina, incomodado.

Assim que Iain saiu da fortaleza, seu irmão o chamou.

— Precisamos conversar, Iain.

— Maldição, Patrick. Se vai me dizer que fez outra promessa para sua esposa, já vou logo avisando que não quero nem ouvir.

Patrick riu. Esperou até o irmão chegar mais perto, e só então disse:

— Quero falar com você sobre a amiga de minha esposa. Não quero nem saber, Iain. Arraste a mulher até aqui se for preciso, certo? Não quero ver a minha esposa decepcionada. Ela já tem muito com que se preocupar com a chegada do bebê.

Iain começou a andar na direção dos estábulos com as mãos cruzadas atrás das costas, a cabeça baixa, pensativo. Patrick foi junto.

— Você está ciente, não está, de que, se eu obrigar essa mulher, posso começar uma guerra com a família dela, e talvez, se o rei decidir tomar partido, pode ser uma guerra contra a Inglaterra?

Patrick o encarou, tentando descobrir o que o irmão realmente pensava daquela possibilidade remota. Mas Iain estava sorrindo, e Patrick balançou a cabeça.

— John não vai querer se envolver nisso a menos que tenha algo a ganhar. O problema será a família dela. Com certeza eles não vão permitir que ela parta para uma viagem desse tipo.

— Isso pode acabar em confusão — comentou Iain.

— Qual o problema?

— Nenhum.

Patrick suspirou.

— Quando você irá?

— Amanhã, ao raiar do sol. Hoje à noite vou falar com Frances Catherine. Quero saber o máximo possível sobre a família dessa mulher.

— Tem alguma coisa que Frances Catherine não quer me contar — revelou Patrick, sua voz hesitante. — Ela me perguntou sobre o conflito com os Maclean...

Mas não continuou. Iain o olhava como se pensasse que o irmão estivesse ficando louco.

— E você não ordenou que ela contasse o que diabos está escondendo?

— Não é assim tão simples — explicou Patrick. — É preciso ser... delicado com uma esposa. Com o tempo, ela vai acabar me contando o que a está preocupando. Tenho que ter paciência. Além do mais, estou tirando conclusões precipitadas. Minha esposa anda preocupada com tudo ultimamente.

A expressão de Iain fez com que Patrick se arrependesse de ter mencionado o estranho comportamento de Frances Catherine.

— Eu agradeceria por você estar indo no meu lugar, mas acho que o ofenderia.

— De fato, não estou muito feliz com isso — admitiu Iain. — Vou levar sete ou oito dias para chegar lá, o que significa, no mínimo, mais oito dias de volta com uma mulher reclamando no meu ouvido. Maldição, eu preferiria enfrentar uma legião de Maclean sozinho a ter que fazer isso.

Patrick sentiu vontade de rir do tom sombrio na voz do irmão. Mas é claro que não ousou, pois Iain quebraria a sua cara se ele deixasse escapar um sorrisinho sequer.

Os dois seguiram juntos em silêncio por um tempo, cada um perdido em seus próprios pensamentos.

De repente, Patrick parou.

— Você não pode obrigar essa mulher. Se ela não quiser vir, deixe-a lá.

— Então por que diabos vou me dar ao trabalho de ir até lá?

— Minha mulher pode estar certa — disse Patrick. — Pode ser que Lady Judith Elizabeth queira vir.

Iain encarou o irmão.

— Pode ser? Você só pode estar louco para acreditar nisso. Ela é inglesa. — Iain fez uma pausa para soltar um suspiro cansado. — Ela não vai querer vir para cá.

Capítulo 2

Ela estava esperando à porta de casa.

Lady Judith tinha sido avisada com antecedência, é claro. Dois dias antes, seu primo Lucas tinha visto os quatro guerreiros escoceses a poucos metros de distância da fronteira, perto de Horton Ridge. Lucas não estava lá por acaso, ele seguia instruções precisas de sua tia Millicent e, após esperar quase um mês, de papo para o ar, sonhando acordado com as noites de verão que se aproximavam, finalmente avistou os escoceses. Ficou tão surpreso quando viu os quatro guerreiros das Highlands que quase esqueceu o que deveria fazer em seguida. Mas a lembrança voltou bem rápido, e ele cavalgou como um louco até a distante propriedade de Lady Judith para avisar que era melhor ela se preparar para receber os visitantes.

Não que Judith tivesse muito o que preparar. Desde a chegada da notícia da gravidez de Frances Catherine, através de uma intrincada rede de fofocas, ela já estava com as malas prontas e todos os presentes para a amiga embrulhados com lindas fitas de renda cor-de-rosa.

Frances Catherine não poderia ter escolhido um momento melhor. Judith tinha acabado de chegar para a obrigatória estadia de seis meses na propriedade de seu tio Tekel quando ficou sabendo da novidade. Não poderia simplesmente pegar suas coisas e voltar para a propriedade de tia Millicent e tio Herbert, pois acarretaria várias perguntas que ela não estava disposta a responder. Assim, escondeu a bagagem e os presentes no sótão do estábulo e esperou que sua mãe, que estava em casa em uma de suas raras visitas, se sentisse entediada e partisse novamente. Assim, ela poderia abordar o assunto da viagem à Escócia com seu guardião, tio Tekel.

O irmão mais velho de sua mãe era um homem gentil e de fala mansa, de temperamento completamente oposto ao da irmã, Lady Cornelia — menos quando bebia. Então ficava tão malvado quanto uma cobra. Tekel já era inválido desde que Judith podia se lembrar e, desde os primeiros anos da infância de sua sobrinha, ele raramente perdia a paciência, nem mesmo nas noites em que as dores em suas pernas deformadas se tornavam insuportáveis. Ela percebia o desconforto quando ele começava a esfregar as pernas e pedia para um criado trazer uma taça de vinho quente. Com o tempo, os criados aprenderam a trazer um jarro cheio. Algumas noites, Judith conseguia sair às escondidas para seu quarto antes que o tio se tornasse abusivo, mas, outras, ele exigia que ela ficasse sentada ao seu lado. Então, ele ficava melancólico e queria segurar a mão dela enquanto falava sobre o passado, de quando era jovem e saudável, um verdadeiro guerreiro. Uma carroça havia virado e esmigalhado seus joelhos quando ele tinha 22 anos e, assim que o vinho atenuava a dor e destravava sua língua, ele começava a reclamar da injustiça daquele acidente estranho.

E reclamava de Judith também, mas ela não o deixava perceber o quanto sua ira a incomodava. Um nó se formava no estômago dela e só se desfazia quando sua companhia finalmente era dispensada.

O vício de Tekel só piorou com o passar dos anos. Ele começou a pedir o vinho mais e mais cedo a cada dia e, a cada taça cheia que consumia, mais se transformava. Quando a noite caía, ou ele choramingava se autodepreciando ou gritava insultos incoerentes para Judith.

Na manhã seguinte, Tekel não se lembrava de nada do que tinha dito; já Judith se lembrava de cada palavra. Mesmo assim, ela sempre fazia de tudo para perdoá-lo por toda a crueldade, pois acreditava que a dor era muito mais insuportável para ele do que para ela. Tio Tekel precisava de sua compreensão e compaixão.

A mãe de Judith, Lady Cornelia, não sentia nem um pingo de compaixão pelo irmão. Era uma bênção suas visitas nunca durarem mais de um mês. Ela nunca tivera nenhum tipo de afinidade com Tekel, nem com a própria filha. Quando Judith era criança e mais passível de ser afetada pelo comportamento distante e frio da mãe, era o tio quem a consolava e dizia que ela era uma lembrança constante do pai, e que sua mãe amara tanto o barão que, mesmo depois de tantos anos, ela ainda sofria com a morte dele. Quando ela olhava para a filha, dizia ele, a dor da perda tomava conta e não deixava espaço para outros sentimentos. Como Tekel ainda não bebia tanto naquela época, ela não teve motivos para duvidar da explicação. Ainda não entendia muito bem o que era o amor entre marido e mulher; tudo o que conhecia era a dor que sentia por não ser amada e aceita pela própria mãe.

Judith havia morado com tia Millicent e tio Herbert durante seus primeiros quatro anos de vida. Depois, na primeira visita que fez ao tio Tekel e a sua mãe, ela se referiu sem querer ao tio Herbert como papai. A mãe de Judith ficou furiosa. Tekel também não ficou muito satisfeito, e por isso decidiu que ela precisava passar mais tempo com ele, e assim mandou que Millicent trouxesse Judith para passar seis meses por ano em sua propriedade.

Tekel não suportava a ideia de que a sobrinha considerasse Herbert como um pai. Por isso reservava uma hora, todas as manhãs, quando sua mente ainda não estava confusa pelo vinho, para contar histórias para ela sobre seu verdadeiro pai. Tekel contava que a longa espada curva pendurada sobre a lareira era a mesma que seu pai havia usado para matar os dragões que tentaram roubar a Inglaterra de seu rei de direito, e que seu nobre pai havia morrido protegendo a vida de seu soberano.

As histórias eram intermináveis... e muito fantasiosas. Não demorou para Judith santificar o pai em sua cabecinha. Disseram que ele havia morrido no dia 1º de maio, e na manhã de cada aniversário de morte, ela colhia flores do comecinho da primavera e enfeitava o túmulo do pai. Depois fazia uma prece pela alma dele, apesar de não achar que fosse mesmo necessário; pois, certamente, seu pai estava no céu, servindo ao Criador em vez de ao rei que ele havia servido com tanta bravura na Terra.

Judith estava com onze anos e a caminho do festival da fronteira quando descobriu toda a verdade sobre o pai. Ele não tinha morrido defendendo a Inglaterra dos infiéis. O homem nem era inglês. Sua mãe não sofria com a morte do marido; na verdade, ela o odiava com tal força que nunca diminuíra nem com o passar dos anos. Tekel tinha lhe contado uma meia-verdade. Judith era uma lembrança constante para sua mãe, uma lembrança de um erro terrível.

Tia Millicent colocou Judith sentada e lhe contou tudo o que sabia. Que a mãe dela tinha se casado com um *laird* escocês por despeito quando o barão inglês por quem estava apaixonada foi considerado inadequado para ela pelo seu pai e pelo rei. Lady Cornelia não estava acostumada a ser contrariada. Para se vingar do pai, casou-se com o escocês apenas dois meses depois de tê-lo conhecido na corte, em Londres. Ela queria magoá-lo, e certamente atingira seu objetivo, mas ao fazê-lo acabou se ferindo muito mais.

O casamento durou cinco anos. Então Cornelia voltou para a Inglaterra e implorou para morar com o irmão, Tekel, e, a princípio, se recusou a explicar o que tinha acontecido. Depois, quando não conseguia mais esconder que estava esperando uma criança, ela contou ao irmão que o marido a banira assim que descobriu que ela estava grávida. Ele não a queria mais, e não queria o filho dela também.

Tekel preferiu acreditar na irmã. Ele estava solitário, e a ideia de criar um sobrinho o agradou. Depois que Judith nasceu, no entanto, Cornelia não suportava ficar perto da criança. Millicent e Herbert conseguiram convencer Tekel a permitir que eles ficassem com Judith. Mas, em troca, nunca poderiam contar a verdade sobre seu pai.

Millicent não estava disposta a cumprir a promessa, mas esperou até que Judith tivesse idade suficiente para entender. Então, ela se sentou com a sobrinha e contou tudo o que sabia sobre o pai dela.

Judith fez milhares de perguntas. No entanto, Millicent não tinha todas as respostas. Na verdade, nem sabia ao certo se o *laird* escocês ainda estava vivo. Só sabia que seu sobrenome era Maclean.

Como nunca tinha visto o homem pessoalmente, não tinha como descrever sua aparência física. Uma vez que Judith não se parecia em nada com a mãe, ela presumia que os cabelos loiros e os olhos azuis só podiam ter vindo da família paterna.

Aquilo tudo era muito para Judith. Ela só conseguia pensar nas mentiras que ouvira a vida toda. A traição a deixou arrasada.

Frances Catherine esperava ansiosamente por ela no festival. Assim que as duas amigas ficaram a sós, Judith contou tudo o que ficara sabendo. E chorou também. Frances Catherine segurou a mão da amiga e chorou junto.

Nenhuma das duas conseguia compreender os motivos por trás da mentira. Após passarem dias falando sobre o assunto, acabaram decidindo que os motivos não faziam a menor diferença naquele momento.

Então as duas arquitetaram um plano. Ficou decidido que Judith não confrontaria a mãe nem o tio Tekel com a verdade, pois, se descobrissem que Millicent tinha contado tudo, iriam obrigá-la a morar com eles permanentemente.

A ideia era assustadora, pois tia Millicent, tio Herbert e Frances Catherine tinham se transformado na família de Judith. Eram as únicas pessoas em quem ela podia confiar, e ela não permitiria que sua mãe a afastasse deles.

Por mais difícil que fosse, Judith teria paciência e esperaria até ficar mais velha. Então, se ainda quisesse, encontraria uma forma de ir para a tal das Highlands em busca do pai. E Frances Catherine prometera ajudar.

Os anos seguintes passaram voando, até mesmo para uma jovem que desejava conquistar o mundo. Frances Catherine estava prometida para se casar com um homem da fronteira, do clã Stewart, mas, três meses antes do casamento, os Kirkcaldy tiveram uma desavença com *Laird* Stewart. Patrick Maitland aproveitou a oportunidade e pediu a mão de Frances Catherine uma semana depois do rompimento do acordo com os Stewart.

Quando Judith ficou sabendo que a amiga havia se casado com um escocês das Highlands, achou que o destino havia lhe dado um pequeno empurrão. Já tinha prometido a Frances Catherine que iria lhe fazer companhia quando esta engravidasse. Enquanto estivesse lá, pensou Judith, poderia encontrar uma maneira de conhecer o pai.

Sua jornada teria início no dia seguinte. Os parentes de Frances Catherine estavam vindo buscá-la. O único problema era como explicar tudo isso para tio Tekel.

Por sorte, sua mãe voltara para Londres. A casa sempre ficava em polvorosa quando a mãe de Judith estava por lá, mas ela tinha se cansado da vida pacata do interior e havia partido para Londres uma semana antes. Lady Cornelia amava a agitação e os mexericos da vida na corte, o código moral menos rígido e, acima de tudo, as intrigas e os segredos que permitiam tantas ligações. Atualmente, ela andava de olho no barão Ritch, o belo marido de uma de suas queridas amigas, e tinha traçado um plano para arrastá-lo para sua cama em, no máximo, quinze dias. Judith ouvira a mãe se gabar disso para Tekel e ainda rir da indignação dele.

Mas nada que sua mãe fazia surpreendia Judith. Foi um alívio saber que agora só teria que enfrentar Tekel. Ela esperou até a noite da véspera da partida para falar sobre seus planos. Não que fosse pedir permissão, mas achava que seria desrespeitoso simplesmente ir embora sem lhe dizer para onde.

A ideia do confronto era assustadora. Quando estava a caminho do quarto dele, o familiar nó se formou no fundo de seu estômago. Ela rezou para que a bebida tivesse deixado Tekel melancólico naquela noite, e não agressivo.

O quarto estava envolto na mais profunda escuridão. Um odor úmido de mofo permeava o ar. Judith sempre se sentia sufocada quando entrava no quarto. E foi assim que se sentiu naquele momento. Ela respirou fundo para acalmar o nervosismo.

Havia apenas uma vela acesa em cima do baú ao lado da cama de Tekel. Judith mal conseguia enxergar o rosto do tio, tamanha a penumbra. O medo de uma vela acesa esquecida sempre fora uma grande preocupação para ela, pois não era raro seu tio cair de bêbado antes de se lembrar de apagá-la.

Ela chamou. Ele não respondeu. Judith já tinha entrado quando Tekel finalmente notou sua presença e a chamou.

A voz soou pastosa, arrastada. Ele fez sinal para que ela se aproximasse, e assim que ela chegou perto da cama, ele estendeu o braço para segurar-lhe a mão.

O tio deu um meio-sorriso, e ela respirou aliviada. Naquela noite, ele estava melancólico.

— Fique aqui ao meu lado enquanto eu lhe conto uma história. Acabei de me lembrar da vez em que fui para a guerra com seu pai. Eu já lhe contei que ele costumava cantar a mesma balada sempre que as trombetas soavam para anunciar o ataque? Ele sempre continuava cantando enquanto lutava.

Judith se sentou na cadeira ao lado da cama.

— Tio, antes que o senhor continue a história, eu queria falar sobre um assunto muito importante.

— Ouvir sobre o seu pai não é importante?

Ela ignorou a pergunta.

— Tem uma coisa que preciso lhe dizer — declarou.

— O que é?

— Promete que não vai ficar bravo?

— Quando foi que fiquei bravo com você? — perguntou ele, esquecendo-se das milhares de vezes que descontara sua ira na sobrinha. — Agora me conte o que a está afligindo, Judith. Vou sorrir durante sua confissão.

Ela meneou a cabeça e cruzou as mãos sobre o colo.

— Nos verões, sua irmã Millicent e o marido dela sempre me levaram para o festival da fronteira. Tio Herbert tem parentes que moram lá.

— Eu sei que ele tem — comentou Tekel. — Pegue a minha taça e continue. Quero saber por que você nunca me contou sobre esses festivais.

Judith ficou observando o tio tomar um gole de cerveja e se servir de mais antes de responder à pergunta dele.

A dor no fundo do estômago ficou ainda mais forte.

— Millicent achou melhor eu não contar para o senhor nem para a mamãe... ela achou que o senhor poderia ficar bravo se descobrisse que eu estava interagindo com escoceses.

— O que você disse é verdade — concordou Tekel, e tomou outro gole. — Eu não os odeio tanto assim, já sua mãe tem um bom motivo. Mas entendo por que você não quis contar sobre os festivais. Imagino o quanto deve ter se divertido. Não sou tão velho a ponto de não conseguir me lembrar. Mesmo assim, terei que pôr um ponto final nisso. Você não irá mais para a fronteira.

Judith respirou fundo em um esforço de conter a raiva.

— No primeiro festival que participei, conheci uma menina chamada Frances Catherine Kirkcaldy. Nos tornamos grandes amigas. Antes de Frances Catherine se casar e eu me mudar para uma região mais distante da fronteira, nós retomávamos nossa amizade a cada verão, no festival. Fiz uma promessa para ela, e agora chegou o momento de cumprir. Terei que me ausentar por um tempo — finalizou, com um leve suspiro.

O tio a encarou com os olhos avermelhados, em um sinal claro de que não estava conseguindo acompanhar a explicação.

— Como assim? — exigiu ele. — Aonde você pensa que vai?

— Primeiro, vou lhe contar sobre a promessa que fiz quando eu tinha onze anos. — Ela esperou pelo consentimento antes de continuar. — A mãe de Frances Catherine morreu no parto e a avó dela morreu do mesmo jeito.

— Isso não é nada de mais — murmurou ele. — Muitas mulheres morrem durante o trabalho de parto.

Ela tentou não se deixar afetar pela insensibilidade.

— Anos atrás, fiquei sabendo que a avó de Frances Catherine morreu uma semana depois do parto, o que foi uma rajada de esperança, é claro.

— O que isso tem de tão esperançoso?

— Talvez a causa da morte não tenha sido a bacia estreita.

Judith sabia que não estava sendo clara, mas a cara feia do tio a fazia perder a concentração.

Tekel deu de ombros.

— Ainda assim, ela morreu por causa do parto — disse ele. — E você não deveria estar se preocupando com essas coisas.

— Frances Catherine acha que vai morrer — contou Judith. — É por isso que estou preocupada.

— Fale mais sobre essa história de promessa. Mas antes, me sirva um pouco mais de cerveja.

Judith esvaziou o segundo jarro de cerveja.

— Frances Catherine pediu minha promessa de lhe fazer companhia quando ela engravidasse. Ela quer que eu esteja ao seu lado na hora da morte. Eu era muito pequena para entender e acabei concordando. Fiz essa promessa há muito tempo, mas a cada verão eu a reafirmava. Não quero que minha amiga morra — acrescentou. — Por isso resolvi aprender o máximo possível sobre os mais novos métodos de parto. Dediquei muito tempo a esse intento. Tia Millicent me ajudou muito. Ao longo dos últimos dois anos, ela conseguiu encontrar um número considerável de parteiras respeitáveis para eu entrevistar.

Tekel ficou chocado com a revelação de Judith.

— Você se considera a salvadora dessa mulher? Se Deus quiser levar sua amiga, sua interferência colocará sua alma em pecado. Você não é nada, isso sim. E, no entanto, se acha tão importante a ponto de poder mudar as coisas? — adicionou ele com uma risada de escárnio.

Judith se recusou a discutir com ele. Já estava acostumada aos insultos; nem se sentia mais ofendida. Estava orgulhosa por ter conseguido, mas queria muito encontrar uma forma de acabar com a dor no estômago. Ela fechou os olhos, respirou fundo novamente, e então seguiu em frente.

— A hora de Frances Catherine se aproxima e os parentes dela estão vindo me buscar. Estarei em segurança. Tenho certeza de que haverá no mínimo duas mulheres para me acompanhar e um bom número de homens para garantir minha segurança.

Tekel afundou a cabeça na pilha de travesseiros.

— Meu Deus, você está me perguntando se pode voltar para a fronteira? O que vou dizer a sua mãe quando ela retornar e descobrir que você não está aqui?

Judith não tinha pedido permissão, mas achou melhor não comentar. O tio fechou os olhos, parecendo estar quase pegando no sono. Um sinal de que era melhor se apressar e terminar de dizer tudo antes que ele apagasse de bêbado.

— Não estou indo para a região da fronteira — iniciou ela. — Estou indo para as Highlands, no extremo norte, em uma área isolada, perto de Moray Firth.

O tio abriu os olhos.

— Não quero ouvir mais nada sobre isso! — berrou ele.

— Tio...

Ele tentou acertá-la, mas Judith já tinha afastado a cadeira para longe do alcance dele.

— Essa discussão está encerrada para mim! — gritou, tão irado que as veias de seu pescoço saltaram.

Judith enfrentou a ira.

— Mas eu ainda não acabei — insistiu.

Tekel ficou surpreso. Judith sempre tinha sido uma criança tímida e calada. Nunca discutira com ele. O que tinha dado nela?

— Foi Millicent quem colocou essas ideias absurdas na sua cabeça?

— Já sei toda a verdade sobre o meu pai.

Ele a encarou com os olhos semicerrados por um longo minuto antes de alcançar a cerveja. Judith notou que a mão dele tremia.

— Claro que você sabe tudo sobre o seu pai. Eu mesmo lhe contei sobre o maravilhoso barão. Ele era...

— O sobrenome dele é Maclean, e ele vive em algum lugar nas Highlands. Ele não é um barão inglês. É um *laird* escocês.

— Quem lhe disse essas bobagens?

— Tia Millicent me contou há muito tempo.

— É mentira! — negou ele, aos berros. — Por que você dá ouvidos ao que Millicent fala? Minha irmã...

— Se não é verdade, então por que não quer que eu vá para as Highlands?

A cabeça dele estava muito confusa por causa da cerveja para conseguir pensar em uma resposta convincente.

— Você não vai e ponto final. Ouviu?

— Nem o diabo vai me impedir de ficar ao lado de Frances Catherine — respondeu ela, com toda a calma.

— Se você for, não será mais bem-vinda nesta casa.

Ela concordou, assentindo.

— Então não voltarei.

— Sua vadia ingrata! — gritou ele. — Tentei acertar com você. As histórias que inventei sobre o seu pai...

Ele não continuou. Judith balançou a cabeça.

— Por que o senhor inventou essas histórias?

— Eu queria dar a você algo para se apegar, especialmente depois que a sua mãe não conseguia nem olhá-la. E você percebia isso. Então fiquei com pena e tentei tornar as coisas um pouco melhores.

Judith sentiu o estômago revirar, e a dor intensificou tanto que ela quase teve que se curvar. O quarto parecia diminuir ao seu redor.

— Uma vez, ouvi minha mãe dizer que o tio Herbert era inferior porque o sangue que corre nas veias dele é sujo. Ela pensa o mesmo de mim, não é?

— Não tenho respostas fáceis para isso — respondeu ele, soando cansado, derrotado. — Tudo que pude fazer foi tentar atenuar a influência dela sobre você.

— A espada pendurada acima da lareira... de quem é? — perguntou ela.

— É minha.

— E o anel de rubi que carrego nesta corrente em meu pescoço? — indagou, tirando o anel do vão entre os seios. — É seu também?

Ele bufou.

— O anel pertence àquele maldito do Maclean. O intrincado desenho ao redor da pedra tem algum significado para a família. A sua mãe pegou o anel quando o deixou, para irritá-lo.

Judith soltou o anel, que segurava com força.

— E o túmulo?

— Está vazio.

Ela não tinha mais perguntas. Apenas ficou ali, sentada, por um ou dois minutos mais, os punhos cerrados sobre o colo. Quando olhou para o tio, ele já dormia pesado. Em alguns segundos, estaria roncando. Ela pegou a taça vazia da mão dele, tirou a bandeja que estava ao lado, na cama, apagou a vela e saiu do quarto.

De repente, teve certeza do que queria fazer. Ela poderia acabar com uma mentira.

O sol estava quase se pondo quando ela passou correndo pela ponte levadiça e subiu a colina rumo ao cemitério, sem diminuir o passo enquanto não chegasse ao túmulo vazio. Ela chutou as flores murchas para longe, então chegou bem perto da lápide de pedra, fincada acima do monte de terra. Demorou até que conseguisse arrancar a lápide do lugar, e demorou mais ainda para destruí-la completamente.

Na manhã seguinte, estaria pronta para partir. Não voltou mais ao quarto do tio nem para dizer adeus.

Todos os criados a rodearam, disputando uma oportunidade de ajudar. Até então, Judith não tinha se dado conta de que eram muito mais leais a ela do que ao dono da casa. Foi comovente ver toda aquela demonstração de carinho. Paul, o encarregado do estábulo, já havia colocado toda a bagagem que ela ia levar sobre a égua de carga. Ele estava selando seu animal favorito, uma égua sarapintada chamada Gloria, quando Jane veio correndo com outra bolsa cheia de comida que ela jurou que daria para a viagem toda. Pelo peso da bolsa e o modo como Jane se esforçava para carregá-la até o estábulo, Judith concluiu que havia comida suficiente para alimentar um exército.

Samuel, o sentinela, gritou, anunciando a chegada da comitiva escocesa. A ponte levadiça foi baixada e Judith se posicionou no topo da escadaria da fortaleza, com as mãos ao lado do corpo, um sorriso de boas-vindas estampado no rosto — embora fosse forçado, pois, de repente, sentia-se muito nervosa.

Quando os guerreiros alcançaram as tábuas da ponte levadiça e os cascos de seus cavalos retumbaram na madeira à medida que avançavam, o sorriso dela se desfez.

Um arrepio perpassou sua espinha. Não havia uma mulher sequer no grupo. Só havia guerreiros, quatro no total, e, para ela, pareciam bárbaros gigantes. O medo migrou para seu estômago assim que chegaram mais perto e ela deu uma boa olhada em seus rostos. Ninguém sorria. Por Deus, eles lhe pareceram muito hostis.

Os quatro trajavam seus tartãs de caça. Judith sabia que cada clã usava dois tipos de tartãs. As cores neutras, como o dourado, o marrom e o verde eram as mais usadas para caçar... ou para se proteger de outros homens, por ser possível se camuflarem com mais facilidade na floresta e assim ficarem ocultos das presas. Já os tartãs mais coloridos eram usados em todas as outras ocasiões.

Os joelhos expostos não surpreenderam Judith; afinal, estava acostumada à vestimenta incomum, uma vez que todos os homens que participavam dos campeonatos da fronteira usavam seus tartãs até a altura dos joelhos. Ela era até capaz de identificar alguns clãs pelas cores. Na Inglaterra, o estandarte de um barão trazia suas cores; na Escócia, como havia explicado Frances Catherine, o *laird* e seus seguidores eram reconhecidos pelas cores de suas roupas.

Mas o que surpreendeu Judith foram as expressões zangadas. Ela não conseguia entender por que pareciam tão irritados. Talvez a viagem tivesse sido cansativa. O que não se justificava, mas foi a melhor desculpa que lhe ocorreu.

Nenhum dos guerreiros apeou de seus cavalos quando chegaram perto dela. Três deles formavam uma linha atrás do homem que ela supôs ser o líder do grupo. Nenhum dos quatro disse uma palavra sequer por um longo, longo tempo. Apenas a encararam de um modo grosseiro. Ao que ela respondeu encarando de volta, embora sua atenção estivesse mais concentrada no líder, pois ela tinha certeza de que nunca havia se deparado com uma visão tão magnífica em toda a sua vida. O homem era fascinante e, certamente, o mais alto do quarteto. Os ombros largos bloqueavam o sol que brilhava às suas costas, deixando escapar apenas alguns raios ao seu redor, o que lhe conferia uma aparência mágica de alguém invencível.

Claro que ele não tinha nada de mágico. Era apenas um homem, um homem extremamente bonito, isso sim, e certamente o guerreiro mais musculoso do grupo. Seu tartã tinha uma abertura lateral sobre a coxa esquerda. O elegante músculo que se erguia protuberante entre a fenda parecia duro como aço. Uma vez que não era decoroso ficar olhando para uma parte tão íntima, os olhos dela se voltaram para o rosto. A expressão não indicava que ele tivesse notado a espiadela na coxa, então ela soltou um suspiro de alívio.

Deus do céu, pensou, seria capaz de passar o resto do dia ali, olhando para aquele guerreiro. Os cabelos eram castanhos bem escuros, levemente ondulados. Os braços nus tinham o mesmo tom bronzeado do rosto. O perfil era marcante. Ah, claro, ele estava em plena forma física, mas o que mais chamou a atenção dela foi a cor dos olhos. Eram de um lindo tom de cinza cintilante.

O olhar do guerreiro era intenso, desconcertante. Emanava uma aura de poder tão intensa, que quase a deixou sem fôlego. O modo poderoso como ele a encarava a fez ruborizar, sem saber direito por quê. *Deus do céu, tomara que este não seja o marido de Frances Catherine*, foi o que passou pela sua cabeça. Ele parecia ser um homem muito rígido e controlado. Não parecia muito afeito a risadas.

Entretanto, havia algo nele que tocou seu coração, algo que a fez sentir vontade de se aproximar. Foi uma reação estranha ao escocês, mas com certeza não mais estranho do que o fato de que, quanto mais olhava para ele, mais suas preocupações pareciam se dissipar.

Que bela aventura a aguardava. A ideia lhe ocorreu de repente. Não fazia o menor sentido, e ela estava muito confusa com a própria reação diante do guerreiro para tentar entender o que estava acontecendo. Tudo o que sabia era que sentia-se completamente livre de todas as suas preocupações. E segura também. Pelo jeito, ele não parecia muito feliz com a missão que havia assumido, mas ela tinha certeza de que ele a protegeria naquela jornada até seu lar.

Judith nem se preocupou mais que não houvesse outras mulheres para acompanhá-la em nome do decoro. As convenções sociais foram esquecidas. Agora ela mal podia esperar para começar a viagem. Abandonaria as mentiras, a dor, a rejeição, todas as traições. Tinha prometido a si mesma que nunca mais voltaria. Nunca. Nem mesmo para uma visita, por mais curta que fosse.

Daquele dia em diante, ela passaria a morar com tia Millicent e tio Herbert, e, se quisesse, passaria a chamá-los de pai e mãe, e ninguém a impediria.

Judith sentiu uma vontade quase irresistível de rir muito alto só para dar voz a toda a felicidade que estava sentindo. Mas a vontade foi contida, pois Judith estava ciente de que os escoceses não entenderiam. Como poderiam? Nem ela se entendia direito.

Parecia que o silêncio tinha durado horas, apesar de ela saber que apenas alguns minutos haviam se passado. Então Paul abriu as portas do estábulo e o rangido das dobradiças antigas, implorando por um pouco de óleo, atraiu a atenção dos guerreiros. Todos, menos o líder, se viraram naquela direção. Judith notou que dois tocaram em suas espadas, e então ela se deu conta de que os guerreiros consideravam estar em território hostil e, naturalmente, estavam atentos a qualquer sinal de ataque.

Não era à toa que estavam tão carrancudos. Agora tudo fazia sentido. Judith se voltou para o líder novamente.

— Você é marido de Frances Catherine?

Ele não respondeu. Ela estava prestes a repetir a pergunta em gaélico quando o guerreiro, que estava logo atrás do líder, falou:

— Patrick ficou com a esposa. Somos parentes dele.

Seu sotaque era tão arrastado que ela mal conseguiu entender. O guerreiro incitou o cavalo com os calcanhares para avançar. Quando parou ao lado do líder, ele falou novamente:

— A senhora é Lady Judith Elizabeth?

Ela sorriu. Ninguém além de Frances Catherine a chamava assim. Foi uma doce lembrança de sua infância.

— Sou — respondeu. — Mas pode me chamar de Judith. Por favor, me diga, senhor: como Frances Catherine está?

— Gorda.

A resposta lacônica a fez rir.

— É como ela deveria estar mesmo — disse Judith. — Mas ela está passando bem?

Ele assentiu.

— Madame, viemos de muito longe para ouvir que a senhora não deseja ir conosco. Portanto, faça logo a gentileza de dizer que não vai para que possamos pegar o caminho de volta.

A franqueza a surpreendeu. O sujeito que havia acabado de insultá-la com muita naturalidade tinha cabelos ruivos e lindos olhos verdes.

Ela deu uma passada de olhos nos outros.

— Vocês acham que eu não quero ir? — perguntou, incrédula.

Todos menearam a cabeça, assentindo. Ela ficou em choque.

— E os senhores viajaram tudo isso só para me ouvirem dizer que não vou?

Todos assentiram novamente. Judith achou tão engraçado que caiu na risada.

— Por acaso está rindo de nossa Frances Catherine, por ela inocentemente acreditar que a senhora vai manter a sua palavra? — indagou um dos guerreiros.

— Não — disse ela em um rompante. — Estou rindo do senhor.

Talvez não tivesse sido uma boa ideia ter sido tão direta com o escocês, pois ele a encarava agora como quem estava com vontade de estrangulá-la.

Ela tentou segurar a risada.

— Peço desculpas se o ofendi — disse. — Eu estava rindo do senhor, mas só um pouquinho. Seus comentários me pegaram de surpresa.

Mas ele não pareceu muito satisfeito com o pedido de desculpas.

Judith soltou um leve suspiro. As coisas não tinham começado muito bem; talvez fosse melhor recomeçar.

— Como se chama?

— Alex.

— Muito prazer, Alex — anunciou ela com uma ligeira cortesia.

O homem revirou os olhos, irritado.

— A senhora está desperdiçando nosso tempo — retomou Alex. — Se nos disser logo que não vai, pegaremos o caminho de volta agora mesmo. Nem precisa explicar seus motivos. Basta um simples "não".

Todos assentiram ao mesmo tempo, novamente. Ela achou que fosse engasgar de tanto rir.

— Creio que não poderei dar a resposta que o senhor tanto anseia ouvir — iniciou ela. — Pretendo cumprir a promessa que fiz a minha amiga. Mal posso esperar para rever Frances Catherine. Por mim, quanto antes partirmos, melhor. Mas claro que entenderei se os senhores quiserem descer um pouco para descansar antes de partirmos.

O pequeno discurso os pegara de surpresa, imaginou ela. Alex parecia perplexo. Os outros, exceto o líder, que ainda não tinha expressado qualquer tipo de reação, pareciam ligeiramente contrariados. Judith não riu, mas deixou escapar um pequeno sorriso. Ela havia optado por falar em gaélico, só para impressioná-los e, pelo modo como a encaravam agora, ela presumiu que tinha atingido seu objetivo.

Judith resolveu guardar cada detalhe daquele primeiro encontro só para contar a Frances Catherine depois. Com certeza, sua amiga acharia tão engraçado quanto ela.

— Vai mesmo com a gente, moça? — perguntou Alex.

Não foi o que ela tinha acabado de dizer? Judith escondeu a irritação.

— Sim, eu realmente vou com vocês — respondeu com firmeza e sem rodeios. Então, voltou os olhos para o líder novamente. — É melhor aceitarem que para mim tanto faz se querem ou não minha companhia. Nada me impedirá de cumprir minha promessa. Eu juro por tudo que há de mais sagrado que irei para a casa de Frances Catherine nem que precise ir a pé. Agora — adicionou em um tom mais brando. — Fui clara o suficiente?

O líder não assentiu nem falou, apenas ergueu uma sobrancelha. Judith aceitou a reação como um *sim*.

Paul chamou a atenção dela com um longo assobio. Judith fez sinal para que ele trouxesse os cavalos, e então ergueu a barra do vestido azul e desceu os degraus correndo. Estava passando pela fileira de guerreiros quando ouviu um resmungo:

— Já estou vendo que essa aí vai dar trabalho, Iain.

Ela não fingiu que não tinha escutado o comentário.

— Não vai ser fácil mesmo — disse ela, seguindo na direção do estábulo, sua risada ressoando em seu rastro.

Como nem se deu ao trabalho de se virar para trás, ela não viu os sorrisinhos por causa do comentário sarcástico.

Iain parecia não conseguir tirar os olhos da mulher. Estava surpreso depois de ter ouvido que ela honraria a palavra dada, é claro, mas a pior parte era que nunca imaginou que se sentiria atraído por ela. Isso o pegou de surpresa, e ele não sabia ao certo o que fazer a respeito.

Os longos cabelos cor de trigo esvoaçavam ao vento enquanto ela corria na direção do estábulo. Iain não conseguiu evitar... e ficou observando o leve balanço dos quadris. Seus movimentos eram muito graciosos. Sim, ela era bonita. Os olhos tinham o tom violáceo mais lindo que ele já vira, mas foi o belo som de sua risada que mais o afetou. Era uma risada cheia de alegria.

Iain tinha vindo decidido a obrigar a mulher a ir para casa com ele, uma decisão não compartilhada com seus companheiros. Quando chegasse o momento, eles fariam o que ele mandasse. Mas Lady Judith o surpreendera. Ela era uma mulher de palavra. Apesar de ser inglesa. Ele balançou a cabeça diante da contradição.

— O que vai fazer com ela?

Foi o segundo primo de Iain, Gowrie, que fez a pergunta, olhando para a inglesa enquanto coçava a barba escura em um movimento ritmado, como se o movimento repetitivo pudesse ajudá-lo a chegar a alguma conclusão importante.

— A moça é muito bonita, não é? Acho que estou apaixonado por ela.

— Acho que você fala demais — resmungou Alex. — Que diabos, Gowrie, você se apaixona por qualquer coisa que use saia.

Gowrie sorriu. Não ficou nem um pouco ofendido com o comentário do amigo.

— Ela vai cumprir a promessa que fez para nossa Frances Catherine — disse ele. — E só por isso eu me apaixonaria por uma inglesa.

Iain já estava farto da conversa fiada. Tinha pressa de partir.

— Vamos dar o fora daqui — ordenou. — Não consigo nem respirar quando estou na Inglaterra.

Os outros guerreiros pensavam o mesmo. Iain se virou, em cima da sela, para olhar para Brodick.

— Ela vai com você — decidiu. — Prenda a bolsa dela atrás de sua sela.

O guerreiro loiro negou com um aceno de cabeça.

— Você está pedindo muito, Iain.

— Não estou pedindo — respondeu o líder, em um tom frio como gelo. — Estou mandando. E nem ouse dizer *não* para mim.

Brodick recuou diante da ameaça.

— Maldição — resmungou. — Como desejar.

— Ela poder vir comigo — sugeriu Gowrie. — Não me importo.

Iain encarou o guerreiro.

— Claro que você não se importa. Não encoste o dedo nela, Gowrie. Nem agora, nem nunca. Estamos entendidos?

Sem esperar pela resposta de Gowrie, ele se voltou novamente para Brodick.

— Ande logo — ordenou.

Judith tinha acabado de montar em seu cavalo quando o guerreiro parou ao seu lado.

— Você vai comigo — anunciou ele. Então parou ao ver a quantidade de bagagem presa atrás da montaria, e balançou a cabeça. — Você vai ter que deixar...

Ele nem teve tempo de terminar o que estava dizendo.

— Muito obrigada por se oferecer, mas não vejo necessidade de irmos no mesmo cavalo. Minha égua é bem resistente. Com certeza vai aguentar a viagem.

Brodick, não acostumado a ser contrariado por uma mulher, ficou perdido. Ele começou a se esticar na direção dela, então parou no meio do caminho.

Iain notou a hesitação de seu guerreiro. Então Brodick se virou em sua direção e ele viu a expressão confusa do outro.

— Ela está criando caso — resmungou Alex.

— Sim, está — concordou Gowrie com uma risada. — Eu me enganei, Alex. Ela não é bonita. Ela é linda.

— Sim, ela é — admitiu Alex, com um aceno de cabeça.

— Você viu a expressão do Brodick? — comentou Gowrie. — Se eu não o conhecesse bem, diria que ele está prestes a ter uma síncope.

Alex achou o comentário muito engraçado. Já Iain apenas balançou a cabeça e pressionou o cavalo para seguir em frente. Judith, que nem tinha percebido o desconforto de Brodick, estava ocupada ajeitando as saias sobre os tornozelos. Em seguida, puxou o pesado manto sobre os ombros, deu um laço no cordão preto e finalmente pegou as rédeas que Paul segurava pacientemente para ela.

Iain fez sinal para Brodick sair do caminho, então pareou o cavalo ao de Judith.

— Você só vai poder levar uma bolsa, moça.

Seu tom de voz indicava que não adiantaria discutir.

— Vou levar todas — rebateu ela. — A maioria está com os presentes que fiz para Frances Catherine e o bebê, e não vou deixá-los para trás.

Considerando o fato de que o imenso guerreiro parecia prestes a arrancar a alma de seu corpo, ela se sentiu muito corajosa. Pelo visto, ele gostava que as coisas fossem feitas do jeito dele. Ela respirou fundo e então completou:

— Também não quero ir no mesmo cavalo que aquele homem. Minha égua com certeza vai dar conta de me levar.

Ele não disse nada por um longo minuto. Ela o encarava também, até ele puxar a espada da bainha. Ela deixou escapar um arquejo, e, antes que tivesse tempo de sair do caminho, ele já tinha erguido a espada e se ajeitado sobre a sela para cortar as cordas que prendiam a preciosa bagagem.

O coração de Judith batia acelerado. Ela só se acalmou quando o guerreiro abaixou a espada. Ele fez sinal para seus companheiros se aproximarem, e então mandou cada um pegar uma bolsa. Judith não disse uma palavra sequer enquanto os guerreiros mal-humorados prendiam as coisas dela em suas selas, mas arfou assustada outra vez quando o líder tentou arrancá-la de sua sela. Ao que ela reagiu com um tapa na mão dele.

Foi um ataque insignificante contra um homem tão grande, e, pelo visto, ele tinha achado a reação muito engraçada.

— A subida pelas montanhas é difícil, moça, e será melhor que você vá com um de nós.

Ela balançou a cabeça, negando. A ideia de ficar tão perto do lindo homem, na verdade, nem era tão ruim assim, mas ela não queria que ele a visse como alguém inferior.

— Tenho plenas condições de suportar a viagem — gabou-se. — Você não terá que se preocupar se vou conseguir acompanhá-los.

Iain conteve a irritação.

— Vamos passar por territórios hostis — explicou ele, pacientemente. — Nossos cavalos são treinados para não fazer barulho...

— O meu também não fará barulho — interrompeu ela.

De repente, ele sorriu.

— Será que ele vai ficar tão quieto quanto você?

Ela assentiu de imediato.

O escocês bufou.

— Era o que desconfiava.

Mas ela só percebeu que havia sido insultada quando ele tentou alcançá-la novamente. E, desta vez, ele nem lhe deu tempo de tentar reagir. Muito bem, então o homem era teimoso. Ele não foi muito delicado quando a ergueu da sela e a encaixou sobre o colo. Assim como não levou em consideração a indecência da posição. Ela, montada de pernas abertas sobre a sela como se fosse um homem, e, como se não bastasse, a parte posterior de suas coxas ainda estava bem em cima daquela parte específica do corpo dele. Ela podia sentir o rosto ruborizar de vergonha.

Mas o braço esquerdo dele a prendia com tanta firmeza ao redor da cintura que seria impossível tentar mudar de posição. Pelo menos ela conseguia respirar, o que já era alguma coisa. Judith acenou para os criados que assistiam ao espetáculo.

Estava um pouco irritada com o guerreiro por ter recorrido a uma estratégia tão ousada para atingir seus objetivos. Por outro lado, estava se sentindo tão aquecida nos braços dele... E, para completar, ele ainda exalava um odor levemente masculino extremamente agradável.

Judith se recostou contra o peito largo. O topo de sua cabeça ficou um pouco abaixo do queixo dele. Por isso, ela nem tentou olhar para cima quando perguntou seu nome.

— Iain.

Ela o acertou no queixo quando assentiu com a cabeça para mostrar que tinha ouvido a resposta resmungada com má vontade.

— Qual o seu grau de parentesco com Frances Catherine?

— O marido dela é meu irmão.

Já tinham cruzado a ponte levadiça e estavam subindo a colina adjacente ao cemitério da família.

— E o nome dele é Patrick, certo?

— Sim.

Pelo visto, Iain não queria muita conversa. Judith se afastou e virou o corpo para olhar para ele, mas o escocês continuou olhando para a frente, ignorando-a completamente.

— Só tenho mais uma pergunta para lhe fazer, Iain — disse. — Depois prometo que vou deixá-lo em paz.

Finalmente, ele baixou os olhos, e Judith ficou sem ar. Deus do céu, como seus olhos eram lindos. Foi um erro ter chamado sua atenção, ela pensou, pois aquele olhar penetrante estava roubando toda a sua concentração.

Mas qual era o problema em achá-lo atraente? Claro que não corria o menor risco de aquilo resultar em alguma coisa. Era verdade que estava indo para o lugar onde ele vivia, mas ela não passava de uma estrangeira, uma hóspede. E, uma vez lá, ele provavelmente nem cruzaria seu caminho, ou ela o dele.

Além do mais, ela era inglesa. Não, aquela atração inofensiva nunca resultaria em nada.

— Você é casado? — ela deixou a pergunta escapar.

E, pelo jeito, ficou mais surpresa do que ele.

— Não, eu não sou casado.

Judith sorriu.

Iain não parecia saber o que fazer com aquilo. Certo, ela tinha feito a pergunta e agora ele poderia ignorá-la. O problema era que, infelizmente, agora ele não tirava os olhos dela.

— Tenho mais uma pergunta — sussurrou ela. — Depois vou deixá-lo em paz.

Eles ficaram se encarando por um longo minuto.

— O que você quer me perguntar?

Sua voz não passava de um sussurro. Como se fosse uma carícia. A sensação a confundiu, e ela teve que desviar o olhar daquele homem lindo para tentar recuperar o controle.

Ele notou a hesitação.

— Essa sua pergunta deve ser muito importante.

— Sim, é importante — disse ela. Então fez outra pausa enquanto tentava se lembrar de qual era mesmo a pergunta. Naquele momento, ela olhava para o queixo dele, tentando se concentrar. — Lembrei — anunciou com um sorriso. — Patrick é bom para Frances Catherine? Ele a trata bem?

— Imagino que ele seja bom para ela — respondeu ele com um escolher de ombros. Quase como um reflexo secundário, acrescentou: — Ele jamais bateria nela.

Então, ela o encarou para que ele pudesse ver como o comentário tinha soado engraçado.

— Isso eu já sabia.

— Como?

— Se ele tivesse tentado erguer um dedo, ela teria fugido dele.

Foi algo tão ultrajante de se dizer, que Iain nem soube como reagir. Mas logo se recuperou.

— Para onde ela fugiria?

— Para a minha casa.

Como soara tão sincera, ele concluiu que ela realmente acreditava no que dizia. Iain nunca tinha ouvido algo tão absurdo. Uma esposa simplesmente não abandonava o marido, não importava o motivo.

— Nenhum Maitland jamais encostaria a mão na esposa em um momento de raiva.

— Iain, o que você acha disso? — Alex gritou a pergunta, interrompendo a conversa. Judith virou-se bem a tempo de ver o guerreiro apontando para o túmulo que ela tinha destruído na noite anterior. Imediatamente, ela desviou o olhar para a fileira de árvores no alto da colina.

Mas Iain sentiu-a enrijecendo em seus braços.

— Você sabe quem fez isso?

— Sei — sussurrou ela.

— Quem está enterrado...

Ela o impediu de terminar.

— Era o túmulo de meu pai.

A essa altura, eles já estavam ao lado de Alex. O guerreiro de olhos verdes olhou para Iain e depois de volta para Judith.

— Quer que eu coloque a lápide de volta antes de seguirmos em frente, moça?

Ela negou com um aceno.

— Se você colocar, vou derrubar outra vez, mas obrigada por oferecer.

Alex não conseguiu disfarçar a surpresa.

— Por acaso está me dizendo que você fez isso?

Não havia nenhum sinal de embaraço em seu rosto quando ela respondeu:

— Sim, fui eu. Demorei um bom tempo para conseguir. A terra estava dura como pedra.

O escocês parecia consternado. Então Iain chamou a atenção dela, erguendo seu rosto até o dele com a parte de trás do polegar.

— Por que faria algo assim?

Sua reação foi um leve encolher de ombros.

— Pareceu a coisa certa naquele momento.

Iain sacudiu a cabeça. A atrocidade que a mulher acabara de admitir ter feito não combinava com a imagem que tinha dela. Ele havia imaginado que ela fosse uma mulher dócil e inocente. E teimosa também. Pelo modo como argumentara para ir em seu próprio cavalo. Mesmo assim, não parecia ser o tipo de mulher capaz de profanar o solo sagrado.

— Este é o túmulo de seu pai? — insistiu ele, determinado a chegar ao fundo daquele intrigante mistério.

— É — respondeu ela, e bufou suavemente. — Não se preocupe com isso. O túmulo está vazio.

— Vazio.

— Sim.

Como percebeu que ela não daria mais explicações, ele resolveu não insistir. A moça estava rígida em seus braços: um claro sinal de que a conversa a estava deixando nervosa.

Iain fez sinal para Alex seguir em frente outra vez, então direcionou o cavalo para seguir logo atrás. Judith só conseguiu relaxar depois que se afastaram do cemitério.

Só voltaram a se falar quando o sol estava se pondo e chegara o momento de prepararem o acampamento para a noite. Haviam cavalgado por horas a fio. Mas, naquele momento, os homens pareciam mais animados depois de terem cruzado a fronteira e finalmente estarem de volta à Escócia.

Judith sentia-se exausta quando enfim pararam. Iain notou, quando a ajudou a descer do cavalo, que ela mal conseguia parar em pé sozinha. Suas mãos se fecharam ao redor da cintura fina para ampará-la até que ela recuperasse a força das pernas.

Ele podia sentir o tremor, e baixou os olhos para o topo da cabeça dela enquanto ela olhava fixamente para o chão. Mas, como ela não tinha dito qual era o problema, ele achou melhor não perguntar. Ela segurava em seus braços, mas, assim que o soltou, ele fez o mesmo com sua cintura.

Imediatamente, ele voltou para o cavalo. Já ela, contornou lentamente o animal e seguiu na direção de um riacho que tinha visto meio oculto atrás da fileira de árvores próximas à pequena clareira. Iain ficou observando de longe e mais uma vez se encantou com seu porte régio. Ela se movia como uma princesa, pensou ele.

Deus do céu, como ela era bonita. E muito inocente também. O modo como corava pelas pequenas coisas ditas. E como era encantadora.

Essa, sim, seria capaz de roubar seu coração. Iain ficou tão atordoado com a ideia, que até perdeu a cor. Seu olhar continuou acompanhando-a até Judith desaparecer por trás das árvores, só que agora de cenho franzido.

— O que o deixou tão irritado? — perguntou Alex, atrás dele.

Iain estava com um braço apoiado na sela do cavalo.

— Bobagem — respondeu.

Seu amigo olhou na direção das árvores para onde Judith tinha ido, então virou-se de volta para Iain.

— Serão bobagens sobre uma bela inglesa?

Iain deu de ombros.

— Talvez.

Alex sabia que era melhor não insistir no assunto, pois seu *laird* não parecia nada feliz com a confissão que acabara de fazer.

— Temos uma longa viagem pela frente — previu ele com um suspiro, antes de se virar de volta para cuidar de seu cavalo.

Judith conseguiu andar com dignidade até se sentir seguramente oculta pelas árvores. Então se curvou para frente e colocou as duas mãos na lombar. Deus do céu, tudo doía. Parecia que alguém tinha lhe dado chicotadas nas costas e nas coxas.

Ela andou em círculos até atenuar a rigidez das pernas. Em seguida, lavou o rosto e as mãos na água fresca. Funcionou; ela se sentiu melhor, e com fome também. Tratou então de voltar para a clareira. E, à medida que se aproximava, era possível ouvir os homens conversando, mas, assim que a viram, pararam de falar.

Iain, ela logo percebeu, não estava entre os outros. O que a fez entrar em pânico. Seu estômago revirou e então a sensação tomou conta de tudo.

Mas quando avistou o cavalo dele, o medo se dissipou imediatamente. O guerreiro escocês poderia muito bem deixá-la para trás, mas ele nunca abandonaria seu fiel animal, não é?

Estava sozinha em uma floresta com quatro estranhos. Se alguém na Inglaterra soubesse disso, seria o fim de sua reputação. E sua mãe, muito provavelmente, ia querer matá-la também. Estranho, mas o último pensamento não incomodou Judith. Na verdade, ela não sentia nada em relação à mãe naquele momento. Tio Tekel justificara a frieza da irmã para com a única filha com a mentira de que Judith era um lembrete constante do homem que ela tinha amado e perdido.

Mentiras, tantas mentiras.

— É melhor você descansar um pouco, moça.

Judith pulou de susto quando a voz grave de Alex soou às suas costas, e levou a mão ao peito. Foi preciso respirar fundo várias vezes antes de conseguir responder.

— Precisamos comer antes de descansar. O que você fez com a bagagem?

Alex apontou para o lado oposto da clareira. Judith correu até o local para arrumar a comida. Jane havia colocado um lindo pano branco na parte de cima da bolsa. Ela o abriu sobre o chão batido, então ajeitou as iguarias. Havia um pão preto de casca grossa, fatias triangulares de queijo vermelho e amarelo, tiras de carne de porco salgada e maçãs verdes fresquinhas.

Depois de tudo pronto, convidou os homens para se juntarem a ela. Então esperou. Passado um tempo, ela se deu conta de que eles não queriam comer com ela. Sentiu o rubor lhe subindo por causa da vergonha. Sentou-se, então, no chão e ajeitou a saia para esconder as pernas; cruzou as mãos sobre o colo e baixou a cabeça para que ninguém pudesse ver sua humilhação.

Tinha sido um erro estúpido querer compartilhar sua comida com eles. Afinal, ela era uma inglesa e, muito provavelmente, a ideia de fazer uma refeição com ela era algo impensável para eles.

Mas não havia nada para se envergonhar, disse a si mesma. Não estava agindo como uma rude bárbara. Já eles, sim.

Assim que Iain voltou à clareira, ele parou. Bastou olhar para Judith e perceber que havia algo de errado. Seu rosto estava vermelho. Ele se virou para olhar para os homens em seguida. Alex e Gowrie estavam sentados no chão, no lado oposto da clareira, recostados nos troncos das árvores. Alex estava atento, enquanto Gowrie parecia estar quase pegando no sono. Brodick, calado como sempre, dormia pesado, todo enrolado em seu tartã, só com o topo da cabeleira loira de fora.

Iain notou a quantidade de comida diante de Judith e adivinhou o que tinha acontecido. Ele soltou um suspiro, cruzou as mãos atrás do corpo e se aproximou. Ela nem olhou para ele. Assim que notou que ele vinha em sua direção, ela se pôs a guardar a comida. Estava colocando as coisas de volta na bolsa quando ele se sentou de frente para ela.

Ele pegou uma maçã, mas ela a tirou da mão dele. Ele a pegou de volta. A ousadia a surpreendeu tanto que ela finalmente olhou para ele. Seus olhos brilhavam, divertidos. O que ele tinha achado tão engraçado, ela não fazia a menor ideia. Continuou encarando-o enquanto ele dava uma mordida na maçã. Então, ele se inclinou para a frente e ofereceu a maçã, e ela deu uma mordida antes mesmo de se dar conta do que havia feito.

Então, Alex apareceu ao seu lado. Sem dizer nada, sentou-se, enfiou a mão dentro da bolsa e começou a tirar as coisas que ela havia guardado. Depois de jogar um pedaço de pão para Iain, Alex enfiou um pedaço de queijo na boca.

Depois, Gowrie se juntou a eles. Judith colocou uma das maçãs no colo e, sem jeito, explicou que ia guardá-la para que o outro escocês, adormecido, pudesse comer de manhã.

— Brodick deve estar muito cansado para ter dormido sem jantar — comentou ela.

Alex soltou um ronco de tanto rir.

— Brodick não está cansado, só é teimoso. Ele também não vai comer a sua maçã amanhã, só porque você é inglesa e tudo o mais. Não, ele...

O cenho franzido de Judith o impediu de continuar a explicação. Ela se voltou para Brodick, calculou a distância mentalmente, então pegou a maçã.

— Se você tem certeza de que ele não vai comer a maçã amanhã, quem sabe ele não queira comer agora?

Ela estava prestes a jogar a maçã no escocês mal-humorado quando Iain segurou a mão dela.

— É melhor não fazer isso, moça.

Judith ainda tentou se esquivar, mas, ao se dar conta de que ele não ia soltá-la, desistiu.

— Você tem razão. É uma pena desperdiçar uma maçã tão perfeita, uma excelente maçã inglesa, com um escocês mal-humorado. — Fez uma pausa e balançou a cabeça. — Não posso crer que ele seja parente de Frances Catherine. Você já pode soltar minha mão, Iain.

Como não confiava nela, em vez de soltar a mão, ele pegou a maçã. Mas Judith ficou tão surpresa com o sorrisinho dele que nem discutiu.

— Você não vai querer ter Brodick como inimigo, Judith — disse Alex.

— Mas ele já é meu inimigo — respondeu ela, sem conseguir desviar os olhos de Iain. — Brodick já tinha colocado na cabeça que não gostava de mim antes mesmo de nos conhecermos, não é?

Ninguém respondeu. Então Gowrie retomou o tema.

— Se resolver se vingar cada vez que achar que alguém não gosta de você, então vai passar o dia inteiro arremessando maçãs quando chegarmos às Highlands.

— Excelentes maçãs escocesas — provocou Alex.

Judith olhou feio para o guerreiro.

— Não me importo se vão gostar de mim ou não. Frances Catherine precisa de mim. Isso é tudo que importa de verdade. O que sinto não tem a menor importância.

— Por que ela precisa tanto de você? — Foi Brodick quem fez a pergunta. Judith ficou tão surpresa pelo homem ter se dirigido a ela, que se virou e sorriu para ele. Mas antes que tivesse tempo de responder, ele falou: — Ela tem o Patrick.

— E todos nós — completou Alex. — Somos parentes dela.

Ela se virou de volta.

— Tenho certeza de que ela se sente reconfortada com tanta lealdade, mas vocês são homens.

Iain ergueu uma sobrancelha diante da constatação. Obviamente não fazia a menor ideia sobre o que ela estava falando. E não estava sozinho nisso. Gowrie e Alex também pareciam igualmente confusos.

— Frances Catherine tem parentes mulheres também — disse Gowrie.

— Imagino que sim — concordou Judith.

— Então por que ela precisa de você? — perguntou Gowrie, ao se esticar para pegar um terceiro pedaço de carne de porco, mas sem tirar os olhos dela enquanto esperava pela resposta.

— Para ajudar no parto — tentou Iain.

— Ela acha que alguma coisa pode dar errado? — indagou Gowrie ao seu líder.

Iain assentiu.

— Pelo jeito, sim.

Alex bufou. Judith resolveu ignorar a reação.

— Frances Catherine tem todo o direito de estar preocupada. Isso não significa que seja uma covarde, se é o que estão pensando. Pois ela é uma das mulheres mais corajosas que conheço. Ela é forte e...

— Não precisa ficar nervosa — interrompeu Alex, com um sorriso. — Nós sabemos muito bem quais são as qualidades de Frances Catherine. Não precisa defendê-la para nós.

— Ela acha que vai morrer? — perguntou Gowrie. E parecia tão assustado, como se só agora a possibilidade tivesse passado pela sua cabeça.

Antes que Judith pudesse responder, Brodick interveio:

— Se a mulher do Patrick acha que vai morrer, por que mandou buscar você, inglesa?

Ela se virou para encarar o casulo de tartã. Então resolveu ignorar o grosseiro e se virou novamente. Ele que fizesse uma centena de perguntas, ela não ia responder nenhuma.

Todos ficaram esperando a resposta por um longo minuto, mas Judith resolveu recolher a comida e guardar tudo.

A curiosidade de Brodick se mostrou maior do que a aversão que ele nutria pela inglesa. O homem rude não apenas se juntou ao grupo, como abriu espaço, empurrando Alex com uma cotovelada para se sentar ao lado dela. Ela se afastou um pouco para abrir espaço; mesmo assim, o braço do homem imenso resvalou no seu quando ele finalmente se acomodou. Nem assim ele se encolheu. Ela olhou de soslaio para Iain, para ver sua reação, mas a expressão dele não lhe dizia nada. Ele pegou uma maçã e a jogou para Brodick. Achando que o guerreiro ainda estava de cara emburrada, ela preferiu nem olhar, mas ouviu quando ele deu uma mordida.

Então Iain deu uma piscadela, e ela sorriu em resposta.

— Você vai me fazer perguntar outra vez, inglesa? — resmungou Brodick, mastigando a maçã.

Ela estava decidida que sim.

— Perguntar o quê, Brodick? — indagou ela, tentando soar o mais sincera possível.

Ele bufou tão forte que derrubou os recipientes de comida. Judith mordeu o lábio inferior para não rir.

— Está me irritando de propósito? — perguntou ele.

Ela assentiu.

Alex e Gowrie riram, enquanto Brodick a encarava.

— Apenas responda a minha pergunta — ordenou. — Se Frances Catherine acha que vai morrer, por que ela mandou chamar você?

— Você não vai entender.

— Por que sou escocês?

Desta vez, ela não disfarçou a irritação.

— Eu sempre ouvi dizer que os escoceses são teimosos como mulas. Nunca acreditei em tamanha bobagem; mas, agora que o conheci, terei que repensar minha posição a respeito disso.

— Não o irrite — alertou Alex com uma risada.

— Isso mesmo. Brodick fica insuportável quando não está de bom humor — completou Gowrie.

Os olhos dela se arregalaram.

— Estão me dizendo que ele está feliz agora?

Gowrie e Alex assentiram ao mesmo tempo. Judith caiu na risada, pois achou que eles só podiam estar brincando.

Já eles tinham certeza de que ela havia perdido o juízo.

— Estamos todos curiosos para saber por que Frances Catherine mandou chamá-la — disse Alex, assim que ela conseguiu parar de rir.

Judith meneou a cabeça.

— Como vocês não me conhecem direito, terei que confessar um de meus defeitos para que consigam me entender. Sou muito teimosa, e orgulhosa também, embora, na verdade, eu não tenha nenhum motivo para ser orgulhosa. Também sou extremante possessiva... já mencionei esse outro defeito?

Todos, menos Iain, concordaram. Judith encarou o líder do grupo. Seus olhos emanavam um brilho ardente. Era um pouco enervante ser observada por um homem tão bonito como aquele. Foi preciso muito esforço para desviar o olhar e poder se concentrar no que estava dizendo.

Ela baixou os olhos para seu colo.

— Então, sou possessiva. Frances Catherine conhece muito bem todos os meus defeitos. Na verdade, ela está contando com todos eles.

— Por quê? — perguntou Brodick.

— Porque ela acha que vai morrer — explicou Judith, deixando escapar um suspiro antes de adicionar: — E eu sou muito teimosa para permitir que isso aconteça.

Capítulo 3

Eles não riram do que ela falou. Iain sorriu, mas nenhum dos outros demonstrou qualquer tipo de reação àquela exibição dos próprios defeitos. Isso a fez ruborizar e, para disfarçar, ela voltou a guardar a comida.

Só que não tinha mais comida para ser guardada. Depois que Brodick começou a comer, só parou quando não restava mais nada.

Judith pediu licença e voltou ao riacho para limpar o néctar grudento da maçã dos dedos. E ali ficou sentada no barranco coberto de relva, escovando os cabelos até o couro cabeludo formigar. Estava exausta, apreciando tanto o momento de solidão que nem tinha coragem de se mexer.

Quando o sol praticamente desapareceu e restavam apenas poucos raios dourados no céu, Iain veio buscá-la.

O sorriso de gratidão o pegou de surpresa. E sua reação foi um pouco mais ríspida do que o normal.

— Deveria dormir um pouco, Judith. Amanhã será um dia difícil para você.

— Será difícil para você também? — perguntou. Então se levantou, alisou as pregas do vestido e começou a subir o barranco. Na pressa, acabou esquecendo a escova, que enroscou em seu pé, fazendo-a tropeçar e ser arremessada em direção ao chão. Mas Iain se moveu com uma rapidez incrível para um homem daquele tamanho e a pegou antes que ela caísse.

Morrendo de vergonha de sua falta de jeito, ela se virou para agradecer a ajuda, mas as palavras ficaram presas no fundo da garganta, e tudo que lhe restou foi ficar ali, encarando-o, confusa. A intensidade daquele olhar a fez estremecer por dentro. Sua reação ao guerreiro não fazia o menor sentido, e, como ela não conseguia entender, também não conseguia controlar.

— Não.

A resposta não passou de um sussurro. Ela já não sabia mais sobre o que ele estava falando.

— Não, o quê? — sussurrou de volta.

— Não, amanhã não vai ser difícil para mim — explicou ele.

— Então não vai ser difícil para mim também — declarou ela.

Seus olhos brilharam, divertidos. E ele sorriu de volta. Os joelhos dela fraquejaram. Deus do céu, como ele era lindo. Foi preciso balançar a cabeça por causa da constatação. Ela se obrigou a se afastar dele. Ele se abaixou para pegar a escova, e ela resolveu fazer a mesma coisa. Trombaram a testa. A mão dela alcançou a escova primeiro. A dele cobriu a sua. O calor dos dedos a surpreendeu. Judith baixou os olhos para a mão imensa, encantada com o tamanho. Era pelo menos duas vezes maior que a sua. Dava para ver o quanto era forte. Ele poderia esmagá-la se quisesse, pensou. E a energia poderosa que irradiava era avassaladora, mas o toque era, ao mesmo tempo, tão delicado, que ela sabia que poderia tirar a mão se quisesse.

Os dois se ergueram ao mesmo tempo, mas ela ainda não tinha tirado a mão. Nem ele. Ficaram se olhando pelo que pareceu uma eternidade para Judith, apesar de ter se passado um ou dois minutos apenas.

Iain a encarava com uma expressão tão confusa que ela não sabia o que fazer. Então, de repente, ele tirou a mão. A rispidez do movimento a deixou sem jeito.

— Você me deixa confusa, Iain.

Só percebeu que tinha dado voz aos pensamentos depois que falou. Ela se afastou, então, e saiu correndo.

Iain ficou apenas observando enquanto ela ia embora, as mãos cruzadas atrás do corpo. Quando percebeu como estava rígido, tentou relaxar.

— Maldição — murmurou para si mesmo. Como a desejava! Iain aceitou o fato sem pestanejar. Desculpava seu comportamento, dizendo a si mesmo que qualquer homem saudável teria sentido o mesmo. Afinal, ela era uma mulher linda e incrivelmente macia e feminina.

Mas o que o abalou foi que ele tinha acabado de descobrir que ela sentia a mesma atração. Não ficou muito feliz com isso, pois sabia que conseguiria controlar seus desejos, mas o problema era que ele não fazia a menor ideia de como conseguiria controlar os dela.

A tarefa em si já tinha se mostrado complicada.

Seria melhor tentar se manter o mais distante possível dela durante a viagem. E ignorá-la também.

Só de pensar no plano, ele já se sentia melhor. Quando voltou para o acampamento, viu que Judith já tinha se recolhido na barraca que Alex e Gowrie haviam montado para ela. Iain se aproximou da árvore próxima a Brodick, sentou-se e recostou-se contra o tronco. Alex e Gowrie já dormiam pesado. Iain imaginou que Brodick também estivesse dormindo, até que Brodick se virou para lhe dirigir a palavra.

— Ela é inglesa, Iain. Não se esqueça disso.

Iain encarou o amigo.

— O que você quer dizer com isso?

— Que você a quer.

— Como sabe que a quero?

Brodick não se intimidou com o tom irritadiço de Iain. Os dois homens eram amigos havia muitos anos. Além do mais, Brodick queria o melhor para Iain, e sabia que o amigo tinha consciência disso.

— Se não esconder o que está sentindo, não vai demorar muito para que Alex e Gowrie percebam.

— Que se dane, Brodick...

— Eu também a quero.

Iain ficou chocado.

— Mas você não pode tê-la — ordenou ele, antes de conseguir se segurar.

— Você está sendo possessivo, Iain.

Mas o amigo não respondeu à constatação. Brodick soltou um longo suspiro.

— Achei que você odiasse os ingleses, Brodick — apontou Iain, após vários minutos de silêncio.

— Odeio sim, mas, quando olho para ela, eu me esqueço. Seus olhos... é uma aflição...

— Supere.

A voz de Iain soou dura.

Brodick ergueu uma sobrancelha para o comando feroz. A discussão estava encerrada para Iain. Ele fechou os olhos e respirou fundo. Não conseguia entender por que havia reagido daquela maneira quando Brodick admitiu que também queria Judith. Ficou furioso. Maldição, ele ainda estava furioso. Que diferença fazia se Brodick queria ou não ficar com a mulher? Não, isso não deveria fazer a menor diferença para ele. No entanto, o mero pensamento de alguém tocá-la — qualquer um menos ele — fez seu sangue ferver.

Iain demorou para dormir, tentando entender aqueles pensamentos irracionais.

Seu humor não melhorou muito na manhã seguinte. Ele esperou até o último minuto possível para acordar Judith. Ela não tinha se mexido a noite toda. E ele tinha certeza disso, pois passara a noite de olho nela. A tenda ocultava a maior parte do corpo esguio, deixando de fora apenas os tornozelos e os pés, e estes não se mexeram durante as horas de escuridão.

Só depois que os cavalos já estavam prontos foi que Iain se aproximou da tenda para acordá-la. Ele removeu as peles que cobriam as estacas e as jogou para Alex, então se ajoelhou e tocou gentilmente no ombro de Judith. Chamou pelo seu nome também.

Ela nem se moveu. Iain a cutucou novamente; desta vez, com mais força.

— Céus, ela está dormindo pesado, não está? — constatou Gowrie, parando ao lado de Iain. — Ela está respirando?

Então, Judith abriu os olhos, deparou-se com os gigantes avultando ameaçadores e quase gritou. Felizmente, conseguiu se conter a tempo de deixar escapar apenas um guincho de susto.

Iain notou o medo. Notou que ela segurara firme em sua mão também. Ele se levantou e a ajudou a se levantar.

— Está na hora de partirmos, Judith — disse ele, enquanto ela continuava parada. — Por que não vai até o riacho para lavar o rosto e espantar o sono?

Ela assentiu e finalmente se moveu. Brodick a segurou por trás. As mãos imensas pousaram firmes em seus ombros, e ele a virou lentamente para a direção certa. Em seguida, teve que dar um pequeno empurrão para que ela se movesse novamente.

Os homens estavam se divertindo com a letargia de Judith, mas nenhum riu antes que ela sumisse de vista.

— Será que ela vai entrar andando na água? — perguntou Alex.

— Ela deve acordar antes — disse Gowrie com uma risada.

Judith estava bem acordada quando chegou à margem do riacho. A água fresca também ajudou. Ela cuidou da higiene pessoal o mais rápido possível e então voltou correndo para o acampamento.

Todos, menos Iain, aguardavam montados em seus cavalos. Judith não sabia com quem cavalgaria naquele dia. Alex e Gowrie fizeram sinal para ela ir com eles. Iain estava no outro extremo da clareira. Ela o observou montar no lombo de seu cavalo, e como ele nem olhou em sua direção, ela resolveu ir com Alex, que era o que estava mais próximo.

Na noite anterior, Iain tinha decidido manter distância de Judith, mas a intenção foi completamente esquecida assim que a viu andando na direção de Alex.

Ela estava pegando na mão do guerreiro quando foi interrompida. O cavalo de Iain nem diminuiu o passo. Ele passou a mão ao redor da cintura dela e a ergueu até seu colo sem perder o ritmo.

Judith nem teve tempo de se segurar direito quando Iain saiu na frente de todos. Ela chegou a ouvir risadas ficando para trás, mas, quando tentou se virar para ver qual dos guerreiros estava se divertindo tanto, Iain a puxou contra o seu peito, imobilizando-a.

E o fez com tanta força que até doeu. Mas nem foi preciso pedir para ele soltar um pouco. Assim que ela tocou em seu braço e relaxou no aconchego do peitoral largo, ele cedeu.

As horas que se seguiram acabaram se mostrando uma provação cansativa para Judith. Eles tinham deixado a esburacada estrada norte e seguiam a galope, como se estivessem sendo perseguidos por uma legião de demônios. Seguiram nesse ritmo extenuante até alcançarem as íngremes encostas montanhosas. Só então diminuíram o passo.

Iain permitiu uma parada para um breve descanso. Apearam em uma pequena clareira cercada por cardos densos. A planta espinhosa estava repleta de flores roxas e amarelas. Judith ficou encantada com o lugar e resolveu caminhar um pouco por aquele paraíso encantado, tomando muito cuidado para não pisar nas flores enquanto esticava as pernas para aliviar a dor. Ela estava com vontade de coçar o traseiro, que formigava, mas não ousou, pois sabia que os homens observavam cada movimento seu.

Como não eram de falar muito, ela passou o tempo tocando as flores surpreendentemente resistentes e cheirando sua incomum fragrância.

Judith foi até o lago sobre o qual Gowrie havia comentado e bebeu uma boa quantidade de água fresca. Quando voltou para a clareira, Alex lhe ofereceu um pedaço de queijo e uma fatia grossa de pão.

Sentada sobre uma pedra de topo liso, com o almoço no colo, ela estava comendo quando Iain voltou para a clareira e se juntou aos homens. Os quatro guerreiros estavam parados próximo aos cavalos, conversando, e, vez ou outra, Iain olhava em sua direção, como se para se certificar de que ela ainda estava onde deveria estar.

Enquanto fazia sua parca refeição, ela não conseguia tirar os olhos de Iain. Foi quando lhe ocorreu que não sabia quase nada sobre nenhum daqueles homens, exceto que eram de algum modo ligados a Frances Catherine. E que eram leais a ela também. Torceu para que a amiga tivesse consciência da sorte que tinha por estar cercada de pessoas tão atenciosas. Claro que eles também eram muito sortudos por terem Frances Catherine.

Então, lhe veio a lembrança do dia em que elas se conheceram. Como era muito pequena na época para ainda se lembrar de todos os detalhes, a imagem que fazia era baseada nas histórias que o pai de Frances Catherine tanto gostava de repetir. E depois de ter escutado tantas vezes a história da abelha, ela já não sabia mais de quais detalhes se lembrava de fato e quais haviam lhe contado.

Era justamente do pequeno incidente que tinha se lembrado agora. De acordo com o pai de Frances Catherine, havia uma abelha perturbando...

— Do que você está rindo, moça?

Judith estava de olhos fechados e tão concentrada nas lembranças, que nem ouvira Alex se aproximando. Abriu os olhos, então, e se deparou com ele parado a alguns passos de distância.

— Eu estava me lembrando do dia em que conheci Frances Catherine.

— Quando foi?

Ele pareceu realmente interessado. Achando que ele quisesse ouvir sobre a infância de Frances Catherine, ela contou sobre como conhecera a amiga e, quando terminou a história, Gowrie e Iain tinham se aproximado para ouvir. Alex perguntou várias coisas, e Judith não fez questão de florear muito; isso até o pai de Frances Catherine entrar na história. Neste ponto, sua voz ganhou um tom mais suave, mais carinhoso, e ela se demorou contando como tinha conhecido aquele homem maravilhoso, descrevendo até mesmo sua aparência. Iain notou a mudança, e que ela mencionou três vezes o quanto o pai de Frances Catherine tinha sido gentil. Era como se ainda estivesse, após tantos anos, surpresa com aquilo.

— Frances Catherine gostou de seu pai tanto quanto você gostou dela? — perguntou Gowrie.

— Meu pai não estava lá.

A alegria abandonou sua voz. Ela se levantou e saiu em busca de privacidade nas árvores.

— Só vou demorar alguns minutos — avisou por cima do ombro.

Judith passou o resto do dia quieta. Ainda parecia tão tristonha durante o jantar, que Gowrie, o mais falante do grupo, perguntou se tinha acontecido alguma coisa. Ela sorriu, agradeceu a atenção, e então pediu desculpas pelo comportamento, dizendo que só estava cansada.

Naquela noite, eles dormiram ao relento, assim como nas quatro noites seguintes. No sexto dia de viagem, Judith estava exaurida. As noites frias não ajudavam muito. Quanto mais ao norte avançavam, mais frio o vento se tornava. Era quase impossível dormir e, quando cochilava, o sono durava pouco. A tenda oferecia pouca proteção contra o vento cortante, e houve algumas ocasiões durante as longas horas escuras que parecia que o frio cortava até os ossos.

Iain também estava mais retraído. Ainda insistia que ela cavalgasse com ele, mas mal lhe dirigia a palavra.

Alex havia contado a ela que Iain acabava de ser nomeado *laird* do clã, e a novidade não a surpreendeu, pois ele era um líder nato. Isso, na sua opinião, tinha sido uma bênção, pois o escocês era muito arrogante para acatar ordens. Ah, sim, ela percebeu bem rápido esse defeito.

— Você está preocupado com alguma coisa em casa? — perguntou ela, quando o silêncio da longa jornada se tornou insuportável.

— Não.

A resposta foi curta.

Uma hora de silêncio depois, Iain se inclinou e perguntou:

— E você?

Judith nem sabia sobre o que ele estava falando. Virou-se, então, para olhar para ele novamente, quando percebeu que sua boca estava a apenas alguns centímetros. De imediato, ele se afastou, e ela se virou para frente outra vez.

— Eu o quê? — perguntou ela em um sussurro abafado.

— Você está preocupada com alguma coisa em casa?

— Não.

— Ficamos surpresos que a sua família tenha lhe dado permissão para vir conosco.

Ela encolheu os ombros.

— No verão é mais quente ou o clima é sempre frio por aqui? — indagou ela, tentando mudar de assunto.

— Já está mais quente agora — respondeu ele. O tom de divertimento em sua voz a confundiu. — Algum barão, na Inglaterra, pediu a sua mão,

Judith? Você está comprometida com alguém?

— Não.

O homem não parecia disposto a desistir tão facilmente das perguntas de caráter pessoal.

— Por que não?

— É uma resposta complicada — disse ela, e então acrescentou: — Não quero falar sobre isso. Por que você não se casou?

— Não tive tempo nem vontade.

— Eu também não tenho vontade.

Ele riu, e a reação a surpreendeu tanto que ela se virou novamente.

— Por que você está rindo?

Maldição, como ele ficava atraente quando estava feliz. Os cantinhos dos olhos enrugavam quando ele ria, e os belos olhos emanavam um lindo brilho prateado.

— Então você não estava brincando comigo? — perguntou ele.

Judith negou com um aceno de cabeça, o que o fez rir mais alto e a confundiu ainda mais. Pelo jeito, não foi a única, pois Gowrie até se virou na sela para ver o que estava acontecendo. Talvez o guerreiro não estivesse acostumado a ver seu *laird* rindo.

— Nas Highlands, não importa se uma mulher quer ou não se casar — explicou Iain. — Achei que fosse igual na Inglaterra.

— É igual. Uma mulher não tem o direito de decidir seu futuro.

— Então por que...

— Eu já falei. É complicado.

Iain cedeu e encerrou o assunto. Judith ficou imensamente agradecida, pois o que menos queria era falar sobre sua família. E, na verdade, nunca tinha pensado muito sobre o próprio futuro, uma vez que duvidava de que sua mãe pudesse lhe arranjar um casamento. A verdade era que mãe e filha ainda pertenciam ao *laird* Maclean... Isso se ele estivesse vivo. Caso ele houvesse morrido, então tio Tekel se tornaria seu guardião... será?

Sim, era mesmo muito complicado. E, como estava muito cansada para pensar nisso, ela se recostou em Iain e fechou os olhos.

Pouco tempo depois, Iain se inclinou para a frente e sussurrou:

— Dentro de aproximadamente uma hora, entraremos em território inimigo, Judith. Você deve ficar calada enquanto eu não lhe der permissão para falar.

Sua segurança estava nas mãos dele, e só por isso ela aquiesceu na hora. Minutos depois, adormeceu. Iain a acomodou de modo que suas pernas ficassem coladas nas dele, enquanto a lateral do rosto se apoiava em seu ombro.

Ele fez sinal para que Gowrie fosse na frente e Alex protegesse a retaguarda de um possível ataque.

A área isolada pela qual estavam passando era coberta de folhagens e flores de verão. O ruído das cachoeiras que desaguavam em desfiladeiros gigantes abafava o barulho dos cascos dos cavalos.

De repente, Gowrie puxou as rédeas do cavalo e ergueu um punho cerrado no ar. De imediato, Iain se virou para o leste e direcionou o animal rumo a um denso aglomerado de árvores. Os outros vieram logo atrás e se esconderam na mata fechada.

Uma risada ecoou da trilha difícil por onde acabavam de passar, a menos de seis metros do local onde Judith e Iain aguardavam. Mais uma risada. Iain tentava escutar atento, apesar do estrondo da cachoeira. Calculou que houvesse pelo menos quinze Macpherson na área. Sua mão coçava para alcançar a espada. Maldição, se ao menos pudesse pegar o inimigo de surpresa. Tudo estava a seu favor. Com Gowrie, Alex e Brodick lutando ao seu lado, quinze ou vinte Macpherson despreparados não tinham a mínima chance de vencer.

Mas a segurança de Judith vinha em primeiro lugar. Instintivamente, Iain firmou o braço ao redor da cintura dela. Ela se aconchegou, então começou a arfar baixinho, quando uma mão grande cobriu sua boca. O movimento a despertou. Ela abriu os olhos e olhou para ele. O escocês balançou a cabeça. A mão continuava no mesmo lugar. Ela percebeu, então, que estavam em território inimigo. Seus olhos se arregalaram por um segundo ou dois depois da constatação. Ela tentou se acalmar.

Estaria segura enquanto estivesse com ele. Judith não entendeu por que confiava tanto na habilidade daquele homem, mas, no fundo do coração, sabia que ele não deixaria que nada de mau lhe acontecesse.

Uns bons vinte minutos se passaram antes de ele finalmente tirar a mão de sua boca. O polegar deslizou lentamente sobre seu lábio inferior e ela não teve a menor ideia de por que ele tinha feito aquilo, apesar da onda de arrepio que perpassou seu corpo. Ele balançou a cabeça novamente; um sinal, concluiu ela, de que era para continuar calada. Ela assentiu, então, para mostrar que tinha entendido.

Simplesmente precisava parar de olhar para ele, pois seu estômago e seu coração já estavam tão revirados que, a qualquer momento, acabaria ruborizando caso não conseguisse controlar seus pensamentos. E seria o fim se ele percebesse o quanto a afetava. Judith fechou os olhos e se recostou contra o corpo protetor. Dois braços fortes a seguravam firme na altura da cintura. Como seria fácil fingir que ele queria abraçá-la, fácil imaginar sonhos impossíveis com aquele lindo homem.

Mas ela não se deixaria levar por tolices. Afinal, era muito mais forte do que isso e certamente era capaz de controlar suas emoções, e os pensamentos também.

A espera se prolongou. Quando Iain finalmente teve certeza de que os Macpherson estavam bem longe do esconderijo deles, ele a soltou. Então, gentilmente, ergueu seu rosto, com o polegar abaixo do queixo, até que seus olhos se encontrassem.

A intenção era avisá-la de que o perigo havia passado, mas ele se esqueceu disso assim que seus olhos se cruzaram. Foi tomado por um desejo que nunca havia sentido. Seu autocontrole o abandonou. Ele se sentiu sem forças diante daquela atração. A vontade de prová-la era incontrolável. Lentamente, ele foi se abaixando, dando tempo suficiente a ela para se afastar se esta fosse a sua vontade, mas Judith não se moveu. Até que seus lábios roçaram suavemente os dela. Uma, duas vezes. Ainda assim, ela não se moveu.

Mas ele queria mais. Segurou firme o queixo dela e se apoderou daquela boca sedutora. Capturou o leve suspiro que ela deixou escapar e o ignorou. Ele achava que, com um beijo, conseguiria acabar com a atração. Disse a si mesmo que a sua curiosidade passaria depois disso. Bastaria prová-la, sentir a maciez dos lábios, e então tudo passaria. Sua curiosidade seria saciada.

Mas não foi bem assim. E Iain não demorou a se dar conta. Não tinha sido o suficiente. Maldição, como ela era deliciosa. Tão macia, tão quente e como se encaixava tão bem em seus braços. Ele queria mais. Forçou-a, então, a abrir a boca, e antes que ela tivesse tempo de adivinhar o que estava prestes a acontecer, uma língua entrou para se encontrar com a sua.

Por uma fração de segundo, ela ainda tentou se afastar. Mas, logo em seguida, entrelaçou os braços ao redor da cintura dele e o abraçou com força. Sua língua continuou se esfregando à dela até todo o seu corpo tremer de desejo. Ela estava respondendo sem timidez. Sim, ela estava beijando de volta.

Ele soltou um gemido abafado. Ela ronronou. Uma paixão avassaladora tomou conta deles. Sua boca se esfregava contra a dela, insaciável e, quando percebeu que não sossegaria enquanto não estivesse entre aquelas coxas, ele se obrigou a parar.

Iain estava atordoado, e furioso, embora fosse consigo mesmo. A fraqueza era algo inadmissível. Ela o encarava com uma expressão de muita surpresa. Os lábios estavam tão inchados... que ele sentiu vontade de beijá-la outra vez.

Ele empurrou a cabeça dela contra seu ombro, então puxou as rédeas do cavalo e voltou para a trilha principal.

Mas, naquele momento, Judith ficou grata pela falta de atenção dele, pois ainda tremia por causa do beijo; estava muito surpresa com a própria resposta apaixonada. Tinha sido a experiência mais maravilhosa e mais assustadora de toda a sua vida.

E pior, ela queria mais. Apesar de achar que Iain não pensasse o mesmo. Afinal, ele não tinha dito uma palavra sequer depois de tudo, e o modo como a soltara de repente e a raiva que ela vira de relance em seus olhos eram indícios claros de que ele não tinha gostado.

Ela se sentiu muito incomodada e terrivelmente envergonhada. Então veio uma vontade de gritar com aquele bruto por ter ferido seus sentimentos e seu orgulho. Seus olhos marejaram. Ela respirou fundo, tentando recuperar o controle. Alguns minutos depois, o tremor amenizou e, quando estava começando a pensar que tinha conseguido vencer a batalha contra aquele turbilhão de sensações confusas, Iain feriu seus sentimentos outra vez. Ele parou ao lado de Alex, e antes que Judith tivesse uma pista do que ia acontecer, o homem rude a jogou para o colo do amigo.

Tudo bem. Se ele não queria mais nada com ela, ela pagaria com a mesma moeda. Recusando-se até mesmo a olhar na direção dele, ela ajeitou a saia e rezou para que Iain não visse seu rubor, pois seu rosto parecia estar pegando fogo.

Iain assumiu a liderança. Gowrie seguiu logo atrás de seu líder, e, em seguida, ela e Alex se juntaram ao cortejo. Brodick, mais uma vez, ficou encarregado de proteger a retaguarda.

— Você está com frio, moça?

Alex sussurrou a pergunta bem pertinho de seu ouvido. O tom de preocupação em sua voz parecia sincero.

— Não — respondeu ela.

— Então por que está tremendo?

— Porque estou com frio.

Então, ela se deu conta de que tinha caído em contradição e deixou escapar um leve suspiro. Se Alex havia percebido, ao menos foi gentil o suficiente para não comentar. Ele não falou mais nada pelo resto da tarde, e ela fez o mesmo.

A sensação era estranha, como se não conseguisse se acomodar nos braços dele. Suas costas roçaram várias vezes contra o peito forte do escocês, mas era impossível se recostar e relaxar.

Ao final do dia, Judith já estava tão cansada que mal conseguia manter os olhos abertos. Eles pararam em um lindo chalé de pedra com telhado de sapé, aos pés da montanha. A parede ao sul era toda coberta de hera e uma trilha de calçamento de pedra levava ao celeiro, que ficava ao lado da porta da frente do chalé.

Um homem grisalho com uma barba densa e comprida e ombros largos, parado à porta, os recebeu com um sorriso de saudação antes de ir ao encontro deles.

Então Judith viu uma mulher rondando perto da porta. Ela estava parada atrás do marido, mas, quando ele saiu, ela voltou para as sombras.

— Vamos passar a noite aqui — disse Alex, enquanto apeava do cavalo para, em seguida, ajudá-la a descer. — Você terá um teto sobre a cabeça e uma boa noite de sono.

Ela apenas assentiu. Alex parecia ser um homem de compaixão, ela concluiu. Ele a ajudara a descer do cavalo, mas não a soltou, pois sabia que ela acabaria caindo se o fizesse. Assim como não comentou nada sobre seu estado deplorável, e até permitiu que ela se apoiasse em seus braços antes que conseguisse se firmar. Suas mãos a seguravam pela cintura, e ela sabia que ele estava sentindo seu tremor.

— Tire as mãos dela, Alex.

A voz dura de Iain veio por trás de Judith. Alex a soltou na hora. Seus joelhos fraquejaram, mas Iain a segurou por trás bem a tempo de impedi-la

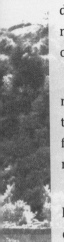

de cair. Seu braço esquerdo a segurava com força na altura da cintura e ele não foi nada jeitoso quando a puxou para perto de si. Alex recuou diante do olhar do líder, então tomou o rumo do chalé.

Iain permaneceu parado ali, segurando Judith por mais alguns minutos. Seus ombros estavam comprimidos contra o peito largo. Ela não tinha forças nem para erguer a cabeça. Estava tão cansada que só queria fechar os olhos e permitir que ele a levasse no colo para dentro. Mas isso não seria apropriado, é claro.

Como um homem ainda podia ter um cheiro tão bom depois de um longo dia de cavalgada? O cheiro de Iain era uma combinação de ar puro... com masculinidade. Seu corpo emanava um calor tão convidativo, que, quando ela se deu conta, já era tarde demais para se afastar.

Mas ele parecia tão distante quanto a tempestade que se formava ao sul. Judith sabia que ele só a estava segurando porque sabia que ela precisava de ajuda. Ele se sentia responsável por ela e estava apenas cumprindo seu dever.

— Obrigada pela ajuda — agradeceu ela. — Pode me soltar agora. Já me recuperei.

Judith tentou se afastar, mas ele tinha outras intenções. Então, ele a virou em seus braços e ergueu seu rosto pelo queixo.

Ele sorria, e ela não sabia o que fazer com aquilo. Poucos minutos antes, ele parecia um urso feroz, embora ela soubesse que Alex tinha sido o alvo.

— Só vou soltar quando eu quiser — explicou ele, em um sussurro suave. — Não quando você me der permissão, Judith.

A arrogância era ultrajante.

— E quando está pensando em fazer isso? — perguntou ela. — Ou não posso nem perguntar?

O escocês ergueu uma sobrancelha diante do tom irritadiço. Então balançou a cabeça.

— Você está zangada comigo — disse. — Por quê?

Ela tentou empurrar a mão que a segurava pelo queixo, mas desistiu quando ele apertou ainda mais.

— Não vou soltar enquanto você não me disser por que está zangada.

— Porque você me beijou.

— Mas você me beijou também.

— Sim, eu beijei — admitiu ela. — E não me arrependo. O que você acha disso?

O desafio estava lá, nos olhos e na voz dela. Um homem poderia perder a cabeça caso se deixasse capturar por toda aquela beleza. A ideia martelava em sua cabeça quando ele respondeu:

— Eu também não me arrependi.

Mas a resposta que recebeu foi um olhar de descaso.

— Talvez você não tenha se arrependido na hora, mas agora está arrependido, não? — Ele encolheu os ombros. Ela sentiu vontade de lhe dar um chute. — É melhor não encostar em mim outra vez, Iain.

— Não me dê ordens, moça.

Sua voz soou dura, mas ela ignorou.

— Em se tratando de me beijar, eu dou ordem a quem eu quiser. Não pertenço a você — adicionou, em um tom mais brando.

Judith percebeu que tinha ido longe demais, pois ele parecia prestes a voar em seu pescoço. Pelo jeito, Iain tinha um gênio difícil.

— Não tive a intensão de ser grosseira — ela começou a se explicar. — E imagino que deva estar acostumado a fazer tudo o que quer, afinal, é um *laird* e tudo mais. Mas como sou estrangeira, não preciso obedecer às suas ordens — continuou, em um tom de voz mais razoável. — Neste caso, como convidada...

Mas ela desistiu de tentar explicar quando ele balançou a cabeça.

— Judith, você concorda que, enquanto estiver sob o teto de meu irmão, estará sob a proteção dele?

— Sim.

Ele meneou a cabeça. Ela sorriu. Pelo modo como reagiu, parecia até que ele tinha vencido um impasse importante, e ela nem sabia ao certo qual tinha sido a questão.

Mas quando ele a soltou e saiu andando, ela foi atrás. Assim que conseguiu alcançá-lo, ela o segurou pela mão e ele parou no ato.

— Pois não? — indagou ele.

— Por que você está sorrindo?

— Porque você concordou comigo.

— Como assim?

Não se tratava de uma tentativa deliberada de sair vitoriosa, e ele percebeu isso em seu olhar confuso.

— Até que volte para a Inglaterra, eu sou responsável por você. Você seguirá todas as minhas ordens — adicionou ele com um menear de cabeça. — Foi com isso que você acabou de concordar.

Judith negou com veemência. O homem estava louco. Em que momento o seu aviso de que ele nunca mais poderia beijá-la levara àquela conclusão distorcida?

— Não concordei com isso — afirmou ela.

Os dois ainda estavam de mãos dadas, e Iain tinha dúvidas se ela se dera conta. Ele poderia ter soltado, mas não o fez.

— Você disse que eu estarei sob a proteção de Patrick — retomou ela, lembrando-o. — E, deste modo, ele será o responsável por mim, Iain, não você.

— Sim — concordou ele. — Mas sou o *laird*, e Patrick deve obediência a mim. Entendeu?

Ela puxou a mão.

— Entendi que você pensa que tanto você quanto Patrick podem me dar ordens. Foi isso o que eu entendi.

Ele sorriu, e assentiu, o que a fez rir. O que ela tinha achado tão engraçado, ele não fazia a menor ideia.

Mas não demorou muito para descobrir.

— Isso significa que você e Patrick são responsáveis pelos meus atos?

Outro menear de cabeça.

— Minhas transgressões se tornarão suas?

O escocês cruzou as mãos atrás das costas e parecia muito desconfiado.

— Você planeja fazer algo de errado?

— Oh, não, claro que não — respondeu ela, mais que depressa. — Sou muito grata por ter permitido que eu fique em suas terras, e certamente não desejo causar nenhum problema.

— Seu sorriso me faz duvidar de sua sinceridade — apontou ele.

— Estou sorrindo por outro motivo. Acabei de perceber o quanto você é contraditório — adicionou com um aceno ao ver a reação de surpresa dele.

— Não sou nem um pouco contraditório — exaltou-se ele.

Sem se dar conta de que o insultara, ela insistiu:

— É sim. A menos que possa me explicar como a minha decisão de não permitir que você me beije novamente acabou nesta conversa estranha.

— A questão do meu beijo não tem nada a ver com esta discussão — respondeu ele. — É irrelevante.

Foi como se tivesse levado um tapa na face, pois o modo como ele se referiu ao beijo doera tanto quanto. Mas ela jamais deixaria que ele percebesse. Com um menear de cabeça, ela se virou e saiu andando.

Iain permaneceu parado, observando por um bom tempo. Então, soltou o ar, cansado. Judith não sabia, mas ela já estava causando problemas. Seus homens não tiravam os olhos dela. Maldição, nem ele.

Ela era uma mulher bonita, e qualquer homem poderia notar isso. Sim, fazia sentido. Lógica pura. Já o sentimento de posse que ele sentia por ela era outra questão. Este não fazia o menor sentido.

Ele dissera que, em última instância, ele era responsável por ela... até o dia em que ela voltasse para a Inglaterra. Inferno, ele quase se engasgou com as palavras. A ideia de levá-la de volta não caiu bem. O que estava acontecendo com ele?

Como permitiria que ela fosse embora?

Capítulo 4

Judith mal podia esperar para se ver livre dele. Sabia que não estava raciocinando de modo lógico. A jornada longa e interminável cansou tanto que parecia ter derretido seu cérebro. Sabia que estava exagerando por causa das palavras ásperas de Iain, mas estava difícil tentar entender as coisas com os sentimentos atrapalhando tudo. Ela ainda estava incomodada por causa da rejeição, admitiu para si mesma.

— Judith, venha conhecer Cameron — chamou Alex.

Todos os olhares foram para sua direção, e ela apertou o passo para se aproximar do anfitrião. Quando parou, cumprimentou com uma leve cortesia e um sorriso. O que não foi muito fácil, pois Cameron a olhava como se ela estivesse prestes a se transformar em um demônio... ou coisa pior. Sua expressão não deixava nenhuma dúvida sobre o que se passava pela sua cabeça. Pelo jeito, o fato de ela existir já era incômodo o suficiente.

Deus do céu, não tinha forças para suportar tanta bobagem. Judith respirou fundo e então disse:

— Boa tarde, senhor.

— Ela é inglesa.

Cameron rugiu a informação com tanta força que as veias de sua testa saltaram. Judith havia falado em gaélico perfeito, mas não tinha conseguido esconder o sotaque inglês. Além disso, as roupas não negavam sua origem. Apesar de compreender a vergonhosa desconfiança que os escoceses sentiam pelos ingleses, a hostilidade de Cameron era tão irracional e tão cheia de ódio que a assustou tanto a ponto de ela recuar um passo, tentando se proteger de toda aquela raiva.

Então, acabou se chocando contra Iain. Ao perceber de quem se tratava, ela tentou se mover para o lado, mas ele a impediu quando pousou as mãos em seus ombros. Ele a segurou com firmeza e a puxou de volta até que ela ficasse pressionada contra seu corpo.

Iain não falou uma palavra sequer por um longo minuto. Alex se moveu para parar ao lado de seu *laird*. Então Gowrie se aproximou e se posicionou do outro lado. Brodick foi o último a se mexer. Ele ficou olhando para Iain, esperando permissão e, quando seu líder finalmente tirou os olhos de Cameron e se virou para fazer um sinal, Brodick avançou para se postar bem na frente de Judith.

Judith ficou literalmente pressionada entre os dois guerreiros. Ela tentou espiar por detrás das costas de Brodick, mas Iain a segurou com mais força, impedindo qualquer movimento.

— Já notamos que ela é inglesa, Cameron — anunciou Brodick em um tom brando, mas firme. — Agora eu gostaria que você entendesse que Lady Judith está sob nossa proteção. Estamos levando-a conosco para casa.

Só então o senhor pareceu sair de seu estado de estupor.

— Sim, claro — disse, meio gaguejando. — Só fiquei surpreso, sabe, quando ouvi a voz dela e... tudo o mais.

Cameron não gostou do que viu nos olhos de *Laird* Maitland, e decidiu que era melhor tentar compensar a falta de modos. Assim, deu um passo para a esquerda, para que pudesse olhar diretamente para a inglesa e lhe pedir desculpas.

Brodick acompanhou o movimento, colocando-se no caminho.

— Somos todos bem-vindos aqui?

— Claro que são — respondeu Cameron, com os dedos enroscados na cabeleira grisalha, numa tentativa desesperada de esconder as mãos trêmulas. Já tinha cometido uma gafe e a última coisa que queria era ofender um homem tão poderoso e impiedoso... e se tivesse ofendido Iain, ele sabia que aquela seria a última coisa que faria na Terra.

Cameron resistiu à vontade quase irresistível de fazer o sinal da cruz. Como estava difícil aguentar o olhar fixo de Iain, ele se voltou para Brodick. Pigarreou e então disse:

— Desde o dia em que seu irmão se casou com minha única filha, você e todos os membros do clã Maitland são bem-vindos aqui. Assim como a esposa de *Laird* Maitland, é claro — tratou de completar. Então, deu meia-volta e chamou a esposa: — Margaret, coloque a mesa para os nossos quatro convidados.

Judith se perguntou por que Iain não tinha dito nada, mas assim que Cameron mencionou que o irmão de Brodick era casado com a filha dele, ela entendeu por que Iain deixara com ele a missão de desfazer o mal-estar.

Cameron convidou todos para entrar. Judith esticou o braço e deu um puxão no tartã de Brodick, que se virou no mesmo momento.

— Obrigada por ter me defendido — sussurrou ela.

— Não precisa agradecer, Judith — disse ele, meio sem jeito.

— Claro que preciso — argumentou ela. — Brodick, você poderia explicar para o seu parente, por favor, que não sou esposa de Iain? Acho que ele entendeu algo errado.

Brodick a encarou por um longo minuto sem dizer nada, então olhou de soslaio para Iain. Por que tanta hesitação?

— Só estou lhe pedindo que esclareça ao homem — insistiu ela.

— Não.

— Não? — indagou ela. — Mas por que não?

Brodick, na verdade, não sorriu, mas os cantos de seus olhos enrugaram como se ele tivesse achado graça em alguma coisa.

— Porque você é mulher do Iain — respondeu, com sua fala arrastada.

Judith negou com um aceno de cabeça.

— De onde você tirou essa ideia ridícula? Sou apenas uma hóspede...

Mas sua explicação foi interrompida quando Brodick lhe deu as costas e seguiu na direção da cabana. Ela ficou vendo o homem teimoso indo embora. Alex e Gowrie foram atrás. Os dois riam abertamente.

Judith permaneceu onde estava. Iain finalmente tinha soltado seus ombros e lhe dado um pequeno empurrão.

Ela não se mexeu. Ele parou ao lado dela e baixou a cabeça.

— Agora você pode entrar.

— Por que você não disse nada quando Cameron falou que sou sua esposa?

O escocês apenas deu de ombros.

— Não senti necessidade.

Ele não estava dizendo a verdade, claro. Cameron podia até ter se enganado; Judith não era sua esposa, mas ele tinha gostado tanto do modo como soara que resolveu deixar por isso mesmo. Deus do céu, ele já estava cansado de pensar tanta bobagem.

— Vamos entrar — mandou Iain novamente, e desta vez seu tom soou um pouco mais rude do que o desejado.

Judith negou com um aceno de cabeça e baixou os olhos para o chão.

— O que foi? — indagou ele. E a forçou a erguer a cabeça, com as costas da mão embaixo do queixo dela.

— Não quero entrar.

Ela falou de um jeito digno de pena. Mas ele tentou não sorrir.

— Por que não?

Judith encolheu os ombros. Ele apertou o queixo pequeno com delicadeza, e ela percebeu que ele não desistiria enquanto não ouvisse uma resposta convincente.

— Só não quero entrar em um lugar onde não sou bem-vinda. — A resposta não passou de um sussurro. Mas o sorriso terno estampado no rosto dele lhe deu vontade de chorar. Seus olhos já estavam embaçando. — Estou muito cansada.

— Mas não é por isso que você quer ficar aqui fora, é?

— Acabei de explicar... eu me senti humilhada — soltou o desabafo. — Sei que não deveria levar o ódio dele para o lado pessoal. Os escoceses odeiam os ingleses, e a maioria dos ingleses odeia os escoceses, até os da fronteira... e eu odeio todo esse ódio. Não faz... sentido, Iain.

Ele meneou a cabeça. O desabafo ajudou a aliviar um pouco a tensão. Era difícil se sentir indignada quando ele não estava discutindo com ela.

— Ele a assustou?

— O ódio dele, sim — admitiu. — Foi irracional. Ou estou exagerando outra vez? Estou muito cansada para discernir.

Ela estava exausta, e ele não tinha prestado atenção, do contrário, teria notado as olheiras profundas. No momento em que admitiu que tinha se sentido humilhada, ela segurou a mão dele, e ainda não tinha soltado.

Sim, Judith parecia cansada, derrotada e estava extremamente linda.

Mas, de repente, ela ergueu os ombros.

— Você deve entrar. Ficarei bem esperando aqui fora.

Iain sorriu enquanto puxava a mão dela.

— Mas eu ficarei melhor se você entrar comigo.

Com isso, o assunto estava encerrado. Ele lançou o braço ao redor do ombro dela, deu um leve aperto, e então a arrastou na direção da porta.

— Você disse que pode ser que tenha exagerado outra vez — apontou ele enquanto a conduzia, simplesmente ignorando o fato de que ela estava dura como uma tábua.

A mulher tinha uma veia teimosa, e ele achou esse defeito engraçado. Era a primeira vez que uma mulher demonstrava insatisfação na sua frente, mas Judith era bem diferente de todas as mulheres que ele conhecia. Essa o encarava a torto e a direito, pelo menos era o que parecia. Mas ao menos suas reações eram honestas. Ela não precisava tentar impressioná-lo, e com certeza não era de sua natureza se encolher de medo. Estranho, mas aquele comportamento desinibido era libertador. Com Judith, ele não precisava agir como o *laird* diante de uma súdita. O fato de ser estrangeira parecia quebrar os laços das tradições que pesavam sobre seus ombros como líder do clã.

Iain teve que retomar a pergunta que não saía de sua cabeça.

— Quando foi que você exagerou pela primeira vez?

— Quando você me beijou.

Tinham chegado à porta quando ela admitiu aquilo em um sussurro. Ele parou subitamente e a segurou com firmeza.

— Não entendi — disse. — Como você exagerou?

Era possível sentir seu rosto esquentando. Ela tentou se desvencilhar do braço ao redor do ombro.

— Você ficou bravo comigo... depois, e isso me deixou muito brava também. Mas eu não deveria me importar — adicionou, com um aceno firme.

E sem esperar para ver qual seria a reação diante de seu rompante de honestidade, ela correu para dentro. A senhora que tinha visto parada à sombra do marido veio recebê-la. Seu sorriso pareceu sincero para Judith, e um pouco da tensão que pesava sobre suas costas atenuou quando ela sorriu de volta.

Margaret era uma mulher bonita. As rugas profundas na testa e nos cantos da boca não a deixavam menos atraente. Os olhos eram verdes com pontinhos dourados, e nos fartos cabelos castanhos, presos em uma trança que partia da nuca, despontavam alguns fios grisalhos. Embora a senhora fosse uns bons trinta centímetros mais alta do que Judith, o fato não a intimidou nem um pouco. A mulher irradiava bondade.

— Obrigada por me receber em sua casa — disse Judith, após uma mesura completa.

Margaret enxugou as mãos no avental branco antes de responder com outra reverência.

— Sente-se à mesa, por favor, enquanto termino o nosso jantar.

Judith não queria se sentar com os homens. Iain já tinha se juntado ao grupo, e Cameron se inclinava do outro extremo da mesa para lhe servir uma taça de vinho. O estômago de Judith se apertou de imediato e foi preciso respirar fundo para se acalmar. Uma taça de vinho não ia transformar Iain em uma pessoa má... ou ia? Essa reação era ridícula, ela pensou consigo mesma. E incontrolável. Seu estômago doía como se ela tivesse engolido fogo. Iain não era nada parecido com tio Tekel. Ele não ficaria insuportável. Claro que não.

Iain olhou de relance. Bastou um olhar para perceber que havia algo errado com Judith. A cor tinha sumido de seu rosto. Ela parecia em pânico ou algo assim. Ele estava prestes a se levantar para descobrir o que a estava incomodando quando notou que ela olhava fixamente para a caneca de vinho.

O que tinha acontecido com ela?

— Judith? Você quer beber um...

Ela negou com um aceno de cabeça veemente.

— Será que água não seria mais... refrescante após o longo dia de viagem?

Iain se recostou de volta. Pelo jeito, o que estavam bebendo parecia ser muito importante para ela. Ele não fazia a menor ideia do porquê, mas achou que não havia problema. Era óbvio que ela estava aborrecida. Se a mulher queria que bebessem água, então eles beberiam água.

— Sim — concordou ele. — Água seria mais refrescante.

Só então ela relaxou os ombros.

Brodick também notou a estranha reação.

— Vamos nos levantar cedo, Cameron — disse ele, sem desviar os olhos de Judith. — Não vamos beber vinho enquanto não estivermos em casa.

Margaret, que também tinha escutado a conversa, correu para a mesa com um jarro cheio de água fresca e Judith trouxe mais canecas.

— Sente-se e descanse — Margaret insistiu com Judith.

— Prefiro ajudá-la.

Margaret concordou.

— Pegue aquele banquinho e sente aqui perto do fogo. Você pode mexer o ensopado enquanto eu termino de cortar o pão.

Judith estava aliviada. Os homens conversavam agora, e pelo modo como estavam sérios, ela presumiu que o assunto fosse importante. Era melhor não interromper. Ou melhor, não queria se sentar perto de Cameron, e o único lugar vazio era na ponta da mesa, à esquerda dele.

Judith pegou o banquinho que estava recostado contra a parede e o trouxe para perto do fogo, seguindo as instruções de Margaret. A mulher não parava de olhar de soslaio para ela. Pelo jeito, queria conversar, mas muito provavelmente estava com medo da reação do marido. A senhora não parava de olhar para a mesa para verificar se Cameron estava prestando atenção.

— Quase nunca recebemos visitas — sussurrou Margaret.

Judith assentiu, e viu que Margaret olhava na direção da mesa outra vez, antes de retomar a conversa.

— Estou curiosa para saber por que você está indo para as terras dos Maitland — sussurrou outra vez.

Judith sorriu.

— Minha amiga se casou com um Maitland e pediu que eu estivesse presente para o nascimento de seu primeiro filho — respondeu, sussurrando igual à Margaret quando fizera a pergunta.

— Como vocês se conheceram?

— No festival da fronteira.

Margaret meneou a cabeça.

— Nós também temos um festival igual nas Highlands. Mas o nosso é no outono, e não no verão.

— Você já foi?

— Nós íamos quando Isabelle ainda morava conosco — respondeu Margaret. — Cameron tem andado muito ocupado desde então para ir — completou com um muxoxo. — Eu sempre me divertia muito.

— Entendi que Isabelle se casou com o irmão de Brodick — comentou Judith. — Faz pouco tempo?

— Não, já faz mais de quatro anos.

A tristeza na voz de Margaret era muito evidente. Judith parou de mexer o ensopado de carne e se afastou um pouco do fogo para poder dar atenção à senhora. Estranho, mas apesar de serem totalmente desconhecidas, ela sentiu vontade de confortá-la. Parecia muito solitária, e Judith sabia muito bem como era aquele sentimento.

— Você ainda não teve tempo de ir visitar sua filha?

— Nunca mais vi minha Isabelle desde que ela se casou — respondeu Margaret. — Os Maitland não se misturam muito. Eles não gostam de receber gente de fora.

Judith mal podia acreditar no que tinha acabado de ouvir.

— Mas você não é estrangeira — protestou ela.

— Agora Isabelle pertence a Winslow. Não seria certo pedir que ela viesse nos visitar, assim como não seria certo pedirmos para ir visitá-la.

Isso a deixou indignada. Nunca tinha ouvido nada tão absurdo.

— Ela manda cartas para vocês?

— Quem as levaria?

Um longo minuto de silêncio se passou.

— Eu poderia levar — sussurrou Judith.

Margaret deu uma olhada para o marido, então se voltou para Judith.

— Você faria isso por mim?

— Claro.

— Tenho medo de que não seja certo.

— Claro que é certo — argumentou Judith. — Não será nenhum problema também, Margaret. Se tiver alguma mensagem que você queira enviar para Isabelle, prometo que a encontrarei e entregarei para ela. E quando eu voltar para a Inglaterra, posso trazer a mensagem dela para você. Quem sabe não será um convite para uma visita?

— Vamos lá fora para dar uma olhada nos cavalos, mulher — anunciou Cameron, numa voz estrondosa. — Não vamos demorar. O jantar já está quase pronto?

— Sim, Cameron — respondeu Margaret. — Estará na mesa quando vocês voltarem.

Então os homens se retiraram, e Cameron fechou a porta atrás deles.

— Seu marido parece aborrecido — comentou Judith.

— Não é nada — respondeu Margaret. — Ele só está um pouco nervoso. É uma honra receber o *Laird* Maitland em nossa casa. Cameron vai se gabar sobre isso por um mês ou dois.

Margaret colocou os pratos na mesa, então adicionou outro jarro de água. O pão estava fatiado e Judith a ajudou a passar o cozido para uma imensa tigela de madeira e a colocar no centro da mesa comprida.

— Talvez, durante o jantar, você possa perguntar para Brodick como Isabelle tem passado — sugeriu Judith.

Margaret parecia surpresa.

— Seria um insulto de minha parte perguntar — explicou ela. — Se eu perguntar se ela está feliz, então estaria insinuando que Winslow não a está fazendo feliz. Percebe como é complicado?

Não era complicado, era ridículo. Judith tomou as dores de Margaret. Os Maitland estavam sendo cruéis ao agir dessa maneira. Será que nenhum deles tinha um pingo de compaixão por parentes como mães e pais?

Não conseguia nem imaginar o que ela seria capaz de fazer se alguém lhe dissesse que nunca mais poderia ver a tia Millicent e o tio Herbert. Seus olhos marejaram só de pensar nisso.

— Mas se você perguntar... — Margaret sorriu para Judith enquanto aguardava uma resposta.

Judith reagiu com um menear.

— Brodick pode pensar que, por eu ser inglesa, não conheço os costumes daqui.

— Isso mesmo.

— Pode deixar que eu pergunto, Margaret — prometeu ela. — Todos os clãs das Highlands são iguais aos Maitland? Todos se isolam dessa maneira?

— Os Dunbar e os Maclean, sim. Quando não estão brigando entre si, eles se isolam — explicou ela. — As terras dos Dunbar ficam entre a dos Maitland e a dos Maclean, e Cameron me disse que eles vivem brigando por causa de território. Nenhum deles participa dos festivais, mas todos os outros clãs, sim. Todos os ingleses são iguais a você?

Judith tentou se concentrar na pergunta de Margaret. O que foi difícil depois de ouvir que os Maclean eram inimigos dos Maitland.

— Milady? — chamou Margaret. — Está se sentindo bem?

— Estou me sentindo muito bem. Você me perguntou se todos os ingleses são iguais a mim, não foi?

— Isso mesmo — respondeu Margaret, franzindo o cenho ao perceber que sua hóspede havia empalidecido.

— Não sei se sou igual ou diferente dos outros ingleses. A verdade é que sempre tive uma vida muito reclusa. Margaret, como os homens conseguem se casar se nunca se misturam com os outros clãs?

— Eles encontram uma maneira. Winslow veio aqui para barganhar uma égua malhada. Ele viu Isabelle e a levou embora no ato. Fui contra a união, pois eu sabia que nunca mais veria minha filha, mas Cameron não me deu ouvidos. Além do mais, não se diz não para um Maitland, pelo menos nunca ouvi falar de alguém que tenha tentado, e Isabelle gostou de Winslow.

— Winslow se parece com Brodick?

— Sim, parece. Só que é bem mais calado.

Judith caiu na risada.

— Então ele deve estar morto — comentou ela. — Brodick quase não fala.

Margaret não conseguiu conter uma risada.

— Os Maitland são estranhos, mas, por outro lado, se Cameron for atacado ou precisar de qualquer tipo de ajuda, basta mandar uma palavra para *Laird* Iain. Antes do casamento, de vez em quando, sumiam algumas de nossas ovelhas. Os sumiços pararam assim que se espalhou a notícia de que a nossa Isabelle havia se casado com um membro do clã Maitland. Cameron também ganhou algumas responsabilidades. Mas acho que a reação que ele teve quando viu você pode ter mudado um pouco as coisas.

— Está falando do fato de ele ter ficado surpreso quando descobriu que sou inglesa?

— Isso mesmo, ele ficou muito surpreso.

As duas se entreolharam e, de repente, caíram na risada justamente quando os homens estavam entrando. Iain foi o primeiro. Ele cumprimentou Margaret com um aceno, então parou e franziu o cenho para Judith. Pelo jeito, não estava gostando de sua descontração. A possibilidade a fez rir ainda mais.

— Sente-se à mesa — disse Margaret para Judith.

— Você não vai se sentar conosco?

— Primeiro vou servir, depois eu me sento.

Sem querer, ou de propósito, ela tinha acabado de dar uma desculpa a Judith para não ter que se sentar ao lado de Cameron. Todos os homens já haviam ocupado os mesmos lugares de antes. Judith pegou o banquinho que estava perto do fogo e o levou para o outro extremo da mesa, onde abriu um espacinho entre Iain e Brodick.

Se os guerreiros ficaram surpresos com a ousadia, não demonstraram. Brodick até se afastou um pouco para o lado para dar mais espaço.

Todos comeram em silêncio. Judith esperou até os homens terminarem para perguntar sobre Isabelle.

E, como quem não quer nada, introduziu a conversa:

— Margaret, seu cozido está delicioso.

— Obrigada — Margaret agradeceu com um leve rubor.

Judith se voltou para Brodick.

— Você costuma ver seu irmão com frequência?

O guerreiro baixou os olhos para ela, então deu de ombros.

— Você vê Isabelle? A mulher dele? — insistiu ela.

Outro encolher de ombros. Mas, dessa vez, ela lhe deu um chute por baixo da mesa. Ele ergueu uma sobrancelha, surpreso com a ousadia.

— Você acabou de me chutar?

Tanto esforço para ser discreta, pensou Judith.

— Sim, eu chutei.

— Por quê?

Foi Iain quem fez a pergunta agora. Ela sorriu para ele.

— Eu não queria que Brodick desse de ombros para mim outra vez. Quero que ele fale sobre Isabelle.

— Mas você nem conhece a mulher — lembrou-a Iain.

— Quero saber mais sobre ela — argumentou Judith.

Iain parecia achar que ela tinha ficado louca. Judith bufou. Então começou a tamborilar as pontas dos dedos sobre a mesa.

— Fale sobre Isabelle, por favor — pediu ela a Brodick novamente.

Mas ele a ignorou.

Judith bufou de novo.

— Brodick, você poderia ir lá fora comigo, só por um minuto, por favor? Preciso lhe dizer uma coisa muito importante, em particular.

— Não.

Ela não conseguiu se conter mais e lhe deu outro chute. Então se voltou para Iain, perdendo a risadinha de Brodick.

— Iain, por favor, mande Brodick ir lá fora comigo.

— Não.

Voltou então a tamborilar o dedo sobre a mesa enquanto pensava no que poderia fazer. Ela ergueu os olhos, viu a expressão digna de dó de Margaret, e decidiu que, mesmo que fizesse papel de boba, daria um jeito.

— Tudo bem — anunciou Judith. — Falarei com Brodick amanhã, durante a viagem. Vou cavalgar com você amanhã, Brodick — adicionou ela com um sorrisinho inocente. — É melhor descansar bem esta noite, pois vamos conversar desde o nascer até o pôr do sol.

A ameaça surtiu o efeito desejado. Brodick se afastou da mesa e se levantou com a face vermelha e amarrada, deixando claro para todos os presentes o quanto estava aborrecido.

Já Judith não estava brava; estava furiosa. Por Deus, mal podia esperar para levar o turrão insensível para fora. Forçou, então, um sorriso, e até conseguiu um aceno cortês do anfitrião antes de se virar e seguir em direção à porta. O sorriso ainda estava estampado em seu rosto quando ela saiu e fechou a porta as suas costas.

Só que, na pressa de dar uma bronca em Brodick, ela se esquecera das duas janelas que ficavam de cada lado da porta.

Margaret e Gowrie estavam sentados de costas para a porta, mas Iain e Alex tinham uma visão privilegiada do gramado lá de fora.

Nem era preciso dizer que todos ficaram curiosos. Gowrie até virou um pouco o banquinho para ver o que estava acontecendo.

Iain focou em Brodick, que estava virado de frente para ele, parado de pernas abertas e com as mãos para trás. E ele nem tentava esconder de Judith a irritação. Brodick era genioso. Iain sabia que o guerreiro não encostaria a mão em Judith, por mais que ela o provocasse, mas seria capaz de feri-la em poucas palavras.

Iain esperou para ver se precisaria intervir, pois a última coisa que precisava, naquela noite, era uma mulher chorando em suas mãos, e Brodick era quase tão bom com o uso de táticas de intimidação quanto ele.

Um sorriso o pegou de surpresa. Ele não conseguia acreditar no que estava vendo, assim como Alex.

— Você está vendo aquilo? — perguntou Alex, em um sussurro.

— Estou — respondeu Gowrie. — Só não estou acreditando. Aquele que está se afastando é o nosso Brodick? — Ele bufou de tanto rir. — Nunca vi aquela expressão dele antes. — O que será que ela está falando para ele?

Ela estava infernizando a vida do guerreiro, decidiu Iain. Judith estava com as mãos nos quadris e, quando começou a avançar para cima de seu adversário, não parou mais. Brodick estava literalmente se afastando dela. Ele parecia muito... chocado.

O vento abafava sua voz, mas Iain sabia que ela não estava falando baixo. Não, ela estava gritando, isso sim, e vez ou outra, Brodick, inclusive, se encolhia.

Iain olhou para Margaret, que cobria a boca com as duas mãos. Quando percebeu que estava sendo observada, baixou os olhos para a mesa, mas não foi rápida o suficiente, pois ele viu de relance seu olhar preocupado, e desconfiou que, de algum modo, ela estivesse envolvida.

A porta se abriu. Judith forçou um sorriso e voltou correndo para a mesa. Sentou-se, cruzou as mãos sobre o colo e soltou um suspiro. Brodick veio logo atrás, sem pressa. Assim que se acomodou em seu banco, todas as atenções se voltaram para ele. Judith sentiu-se segura o suficiente para acenar para Margaret. Tanto que até deu uma piscadela.

Iain percebeu a troca de sinais e ficou ainda mais curioso.

Brodick pigarreou e resmungou:

— Isabelle e Winslow têm um chalé quase do mesmo tamanho deste.

— Fico feliz em saber — respondeu Cameron.

Brodick assentiu, parecendo muito desconfortável.

— O bebê dela está para nascer.

Margaret deixou escapar um suspiro de felicidade e seus olhos se encheram de lágrimas. Em seguida, ela se inclinou para a frente e alcançou a mão do marido.

— Vamos ter um netinho — sussurrou.

Cameron apenas assentiu. Seus olhos, Judith notou, também estavam marejando. Ele voltou o olhar para a caneca.

Então, Iain finalmente entendeu o que Judith estava tramando. Ela tinha armado uma bela cena, feito papel de boba, e tudo porque queria ajudar Margaret a ter notícias da filha. Judith era uma verdadeira dama. Nunca passara pela sua cabeça que os pais de Isabelle pudessem querer saber sobre a filha, mas uma estranha tinha visto o óbvio e tentara ajudar.

— Tem alguma coisa que queiram perguntar sobre a filha de vocês? — perguntou Brodick.

Margaret não tinha apenas uma pergunta sobre a filha. Ela tinha centenas. Alex e Gowrie até responderam algumas.

Judith não poderia ter ficado mais satisfeita. Apesar do desconforto de saber que Brodick só estava cooperando porque ela havia ameaçado ir com ele. A ideia de ter que tocar nela era mais repulsiva do que falar sobre assuntos de família. Mas que importância tinham seus sentimentos? A felicidade de Margaret compensou a expressão emburrada de Brodick.

O chalé estava quentinho e aconchegante. Judith tentava prestar atenção à conversa, mas o cansaço tornava a tarefa difícil. Então, ela notou que Cameron tentara servir mais água para Brodick, mas o jarro estava vazio.

Judith encostou o banquinho, onde estava sentada, de volta na parede, próximo ao fogo e levou outro jarro de água para a mesa. Cameron acenou em agradecimento.

Céus, como estava cansada. Os homens tinham engolido o espaço que ela estava ocupando, mas, de qualquer maneira, suas costas doíam muito para se sentar. Ela se aproximou do banquinho próximo ao fogo, sentou-se e se recostou contra a parede fria de pedra. Fechou os olhos e caiu no sono em menos de um minuto.

Iain não conseguia desviar os olhos dela. Como era encantadora. Seu rosto era tão angelical. E assim ele ficou, observando-a um bom tempo, até perceber que ela estava quase caindo do banquinho.

Ele fez sinal para Brodick continuar a história que estava contando e se aproximou de Judith. Parou, então, ao lado dela, recostou-se contra a parede, cruzou os braços à frente do peito em uma pose relaxada e ficou ouvindo a história que Brodick estava contando sobre Winslow e Isabelle. Margaret e Cameron ouviam atentos cada palavra. Os dois riram quando Brodick mencionou que Isabelle era generosa até não poder mais.

Judith perdeu o equilíbrio. E teria tombado para a frente se Iain não tivesse se abaixado para segurá-la. Ele a apoiou com as costas de volta na parede, então acomodou a cabeça contra seu próprio corpo, de modo que a lateral do rosto dela ficou recostada contra a parte baixa de sua coxa.

Uma boa hora se passou antes de Iain interromper a conversa.

— Vamos partir assim que o sol raiar, Cameron. Ainda temos dois dias de viagem pela frente antes de chegarmos em casa.

— Sua mulher pode ficar com a nossa cama — sugeriu Cameron, em um tom de voz inicialmente alto, mas, ao perceber que Judith dormia, baixou o tom para um mero sussurro.

— Ela vai dormir lá fora conosco — respondeu Iain. Para atenuar a negação, completou: — Judith não gostaria que você renunciasse à sua cama por ela.

Nem Margaret nem Cameron discutiram a decisão do *laird*. Iain se abaixou, pegou Judith no colo, então se endireitou.

— A moça apagou para o mundo — comentou Alex com um sorriso.

— Querem mais cobertas? O vento castiga durante a noite — alertou Margaret.

Gowrie abriu a porta para Iain.

— Temos tudo de que precisamos.

Iain saiu, carregando Judith, então parou de repente e deu meia-volta.

— Obrigado pelo jantar, Margaret. Foi uma bela refeição.

O elogio soava estranho para ele, mas Margaret pareceu tão satisfeita que seu rubor brilhava mais que o fogo da lareira. Cameron reagiu como se tivesse acabado de ser elogiado também. Seu peito inflou tanto que parecia prestes a explodir.

Iain seguiu na direção das árvores diante do celeiro. As folhagens iriam oferecer proteção contra o vento, e privacidade também. Ele segurou Judith enquanto Alex montava um abrigo para ela, então se ajoelhou e a colocou sobre o tartã que Gowrie tinha estendido do lado de dentro da pequena tenda de pele.

— Prometi para a moça que hoje ela teria uma cama quente e um teto — apontou Alex.

Iain negou com um aceno de cabeça.

— Ela fica conosco — anunciou.

Ninguém discutiu a decisão. Os homens viraram e saíram andando justamente quando Iain estava cobrindo Judith com um segundo tartã. Ela nem abriu os olhos quando a mão dele resvalou, sem querer, em seu rosto macio.

— O que vou fazer com você? — sussurrou Iain.

Não esperava uma resposta e não teve uma. Judith se acomodou embaixo das cobertas e soltou um pequeno gemido.

Apesar de estar relutante em deixá-la, ele se forçou a ficar de pé e pegou um dos tartãs que Alex lhe oferecera quando estava a caminho da árvore mais próxima. Coçou, então, as costas contra a casca grossa da árvore, sentou-se, recostou-se e fechou os olhos.

Um barulho, que ele nunca tinha ouvido antes, o despertou na calada da noite. Os outros homens também ouviram.

— Que barulho foi esse? — resmungou Brodick.

Judith estava fazendo aquela barulheira. Estava acordada, e muito mal, achando que corria o risco de morrer de frio. Ela não conseguia parar de tremer. Seus dentes batiam, e esse era o barulho que os homens estavam escutando.

— Não queria acordar vocês, Brodick — disse ela. Sua voz literalmente tremia a cada palavra. — Eu estava gemendo de frio.

— Você está mesmo com tanto frio, moça? — perguntou Alex, surpreso.

— Acabei de dizer que estou.

— Venha aqui — ordenou Iain, em um tom um pouco ríspido.

Judith respondeu gentilmente.

— Não.

Ele sorriu na escuridão.

— Então terei que ir aí.

— Fique longe de mim, Iain Maitland — disse ela em um tom de comando. — E se está pensando em me mandar parar de sentir frio, já vou avisando que... isso não vai funcionar.

Iain se aproximou e parou diante da tenda. Judith só conseguia ver as pontas das botas até ele puxar as peles e destruir o frágil abrigo em questão de segundos.

— Isso ajudou muito — resmungou ela, e se sentou para poder encará-lo.

Então, Iain a empurrou de volta e se deitou ao seu lado, de modo que ficaram costas com costas, ele dividindo assim seu calor com ela.

De repente, Brodick surgiu do outro lado e se deitou, virado de costas para ela. Instintivamente, Judith se aconchegou em Iain. Brodick chegou mais perto, até as suas costas ficarem coladas ao corpo dela.

Agora ela estava bem quentinha. O calor que irradiava dos corpos dos guerreiros gigantes era incrível.

A sensação foi maravilhosa.

— Ela está parecendo um bloco de gelo — comentou Brodick.

Judith começou a rir, e o som de sua risada fez Iain e Brodick sorrirem.

— Brodick?

— O que foi?

Ele soou rabugento outra vez. Mas ela não se importou. Estava compreendendo o jeito dele, sabia que aqueles modos abrutalhados eram só pose e que, por baixo daquela carapaça, batia um coração bom.

— Obrigada.

— Pelo quê?

— Por ter falado sobre Isabelle.

O escocês soltou um grunhido que a fez rir novamente.

— Judith?

Antes de responder, ela chegou um pouquinho mais perto de Iain.

— Diga, Iain.

— Pare de rir e durma.

Ela resolveu obedecer e caiu no sono quase que de imediato.

Um bom tempo depois, Brodick falou novamente. Mas antes se certificou de que Judith estava mesmo dormindo e que não poderia ouvir.

— Cada vez que ela tem a opção de escolher, ela escolhe você.

— Como assim, Brodick?

— Ela está colada nas suas costas agora, não nas minhas. Prefere cavalgar com você também. Você não viu como ela ficou triste quando você a mandou cavalgar com Alex hoje? Parecia tão desconsolada.

Iain sorriu.

— Eu notei — admitiu. — Mas se ela prefere a mim, é só porque sou irmão do Patrick.

— É mais do que isso.

Iain não respondeu ao comentário.

Vários minutos se passaram antes de Brodick falar novamente.

— Me avise, Iain.

— Avisar o quê?

— Se você vai ficar com ela ou não.

— E se eu não ficar?

— Então, eu fico.

Capítulo 5

Ainda demorou mais dois dias para chegarem à fortaleza Maitland. Passaram a última noite em uma linda floresta chamada Glennden Falls. Os troncos das bétulas, dos pinheiros e dos carvalhos eram tão grossos naquela região que os cavalos mal conseguiam passar em meio à trilha estreita. Uma névoa mais branca do que cinza, que chegava quase à altura da cintura em alguns trechos, pairava acima da vegetação, conferindo um clima de magia, de algo paradisíaco.

Judith ficou encantada. Saiu andando em meio à bruma até se ver completamente envolta. Iain a observava quando ela se virou, de repente, pegando-o em flagrante, e sussurrou em um tom de voz surpreso que aquele era o lugar mais lindo que ela já tinha visto.

— É assim que imagino que seja o céu, Iain.

Ele pareceu surpreso com o comentário, deu uma olhada ao redor, e então, em seu jeito arrogante, disse:

— Talvez.

Pelo visto, o homem nunca tinha parado para apreciar toda aquela beleza que o cercava. Foi o que ela lhe disse. Ao que ele respondeu, analisando-a demoradamente, por inteiro, começando do alto da cabeça até a ponta de suas botinhas. Então avançou, tocou devagar na lateral de seu rosto e falou:

— Estou vendo.

Era possível sentir seu rosto ruborizando. Ele tinha se referido a ela. Será que realmente a achava bonita? Mas a vergonha a impediu de perguntar. Então, ele desviou a atenção, anunciando que ela poderia tomar um banho decente, se desejasse.

Judith adorou a ideia. A água que escorria suavemente pela encosta era muito gelada, mas ela estava muito feliz pela oportunidade de esfregar seu corpo inteiro para se preocupar com o frio. Até lavou os cabelos. E depois teve que prendê-los ainda molhados em uma trança, mas nem isso a incomodou.

Afinal, queria estar apresentável quando se encontrasse com a amiga. Judith estava um pouco apreensiva com o encontro com Frances Catherine. Afinal, fazia quase quatro anos que as duas não se viam. Será que sua amiga acharia que ela tinha mudado muito? E, se fosse o caso, será que acharia que tinha sido para pior?

Judith não perdeu muito tempo se preocupando com o reencontro. No fundo, sabia que tudo daria certo. O entusiasmo pelo encontro só aumentou assim que deixou o pensamento bobo de lado. Quando terminaram de jantar, ela estava literalmente andando ao redor da fogueira.

— Sabiam que a esposa de Cameron passou a noite cozinhando para nós? — perguntou ela, para ninguém em específico. — Ela mandou para Isabelle suas bolachinhas preferidas, mas fez um pouco para nós também.

Alex, Gowrie e Brodick estavam sentados ao redor do fogo. Iain estava recostado no tronco grosso de uma bétula, observando-a, mas ninguém respondeu aos seus comentários sobre Margaret.

O que não a incomodou. Uma vez que nada poderia estragar sua alegria naquela noite.

— Por que fizemos uma fogueira hoje? Nunca fizemos uma antes — comentou ela.

Foi Gowrie quem respondeu.

— Estamos no território dos Maitland agora. Antes não estávamos.

Ela soltou um suspiro admirado.

— Este lugar encantado pertence a vocês?

Alex e Gowrie sorriram. Já Brodick estava de cenho franzido.

— Por que não para de andar de um lado para o outro, mulher? Estou ficando com dor de cabeça só de olhar.

Ela lançou um sorriso para Brodick quando passou por ele.

— Então não olhe — sugeriu.

Foi uma leve provocação, mas, para sua surpresa, ele reagiu com um sorriso.

— Por que está andando de um lado para o outro? — perguntou Iain.

— Estou muito agitada por causa de amanhã para ficar parada. Faz muito tempo que não vejo Frances Catherine, e tenho muitas coisas para contar a ela. Tem tantas coisas passando pela minha cabeça. Aposto que não vou conseguir pregar os olhos esta noite.

Iain apostou consigo mesmo que ela conseguiria. E ganhou. Judith apagou assim que fechou os olhos.

Quando o dia amanheceu, ela não admitiu que a apressassem. Avisou a eles que demoraria um pouco e, quando retornou para o acampamento onde Iain e os outros aguardavam impacientes, devidamente montados em seus cavalos, ela parecia tão mágica quanto o entorno. Trajava um vestido azul-vivo que combinava com a cor de seus olhos. Os cabelos estavam soltos, e mechas aneladas balançavam ao redor de seus ombros quando ela se movia.

Iain sentiu um aperto no peito. Era impossível tirar os olhos dela. A falta de disciplina o incomodou profundamente. Ele balançou a cabeça, com vergonha do próprio comportamento, e xingou em pensamento a mulher que vinha em sua direção.

Assim que entrou na clareira, Judith parou. Iain não entendeu o motivo da hesitação até se virar e notar que todos os seus homens estavam com as mãos estendidas para ela, fazendo sinal para que se aproximasse.

— Ela vai comigo — disse Iain.

O tom firme deixou claro que era melhor nem discutir o comando. Já Judith achou que ele estivesse irritado porque ela tinha demorado muito para se arrumar naquela manhã.

Intimidada, ela foi se aproximando lentamente.

— Eu avisei que precisaria de mais tempo, então não faça essa cara.

O escocês bufou.

— Não é certo uma mulher falar comigo nesse tom.

Os olhos dela se arregalaram de surpresa.

— Que tom?

— Desafiador.

— Não tive intenção de desafiá-lo.

— Você também não deveria discutir comigo.

Sem nem ao menos tentar disfarçar a irritação, ela espalmou as mãos sobre os quadris e disse:

— Iain, eu entendo que, devido à sua posição de *laird*, você esteja acostumado a dar ordens. Só que...

Mas nem deu tempo de terminar o que estava dizendo. Quando percebeu, ele já havia se abaixado, passado o braço ao redor de sua cintura e a colocado em seu colo. Judith deixou escapar um gritinho assustado. Não que ele a tivesse machucado. De forma alguma. Foi sua rapidez que a surpreendeu.

— Precisamos entrar em acordo — anunciou ele em um tom desnecessariamente duro.

Em seguida, se voltou para seus companheiros.

— Vão na frente — mandou. — Logo alcançamos vocês.

Enquanto ele esperava seus homens partirem, Judith tentou se virar para que pudesse olhá-lo nos olhos. Mas o braço ao redor de sua cintura apertou, numa mensagem silenciosa de que nem adiantava tentar se mexer.

Judith lhe deu um beliscão no braço para que ele a soltasse. Iain continuou observando seus homens se afastarem, esperando um pouco de privacidade para falar com ela sem que ninguém escutasse, mas relaxou um pouco o braço que a prendia. Imediatamente, ela parou de se contorcer.

Então se virou para encará-lo. Ele não tinha se barbeado naquela manhã, e estava com uma aparência meio desleixada e muito, muito máscula.

De repente, ele se concentrou apenas nela. Os dois ficaram se encarando por um longo minuto. E, no fundo, ele se perguntava como conseguiria deixá-la sozinha quando chegassem. Enquanto ela, por sua vez, perguntava-se como alguém podia ter um perfil tão lindo e perfeito. Seus olhos baixaram, então, para a boca. A visão a deixou sem ar. Por Deus, tudo o que ela mais queria, naquele exato momento, era beijá-lo.

Iain sentia o mesmo. E precisou respirar fundo, em um esforço para tentar controlar os pensamentos desvairados.

— Judith, esta atração que existe entre nós muito provavelmente surgiu devido ao fato de termos sido forçados a aguentar a companhia um do outro por mais de uma semana. A proximidade...

As palavras escolhidas não poderiam ter sido piores.

— Você sente como se tivesse sido forçado a aguentar minha companhia?

Iain ignorou a interrupção.

— Quando chegarmos à fortaleza, tudo será diferente, é claro. Temos uma cadeia de comando específica, e cada membro do clã Maitland obedece às mesmas regras.

— Por quê?

— Porque, caso contrário, seria caótico.

Antes de prosseguir, ele esperou que ela assentisse. Ao mesmo tempo, tentava não olhar para aquela boca convidativa.

— A regra que todos seguimos... ou melhor, a cadeia de comado, foi esquecida durante a viagem por uma questão de necessidade, mas, quando chegarmos ao nosso destino, não poderemos continuar mais com essa relação desestruturada.

Outra pausa. Ela assentiu, obediente, imaginando que ele estivesse esperando um sinal de que estava acompanhando. Iain parecia aliviado, até ela perguntar:

— Mas por quê?

O *laird* bufou novamente.

— Porque sou um *laird*.

— Isso eu já sabia. E tenho certeza de que você deve ser um bom líder. Mesmo assim, ainda não entendi sobre o que você está falando. Acho que já mencionei que não faço parte de seu clã.

— E tenho certeza de que já expliquei que, enquanto você for uma hóspede nas minhas terras, terá que obedecer às mesmas regras que todos os outros.

Ela deu um tapinha no braço dele.

— Você ainda está com medo de que eu cause algum problema, não está?

De repente, ele sentiu uma imensa vontade de estrangulá-la.

— Vou fazer de tudo para me dar bem com todos — sussurrou ela. —

Não vou causar nenhum problema.

Iain sorriu.

— Não tenho tanta certeza de que isso seja possível. Assim que perceberem que é inglesa, as cabeças deles se voltarão contra você.

— Isso não é justo, é?

Mas ele não estava com vontade de discutir com ela.

— Não estamos falando do que é justo ou não. Só estou tentando preveni-la. Depois que superarem o choque inicial...

— Está dizendo que ninguém sabe que estou a caminho?

— Não me interrompa enquanto eu estiver falando.

Judith reagiu com outro tapinha no braço dele.

— Peço desculpas — sussurrou, apesar de não parecer arrependida.

Iain bufou.

— Patrick, Frances Catherine e os membros do conselho sabem que você está a caminho. Os outros irão descobrir depois que você já estiver lá. Judith, eu não quero que você tenha problemas... para se adaptar.

Ele estava preocupado de verdade com ela. E tentando esconder a preocupação com um tom de voz áspero e cenho franzido.

— Você é um homem muito gentil — disse ela, com a voz embargada pela emoção.

Mas ele reagiu como se tivesse acabado de ser insultado.

— Claro que sou.

Naquele momento, Judith concluiu que jamais conseguiria entender aquele homem. Ela ajeitou os cabelos para trás, bufou, e então falou:

— Com o que exatamente você está tão preocupado? Acha que eles vão me considerar inferior?

— Talvez, a princípio — iniciou ele. — Mas depois...

Ela o interrompeu novamente.

— Esse tipo de atitude não vai me incomodar. Já fui vista como inferior antes. Não sou de me ofender fácil. Pare de se preocupar comigo, por favor.

Iain balançou a cabeça.

— Sim, você vai ficar chateada — preveniu ele, lembrando-se da expressão que ela fizera quando seus homens se recusaram a compartilhar o jantar naquela primeira noite. Ele fez uma pausa, tentando lembrar o que queria mesmo dizer, e, quando disse, praticamente gritou: — Quem diabos a considera inferior?

— Minha mãe — respondeu ela, sem pensar. — Não quero falar sobre a minha família — adicionou, com um menear decidido. — Não é melhor ir andando?

— Judith, só estou tentando lhe dizer que, se tiver algum problema, fale com Patrick, e meu irmão falará comigo.

— Por que não posso falar diretamente com você? Por que devo envolver o marido de Frances Catherine?

— A cadeia de comando... — Seu súbito sorriso o interrompeu. — Do que você está rindo?

Judith ergueu os ombros de leve.

— Estou feliz em saber que você se preocupa comigo.

— Como eu me sinto em relação a você não tem nada a ver com esta conversa — disse ele, sem rodeios. Estava sendo duro, pois queria que ela entendesse a importância de tudo o que estava lhe dizendo. Maldição, estava tentando protegê-la. Se as coisas que Patrick havia lhe dito fossem mesmo verdade, as mulheres eram sentimentais, e ele não queria que Judith ficasse chateada. Na verdade, tudo que mais desejava era que a adaptação dela fluísse da maneira mais branda possível, e ele sabia que, se ela não se comportasse de acordo, os membros do clã acabariam infernizando sua vida. Cada movimento da inglesa seria observado. Judith tinha razão. O ódio pelo seu povo não era justo. Mas só um ser muito inocente pensaria assim. Já Iain era realista, e sabia que justiça não vinha ao caso quando o assunto era ódio. Sobrevivência, sim. E estava tão empenhado em protegê-la a qualquer custo que, se isso significasse intimidá-la para fazê-la entender a difícil situação que teria pela frente, então, por Deus, ele o faria.

— Essa sua cara feia não me assusta, Iain. Não fiz nada de errado.

O escocês fechou os olhos, rendendo-se. Era impossível intimidá-la. De repente, veio-lhe uma vontade de rir da situação.

— Falar com você é uma experiência extremamente fatigante — comentou ele.

— Por que sou uma estrangeira ou por que sou mulher?

— Acho que as duas coisas. Não tenho muita experiência em conversar com mulheres.

A hipótese lhe pareceu tão absurda que ela arregalou os olhos.

— Por que não?

Iain deu de ombros.

— Nunca precisei — explicou.

Judith mal podia acreditar no que acabava de ouvir.

— Você fala como se fosse uma tarefa.

Sua reação foi um sorriso.

— É isso.

Apesar do insulto, ela não se importou, o que o fez alargar o sorriso.

— As mulheres de seu clã não gostam de conversar de vez em quando?

— Isso não vem ao caso agora — rebateu ele.

Quando ele estava prestes a retomar o tema central, ela contra-atacou.

— Já entendi — disse, em um tom meio resmungado. — Apesar de as suas regras não se aplicarem a mim, prometo que vou tentar me adaptar enquanto estiver nas suas terras. Pronto, está mais feliz agora?

— Judith, não vou tolerar insolência.

Seu tom de voz foi calmo e sem nenhum traço de nervosismo. Foi apenas uma constatação, à qual ela respondeu com gentileza:

— Não tive a intenção de parecer insolente. Pelo menos, não de propósito.

As palavras soaram sinceras. Iain assentiu, satisfeito. Então, mais uma vez tentou explicar sua posição.

— Enquanto estiver nas *minhas* terras, você terá que obedecer às *minhas* ordens, pois sou responsável por você. Entendeu?

— O que sei é que você é muito possessivo. E, céus, já estou cansada dessa conversa.

Mas a expressão amarrada mostrava que ele não estava nem um pouco preocupado com esse fato.

Então, Judith resolveu mudar de assunto.

— Iain, você não tem muita companhia, tem?

Isso era um flerte? Iain duvidou que fosse.

— Não costumamos receber muitas pessoas de fora.

— Por quê?

Não havia uma resposta para essa pergunta. Na verdade, nunca havia parado para pensar por que não era permitida a entrada de estrangeiros.

— As coisas sempre foram assim — respondeu.

— Iain?

— Sim?

— Por que você me beijou?

A brusca mudança de assunto conseguiu chamar sua atenção.

— Não faço a menor ideia.

Um leve rubor coloriu as bochechas dela.

— E se soubesse?

Iain não entendeu a pergunta, e seu olhar deixava isso claro. Mas Judith deixou a vergonha de lado, pois sabia que muito provavelmente seria a última chance de ficarem sozinhos, e ela estava determinada a tirar o máximo de proveito. A ousada inglesa ficou na ponta dos pés e deslizou as pontas dos dedos ao longo da lateral, em sua barba áspera.

— O que você está fazendo? — Ele segurou a mão dela, apesar de não ter empurrado.

— Tocando você — respondeu ela, tentando soar indiferente, apesar de saber que seria impossível. O modo intenso como ele a olhava fez seu coração disparar. — Eu estava curiosa para saber como é a sua barba. — Ela sorriu. — Agora sei. — Com isso, afastou a mão. — Faz cócegas.

Judith se sentiu ridícula, e Iain não se esforçou para atenuar a situação para lá de desconcertante. Na verdade, ele parecia não saber o que dizer. Obviamente, a ousadia o pegara de surpresa. Ela deixou escapar um suspiro revelador. Com certeza ele estava pensando que ela não passava de uma vadia sem vergonha, imoral. Pois era exatamente assim que se comportava. O que estava acontecendo? Não era de seu feitio ser tão agressiva.

Enquanto remoía os pensamentos confusos, sem perceber, ela acariciava com as pontas dos dedos o braço dele. Mas Iain percebeu. O toque suave como o farfalhar das asas de uma borboleta era enlouquecedor.

Seus olhos pousaram fixos no queixo másculo quando tentou justificar sua atitude ousada com uma desculpa qualquer.

— Não costumo ser tão curiosa ou tão agressiva.

— Como você sabe?

A pergunta a chocou tanto que seus olhos subiram até os dele. E havia divertimento lá. Será que estava brincando com ela?

O que viu foi de partir o coração.

— Foi uma pergunta séria, Judith.

Agora seus dedos tocavam a lateral do rosto dela. Sua reação o agradou. Era tão irresistível que só lhe restava se render ao toque, baixando o rosto, instintivamente pedindo mais, como um gato quando se aproxima da mão que o acaricia.

— Não consigo parar de pensar no modo como você me beijou, e gostaria que me beijasse outra vez. É uma confissão vergonhosa, não é? Eu sempre fui muito protegida...

Iain a interrompeu selando sua boca. Foi um beijo suave, lento, até ela entrelaçar os braços ao redor de seu pescoço e render-se, delgada e desejosa. Depois disso, foi impossível se controlar. O beijo se tornou intenso, quente, avassalador. Maravilhosamente excitante. Era como se ela estivesse derretendo naqueles braços fortes. Como era bom sentir seu sabor, a sensação da língua se esfregando na sua, o modo como a boca fazia pressão. E que delícia aquele gemido gutural que veio do fundo de sua garganta, e o modo másculo como a envolvia.

Mas o jeito como ele a encarou quando se afastou foi irritante. O mesmo olhar da primeira vez que a beijara. Iain parecia bravo por ter tocado nela, enojado.

Para não ver aquela expressão, ela fechou os olhos e se deixou cair nos braços dele. Seu coração martelava no peito. Assim como o dele. Dava para ouvir as batidas estrondosas reverberando em seu ouvido. O beijo o afetara também, talvez com a mesma intensidade. Por que estava zangado, então? Estaria rejeitando a ideia de gostar de tocá-la?

A possibilidade a entristeceu. Envergonhou também. De repente, tudo o que mais queria era impor alguma distância entre eles. Numa tentativa desesperada, ela se virou até suas costas ficarem pressionadas contra o peito largo. Iain a impediu, firmando as mãos ao lado dos quadris femininos, e a puxou de volta com força.

— Não se mexa desse jeito — ordenou ele, em um tom ríspido, nervoso.

Será que o machucara de alguma maneira?

— Desculpe — respondeu, cabisbaixa. — Eu não deveria ter pedido um beijo. Nunca mais farei isso.

— Nunca mais?

Pareceu que ele estava prestes a cair na risada. Judith endireitou as costas diante da reação. Iain teve a sensação de que estava segurando um bloco de gelo.

— Judith, o que aconteceu? — indagou ele, em um sussurro abafado.

Até conseguiria explicar se ele não tivesse se abaixado e tocado a lateral de seu rosto com o queixo. Calafrios de desejo se espalharam pelos seus ombros. Céus, por que ela não conseguia se controlar?

— Responda.

— Sei que um futuro juntos é impossível para nós — iniciou ela, com a voz trêmula. — Não sou tão boba, embora eu reconheça que tenho agido como se fosse. Minha única desculpa é que me senti segura com essa atração por você, exatamente por causa disso. — Não fazia muito sentido tudo que estava dizendo. O nervosismo começava a tomar conta. Seus punhos estavam cerrados com força, tamanha a agitação.

— Por causa disso o quê? — indagou ele.

— Porque sou inglesa, e você, não. Mas agora eu não me sinto segura.

— Você não se sente segura comigo?

Iain parecia chocado.

— Você não entende — sussurrou ela, ainda cabisbaixa para esconder a vergonha. — Achei que a minha atração por você fosse segura porque você é um *laird*, e eu sou uma inglesa, mas agora percebo que isso é perigoso. Se eu permitir, você pode partir meu coração, Iain Maitland. Precisa me prometer que vai ficar longe de mim. Isso é... impossível.

Seu queixo estava apoiado no alto da cabeça dela. Ele inalou o perfume levemente adocicado e tentou não pensar no quanto era bom tê-la em seus braços.

— Não é impossível — murmurou ele. — É apenas muito complicado.

Só se deu conta da dimensão do que acabara de dizer depois que as palavras saíram de sua boca. Imediatamente, todas as consequências passaram pela sua cabeça. E não seriam poucos os problemas que teriam que enfrentar. Ele precisava de tempo, e precisava ficar longe de Judith, para que pudesse pensar melhor sobre tudo isso.

— Acho que será mais fácil se nos ignorarmos — sugeriu ela. — Quando chegarmos às suas terras, você retomará suas funções e eu ficarei ocupada com Frances Catherine. Sim, será mais fácil assim, não será, Iain?

Não houve resposta. Ele pegou as rédeas e saiu galopando em disparada. Com os braços, bloqueava os galhos à medida que avançavam pela trilha estreita. Era possível sentir o tremor do corpo delicado em seus braços e, quando chegaram ao campo aberto, aos pés das terras dos Maitland, ele puxou a capa dela, que estava na traseira da sela, e a cobriu.

Nenhuma palavra foi trocada entre eles ao longo das várias horas que se seguiram. Passaram por um belíssimo campo de canola, o amarelo refletindo de tal modo que Judith teve que contrair os olhos para conseguir apreciar toda aquela deslumbrante beleza. Cabanas aninhadas entre os altivos pinheiros que cobriam as colinas. Flores de todas as cores do arco-íris se derramavam pelas encostas, cercadas de um espesso tapete de gramíneas verdes como esmeraldas.

Cruzaram, então, uma ponte arqueada que passava por cima de um riacho cristalino, e dali em diante começou a subida íngreme. O ar era denso com cheiro de verão. O perfume das flores se misturava ao cheiro de terra limpa.

Escoceses, homens e mulheres, saíram de suas casas para ver a comitiva passar. Todos os membros do clã usavam as mesmas cores — tartãs idênticos ao de Iain — e, por esse motivo ela teve certeza de que finalmente tinham chegado às terras dele.

De repente, foi invadida por uma onda tão intensa de entusiasmo por ver Frances Catherine, que mal conseguia se conter. Judith se virou para sorrir para Iain, que seguia com o olhar fixo adiante, ignorando-a.

— Vamos direto para a casa de Frances Catherine?

— Eles estarão nos esperando no pátio, no alto da colina — respondeu Iain, sem nem ao menos olhar de soslaio.

Mas Judith não permitiria que o mau humor dele estragasse sua alegria. Estava tão encantada com toda aquela beleza rústica no seu entorno que mal podia esperar para contar para Frances Catherine.

Então, ela deu uma boa olhada na fortaleza de Iain. Deus do céu, era horrível. A imensa estrutura de pedra ficava bem no alto da colina. Não havia muralha cercando a construção. Pelo jeito, Iain não tinha medo de que o inimigo tentasse invadir seu lar. Mesmo porque, caso alguém tentasse, ele teria tempo suficiente para ver enquanto o inimigo tentava chegar ao topo.

Uma névoa cinzenta pairava sobre o telhado da imensa estrutura. O prédio principal era quadrado, e tão cinza e assustador quanto o céu ao alto.

O pátio não era muito melhor. Tinha mais terra do que grama, e a pouca vegetação estava tão danificada quanto as portas duplas da fortaleza.

Judith voltou a atenção para a multidão reunida à sua frente. Os homens acenavam para Iain, mas as mulheres não demonstraram nenhuma reação à chegada. A maioria delas se escondia atrás dos homens, silenciosas, à espera.

Judith procurou Frances Catherine. Na realidade, não estava nem um pouco apreensiva até avistar a amiga e dar uma boa olhada em seu rosto.

Frances Catherine parecia prestes a cair em lágrimas. Seu semblante era pálido e ela parecia muito assustada. Judith não entendeu o porquê daquela reação, mas, então, as preocupações de sua amiga imediatamente se tornaram suas.

Iain puxou com força as rédeas de seu cavalo para que parasse. Gowrie, Alex e Brodick fizeram o mesmo. Frances Catherine avançou um passo. O homem parado ao seu lado a segurou pelo braço, forçando-a a permanecer onde estava.

Judith voltou a atenção para Patrick Maitland, e não teve dúvida de que aquele era o marido de Frances Catherine. O homem era idêntico a Iain, e apesar de ser um pouco mais magro, o cenho franzido era tão assustador quanto o do irmão.

Mas Patrick também parecia preocupado. E quando olhou de tal jeito para a esposa, no mesmo momento Judith percebeu que a preocupação era por Frances Catherine.

Sua amiga retorcia as mãos, enquanto a encarava por um longo minuto. Então tentou avançar com outro passo hesitante, e, desta vez, Patrick não a impediu.

Foi um momento muito desconcertante, por conta da imensa multidão que observava, atenta.

— Por que Frances Catherine parece tão assustada?

A pergunta feita a Iain não passou de um sussurro. Ele se inclinou para chegar perto do ouvido dela e respondeu à pergunta com outra.

— Você não está?

A orgulhosa inglesa estava prestes a negar quando Iain chamou sua atenção ao remover com delicadeza a mão dela de seu braço. Céus, ela nem tinha percebido que estava segurando o braço dele com força.

Antes de desmontar, ele lhe deu um aperto de leve, quase um afago. Acenou, então, com a cabeça para Patrick e se virou para ajudar Judith a descer.

Sem nem olhar para ele, ela se virou e saiu andando devagar na direção da amiga, e só parou quando estava a poucos passos de distância.

Não sabia ao certo o que dizer para afastar o medo de Frances Catherine. Ou o seu próprio. Então, Judith se lembrou de quando eram crianças, de quando uma chorava e a outra começava a chorar também. A lembrança levou a outra, e, de repente, ela sabia exatamente o que dizer para a sua amiga querida.

Seu olhar estava fixo no ventre volumoso de Frances Catherine. Judith avançou mais um passo e olhou nos olhos da amiga. Em um sussurro que apenas a amiga seria capaz de ouvir, ela disse:

— Eu estava me lembrando de quando prometemos que nunca iríamos beber vinho da mesma taça de um homem. Pelo visto, Frances Catherine, você quebrou sua promessa.

Capítulo 6

Frances Catherine deixou escapar um leve suspiro, e arregalou os olhos, surpresa. Então caiu na risada e se atirou nos braços de Judith, lembrando-se da certeza e propriedade com que a amiga lhe contara que uma mulher poderia engravidar se bebesse na mesma taça de um homem.

Frances Catherine praticamente engoliu Judith quando a abraçou. As duas riam e choravam ao mesmo temo, e, para as pessoas ao redor, parecia que tinham ficado loucas.

Toda a tensão e a preocupação de Patrick cederam. Voltou os olhos na direção do irmão e meneou a cabeça devagar. Iain respondeu com outro aceno.

A jornada tinha valido a pena, concluiu Patrick. Ele cruzou, então, as mãos atrás das costas e esperou até que a esposa se lembrasse das boas maneiras. Mas a alegria estampada em seu rosto desculpou a distração. Céus, que saudade ele estava de ouvir o som daquela risada. Um lado seu estava morrendo de vontade de abraçar a inglesa com mesma intensidade que sua esposa a abraçava, para que ela soubesse o quanto ele apreciava sua lealdade.

Mas Patrick teve que esperar mais cerca de cinco minutos até que sua esposa se lembrasse de que ele estava ali. As duas mulheres falavam ao mesmo tempo, perguntando e respondendo às perguntas uma da outra, criando um turbilhão caótico de felicidade.

Iain estava tão satisfeito com o encontro quanto Patrick. Ficou um pouco surpreso também, pois até então não tinha percebido o quanto as mulheres podiam realmente ser amigas fiéis umas das outras. A força do laço que unia Judith e Frances Catherine era inigualável. E isso o intrigou. Lembrou-se de que Judith tinha lhe contado como elas ficaram amigas antes de terem idade suficiente para saberem que deveriam ser inimigas, e admirou ainda mais as duas por continuarem fiéis uma à outra mesmo depois de descobrirem a desconfiança... e o ódio que separavam seus povos.

Judith se lembrou da plateia antes de Frances Catherine.

— Temos tanto assunto para colocar em dia — disse Judith. — Mas agora preciso agradecer a Iain e aos outros por terem me trazido até você.

Frances Catherine segurou a amiga pela mão.

— Primeiro, preciso lhe apresentar ao meu marido — falou, e virou com um sorriso para Patrick. — Esta é Judith.

Até mesmo o sorriso de Patrick era igual ao do irmão.

— Isso eu já percebi — disse ele à esposa. — É um prazer conhecê-la, Judith.

Judith teria feito uma linda mesura se Frances Catherine tivesse soltado sua mão. Em vez disso, sorriu.

— Estou muito feliz em estar aqui, Patrick. Obrigada por ter me convidado.

Então, sua atenção se voltou para Iain, que havia tomado as rédeas de sua montaria e seguia em direção aos estábulos. Ela soltou a mão de Frances Catherine, prometendo voltar logo, e então correu atrás de seu acompanhante.

— Iain, por favor, espere — chamou. — Preciso agradecê-lo.

Iain não parou, apenas olhou por cima do ombro, acenou com um gesto abrupto e seguiu em frente. Judith agradeceu a Alex, Gowrie e Brodick quando eles passaram por ela. Todos reagiram da mesma maneira; distantes, meio ríspidos.

Judith disse a si mesma que não deveria esperar nada mais do que isso. Os homens tinham cumprido o dever deles e agora finalmente estavam livres dela. Com um sorriso, ela deu meia-volta. Enquanto passava por um grupo de mulheres, ouviu uma delas cochichando.

— Meu Deus, acho que ela é inglesa, mas não pode ser, será?

Se suas roupas não a tivessem denunciado, o sotaque certamente o faria. Judith continuou andando na direção de Frances Catherine, mas sorriu para as mulheres que a observavam, admiradas.

— Sim, eu sou inglesa.

Uma das mulheres ficou boquiaberta. Judith segurou a vontade de rir, pois achou que seria extremamente rude mostrar que estava se divertindo às custas do nervosismo de outra pessoa.

Ao parar diante da amiga, ela disse:

— Todos parecem estar muito animados com a minha chegada.

Frances Catherine riu; já a reação de Patrick foi oposta, pois ele realmente acreditou que ela tivesse falado sério.

— Judith, não creio que animados seja a palavra correta. Na verdade, sou capaz de apostar que eles estão...

Então, olhou para a esposa em busca de socorro para atenuar a verdade. Mas Frances Catherine não pôde ajudar, uma vez que não conseguia parar de rir.

Judith sorriu para Patrick.

— Será que "chocados" seria melhor?

— Não — disse Frances Catherine. — Ultrajados, contrariados, ou talvez...

— Chega — Patrick a interrompeu com um rosnado abafado. Mas o brilho em seus olhos indicava que não estava realmente bravo. — Então você estava brincando quando sugeriu...

Judith assentiu.

— Sim, eu estava brincando. Sei que não sou bem-vinda aqui. Iain me avisou.

Antes que Patrick pudesse dizer algo mais, um guerreiro mais velho o chamou. Patrick acenou com a cabeça para Frances Catherine e Judith, então saiu andando na direção de um grupo de homens reunidos próximo aos degraus da entrada da fortaleza. Frances Catherine cruzou os braços com Judith e começou a descer a ladeira.

— Você vai ficar conosco — explicou. — Sei que vai ficar um pouco apertado, mas quero você por perto.

— Tem mais de um quarto na cabana?

— Não. Patrick quer adicionar mais um depois que o bebê nascer.

Patrick desceu a colina para se juntar a elas. Pela sua expressão, Judith desconfiou de que ele já tinha tido que defender sua vinda para os guerreiros.

— Você terá problemas, Patrick, por ter me convidado para vir passar alguns dias aqui?

A resposta não foi exatamente direta.

— Eles vão se acostumar com ter você por perto.

Finalmente chegaram à cabana. Era a primeira da trilha. A frente era toda enfeitada de flores, algumas cor-de-rosa, outras vermelhas, e as pedras das paredes haviam sido lavadas até ficarem bem brancas.

De cada lado da porta havia uma janela imensa e quadrada. O interior era tão convidativo quanto o exterior. Uma lareira de pedra ocupava o centro de uma das paredes. Uma cama enorme, coberta com uma linda colcha colorida de retalhos estava posicionada na parede oposta, e uma mesa redonda, cercada por seis pequenos bancos, ocupava o pouco espaço que restara. O lavatório ficava próximo à porta.

— Vamos trazer um catre antes de anoitecer — prometeu Frances Catherine.

Patrick meneou a cabeça em acordo, apesar de não parecer muito satisfeito com o arranjo. Não, ele parecia conformado.

Era um tema delicado, mas um que precisava ser acertado o quanto antes. Judith se aproximou da mesa e sentou-se.

— Patrick, por favor, não vá ainda — pediu quando ele estava indo em direção à porta. — Acho melhor falarmos sobre o arranjo para a noite.

Patrick se virou, recostou-se contra a porta, cruzou os braços e esperou, achando que Judith fosse sugerir que ele arrumasse outro lugar para ficar enquanto ela estivesse lá, e ele já estava se preparando para decepcionar a esposa quando dissesse não para Judith. Embora, àquela altura, não fosse mais possível ter intimidades físicas com Frances Catherine, mas, mesmo assim, ele ainda gostava de abraçá-la durante a noite, e, por Deus, não estava disposto a abrir mão disso.

A menos que Frances Catherine começasse a chorar novamente, pensou Patrick. Nesse caso, ele seria capaz de abrir mão de qualquer coisa só para acalmá-la.

Judith ficou surpresa com o modo como Patrick a olhava. O marido de Frances Catherine estava se mostrando tão mal-humorado quanto Iain. Não que tivesse deixado de gostar dele por isso, é claro, não depois do modo como o vira olhando carinhosamente para a esposa.

Judith cruzou as mãos à frente do corpo.

— Não acho que seja certo eu ficar aqui. Vocês deveriam ter privacidade — tratou de adicionar, ao perceber que Frances Catherine estava prestes a argumentar. — Por favor, não me entendam mal — disse —, mas acredito que marido e mulher precisam de um tempo sozinhos. Não tem algum lugar por perto onde eu possa ficar?

Frances Catherine negava, balançando a cabeça com veemência quando Patrick falou:

— A terceira cabana, depois da nossa, está vazia. É menor, mas tenho certeza de que pode servir.

— Patrick, quero que ela fique conosco.

— Ela acabou de explicar que não quer, meu amor. Deixe-a fazer do jeito dela.

Judith estava embaraçada.

— Não é que eu não queira ficar...

— Viu? Ela quer...

— Frances Catherine, vou ganhar esta disputa — interveio Judith, meneando a cabeça para a amiga ao predizer a vitória.

— Por quê?

— Porque é a minha vez — explicou ela. — Você pode vencer a próxima.

— Senhor, como você é teimosa. Tudo bem. Você pode ficar na cabana do Elmont. Vou ajudá-la a ajeitar as coisas.

— Você não vai fazer nada — interveio Patrick. — Você vai descansar, mulher. Deixe que eu cuido de tudo para a sua amiga.

Patrick parecia bem mais feliz agora. Judith achou que ele estivesse aliviado por ela estar indo dormir em outro lugar. Ele até sorriu para ela. E ela sorriu de volta.

— Suponho que Elmont não esteja vivendo mais lá e que, portanto, não vá se importar.

— Ele morreu — esclareceu Patrick. — Não vai se importar nem um pouco.

Frances Catherine balançou a cabeça para o marido, que respondeu com uma piscadela antes de sair.

— Não foi intenção de meu marido parecer tão insensível, mas Elmont estava muito velhinho quando morreu, e teve uma passagem muito tranquila. Patrick só fez uma brincadeirinha. Acho que ele gostou de você, Judith.

— Você o ama muito, não ama, Frances Catherine?

— Ah, sim — respondeu a amiga. Então se sentou à mesa e passou uma boa hora falando sobre o marido. Contou para Judith como se conheceram, como ele a perseguira insistentemente, e terminou mencionando uma centena ou duas de suas qualidades tão especiais.

O homem só não conseguia andar sobre a água... ainda. Judith fizera esse comentário para a amiga quando esta fizera uma pausa para respirar.

Frances Catherine riu.

— Estou tão feliz por você estar aqui.

— Você não ficou chateada porque quero dormir em outro lugar, ficou?

— Claro que não. Você estará perto o suficiente para ouvir meu grito se eu precisar. Preciso tomar muito cuidado para não excluir Patrick. Meu marido fica ofendido quando pensa que não estou lhe dando atenção suficiente.

Judith tentou não rir. Patrick era um homem tão abrutalhado que a simples ideia de que pudesse ficar ofendido foi muito divertida, e muito doce.

— Ele se parece com o irmão.

— Um pouquinho, talvez — concordou Frances Catherine. — Patrick é bem mais bonito.

Judith pensava exatamente o contrário. Iain era bem mais bonito que Patrick. O amor realmente influenciava a opinião de alguém, concluiu ela.

— Patrick é muito gentil e carinhoso.

— Iain também é — Judith deixou escapar, sem pensar.

Na mesma hora, a amiga notou o comentário.

— E como você sabe se Iain é carinhoso ou não?

— Ele me beijou. — A confissão saiu em um sussurro. Seu rosto ficou vermelho e ela baixou os olhos. — Duas vezes.

Frances Catherine ficou muito surpresa.

— E você o beijou de volta... duas vezes?

— Sim.

— Entendi.

Judith reagiu, balançando a cabeça.

— Você não entendeu nada — argumentou. — Aconteceu uma atração entre nós. Nem sei por quê, mas isso não vem ao caso. A atração acabou. De verdade — adicionou, ao ver a reação da amiga.

Mas Frances Catherine não acreditou.

— Eu sei por que ele gostou de você.

— Por quê?

Frances Catherine revirou os olhos.

— Por Deus, você não tem um pingo de vaidade. Nunca se olhou no espelho? Você é linda, Judith. — Ela fez uma pausa e soltou um suspiro dramático. — Ninguém nunca lhe diz isso.

— Não é verdade — contra-argumentou Judith. — Millicent e Herbert sempre me elogiam. Sempre demostram o quanto me amam.

— Claro — concordou Frances Catherine. — Mas a pessoa de quem você deveria receber mais carinho lhe virou as costas.

— Não comece, Frances Catherine. Minha mãe é como é.

Frances Catherine bufou.

— Tekel continua bebendo todas as noites?

Judith meneou a cabeça.

— Agora ele bebe durante o dia também.

— O que você acha que teria acontecido se não tivesse contado com a proteção de sua tia Millicent e de seu tio Herbert quando você era tão pequena e vulnerável? Tenho pensado muito sobre isso agora que estou esperando um filho.

Judith não sabia o que dizer. O silêncio foi a deixa para que a sua amiga atenuasse o tom da conversa.

— Foi difícil conseguir permissão para vir? Fiquei preocupada, pois imaginei que provavelmente você estivesse na fortaleza de Tekel. Você sempre passa seis meses com ele por ano, mas eu não conseguia me lembrar exatamente de quando você iria embora. Fiquei preocupada com isso.

— Sim, eu estava com Tekel, mas não tive nenhum problema — respondeu Judith. — Minha mãe já tinha ido para Londres passar um tempo na corte.

— E Tekel?

— Ele estava muito bêbado quando lhe contei para onde ia. Nem sei se ele se lembrou no dia seguinte. Millicent e Herbert dirão para ele novamente, se for preciso.

Judith não queria falar mais sobre sua família. Havia uma certa tristeza nos olhos de Frances Catherine, e ela estava determinada a descobrir o motivo.

— Você está se sentindo bem? Quando chega o bebê?

— Estou me sentindo gorda. E acho que ainda faltam oito ou nove semanas para o nascimento.

Judith pegou a mão da amiga.

— Conte o que há de errado.

Nem foi preciso explicar o pedido. A amiga entendeu sobre o que ela estava falando.

— Se não fosse por Patrick, eu odiaria este lugar.

A veemência na voz de Frances Catherine foi um forte indício de que não se tratava de um exagero.

— Você sente saudade de seu pai e de seus irmãos?

— Ah, sim. O tempo todo.

— Então peça a Patrick para ir buscá-los para eles passarem alguns dias aqui.

Frances Catherine negou com um meneio de cabeça.

— Não posso pedir mais nada — sussurrou. — Tivemos que ir ao conselho pedir permissão para sua vinda.

Estimulada pela amiga, Frances Catherine explicou tudo sobre o poder do conselho. Contou como Iain tinha interferido quando a oligarquia estava prestes a negar seu pedido, e como ela sentiu medo durante todo aquele calvário.

— Não entendo por que você teve que ir ao conselho pedir permissão — comentou Judith. — Mesmo eu sendo inglesa, não vejo necessidade de ter a aprovação deles.

— A maioria dos Maitland tem bons motivos para não gostar dos ingleses, pois perderam familiares e amigos em batalhas contra a Inglaterra. Eles odeiam o soberano de vocês, o rei John.

Judith encolheu os ombros.

— A verdade é que a maioria dos barões ingleses não gosta do rei. — Ela resistiu à vontade de fazer o sinal da cruz para não arder no purgatório por difamar seu soberano. — Ele é egoísta e cometeu erros terríveis, pelo menos foi o que me disse tio Herbert.

— Você sabia que o seu rei deveria ter se casado com uma escocesa, mas acabou mudando de ideia?

— Eu não sabia, mas não me surpreende. Frances Catherine, o que você quis dizer quando falou que não pode pedir mais nada a Patrick? Por que ele não pode ir buscar o seu pai?

— Os Maitland não gostam de gente de fora. Eles não gostam de mim também.

Frances Catherine pareceu uma criança que tinha acabado de dizer algo que não deveria. Judith achou que talvez a amiga estivesse emotiva por causa da gravidez.

— Tenho certeza de que todos gostam de você.

— Não estou inventando coisas — argumentou ela. — As mulheres acham que sou mimada e acostumada a fazer tudo do meu jeito.

— Como você sabe disso?

— Uma das parteiras me contou. — Lágrimas começaram a escorrer pelas bochechas de Frances Catherine. Ela as enxugou com as costas das mãos. — No fundo, tenho tanto medo. Estou com medo por você também. Sei que foi egoísmo pedir que você viesse.

— Eu prometi, anos atrás, que viria — Judith a lembrou da promessa. — Eu teria ficado ofendida se você não tivesse mandado me chamar. Não diga bobagem.

— Mas eu a fiz prometer... muito antes de saber que acabaria vindo para cá — disse ela, atropelando as palavras. — Essas pessoas são... frias. Tenho medo de que acabem ofendendo você.

Judith sorriu. Era do feitio da amiga se preocupar tanto com o bem-estar dela.

— Frances Catherine, você sempre se sentiu assim ou passou a odiar viver aqui depois da gravidez?

A amiga teve que pensar um pouco antes de responder.

— No começo, eu era feliz, mas logo ficou claro para mim que eu não me encaixava. Eu me senti como uma estrangeira. Já estou casada há mais de três anos e eles ainda não me consideram uma Maitland.

— Por que não?

— Talvez porque fui criada na fronteira. Em parte, é por isso. Esperavam que Patrick se casasse com outra pessoa. Ele ainda não tinha pedido a mão dela, mas todos achavam que acabaria pedindo. Mas então ele me conheceu.

— Você já falou com Patrick que está infeliz?

— Mencionei algumas vezes. Minha infelicidade foi motivo de grande preocupação. Mas meu marido não consegue fazer com que as mulheres gostem de mim. Não quero morrer aqui. Eu queria que Patrick tivesse me levado para a casa de meu pai antes do nascimento e ficasse comigo até tudo passar.

— Você não vai morrer — Judith praticamente gritou. — Depois de todo o trabalho e constrangimento que tive que passar, acho bom você não morrer.

Frances Catherine se sentiu reconfortada com a ira na voz da amiga.

— Conte-me sobre todo esse trabalho que você teve — pediu, um pouco mais animada.

— Falei com pelo menos quinze parteiras ao longo dos dois últimos anos, e juro que memorizei cada palavra que elas me disseram. Millicent estava tão determinada quanto eu, é claro, e mandou seus criados saírem à procura dessas mulheres. Não sei o que teria feito sem a ajuda dela.

— Millicent é uma mulher muito amável.

— Sim, ela é — concordou Judith. — Ela mandou beijos para você.

Frances Catherine assentiu.

— Conte-me o que você aprendeu com essas parteiras.

— Para ser honesta, no começo, ouvi tantas coisas conflitantes que quase desanimei. Uma dizia que o quarto precisa estar quente como o purgatório durante o parto, outra era totalmente a favor do contrário.

Sim, foi muito frustrante, Frances Catherine. Então aconteceu um milagre. Numa manhã, uma parteira chamada Maude apareceu na fortaleza agindo como se fosse a dona do lugar. Era uma velhinha de aparência muito frágil, ombros caídos e mãos enrugadas. Ela parecia uma visão, isso sim. Confesso que minha primeira reação foi duvidar de seus conhecimentos. Mas logo percebi quão tola tinha sido aquela conclusão. Frances Catherine, ela é a mulher mais doce. E tem muito conhecimento também, e me contou que sempre optou pelo bom senso. Ela é parteira há anos, mas seus métodos são muito modernos. Ela me colocou a par de todas as mudanças e disse que sempre se interessou em ouvir sobre novas técnicas. Ela é uma parteira muito dedicada. Se não fosse tão velinha e frágil, eu teria implorado para que viesse comigo, mas a viagem teria sido demais para ela.

— As mulheres nunca permitiriam a interferência dela — disse Frances Catherine. — Você não entende, Judith.

— Então me ajude a entender. Você falou com as parteiras daqui sobre os seus medos?

— Céus, não — respondeu Frances Catherine mais que depressa. — Só falei para uma que estava assustada, e isso só piorou as coisas. O nome dela é Agnes, e não a quero perto de mim quando chegar a hora. Ela e a outra mulher, chamada Helen, são as únicas parteiras daqui. As duas são muito respeitadas e poderosas. A filha de Agnes, Cecilia, supostamente se casará com Iain quando chegar o momento, e acho que é por isso que Agnes sempre anda de nariz empinado. Ela acha que vai ser sogra do *laird*.

Judith sentiu como se seu coração tivesse ido parar no fundo do estômago. Baixou então os olhos para a toalha de mesa, de modo que Frances Catherine não pudesse notar o quanto a notícia a tinha afetado.

A amiga não notou, tanto que continuou com a explicação:

— Ninguém tem certeza do casamento ainda, só Agnes, e Patrick não acredita que Iain tenha nenhuma intenção de pedir a mão de Cecilia.

— Então por que Agnes acha que ele vai pedir?

— A filha dela é uma mulher muito bonita. Na verdade, acho que é a mais bonita do clã. Sei que é um motivo fútil, mas Agnes acha que porque a filha é tão atraente, Iain vai acabar querendo se casar com ela. Cecilia é uma tonta e tem o cérebro do tamanho de uma ervilha.

Judith balançou a cabeça.

— Que feio você falar assim da moça. — Tentou soar como se realmente tivesse sido sincera no que acabara de dizer, mas acabou estragando tudo ao cair na risada. — Uma ervilha, Frances Catherine?

A amiga concordou e caiu na risada também.

— Ah, Judith, estou tão feliz por você estar aqui.

— Eu também estou muito feliz por estar aqui.

— O que nós vamos fazer?

A mudança de humor de Frances Catherine foi tão rápida que apanhou Judith de surpresa. Um minuto antes estava rindo e agora parecia prestes a chorar.

Maude tinha dito a Judith que as grávidas eram propensas a terem explosões emocionais. Disse também que, para um parto tranquilo, era indispensável manter a calma e a mente serena. Sempre que a mãe se mostrasse chateada era importante acalmá-la o máximo possível.

Judith seguiu as instruções. Fez um afago na mão de Frances Catherine e sorriu, tentando passar segurança.

— Fazer sobre o quê? Tudo vai dar certo, Frances Catherine.

— Agnes não vai permitir que você a ajude quando o trabalho de parto começar. E não vou querer aquela mulher má perto de mim. Portanto, o que vamos fazer?

— Você mencionou sobre outra parteira chamada Helen. E ela?

— Agnes a ensinou tudo que sabe, mas acho que também não a quero.

— Tem que haver mais parteiras por aqui. Pelo número de cabanas e pessoas que vi quando cheguei, calculei que deva ter umas quinhentas pessoas vivendo aqui.

— Acho que o dobro — estimou Frances Catherine. — Você não viu todas as cabanas do outro lado da montanha. Apenas os guerreiros são contados, e, no momento, eles são mais de seiscentos, mais ou menos.

— Então tem que haver outras parteiras aqui — insistiu Judith.

Frances Catherine balançou a cabeça.

— Agnes manda em tudo — explicou. — E como sou a cunhada do *laird*, ela vai insistir em fazer o parto do bebê. Mesmo que haja outras parteiras, elas não teriam coragem de abrir a boca. Não iam querer arrumar confusão com Agnes.

— Entendi.

De repente, Judith se sentiu mal, e uma onda de pânico começou a tomar conta por dentro. Céus, ela não estava preparada para assumir sozinha aquela missão. Sim, estava informada sobre tudo que havia de mais moderno em matéria de partos, mas nunca tinha participado de um de fato, e se sentia totalmente inapta a oferecer toda a assistência que Frances Catherine precisaria.

Por que nada nunca era fácil? Judith já havia se imaginado secando a testa da amiga durante as dores, segurando sua mão e sussurrando palavras de apoio, como "Força, força", enquanto a experiente parteira cuidava de todo o resto.

Lágrimas escorriam pelo rosto de Frances Catherine novamente. Judith soltou um suspiro suave.

— Só uma coisa é certa — anunciou ela. — Vamos ter esse bebê. Estou aqui para ajudar, e com certeza, juntas, daremos conta de resolver qualquer problema, por mais difícil que possa parecer.

O tom confiante acalmou Frances Catherine.

— Sim — concordou ela.

— É possível conquistar Agnes ou desistimos dela?

— Desistimos dela. Ela não vai mudar seus métodos. Ela é má de coração, Judith. Sempre que pode, faz um comentário sobre as dores terríveis que terei que enfrentar. E ela adora contar histórias sobre partos difíceis.

— Não dê ouvidos a ela — disse Judith, com a voz impregnada de raiva, pois nunca tinha ouvido falar de algo tão horrível. Agnes parecia ser uma pessoa muito má. Judith balançava a cabeça enquanto tentava analisar a situação.

— Sei o que você está pensando — sussurrou Frances Catherine. — Está tentando entender Agnes, não está? Quando descobrir por que ela age assim, tentará mudar as coisas. Para mim, não importa — adicionou. — Não quero nem saber se ela virar um anjo de pessoa. Aquela mulher não vai nem chegar perto de mim.

— Não, eu não estou tentando entendê-la. Já sei por que ela age assim. Ela quer poder, Frances Catherine. Ela usa o medo e a vulnerabilidade das mulheres para conseguir o que quer. Alimenta a fraqueza dessas pobres mulheres. Maude me contou que existem mulheres assim. Não tem nada que eu possa fazer para mudar o jeito dela. Não se preocupe. Não vou deixar que ela chegue perto de você. Prometo.

Frances Catherine assentiu.

— Já não me sinto mais tão sozinha — confessou. — Sempre que tento conversar sobre o parto com Patrick, ele fica nervoso. Ele sente medo por mim, e sempre acabo tendo que consolá-lo.

— Ele ama você — disse Judith. — É por isso que se preocupa.

— Não consigo imaginar por que ele me ama. Tenho dado muito trabalho ultimamente. Só choro o tempo todo.

— Não tem nada de errado com isso.

Frances Catherine sorriu. Judith sempre foi sua heroína. Como se sentia afortunada por tê-la como amiga.

— Já falei muito sobre os meus problemas. Agora quero que me fale sobre a sua vida. Vai tentar ver seu pai enquanto estiver aqui?

Judith deu de ombros.

— As coisas se complicaram um pouco. Primeiro, eu não imaginava como as Highlands eram enormes — disse ela. — Segundo, ouvi dizer que os Maclean têm uma rusga com os Maitland.

— Como você ficou sabendo?

Judith contou sobre a conversa que tivera com a mãe de Isabelle. Frances Catherine contraiu o cenho ao final da história.

— Meu pai pode estar morto.

— Ele não morreu.

— Como você sabe?

— Pedi a Patrick para me descrever como era *Laird* Maclean, fingindo curiosidade, é claro, e ele disse que é um homem velho que governa o clã há muitos anos.

— O que mais ele contou?

— Mais nada. Achei melhor parar por aí para não despertar a curiosidade dele. Ele me perguntou por que eu estava tão interessada nos Maclean. Prometi a você que nunca contaria para ninguém sobre o seu pai, e como fiz a promessa antes de me casar com Patrick, não posso contar para ele. Além do mais, ele ficou nervoso. Judith, ninguém pode saber, não enquanto você estiver aqui. Seria perigoso para você.

— Iain me protegeria.

— Ele não sabe sobre Maclean — argumentou Frances Catherine. — Não sei o que ele seria capaz de fazer se descobrisse.

— Acho que mesmo assim ele me protegeria.

— Senhor, você parece ter tanta certeza.

Judith sorriu.

— Eu tenho certeza. Mas isso não vem ao caso agora, não é mesmo? Iain nunca vai descobrir. Nem sei ao certo se quero mesmo conhecer meu pai. Eu esperava poder vê-lo de longe, ao menos.

— E de que adiantaria?

— Eu mataria a curiosidade.

— Você deveria falar com ele — insistiu Frances Catherine. — Não sabe se ele baniu sua mãe ou não. Precisa saber da verdade. Não pode continuar acreditando na história de sua mãe, não depois de todas as mentiras que contaram a vida toda.

— O que sei é que ele nunca foi para a Inglaterra atrás de nós — contra-argumentou Judith, levando, instintivamente, a mão ao peito, onde o anel de seu pai se aninhava entre seus seios em uma corrente de ouro oculta sob o decote do vestido. Deveria ter deixado o anel em casa, mas não teve coragem. Nem sabia ao certo o motivo. Era tudo muito confuso.

Judith soltou a mão sobre a mesa.

— Prometa que, se não surgir uma oportunidade, você vai esquecer isso. Promete?

Frances Catherine concordou só para acalmar a amiga, pois sabia o quanto era doloroso para Judith falar sobre aquele tema. Resolveu, então, mudar de assunto e começou a relembrar algumas de suas aventuras nos festivais.

Segundos depois, as duas já estavam rindo.

Do lado de fora, Patrick ouviu a risada de sua esposa e sorriu, satisfeito. A amiga já estava ajudando. Brodick, ao lado de Patrick, sorriu também.

— Frances Catherine parece muito satisfeita com a chegada de Judith — comentou Brodick.

— Sim, ela está — respondeu Patrick.

Ele ainda sorria quando entrou na cabana. Desta vez, sua esposa se lembrou das boas maneiras. Ela se levantou de imediato e foi ao encontro do marido. Judith também ficou de pé, cruzou as mãos e cumprimentou os dois guerreiros.

Brodick trazia para dentro três de suas bolsas, e Patrick, duas. Os homens deixaram a bagagem em cima da cama.

— Quanto tempo você está pensando em ficar, moça? — perguntou Patrick.

Como o marido da amiga soara tão preocupado, Judith não resistiu à tentação de provocá-lo.

— Só um ou dois anos — respondeu. Patrick tentou se manter firme, e Judith caiu na risada. — Eu estava brincando — confessou.

— Brodick, você fica para o jantar — convidou Frances Catherine. — Judith, não brinque com Patrick. O homem ficou pálido.

As duas mulheres acharam muito divertido, e ainda estavam rindo quando Alex e Gowrie apareceram na porta entreaberta. Os dois guerreiros pareciam um pouco acanhados e, imediatamente, Frances Catherine os convidou para jantar também.

Patrick pareceu surpreso com tantas visitas. Judith ajudou a amiga a terminar os preparativos para o jantar. Frances Catherine tinha feito um suculento cozido de carneiro e assado ricos pães pretos.

Os homens se reuniram em torno da mesa. Judith e Frances Catherine serviram todos antes de se espremerem perto de Patrick para comerem.

Nem Judith nem Frances Catherine estavam com muita fome. As duas conversaram entre elas o tempo todo durante o jantar. Alex mais olhou para Judith do que comeu, percebeu Patrick e, quando notou que Gowrie mal tinha tocado na comida também, o motivo para a visita-surpresa ficou claro.

Os dois estavam interessados em Judith. Patrick precisou se segurar

para não rir. Já as mulheres, estavam alheias aos homens. Após o jantar, elas pediram licença e foram para a cama. Judith deu para a amiga todos os presentes que tinha feito, e corou de satisfação ao ver a alegria de Frances Catherine. Todos os presentes, exceto um, eram para o bebê. Judith fez uma linda camisola branca com rosas azuis e cor-de-rosa bordadas em torno do decote. Judith demorara um mês inteiro para terminar, mas o trabalho havia compensado o esforço, pois Frances Catherine achou a camisola lindíssima.

Como as mulheres não estavam prestando atenção, os homens não acharam necessário esconder o interesse e continuaram encarando Judith. Patrick notou que sempre que ela sorria, os guerreiros sorriam junto. O interesse de Brodick foi o que mais surpreendeu Patrick, pois normalmente o sujeito era muito bom em conter as emoções.

— Do que você está rindo? — perguntou Brodick, de repente.

— De você — respondeu Patrick.

Antes que Brodick tivesse tempo para reagir diante da resposta direta, Judith chamou:

— Brodick, esqueci de levar os biscoitos para Isabelle.

— Pode deixar que eu me encarrego — disse Brodick.

Judith negou com um aceno de cabeça.

— Quero conhecê-la — explicou. Levantou-se, então, e se aproximou da mesa. — Tenho algumas mensagens da mãe dela.

— Terei o maior prazer em mostrar o caminho — ofereceu-se Alex.

— Eu faço isso — anunciou Gowrie em um tom de voz firme.

Brodick interveio.

— Isabelle é minha cunhada. Eu vou mostrar o caminho para Judith.

Nesse momento, Iain tinha aberto a porta, e estava parado prestando atenção na discussão. E mal podia acreditar no que estava ouvindo... e vendo. Seus guerreiros estavam agindo como tolos apaixonados enquanto disputavam quem iria acompanhar Judith, que, por sua vez, não fazia a menor ideia do que estava acontecendo. Ela parecia confusa com toda a atenção que estava recebendo.

Alex atraiu o olhar de Iain ao espalmar as duas mãos sobre a mesa e se inclinar para a frente para encarar Brodick.

— A cabana de Isabelle fica localizada perto da cabana do meu tio e eu estava indo para lá, de qualquer maneira. Portanto, pode deixar que me encarrego de mostrar para Judith o caminho.

Então, Patrick riu. E finalmente, ao mesmo tempo, todos pareceram notar a presença de Iain. A reação de Judith foi mais do que reveladora para Patrick, pois a alegria estampada em seu rosto dizia tudo.

Iain parecia irritado. Mas olhou para Judith antes de se voltar para o irmão.

— Agora você entende meus motivos?

Patrick assentiu.

Judith e Frances Catherine se entreolharam.

— Quais motivos, *Laird* Iain? — indagou Frances Catherine.

— *Laird* Iain? — repetiu Judith antes que Iain tivesse tempo de responder. — Por que você não o chama de Iain apenas?

Frances Catherine cruzou as mãos sobre o colo.

— Porque ele é o nosso *laird* — explicou ela.

— Mas ele é seu cunhado — argumentou Judith. — Você não deveria ter que tratá-lo com tanta formalidade.

A amiga meneou a cabeça. Olhou para Iain e forçou um sorriso. O guerreiro a intimidava e foi com muito esforço que conseguiu olhar nos olhos dele. O homem resolveu entrar. Baixou a cabeça para não bater no batente, e, uma vez dentro, encostou-se contra a parede e cruzou os braços à frente do peito, como quem não queria nada.

— Iain — reiniciou Frances Catherine, sorrindo para tentar disfarçar a voz trêmula. — De que motivos você está falando?

Iain percebeu que a cunhada estava com medo dele. E ficou chocado com a revelação. Baixou então o tom da voz, em um esforço de atenuar o medo dela quando respondeu à sua pergunta.

— Patrick perguntou se Judith poderia ficar na cabana vazia. Mas eu disse não. Seu marido entende meus motivos.

Imediatamente, Frances Catherine concordou com um aceno. Afinal, não discutiria com o *laird*. Além do mais, estava satisfeita com o arranjo anterior, uma vez que queria que Judith ficasse com ela e Patrick.

— Seus convidados já estão de saída — disse Iain ao irmão.

Alex, Gowrie e Brodick se retiraram da cabana no mesmo momento. Iain saiu do caminho, então retomou seu lugar próximo à porta. Tinha dito algo quando os guerreiros passaram, mas foi tão baixinho que Judith e Frances Catherine não conseguiram escutar. No entanto, Patrick ouviu, e a risadinha que deixou escapar indicou que ele se divertiu com o aviso do irmão.

— Iain, será que eu poderia falar com você em particular, por favor? — perguntou Judith.

— Não.

Mas Judith não se intimidou. Havia mais de uma forma de arrancar o couro de um peixe.

— Patrick?

— Pois não, Judith?

— Preciso falar em particular com o seu *laird*. Você poderia conseguir isso, por favor?

Patrick a olhou como se ela tivesse ficado louca. Judith soltou um suspiro e jogou o cabelo por cima do ombro.

— Estou seguindo a cadeia de comando daqui. Primeiro, devo pedir para você, e você pede para o *laird*.

Patrick nem ousou olhar para Iain, pois sabia que o irmão já estava furioso. O modo como ele olhara quando notou Alex, Gowrie e Brodick discutindo por causa de Judith tinha sido totalmente novo para Patrick. Se não o conhecesse bem, pensaria que o irmão estava com ciúme.

— Iain... — iniciou Patrick.

— Não — negou Iain.

— Céus, como você é difícil — resmungou Judith.

Frances Catherine deixou escapar um barulhinho que ficou entre um bufo e um suspiro de surpresa. Ela ainda estava sentada na beirada da cama e tocou no braço de Judith.

— Você não deveria criticar *Laird* Iain — alertou em um sussurro.

— Por que não? — sussurrou Judith de volta.

— Porque Ramsey diz que ele vira o diabo quando está bravo — respondeu Frances Catherine.

Judith caiu na risada. Virou-se para olhar para Iain novamente, e entendeu o que Frances Catherine queria dizer. Só que ele não parecia bravo. Não, o brilho em seus olhos indicava exatamente o oposto. Patrick parecia um tanto chocado com o comentário sussurrado da esposa.

— Pelo amor de Deus, Frances Catherine... — iniciou Patrick.

— Ramsey fez um elogio — respondeu sua esposa. — Além do mais, não era para você ter ouvido.

— Quem é Ramsey? — perguntou Judith.

— É um homem lindo de morrer — respondeu Frances Catherine. — Patrick, não me olhe desse jeito. Ramsey é lindo. Será fácil você perceber de quem se trata, Judith — adicionou ela, olhando de soslaio para a amiga. — Ele vive cercado de moças. Ele odeia as atenções, mas o que pode fazer? Você também vai gostar dele.

— Não, ela não vai.

Foi Iain quem fizera a previsão, antes de avançar um passo.

— Fique longe dele, Judith. Entendeu?

Judith concordou com um aceno. Não que o tom de voz ríspido a tivesse assustado, mas aquele não era o momento de estender o assunto.

— Como vamos manter Ramsey longe dela? — perguntou Patrick.

Iain não respondeu. Judith se lembrou da missão que queria cumprir antes que a noite terminasse, e pegou a bolsa cheia de biscoitos que Margaret tinha mandado.

— Patrick, por favor, você poderia pedir para Iain me mostrar onde fica a cabana de Isabelle? Preciso entregar os presentes que a mãe dela mandou e transmitir os recados.

— Judith, o homem está na sua frente. Por que você não pede a ele? — perguntou Frances Catherine.

— É por causa da cadeia de comando — respondeu Judith com um aceno de mão. — Preciso segui-la.

— Venha aqui, Judith.

A voz de Iain soou suave, arrepiante. Judith forçou um sorrisinho sereno e se aproximou.

— Pois não, Iain?

— Você está tentando me provocar?

Iain esperava uma negação como resposta. Um pedido de desculpas também, mas não obteve nada disso.

— Sim, estou tentando provocá-lo.

A expressão de surpresa foi aos poucos sendo substituída por uma carranca. Iain avançou um passo. Judith não recuou. Pelo contrário, deu um passo para a frente.

Os dois estavam a milímetros de distância um do outro. Tanto que ela teve que erguer a cabeça ao máximo para poder encará-lo.

— Sejamos justos, acho que você deveria admitir que me provocou primeiro.

A mulher era uma tentação. Iain mal conseguia acompanhar o que ela dizia. Toda a sua concentração estava na boca dela. A sua própria falta de autocontrole o incomodava mais do que o comportamento insolente.

Iain não conseguia ficar longe dela. A mulher nem tinha se instalado na cabana de seu irmão ainda e ele já tinha ido atrás.

Judith queria muito que ele dissesse alguma coisa, pois sua expressão não dava nenhuma pista sobre o que se passava em sua cabeça. De repente, o nervosismo tomou conta. Ela disse a si mesma que era porque Iain era um homem tão grande que parecia ocupar todo o espaço ao redor. O fato de estar parada ali, tão próximo, não estava ajudando em nada.

— Eu lhe pedi que, por favor, me concedesse um momento em particular, e você negou bruscamente. Portanto, sim, você me provocou primeiro.

Iain não conseguia decidir se queria estrangular a mulher ou beijá-la. Então ela sorriu, um sorriso tão doce e inocente que lhe deu vontade de rir. Ele sabia que jamais seria capaz de encostar um dedo nela em um momento de raiva; nunca ergueria nem mesmo a mão.

Judith também sabia disso.

Mas o que Judith queria saber mesmo era o que se passava na cabeça do escocês. Estava arrependida por ter começado aquele joguinho. Era perigoso provocar um lobo da montanha, e, em sua mente, Iain, apesar de seus modos gentis, poderia ser muito mais perigoso do que um animal selvagem. O poder que irradiava dele era quase esmagador.

Judith baixou os olhos.

— Sou muito grata por tudo o que fez por mim, Iain, e peço desculpas se imaginou que eu estivesse tentando irritá-lo.

Judith achou que tivesse soado arrependida o suficiente. Mas quando ergueu os olhos para ver sua expressão, ficou surpresa ao ver que ele sorria.

— Você estava tentando me tirar do sério, Judith.

— Sim, eu estava — admitiu. — Mas sinto muito.

Judith percebeu, então, que estava apertando com força a bolsa em seus braços. Antes que Iain se desse conta de sua intenção, ela passou por ele e saiu pela porta.

— Ela vai bater em todas as portas ao longo do caminho até alguém lhe dizer onde Isabelle mora — previu Frances Catherine. — Patrick, por favor, você poderia ir...

— Eu vou — resmungou Iain.

Não esperou que alguém discutisse sua decisão. Seu suspiro exasperado foi mais alto do que a batida da porta quando ele a fechou às suas costas.

Iain conseguiu alcançar Judith quando ela já estava começando a descer a colina. Ele não lhe disse uma palavra sequer, mas a segurou pelo braço para fazê-la parar.

— Prometi para Margaret, Iain, e vou cumprir minha promessa.

O rompante foi totalmente desnecessário, pois Iain estava acenando em acordo.

— Você está indo para a direção errada. A cabana do Winslow fica do outro lado do pátio central.

Iain pegou a sacola dela e começou subir a colina. Judith seguiu ao lado dele. Seus braços roçando um no outro, mas nenhum dos dois se afastou.

— Iain, agora que estamos sozinhos...

A risada dele interrompeu sua pergunta.

— Do que você está rindo?

— Não estamos sozinhos — respondeu ele. — Aposto que deve ter umas vinte pessoas do clã observando, às escondidas, o que estamos fazendo.

Judith olhou ao redor, mas não viu ninguém.

— Tem certeza?

— Absoluta — respondeu ele, sem rodeios.

— Por que estão observando?

— Curiosidade.

— Iain, por que você está bravo comigo? Já lhe pedi desculpas por tentar irritá-lo.

Judith parecia chateada. Iain soltou um suspiro. Não estava com vontade de explicar por que realmente estava bravo. Maldição, aquela proximidade estava perturbando sua paz de espírito. O que ele queria mesmo era tocá-la, mas não admitiria.

— Não estou bravo. Você se acha muito importante se imagina que eu poderia sentir qualquer coisa senão obrigação para com meu irmão quando tento protegê-la.

Iain poderia muito bem ter lhe dado um tapa na face — seria a mesma coisa. Judith não sabia o que dizer diante de toda aquela honestidade nua e crua, mas ele estava certo. Ela tinha se achado muito importante a ponto de imaginar que ele estivesse preocupado. Uma atração boba era uma coisa; cuidar era bem diferente.

Seus olhos marejaram. Mas a luz tênue de fim de tarde escondeu as lágrimas humilhantes. Judith seguiu cabisbaixa e, aos poucos, foi aumentando a distância entre eles.

Iain se sentiu mais vil que uma cobra. Estava arrependido por ter falado daquela maneira tão dura, mas, por Deus, como ela era teimosa.

Iain ia pedir desculpas, então mudou de ideia. Ele tinha certeza de que acabaria estragando tudo, e, além do mais, guerreiros não pediam desculpas. Mulheres, sim.

— Judith...

Ela não respondeu.

E mais que depressa, ele desistiu de tentar. Afinal, nunca tinha dito a ninguém, homem ou mulher, que estava arrependido de algo, e, por Deus, não era agora que começaria.

— Não tive intenção de ofendê-la.

Quando percebeu, as palavras já tinham escapado de sua boca. O grande guerreiro balançou a cabeça, tentando entender o inexplicável.

Judith não reagiu ao pedido de desculpas, e ele se sentiu grato pelo gesto de consideração. Pelo som entrecortado de sua voz, ela devia ter percebido o quanto tinha sido difícil para ele.

Mas Judith não acreditou em uma palavra sequer do que ele dissera. De qualquer maneira, não havia nada para ser perdoado mesmo, disse ela. Iain a magoara, sim, mas só porque lhe dissera exatamente o que sentia.

Iain sentiu um grande alívio quando finalmente chegaram ao destino. Mesmo assim, hesitou diante da porta. Ele e Judith podiam ouvir Isabelle chorando. Ouviram também a voz de Winslow, e embora não desse para entender direito o que ele dizia, pois o tom de voz era suave.

Judith achou melhor voltarem na manhã seguinte, mas, antes que tivesse tempo de sugerir, Iain já tinha batido à porta.

Foi Winslow quem atendeu. Pela sua expressão, não parecia muito feliz com a interrupção. Mas, assim que viu Iain, seu semblante mudou.

O irmão de Brodick não se parecia em nada com ele, tirando a cor dos olhos, que eram do mesmo intenso tom de azul. Winslow era mais baixo, e não era tão bonito quanto Brodick. Os cabelos eram de um loiro mais escuro, e cheio de cachos rebeldes.

Iain explicou o motivo da visita, e, quando terminou, Winslow encolheu os ombros, então escancarou a porta em um gesto convidativo.

A cabana era muito parecida em tamanho com a de Patrick, com a diferença de que havia roupas espalhadas por todos os lados e pilhas de louças em cima da mesa.

Isabelle não parecia uma boa dona de casa. A linda mulher estava na cama, apoiada em uma pilha de travesseiros, e seus olhos estavam inchados de tanto chorar.

Judith achou que ela estivesse doente. Os cabelos castanhos desciam escorridos sobre os ombros e o rosto estava tão pálido quanto a lua.

— Não quero incomodar — começou Judith. Ela tirou a sacola da mão de Iain e estava quase colocando em cima da mesa quando percebeu que não havia espaço. Como os dois banquinhos também estavam cobertos com roupas, ela colocou a sacola no chão. — Sua mãe mandou um presente para você, Isabelle, e mensagens também, mas posso voltar quando estiver se sentindo melhor.

— Ela não está doente — apontou Winslow.

— Então por que ela está em casa? — perguntou Judith.

Winslow pareceu surpreso com a pergunta. Judith achou que talvez tivesse sido indiscreta.

— Ela está prestes a dar à luz — explicou Winslow.

Judith se voltou para Isabelle e viu que havia lágrimas em seus olhos.

— Você está em trabalho de parto?

Isabelle balançou a cabeça com veemência, negando. Judith contraiu o cenho.

— Então por que está de cama? — insistiu, tentando entender.

Winslow não conseguia entender por que a inglesa estava fazendo aquelas perguntas bobas.

— Ela está de cama para guardar as forças — explicou ele, em um tom de paciência forçada.

O lado parteira de Judith acreditava tanto nisso que teve palpitações diante da lógica distorcida. Ela sorriu para Isabelle antes de se voltar para o marido novamente.

— Então por que um guerreiro não poupa suas forças antes de ir para uma batalha?

Winslow ergueu uma sobrancelha. Iain sorriu.

— Um guerreiro precisa treinar constantemente para a batalha — respondeu Winslow. — Ele fica fraco e ineficaz se não treinar sempre. Os ingleses não fazem o mesmo?

Judith deu de ombros, pois já havia se dispersado quando viu a cadeira de parto em um canto, próximo à porta. Imediatamente, ela se aproximou para ver melhor a engenhoca.

Winslow notou o interesse e se lembrou de algo que ainda precisava fazer.

— Iain, você poderia me ajudar a colocar isso lá fora? A cadeira está deixando Isabelle nervosa — disse quase em um sussurro. — Vou devolver para Agnes amanhã de manhã.

Judith ficou intrigada com o desenho e a confecção. A cadeira de parto era, na verdade, uma cadeira em formato de ferradura. O encosto circular era alto e resistente. O assento não passava de uma saliência para apoiar as coxas da mulher. Os braços e a lateral eram incrustados de ouro, e o artesão desenhara com habilidade anjos ao longo das laterais.

Judith tentou disfarçar a curiosidade.

— Você gostaria de ver o que sua mãe mandou, Isabelle? — perguntou Judith.

— Sim, por favor.

Judith levou a sacola até a cama, e ali ficou, sorrindo satisfeita ao ver a alegria de Isabelle.

— Seu pai e sua mãe estão muito bem — contou ela. — Margaret pediu para eu lhe contar que a sua prima Rebecca vai se casar com um homem chamado Stuart, no outono.

Isabelle enxugou os cantos dos olhos com um lenço quadrado. Fez uma careta, puxou as cobertas com as duas mãos e, em seguida, soltou um suspiro abafado. Gotículas de suor brotaram em sua testa. Judith pegou o lenço que ela tinha deixado cair e se inclinou sobre a cama para enxugar o suor.

— Você não está se sentindo bem, está? — perguntou, em um sussurro suave.

Isabelle respondeu com um menear de cabeça.

— Comi demais no jantar que o Winslow fez — sussurrou ela. — Eu já não estava muito bem, mas sentia fome. Eu queria ter levantado da cama, mas ele não deixou. Por que você está aqui?

A pergunta, feita de modo despretensioso, pegou Judith de surpresa.

— Para lhe entregar os presentes que sua mãe mandou e lhe contar as novidades.

— Não, eu perguntei por que você está aqui, nas Highlands — explicou.

— Minha amiga, Frances Catherine, pediu que eu viesse. Por que estamos cochichando?

A linda mulher sorriu. Então Winslow estragou o momento de intimidade.

Iain tinha aberto a porta, e Winslow levava a cadeira de parto para fora. Imediatamente, Isabelle irrompeu em lágrimas novamente. Ela esperou até que Iain fechasse a porta e então disse:

— Frances Catherine também está com medo, não está?

— Isabelle, todas as mulheres ficam um pouco assustadas antes do parto. A cadeira está deixando você nervosa?

Isabelle concordou com um aceno.

— Não vou usar aquilo.

Isabelle estava ficando tão agitada quanto Frances Catherine quando começara a falar sobre o parto. Judith mal conhecia Isabelle, mas sentiu pena da moça. Seu medo era tão evidente.

— A cadeira não é usada para torturar — explicou Judith. — Maude diz que as parturientes gostam do conforto que ela oferece. Você tem sorte de ter uma aqui.

— Conforto?

— Isso mesmo. Maude diz que a cadeira foi desenhada para apoiar bem as costas e as pernas da mulher.

— Quem é Maude?

— Uma parteira que conheço.

— O que mais ela disse? — perguntou Isabelle, parando de torcer as beiradas da colcha de retalhos.

— Maude passou cerca de seis semanas comigo. Ela me deu vários conselhos sobre o que fazer com Frances Catherine.

A desordem da cabana ajudou a distrair Judith, e enquanto repetia algumas das sugestões da parteira, ela foi dobrando as roupas e ajeitando tudo em uma pilha aos pés da cama.

— Você deveria se levantar e andar um pouco — disse Judith enquanto se virava para arrumar a desordem da mesa. — Ar fresco e longas caminhadas são tão importantes quanto uma mente tranquila.

— Winslow tem medo de que eu caia — disse Isabelle.

— Então peça para ele acompanhá-la. Acho que eu ficaria louca se ficasse trancada o dia todo, Isabelle.

O som da risada de Isabelle tomou conta da cabana.

— Eu estou ficando louca — admitiu. Ela puxou de volta as cobertas e encolheu as pernas de lado.

— Você é parteira na Inglaterra?

— Céus, não. Nem sou casada. Apenas resolvi reunir o máximo de informações possíveis com parteiras experientes para poder ajudar Frances Catherine.

— Quer dizer que, na Inglaterra, uma moça solteira pode discutir abertamente sobre esse tema tão íntimo?

Isabelle parecia muito chocada. Judith riu.

— Não, de forma alguma, e minha mãe não ficaria nada feliz se soubesse que eu estava aprendendo sobre isso.

— Ela teria castigado você?

— Com certeza.

— Você se arriscou um bocado pela sua amiga.

— Ela teria feito o mesmo por mim.

Isabelle encarou Judith por um longo minuto, então meneou a cabeça lentamente.

— Não consigo entender uma amizade assim entre duas mulheres, mas invejo o modo como você confia em Frances Catherine. Você se arriscou por ela e acabou de me dizer que ela teria feito o mesmo por você. Sim, eu invejo uma lealdade assim.

— Você não teve amigas na infância?

— Só parentes — respondeu Isabelle. — E a minha mãe, é claro. Muitas vezes, durante a adolescência, ela foi como uma amiga para mim.

Isabelle se levantou e alcançou o tartã. O topo de sua cabeça batia quase no queixo de Judith, e a barriga parecia duas vezes maior que a de Frances Catherine.

— Você tem amigas aqui?

— Winslow é meu melhor amigo. As mulheres daqui são gentis comigo, mas estão sempre muito ocupadas com as obrigações diárias e não sobra muito tempo para socializar.

Judith ficou observando, encantada, a habilidade com que a mulher enrolava e prendia ao redor do corpo a tira larga de tecido. Quando terminou, envergava um tartã, que descia dos ombros até os tornozelos, com pregas perfeitas que eram mais largas sobre o ventre distendido.

— Você é boa de conversa — comentou Isabelle, em um sussurro tímido. — Frances Catherine deve estar muito feliz por ter você por perto. Ela precisa de alguém, além de Patrick, com quem conversar — adicionou. — Acho que está tendo dificuldade para se adaptar aqui.

— Por que você acha isso?

— Algumas mulheres mais velhas dizem que ela é arrogante.

— Por quê?

— Porque ela é muito reservada — explicou Isabelle. — Acho que ela está com saudade da família.

— Você também sente saudade da sua família?

— Às vezes — admitiu Isabelle. — Mas as tias de Winslow são muito boas para mim. Poderia me contar que outras sugestões a parteira lhe deu? O que ela acha do gancho obstétrico? — Isabelle se virou para ajeitar as cobertas na cama, mas, antes, Judith ainda teve tempo de ver o medo em seus olhos.

— Como você sabe disso?

— Agnes me mostrou.

— Meu Deus! — deixou escapar Judith. Ela respirou fundo, então, para dissipar a raiva. Afinal, não estava ali para causar problemas, e sabia que não seria de bom-tom criticar os métodos usados pelas parteiras locais. — Maude não gosta de usar o gancho — disse, e no mesmo tom de voz calmo, completou: — Ela diz que é bárbaro.

Isabelle não demonstrou nenhum tipo de reação para a explicação. Apenas continuou fazendo perguntas. Vez ou outra, mordia o lábio inferior, e gotículas de suor brotavam em sua testa. Judith achou que a conversa estava deixando a moça ainda mais nervosa.

Winslow e Iain ainda não tinham voltado. Quando Judith mencionou isso para Isabelle, ela riu.

— Meu marido deve estar aproveitando um pouco do sossego lá fora. Tenho dado muito trabalho ultimamente.

Judith riu.

— Isso é normal, Isabelle. Frances Catherine falou a mesma coisa, uma hora atrás.

— Ela tem medo da Agnes?

— Você tem?

— Tenho.

Judith soltou um suspiro cansado. Para dizer a verdade, até ela já estava começando a sentir medo daquela mulher. Agnes parecia ser um monstro. Será que não tinha compaixão no coração?

— Quanto tempo ainda falta para o bebê nascer?

Quando respondeu, ela nem teve coragem de olhar para Judith.

— Uma ou duas semanas.

— Amanhã podemos conversar um pouco mais sobre isso. Você gostaria de aparecer na casa de Frances Catherine? Talvez nós três possamos encontrar um jeito de resolver esse medo que vocês têm da Agnes. Isabelle, não tenho nenhuma experiência. Nunca vi um parto, mas sei que, quanto mais informações temos, menores são as chances de o medo tomar conta. Não é verdade?

O Segredo 173

— Você me ajudaria?

— Claro que sim. Por que não saímos um pouco? O ar fresco vai lhe fazer bem.

Isabelle concordou. Judith estava chegando à porta quando Winslow a abriu. O escocês cumprimentou Judith com um aceno, então se voltou para a esposa.

— Por que você saiu da cama?

— Preciso tomar um pouco de ar fresco. Você já devolveu a cadeira de parto para Agnes?

Winslow negou com aceno rápido.

— Amanhã de manhã eu levo.

— Por favor, traga de volta para dentro — pediu Isabelle. — Será conveniente para mim tê-la por perto.

Ela sorriu para Judith enquanto explicava para o marido. Winslow pareceu confuso.

— Mas você não queria nem olhar para ela — lembrou ele. — Você disse que...

— Mudei de ideia — interrompeu Isabelle. — Assim como me lembrei das boas maneiras, também. Boa noite, *Laird* Iain.

Judith já tinha saído e agora estava ao lado de Iain, apesar de nem querer olhar para ele. Ela se despediu de Isabelle e Winslow com uma mesura e então pegou o caminho de volta para a cabana de Frances Catherine.

Iain a alcançou no topo da subida.

— Winslow e Isabelle agradeceram por você ter trazido os presentes de Margaret. Foi você quem arrumou a cabana deles, não foi?

— Foi.

— Por quê?

— Porque estava precisando de uma arrumação. — Suas palavras soaram frias e diretas.

Iain cruzou as mãos atrás das costas e continuou andando ao lado dela.

— Judith, não torne isso mais difícil do que já é — disse ele, em um sussurro ríspido.

Judith andava tão rápido que estava quase correndo.

— Não quero tornar nada mais difícil — respondeu. — Vou manter distância de você, e você de mim. Já superei essa atração tola, inconsequente e insignificante. Nem lembro mais que beijei você.

Naquele momento, quando Judith disse a mentira ultrajante para Iain, eles estavam sob um grupo de árvores em frente ao pátio que conduzia ao caminho da cabana de Frances Catherine.

— Duvido que você tenha esquecido — murmurou ele, segurando-a pelos ombros e forçando-a a se virar em sua direção. Então a segurou pelo queixo e ergueu seu rosto.

— O que você pensa que está fazendo? — interpelou ela.

— Lembrando-a.

Sua boca desceu até a dela, selando qualquer possibilidade de protesto. E, céus, como a beijou com vontade. Sua boca estava quente, faminta e a língua invadia com uma insistência gentil. Judith sentiu que seus joelhos bambeavam, e só não caiu porque se entregou aos braços que a envolviam na altura da cintura, diminuindo o espaço entre seus corpos. Sua boca pressionava a dela de modo incessante, e que Deus o ajudasse, pois parecia impossível se afastar. Judith retribuiu o beijo com a mesma paixão, talvez um pouco mais, e o pensamento coerente que passou pela sua cabeça antes que o beijo lhe roubasse totalmente a capacidade de raciocinar foi que Iain realmente sabia como acabar com a sua raiva.

Patrick abriu a porta e soltou uma gargalhada ao ver a cena. Iain ignorou o irmão, e Judith estava distante de tudo, exceto do homem que a envolvia tão carinhosamente em seus braços.

Até que enfim se afastou e baixou os olhos com uma sensação arrogante de prazer por ter aquela mulher em seus braços. Os lábios de Judith estavam inchados e rubros, e seus olhos ainda estavam turvos de paixão. De repente, ele sentiu vontade de beijá-la outra vez.

— Vá para dentro, Judith, enquanto ainda consigo me segurar e permitir que você vá.

Judith não entendeu o que ele queria dizer com aquilo. Assim como não entendeu o cenho franzido.

— Se odeia tanto me beijar, por que continuou?

Judith parecia muito ofendida. Ele riu.

— Você já pode me soltar — ordenou ela.

— Já soltei.

Só então Judith percebeu que estava pendurada nele, e tratou de se afastar. Jogou, então, os cabelos para trás e se virou para entrar na cabana. Quando viu Patrick recostado no batente da porta aberta, sentiu o rosto ardendo de vergonha.

— Não tire conclusões da cena que acabou de ver — anunciou ela. — Iain e eu nem gostamos um do outro.

— Vocês quase me enganaram — disse Patrick de um jeito arrastado.

Seria falta de educação de sua parte dar um chute em seu anfitrião, imaginou ela, e por conta disso respondeu apenas com um franzir de cenho quando passou por ele.

Mas Patrick ainda não tinha terminado de provocá-la.

— Tive a impressão de que vocês estavam gostando muito um do outro, Judith.

Iain já tinha se virado para ir embora quando ouviu a provocação de

Patrick e deu meia-volta.

— Pare com isso, Patrick.

— Espere — chamou ele. — Preciso falar com você sobre um assunto — adicionou enquanto corria para fechar a porta às suas costas.

Judith ficou grata pela privacidade. Frances Catherine já dormia um sono profundo, o que foi outro alívio, pois a amiga a encheria de perguntas se estivesse acordada e visto quando Iain a beijou, e Judith simplesmente não desejava responder.

Patrick tinha colocado um biombo atravessado no canto da sala, atrás da mesa e das cadeiras. No quartinho improvisado havia uma pequena cama estreita, coberta com uma linda colcha de retalhos verde-escura. As bolsas de Judith estavam encostadas na parede, perto de um baú estreito. Em cima do baú havia um jarro de porcelana branca e uma bacia combinando, e ao lado um recipiente de madeira cheio de flores silvestres.

Frances Catherine levava jeito para fazer arranjos. Patrick nunca teria pensado em colocar as flores. Assim como não teria se dado ao trabalho de tirar da bagagem de Judith a sua escova de cabelo e o espelho, que estavam à mão, em cima do banquinho bem ao lado da cama.

Judith sorriu diante do cuidado da amiga. E só percebeu que suas mãos estavam tremendo quando tentou desfazer o laço do vestido. Era o efeito do beijo de Iain, reconheceu ela, e, por Deus, o que faria a respeito? Pelo que Frances Catherine havia contado sobre o ódio entre os Maitland e os Maclean, Judith duvidava que Iain quisesse tocá-la se soubesse que ela era filha de seu inimigo.

Lembrou-se então de que contara à amiga que Iain a protegeria. Mas, naquele momento, o que Judith sentia era uma necessidade desesperada de se proteger dele. Não queria amá-lo. Como era difícil entender tudo aquilo que estava acontecendo. Ela queria chorar, mas sabia que o choro não resolveria seus problemas.

Sentia-se muito exausta depois do longo dia de viagem para

raciocinar com clareza. Era sempre mais fácil resolver os problemas à luz da manhã, não era?

Mas o sono não vinha e, quando finalmente conseguiu esquecer o medo da crescente atração que sentia por Iain, sua mente retornou para a preocupação por Frances Catherine.

Judith não conseguia se esquecer do medo que vira nos olhos de Isabelle quando a moça mencionara o nome da parteira. Quando Judith finalmente conseguiu pegar no sono, foi apanhada em um pesadelo com ganchos e gritos.

Algo a acordou na calada da noite e, quando abriu os olhos, ela se deparou com Iain ajoelhado ao seu lado. Judith estendeu o braço e tocou na lateral de seu rosto com as pontas dos dedos, e então fechou os olhos outra vez, imaginando que aquilo não passava de um sonho muito real.

Mas Iain não parou de cutucá-la. Quando ela abriu os olhos outra vez, notou que Patrick também estava no quartinho, parado atrás de Iain. Frances Catherine estava ao lado do marido.

Judith olhou de volta para Iain.

— Você vai me levar para casa agora?

A pergunta não fazia o menor sentido, mas nada daquilo parecia fazer sentido.

— Winslow me pediu para eu vir aqui buscá-la — explicou Iain.

Judith se sentou devagar.

— Por quê? — perguntou. Então despencou em cima dele e fechou os olhos novamente.

— Judith, acorde — insistiu Iain, em tom de comando.

— Ela está exausta — Frances Catherine constatou o óbvio.

Judith balançou a cabeça, puxou as cobertas até o queixo e assim ficou.

— Iain, isso não é apropriado — sussurrou. — O que Winslow quer?

Iain ficou de pé antes de explicar.

— Isabelle pediu que você vá até lá. Ela acabou de entrar em trabalho de parto. Winslow disse que você tem tempo, pois as dores ainda não estão muito fortes.

De repente, Judith despertou.

— As parteiras já estão lá?

Iain negou com um aceno de cabeça.

— Ela não quer que elas saibam.

— Ela quer você, Judith — explicou Frances Catherine.

— Mas eu não sou parteira.

O sorriso de Iain era gentil.

— Pelo jeito, agora você é.

Capítulo 7

Ele achou que ela fosse desmaiar. A cor desapareceu de seu rosto. Numa questão de segundos, sua tez ficou tão branca quanto a camisola que vestia. Ela jogou as cobertas de lado, levantou-se da cama e então seus joelhos fraquejaram. Ele a segurou quando ela estava caindo de volta na cama.

Judith estava tão atordoada com o que tinha acabado de ouvir, que se esqueceu completamente de que não estava vestida com decoro. A colcha havia caído no chão. Tudo que vestia era uma fina camisola de dormir.

O traje tinha um decote um pouco mais baixo, mas não de todo revelador; mesmo assim, era muito provocativo para Iain. Maldição, ainda que vestisse um saco de batatas, ela ficaria atraente. Iain se sentiu um canalha. Mas, e daí? Ele era homem, e ela, uma mulher muito bonita. A leve elevação dos seios atrapalhava sua concentração, e ele só tocou na corrente que ela usava no pescoço para tentar desviar a atenção do corpo tentador.

Iain puxou a corrente e ficou olhando para o anel de ouro e rubi. Havia algo de familiar no desenho, mas ele não conseguia se lembrar de quando e onde já tinha visto aquilo. A única certeza que tinha era que se tratava de um anel masculino.

— Isto é um anel de guerreiro — comentou em um sussurro abafado.

— O que... — Judith não conseguia se concentrar no que ele estava dizendo, pois estava muito atordoada com a sugestão de se tornar uma parteira. O homem era um idiota, mesmo assim, ela estava decidida a tentar fazê-lo entender quais eram a suas limitações. — Iain, eu simplesmente não posso...

Iain a interrompeu.

— Isto é um anel de guerreiro, Judith.

Só então, Judith percebeu que ele estava segurando o anel de seu pai. Mais que depressa, ela puxou a peça de volta e a soltou entre o vão dos seios.

— Pelo amor de Deus, quem está preocupado com o anel agora? Por favor, tente ouvir o que estou dizendo. Não posso fazer o parto de Isabelle. Não tenho experiência.

Judith estava tão desesperada para fazer com que ele a ouvisse, que segurou no tartã dele e começou a puxar.

— Quem lhe deu esse anel?

Céus, ele não ia desistir. Judith queria enfiar algum juízo naquela cabeça dura. Mas, então, percebeu que já estava tentando fazer isso e não estava adiantando. Ela desistiu. Largou o tartã e recuou um passo.

— Você me disse que não estava comprometida com ninguém na Inglaterra. É verdade o que falou?

Iain puxou o anel novamente e girou a corrente entre os dedos. As juntas dos dedos dele resvalaram as laterais dos seios dela, uma, duas vezes, e ele não parecia disposto a pôr fim àquela intimidade, nem mesmo quando ela tentara afastar os dedos indiscretos.

— Responda — ordenou ele.

O homem estava furioso. Judith ficou chocada quando se deu conta disso.

— Foi meu tio Tekel quem me deu o anel — disse ela. — Pertenceu ao meu pai.

Iain não pareceu acreditar. O cenho franzido não relaxou nem um milímetro sequer.

— O anel não pertence a nenhum jovem que está esperando para se casar comigo. Não menti para você, portanto, pare de me olhar assim.

Judith não se sentia nem um pouco culpada. Apesar de não ter contado toda a verdade, fora Tekel quem lhe dera o anel, e Iain nunca precisaria saber que estava segurando a preciosa joia que pertencera a *Laird* Maclean.

— Então você pode ficar com ele.

Judith mal conseguia acreditar na arrogância do sujeito.

— Não preciso de sua permissão.

— Precisa, sim.

Iain usou a corrente para puxá-la para mais perto. Então, ao mesmo tempo, ele se abaixou e a beijou com força, intensamente. Quando ergueu a cabeça de volta, ela o fitava, confusa, mas ele parecia satisfeito com a reação.

O súbito brilho que Judith viu em seus olhos a confundiu ainda mais do que o inquérito ridículo sobre o anel.

— Eu já falei que você não pode me beijar quando bem entender.

— Posso, sim.

Só para provar que podia, ele a beijou outra vez. Judith nem tinha se recuperado da surpresa quando, de repente, ele a empurrou para trás de seu corpo.

— Patrick, Judith não está devidamente vestida. Saia.

— Iain, você está na casa dele, não na sua — lembrou-o Judith.

— Eu sei onde estou — respondeu, irritado. — Patrick, saia daqui.

Mas Patrick não se moveu rápido o suficiente, na concepção de Iain. E, para completar, estava sorrindo, e isso também não agradou em nada a Iain, que avançou um passo, em sinal de ameaça.

— Você achou a minha ordem engraçada?

Judith segurou por trás do tartã de Iain para impedi-lo de ir para cima do irmão. Mas o esforço foi em vão para um homem daquele tamanho. E foi ridículo de sua parte também. Em vez de puxar, ela começou a empurrá-lo.

Iain não se moveu. Patrick, sim. Ele abraçou a esposa e a levou para o outro extremo da sala. Frances Catherine estava prestes a dizer alguma coisa, mas Patrick fez sinal de "não" com a cabeça.

Patrick atenuou a ordem com uma piscadela, e apontou para o biombo com um leve inclinar de cabeça, uma mensagem silenciosa para sua esposa de que queria escutar a discussão. Frances Catherine levou a mão à boca para não rir.

— Eu gostaria que você se retirasse — ordenou Judith. — Agora. — Iain se virou para encará-la. Ela pegou a colcha e a segurou à frente do corpo. — Isso não é apropriado.

— Judith, não é apropriado você falar nesse tom comigo.

Judith queria gritar. Em vez disso, suspirou.

— Também não estou feliz com o seu tom — anunciou ela.

Iain ficou tão surpreso que quase riu, mas conseguiu segurar a tempo. A mulher realmente precisava entender a posição que ele ocupava.

— Vou esperar lá fora — informou ele, em um tom severo. — Vista-se.

— Por quê?

— Isabelle — lembrou ele. — Lembra-se?

— Minha nossa! Isabelle! Iain, não posso...

— Está tudo bem — interrompeu ele. — Ainda falta muito tempo.

Iain saiu andando antes que ela tivesse tempo de fazê-lo entender. Judith resmungou uma imprecação nada feminina. Sem alternativa, só lhe restou vestir algo para que pudesse sair e tentar fazê-lo entender. Com certeza, o ignorante achava que qualquer mulher era capaz de ajudar em um parto. Mas ia esclarecer tudo para que Isabelle pudesse contar com a ajuda de alguém experiente.

Frances Catherine a ajudou a se vestir. Assim que terminaram, ela mandou Judith se sentar para que pudesse pentear seus cabelos.

— Pelo amor de Deus, Frances Catherine, não estou indo para uma festa. Deixe meu cabelo em paz.

— Você ouviu o que Iain falou — respondeu a amiga. — Ainda tem muito tempo. O primeiro filho costuma demorar mais para nascer, e Isabelle acabou de entrar em trabalho de parto.

— Como você sabe?

— Agnes me falou.

Judith jogou o cabelo para trás e o prendeu com uma fita na nuca.

— Que bela informação para se dar para uma grávida — resmungou ela.

— A fita azul ficaria mais bonita — sugeriu Frances Catherine, tentando substituir a rosa pela azul que Judith tinha acabado de colocar.

Judith se sentia como se estivesse em um pesadelo e até sua querida amiga era parte dele.

— Pelo amor de Deus, Frances Catherine, se não parar de me cutucar, juro que não vou mais me preocupar com o seu parto. Vou estrangular você antes disso.

Sem levar para o lado pessoal, Frances Catherine sorriu e largou o cabelo de Judith.

— Espero por você acordada?

— Sim... não, quer dizer, não sei — resmungou Judith, enquanto seguia em direção à porta.

Patrick e Iain esperavam no pátio. Judith saiu correndo, e assim que pisou no calçamento de pedra, parou, resmungou alguma coisa e voltou correndo para dentro. Achou os sapatos embaixo da cama, calçou-os, e então saiu correndo outra vez.

— Ela parece um pouco agitada — comentou Patrick.

— Sim, parece — concordou Iain.

— Diga para Isabelle que vou rezar por ela — gritou Frances Catherine, da porta.

Iain esperou até Judith se aproximar, então se voltou para o irmão.

— Winslow não quer que ninguém saiba até que tudo tenha terminado.

Patrick assentiu.

Bastava de brincadeiras. Judith ficou parada, sorrindo, até que Patrick fechou a porta e Frances Catherine não pôde mais vê-la. Só então se virou para Iain.

— Não posso fazer isso — desabafou de uma vez. — Não tenho experiência. Você precisa entender, Iain.

Na ânsia de se fazer ser ouvida, ela o segurou pelo tartã e começou a puxá-lo.

— Judith, como planeja ajudar Frances Catherine se você...

Mas ela não o deixou terminar.

— Eu planejava enxugar a testa dela, maldição, afagar sua mão e sussurrar "Força, força", e... — Foi impossível continuar. Iain a envolveu em seus braços e a abraçou com força. Ele não sabia o que dizer para ajudá-la a superar o medo.

— Iain?

— Sim?

— Estou com medo.

Ele sorriu.

— Eu sei.

— Não quero fazer isso.

— Vai dar tudo certo.

Iain pegou a mão de Judith e a conduziu até a cabana de Isabelle. Estava tão escuro que mal dava para ver o caminho à frente.

— Imaginei que as parteiras fariam todo o trabalho — sussurrou ela enquanto era praticamente arrastada em seu rastro. — E eu apenas daria sugestões. Céus, como sou arrogante.

Eles seguiram por mais alguns minutos antes de Judith falar novamente.

— Não vou saber o que fazer.

— Isabelle saberá o que fazer quando chegar a hora. Ela só quer que você esteja ao lado dela.

— Não entendo por quê.

Iain sorriu.

— Eu entendo. Você é uma mulher gentil e sensível. Isabelle precisa de tudo isso agora. Sim, você vai se sair bem.

— Mas e se as coisas se complicarem?

— Estarei do lado de fora.

Estranho, mas a promessa a confortou.

— E você vai entrar se for preciso e assumir? Você vai ajudar no parto?

— Céus, não.

A ideia pareceu chocá-lo. Ela teria rido se não estivesse tão assustada.

Judith ainda não entendia por que Isabelle a havia escolhido.

— Se você estivesse indo para a batalha e pudesse escolher apenas um guerreiro para ir junto, escolheria seu escudeiro?

Iain sabia qual paralelo ela traçaria.

— Sim.

— Isabelle é como um guerreiro que está indo para a batalha e ela precisa... você disse "sim"? Você realmente escolheria um escudeiro inexperiente? — perguntou ela, incrédula.

Iain riu.

— Eu escolheria.

Judith sorriu.

— Você está mentindo só para fazer com que eu me sinta melhor. Tudo bem. Funcionou. Agora me diga outra mentira. Diga mais uma vez que tudo vai dar certo. E, quem sabe, desta vez, eu acredite.

— Judith, se as coisas se complicarem, eu mando chamar Agnes.

— Deus dê forças à Isabelle, então — sussurrou Judith. — Iain, você não se perguntou por que ela não mandou Winslow ir chamar a parteira?

— Sim, já pensei nisso — admitiu ele.

Judith contou tudo que tinha ouvido falar sobre a parteira e sua assistente. Então deu sua opinião. Sua voz tremia de raiva quando terminou.

Ela queria saber a opinião de Iain sobre a conduta de Agnes, mas já tinham chegado ao pequeno jardim, na frente da cabana de Isabelle, e não havia mais tempo para isso agora.

Winslow abriu a porta antes mesmo que Iain tivesse erguido a mão para bater. Uma onda de calor, tão intensa que pareceu queimar o rosto de Judith, saiu pela porta. A testa de Winslow estava molhada de suor, e gotas gordas escorriam de suas têmporas.

Estava tão quente dentro da cabana que Judith mal conseguia respirar. Assim que entrou, ela parou abruptamente. Viu, então, Isabelle sentada na lateral da cama, com o corpo curvado para frente, encolhida embaixo de uma pilha de cobertas, e mesmo do outro extremo do cômodo, Judith conseguiu ouvir o choro baixinho.

Naquele momento, enquanto olhava para Isabelle, ela soube, sem sombra de dúvida, que não poderia fugir da situação. E que faria tudo que fosse preciso para ajudar a mulher.

O medo de Isabelle partiu o coração de Judith.

Iain pousou a mão no ombro de Judith, e, só então, ela se deu conta de que ele estava parado logo atrás dela.

— Winslow, Judith não acha que...

Mas ela o interrompeu.

— Não acho que este calor esteja ajudando — anunciou ela. Então, olhou ao redor e retornou o olhar para Iain. — Não se preocupe — disse, em um sussurro. — Vai dar tudo certo.

A mudança o apanhou de surpresa. Não havia um sinal sequer de pânico em seu rosto ou voz. Judith parecia serena... e senhora da situação.

Ela cruzou o quarto a passos lentos até parar diante de Isabelle.

— Meu Deus, Isabelle, isso está parecendo o purgatório — anunciou com uma alegria forçada.

Isabelle nem levantou os olhos. Judith se ajoelhou ao lado da moça. Aos poucos, foi removendo as camadas de cobertas de cima dos ombros de Isabelle. Então, gentilmente ergueu seu rosto.

Lágrimas escorriam pelas bochechas de Isabelle. Os cabelos também estavam encharcados e pendiam sobre os ombros. Judith ajeitou o cabelo da moça para trás, então secou as bochechas com a beirada da colcha. Quando finalizou o gesto maternal, tomou as mãos de Isabelle.

O medo nos olhos dela fez Judith sentir vontade de chorar. Claro que não chorou, pois sabia que sua nova amiga precisava que ela fosse forte, e Judith estava determinada a ver até onde conseguiria chegar. Depois que a assustadora experiência tivesse passado, haveria tempo para chorar.

A corajosa inglesa apertou as mãos de Isabelle.

— Preste atenção ao que vou lhe dizer — instruiu. E só continuou depois que Isabelle assentiu. — Nós vamos conseguir.

— Você vai ficar comigo? Não vai embora?

— Claro que vou ficar. Prometo.

Isabelle meneou a cabeça.

— Há quanto tempo começaram as dores? — perguntou Judith.

— Desde cedo. Eu não quis contar para Winslow.

— Por que você esperou?

— Achei que iam passar — sussurrou. — E estava com medo de que ele não me ouvisse e insistisse em ir chamar Agnes para me ajudar. Demorei um bom tempo para convencer meu marido a pedir permissão a Iain para chamar você.

Lágrimas começaram a descer pelo rosto de Isabelle novamente, e ela segurou firme nas mãos de Judith.

— Obrigada por ter vindo.

— Estou muito feliz por estar aqui — respondeu Judith, esperando que Deus entendesse e a perdoasse por não ter desejado vir. Por dentro, a preocupação ainda a dominava, o estômago doía, e o calor no quarto drenava suas forças.

— Isabelle, não tem problema sentir um pouco de medo, mas deveria estar animada e feliz também. Você está prestes a trazer uma nova vida a este mundo.

— Eu preferia que Winslow estivesse no meu lugar.

Judith ficou tão surpresa com o comentário que começou a rir. Isabelle sorriu.

— É melhor arrumarmos as coisas — disse Judith, então. — A temperatura está confortável para você?

Isabelle negou com um aceno de cabeça, e Judith se levantou e foi até os dois homens que estavam parados à porta, e sorriu ao ver a expressão de Iain. O pobre homem não parecia nada bem. Ele estava tentando sair da cabana, mas Winslow não deixava. O marido de Isabelle bloqueava a saída enquanto olhava para Judith com o cenho franzido.

— Winslow, por favor, tire as peles das janelas. Precisamos de ar fresco agora — solicitou Judith com um sorriso gentil.

Voltou-se, então, para Iain, que estava quase com a mão na maçaneta, e o deteve com uma pergunta:

— Aquela viga de madeira é forte o suficiente para aguentar seu peso?

— Deve ser — respondeu ele.

Iain tentou sair novamente.

— Espere — chamou Judith, e em seguida olhou para o amontoado de lençóis aos pés da cama, mas não conseguiu ver nada comprido o suficiente para atender aos seus propósitos. Então, se lembrou do tartã. O tecido era bem comprido, estreito na largura e serviria aos seus propósitos. Ela jogou o tartã para Iain. — Por favor, você poderia passar isto por cima da viga, para mim? E depois teste com o seu peso. Não quero que a madeira quebre com Isabelle.

— Você está pensando em amarrá-la? — indagou Winslow, um pouco assustado.

— Quero que Isabelle tenha algo para se apoiar quando ficar de pé — explicou. — Isso vai oferecer um pouco de conforto a ela, Winslow.

O guerreiro só se convenceu ao ver um sinal positivo da esposa.

Então, ele ajudou Iain com o trabalho. Quando terminaram, a tira estreita do tartã estava pendurada com as duas pontas do mesmo tamanho, de cada lago da viga.

Winslow quis colocar mais uma tora na lareira, mas Judith não permitiu. Ela pediu, então, que os dois se retirassem, mas Winslow hesitou.

— Estarei do outro lado da porta, mulher. Se quiser que eu vá buscar Agnes, é só chamar que eu ouvirei.

— Não vou querer — respondeu Isabelle, com a voz trêmula de raiva.

Winslow soltou um suspiro cansado. Estava preocupado com a esposa e um pouco frustrado. Passou os dedos entre os cabelos, avançou um passo na direção de Isabelle, e então parou. Judith achou que ele quisesse um momento de privacidade e, mais que depressa, se virou e fingiu estar ocupada cutucando o fogo com um espeto.

Era possível ouvir o sussurro às suas costas. Um minuto depois, o som da porta se fechando foi o aviso de que podia retomar os preparativos para o parto. Judith se aproximou de Isabelle e tentou levantar as cobertas, mas a moça segurou firme, tentando se esconder.

— Isabelle, você está sentindo dor agora?

— Não.

— Então o que foi?

Isabelle precisou de tempo para criar coragem e contar para Judith o que havia de errado. Ela contou, em um mero sussurro, que a bolsa havia rompido e que a cama estava molhada. A pobre mulher parecia muito envergonhada, humilhada. E depois que terminou a explicação, ela caiu no choro.

— Por favor, olhe para mim — pediu Judith com todo carinho. Esperou até que Isabelle finalmente erguesse os olhos, então assumiu um tom de voz o mais natural possível. — Dar à luz é um milagre, Isabelle, mas também faz muita bagunça. Você vai ter que esquecer a vergonha e ser prática. Amanhã pode passar o dia todo ruborizada se quiser, combinado?

Isabelle meneou a cabeça e indagou:

— Você não está com vergonha?

— De forma alguma — respondeu Judith.

Apesar de o rosto de Isabelle ainda estar muito vermelho, e Judith não ter certeza se era por causa do calor intenso dentro da cabana ou por conta do rubor, ela pareceu satisfeita com a resposta.

A hora subsequente foi gasta com os preparativos necessários. Judith falava o tempo todo enquanto trocava a roupa de cama, dava um banho em Isabelle dos pés à cabeça, lavava e secava seus cabelos, até finalmente ajudá-la a vestir uma camisola limpa. Tudo foi feito entre as contrações, que só se intensificavam.

Maude tinha contado para Judith que, com o passar do tempo, ela foi aprendendo a dar o máximo de instruções possíveis às mães. E que até inventara algumas, só para mantê-las ocupadas. Explicou ainda que uma mulher com funções definidas sentia-se mais no controle da situação e da dor. Naquele momento, Judith seguia esses conselhos, que pareciam estar realmente ajudando muito Isabelle. As contrações estavam fortes, e o espaço entre uma e outra estava diminuindo. Isabelle descobriu que preferia ficar de pé durante as dores. Seguindo as instruções de Judith, ela passou as pontas penduradas do tartã ao redor da cintura e segurou firme. Os gemidos baixos agora tinham se transformado em gritos estridentes. Judith se sentia completamente impotente durante as dores, mas tentava acalmá-la com palavras de incentivo e, quando Isabelle pedia, ela esfregava a região da lombar para ajudar a aliviar um pouco a dor.

A última hora foi a mais extenuante. Isabelle foi ficando cada vez mais exigente. Ela pediu para prender o cabelo em uma trança, e queria para já. Judith nem pensou em discutir. A mulher de temperamento dócil tinha se transformado em uma megera descontrolada e, quando não estava dando ordens aos berros, culpava Winslow pela dor insuportável.

Mas a tempestade não durou muito. As preces de Judith foram atendidas. O parto não foi complicado. Isabelle resolveu usar a cadeira de parto. A pobre mulher soltava um grito estrondoso, depois outro e outro enquanto fazia força. Judith se ajoelhou no chão de frente para a cadeira e, quando Isabelle não segurava as tiras de couro presas às laterais, segurava no pescoço de Judith. E teria acabado estrangulando Judith sem querer, pois, como era forte, Judith teve que recorrer a todas as suas forças para afastar os dedos que a impediam de respirar.

Minutos depois, nasceu um belo menino. De repente, Judith sentiu que precisava da ajuda de mais umas cinco mãos. Ela quis chamar Winslow, mas Isabelle não queria nem ouvir falar no nome do marido. Entre risos e lágrimas, a mulher explicou que não poderia permitir que o marido a visse em uma situação tão indigna.

Judith não discutiu. Isabelle estava fraca, mas radiante. Mesmo assim, ainda teve forças para segurar o filho no colo enquanto Judith cuidava do restante.

O bebê parecia saudável. Os gritos eram fortes o bastante. Judith estava encantada com o pequenino. Era uma criaturinha tão miúda, tão perfeita em todos os aspectos. Para se certificar, contou todos os dedinhos das mãos e dos pés. Ele tinha todos, e ela se viu praticamente dominada pela emoção daquele milagre.

Mas não houve tempo para se recuperar totalmente da reação do maravilhoso evento, pois ainda havia muito trabalho pela frente. Judith levou mais uma hora para conseguir limpar Isabelle e colocá-la na cama. Mãe e filho foram banhados. O bebezinho foi envolvido em um cobertor branco e macio, e depois coberto com o tartã de lã do pai. Ele dormia profundamente quando tudo terminou. Ela o acomodou nos braços da mãe.

— Antes de chamar Winslow, tenho mais uma instrução para lhe dar — disse Judith. — Quero que prometa que não vai deixar ninguém... fazer nada com você amanhã. Se Agnes ou Helen quiserem colocar algo dentro de você, não deixe.

Isabelle não entendeu, e Judith percebeu que teria de ser mais clara.

— Na Inglaterra, algumas parteiras acham que é bom encher o canal vaginal com cinzas e ervas. Outras usam até mesmo terra para formar uma pasta. Maude me convenceu de que essa técnica causa mais danos do que bem, mas o ritual é indicado pela igreja, e o que estou lhe pedindo pode causar problemas para você...

— Não vou permitir que ninguém toque em mim — sussurrou Isabelle. — Se alguém perguntar, talvez seja melhor eu fingir que você já cuidou disso.

Judith soltou um suspiro, aliviada.

— Sim — disse ela. — Vamos fingir que já cuidei disso — adicionou, enquanto ajeitava as cobertas aos pés da cama.

Antes de sair, olhou ao redor para se certificar de que estava tudo arrumado, assentiu, satisfeita, e então foi chamar o marido de Isabelle.

Winslow estava esperando do lado de fora. O pobre homem estava acabado.

— Isabelle está bem?

— Sim — respondeu Judith. — E já está pronta para vê-lo.

Mas Winslow não saiu do lugar.

— Por que você está chorando? Aconteceu alguma coisa de errado?

Judith só percebeu que estava chorando quando Winslow fez a pergunta.

— Está tudo bem, Winslow. Você já pode entrar.

Judith saiu do caminho bem na hora, pois, de repente, Winslow foi tomado por uma ânsia incontrolável de ver sua família. Para dar privacidade ao primeiro encontro entre pai e filho, ela fechou a porta e se encostou nela.

E nisso veio todo o cansaço. A provação emocional à qual tinha sido submetida havia drenado suas forças. Todo o seu corpo tremia como uma folha em uma tempestade.

— Terminou por aqui?

Foi Iain quem fez a pergunta. Ele estava parado no final da trilha estreita, recostado em uma mureta de pedra, com os braços cruzados à frente do peito, em uma pose tranquila. E lhe pareceu muito descansado.

— Terminei por enquanto — respondeu ela, e saiu andando na direção dele. Foi maravilhosa a sensação da brisa da noite tocando seu rosto, apesar de a ter feito tremer por dentro. Suas pernas também tremiam tanto que ela mal conseguia sustentar o próprio corpo.

Judith tinha a impressão de que estava se desfazendo por dentro, e respirou fundo em um esforço de recuperar o controle. A única coisa boa é que Iain nem imaginava como ela estava perto de entrar em colapso. Pois, certamente, ele não gostaria nada de ver tamanha demonstração de fraqueza, nem mesmo vindo de uma mulher. Para completar, seria humilhante chorar na frente dele. Afinal, ainda lhe restava ao menos um pouco de orgulho. Nunca precisou se escorar em ninguém, e não era agora que começaria.

Judith respirou fundo e pigarreou. Não adiantou. Pelo contrário, os tremores só aumentaram. Disse a si mesma, então, que tudo daria certo; ela não passaria essa vergonha. Passara por uma grande provação, sim, mas tinha conseguido, e com certeza conseguiria voltar para sua cama antes de perder a dignidade e começar a chorar e gaguejar e Deus sabe o que mais.

O plano parecia lógico, mas sua mente dizia uma coisa e o coração insistia em outra. Ela precisava de privacidade, naquele momento, mas, ao mesmo tempo, queria desesperadamente o conforto de Iain, a sua força. Pois as suas já tinham se esgotado. Céus, como ela precisava dele.

A constatação a surpreendeu. Causou uma hesitação que durou até Iain abrir os braços, convidando para um abraço. Ela perdeu a batalha e saiu correndo. Atirou-se contra o peito acolhedor, entrelaçou os braços ao redor do corpo forte e irrompeu em um soluço descontrolado.

Iain não disse uma palavra sequer; nem precisava. O toque era tudo de que ela precisava naquele momento. Ele ainda estava recostado à mureta de pedra. Judith se encaixou entre as pernas dele, com a cabeça embaixo de seu queixo, chorando sem parar até encharcar-lhe o tartã. Entre um soluço e outro, ela murmurava coisas sem sentido, mas ele não conseguia entender nada do que ela lhe dizia.

Ele achou que a tormenta estava passando quando ela começou apenas a soluçar.

— Respire fundo, Judith — instruiu-a.

— Por favor, preciso ficar sozinha.

Foi uma ordem ridícula, considerando que estava agarrada à camisa dele. Iain recostou o queixo sobre o alto da cabeça dela e a abraçou com força.

— Não — disse ele, em um sussurro. — Nunca a deixarei só.

Estranho, mas a negação a fez se sentir um pouco melhor. Ela secou as lágrimas no tartã, então se aconchegou no abraço novamente.

— Deu tudo certo, não deu? — Iain já sabia a resposta para a pergunta. O sorriso radiante que ela estampava quando abriu a porta para Winslow já tinha dito tudo, mas quem sabia a lembrança do desfecho feliz não a fizesse se acalmar um pouco e voltar à razão.

Mas Judith ainda não estava pronta para recuperar a razão.

— Juro por Deus, Iain, que nunca mais vou passar por isso. Você me ouviu?

— Shh! — respondeu ele. — Assim você vai acordar a Inglaterra inteira.

Judith não gostou da brincadeira, mas baixou o volume da voz quando fez a promessa seguinte.

— Nunca vou ter um bebê. Nunca.

— Nunca é muito tempo — ponderou ele. — Seu marido pode querer um filho.

Judith se afastou.

— Não haverá um marido — anunciou. — Nunca vou me casar. Juro por Deus, ela não pode me obrigar.

Iain a trouxe de volta para seus braços e ajeitou a cabeça dela em seu peito novamente. Estava decidido a confortá-la, quisesse ela ou não.

— O que você quer dizer com ela não pode me obrigar?

— Minha mãe.

— E quanto ao seu pai? Ele não poderá opinar sobre o casamento?

— Não. Ele morreu.

— Mas o túmulo estava vazio, lembra?

— Como você sabe do túmulo?

Iain soltou um suspiro.

— Você me contou.

Então, ela se lembrou. Lembrou que havia arrancado a lápide e que ainda tivera a insensatez de se gabar do feito para os escoceses.

— O homem está morto em meu coração.

— Então eu não precisava ter me preocupado com aquilo?

Judith não respondeu, pois não fazia a menor ideia sobre o que ele estava falando. Além de estar muito cansada para raciocinar direito.

— Judith?

— Sim?

— Conte-me o que está acontecendo, de verdade.

O tom foi tão suave, incentivador, que a fez chorar novamente.

— Eu poderia ter matado Isabelle. Se tivesse acontecido alguma complicação, eu não saberia o que fazer. Ela estava com muita dor. Nenhuma mulher deveria passar por isso. E o sangue, Iain — adicionou ela, as palavras tropeçado umas nas outras. — Havia tanto sangue. Deus do céu, senti tanto medo.

Iain não sabia o que dizer. Todos eles tinham exigido muito dela. Uma moça tão inocente. E, maldição, ela nem era casada. Mesmo assim, eles as haviam obrigado a assumir a responsabilidade de um parto. Ele nem tinha certeza se ela sabia como Isabelle havia concebido o bebê. Ainda assim, Judith aceitara o desafio. Mostrara compaixão, força e sabedoria. O fato de estar tão assustada tornava a vitória ainda mais surpreendente aos olhos de Iain.

Mas seu estado de tristeza o preocupava, e ele sentiu que era sua obrigação ajudá-la a superar tudo aquilo.

Primeiro, tentou com um elogio.

— Você deveria estar muito orgulhosa do que conseguiu fazer nesta noite.

Judith respondeu com um bufo.

Em seguida, resolveu tentar a lógica.

— Claro que você ficou assustada. Imagino que seja normal tal reação para alguém com a sua inexperiência. Mas você vai conseguir superar.

— Não, não vou.

Por último, a intimidação.

— Maldição, Judith, você vai superar e nós vamos ter filhos.

Judith se afastou dele outra vez.

— Bem típico de homem não mencionar filhas.

Antes que ele pudesse responder ao comentário, ela o cutucou no peito.

— Filhas não são importantes, não é mesmo?

— Podemos ter filhas também.

— Você amaria uma filha tanto quanto a um filho? — perguntou ela.

— Claro.

Como ele respondera tão rápido, sem pestanejar, Judith soube que a resposta tinha sido sincera.

— Fico feliz em ouvir — disse ela, um pouco mais calma. — A maioria dos pais não pensa assim.

— Os seus pensam?

Judith se virou e saiu andando de volta para a cabana de Frances Catherine.

— Até onde sei, meu pai está morto.

Iain a alcançou, segurou-a pela mão, então assumiu a liderança. Ela olhou de soslaio para ele, viu o cenho contraído e então perguntou:

— Por que você está bravo?

— Não estou bravo.

— Você está de cara feia.

— Maldição, Judith, quero que admita que vai se casar comigo.

— Por quê? Meu futuro não é problema seu. Além do mais, já tomei minha decisão, Iain Maitland.

Iain parou abruptamente e se voltou para ela. Segurou-a pelo queixo, abaixou um pouco e sussurrou:

— Eu também tomei minha decisão.

Então, seus lábios se encontraram. E ela teve que se apoiar nele para não cair. Sua boca se abriu para a dele. Ele respondeu com um gemido no fundo da garganta e intensificou o beijo. Sua língua encontrou a dela, ansiando devorar toda aquela doçura.

Ele também não queria parar o beijo. Mas, quando se deu conta disso, se afastou de imediato. Judith era muito inocente para saber o risco que estava correndo. Ele não ia se aproveitar de sua confiança. Mas isso não o impediu de pensar no que poderia ter acontecido.

Iain balançou a cabeça para afastar as fantasias eróticas que percorriam sua mente, então segurou a mão de Judith outra vez e a arrastou caminho afora.

Judith teve que correr para conseguir acompanhar o ritmo das pernas longas. Iain não disse uma palavra sequer até chegarem à casa de seu irmão. Judith estava com a mão na trava, mas ele a impediu com o braço. O ato só serviu para confundi-la ainda mais.

— Não importa o quanto esse parto tenha sido horrível. Com o tempo, você vai superar. — Ela o encarou, surpresa, mas ele apenas assentiu, como que para confirmar o que tinha acabado de dizer. — Isso foi uma ordem, Judith, e você vai obedecê-la.

Enquanto abria a porta, ele assentiu novamente. Mas ela continuou com o mesmo olhar confuso.

— Horrível? Eu nunca disse que foi horrível.

Foi a vez dele de ficar confuso.

— Então o que diabos aconteceu?

— Oh, Iain, foi lindo.

Seu rosto irradiava tanta felicidade. Iain já não entendia mais nada — e duvidava de que um dia conseguiria entender.

Ele voltou para casa sem pressa, seus pensamentos centrados em Judith. O que faria com ela?

Chegara às portas da fortaleza quando a imagem do anel de guerreiro que ela carregava surgiu em sua mente.

Onde diabos tinha visto aquilo?

Capítulo 8

Havia um preço a ser pago pela interferência. O padre chegou à porta de Frances Catherine na tarde do dia seguinte e solicitou uma audiência imediata com a inglesa.

A seriedade na fisionomia e na voz do padre Laggan indicavam que o assunto era sério. Ele se deslocou para o lado da varanda enquanto aguardava que ela concordasse em chamar Judith. Então, Frances Catherine viu Agnes parada um pouco mais atrás. E entendeu o motivo da audiência.

Agnes parecia cheia de si. Frances Catherine ficou ainda mais preocupada. Tentou ganhar tempo até que conseguisse encontrar seu marido. Patrick poderia defender Judith e, pela expressão de Agnes, ela sabia que Judith precisaria de alguém na retaguarda.

— Minha amiga passou praticamente a noite toda acordada, padre, e está dormindo agora. Eu ficarei feliz em acordá-la, mas ela vai precisar de alguns minutos para se vestir.

Padre Laggan assentiu.

— Peça, por favor, que ela se encontre comigo na cabana de Isabelle. Já vou indo na frente.

— Pois não, padre — sussurrou Frances Catherine. E fez uma mesura desajeitada antes de fechar a porta na cara do padre.

Em seguida, foi correndo acordar Judith.

— Estamos encrencadas — anunciou ela. — Céus, Judith, abra os olhos. O padre acabou de sair daqui... com a Agnes — disparou, meio gaguejando. — Você precisa se vestir agora. Eles estão esperando por você na casa da Isabelle.

Judith soltou um gemido e finalmente se virou de costas. Tirou os cabelos dos olhos e se sentou.

— Isabelle não está bem? Ela está sagrando outra vez?

— Não, não é nada disso — respondeu Frances Catherine, apressada. — Acho que ela está bem. Ela... Judith, você está com uma cara horrível. O que aconteceu com a sua voz? Será que está ficando doente?

Judith negou com um aceno de cabeça.

— Estou bem.

— Parece que você engoliu um sapo.

— Não engoli — respondeu Judith. — Pare de se preocupar comigo — adicionou com um bocejo.

Frances Catherine meneou a cabeça.

— Precisa se vestir imediatamente. Estão todos esperando você na casa de Isabelle.

— Você já me disse isso — respondeu Judith. — Estou esperando para saber o motivo. Se Isabelle não está mal, por que querem que eu vá?

— Agnes — anunciou Frances Catherine. — Ela está armando alguma coisa. Levante-se. Preciso encontrar Patrick. Vamos precisar da ajuda dele.

Judith deteve a amiga quando ela já estava abrindo a porta.

— Você não vai sair correndo atrás de Patrick nestas condições. Pode cair e quebrar o pescoço.

— Por que está tão calma com tudo isso?

Judith deu de ombros e abriu a boca para mais um bocejo. O movimento fez sua garganta doer. Intrigada, e ainda meio dormindo, ela cruzou o quarto e pegou o espelho de Frances Catherine. Seus olhos se arregalaram em choque quando viu os hematomas escuros ao redor do pescoço. Não era para menos que seu pescoço estivesse doendo só de se mexer. A pele estava inchada e parecia que tinha sido pintada com tinta roxa.

— O que você está fazendo?

Judith puxou os cabelos para a frente, numa tentativa de esconder as marcas. Não queria que a amiga soubesse que Isabelle tinha feito todo aquele estrago. Ela ia querer saber os detalhes, e Judith teria que mencionar a dor que a mulher estava sentindo quando fez aquilo. Não, era melhor esconder os hematomas até que desaparecessem.

Ela baixou o espelho, se virou para Frances Catherine com um sorriso e explicou:

— Depois que eu me vestir, vou atrás de Iain — disse Judith.

— Você não está nem um pouco preocupada?

— Um pouquinho — admitiu. — Mas sou estrangeira, lembra? O que eles podem fazer comigo? Além do mais, não fiz nada de errado.

— Isso pode não vir ao caso. Agnes é boa em distorcer as coisas. Se conseguiu arrastar o padre até aqui, é porque vai causar confusão para Isabelle também.

— Por quê?

— Porque Isabelle pediu que você a atendesse — explicou Frances Catherine. — Agnes vai querer se vingar por causa do insulto. — Ela começou a andar de um lado para o outro. — Vou lhe dizer o que eles podem fazer. Eles podem procurar o conselho e pedir que você seja mandada de volta para casa. Se fizerem isso, e o conselho concordar, juro por Deus que vou junto. Juro que vou.

— Iain não vai permitir que me mandem de volta para casa antes de você ter o bebê — respondeu Judith, pois tinha quase certeza disso. Se o fizesse, ele estaria quebrando a promessa que tinha feito ao irmão, e Iain era íntegro demais para fazer algo assim. — Você não precisa se preocupar, Frances Catherine. Não vai fazer bem para o bebê. Agora sente-se enquanto eu me visto.

— Eu vou com você.

— Para a Inglaterra ou atrás de Iain? — indagou Judith, por trás do biombo.

Frances Catherine sorriu. A calma da amiga ajudou a aplacar um pouco seu nervosismo. Ela se sentou na beirada da cama e cruzou as mãos sobre o ventre.

— Sempre nos envolvíamos em confusão quando estávamos juntas — comentou ela. — Eu já deveria ter me acostumado.

— Não — argumentou Judith. — Nós não nos envolvíamos em confusão. Você me envolvia em confusão. Eu é que sempre ficava em apuros. Lembra?

Frances Catherine riu.

— Você distorceu tudo na sua cabeça. Era eu quem sempre ficava em apuros, não você.

Judith colocou o vestido amarelo-claro, cujo decote era mais alto do que os outros vestidos que ela tinha trazido. Mas os hematomas no pescoço ainda estavam à mostra.

— Você tem um xale ou uma capa leve para me emprestar?

Frances Catherine pegou um lindo xale preto que ajudou a esconder as marcas. Quando Judith finalmente estava pronta, sua amiga a acompanhou até o lado de fora.

— Tente não se preocupar com isso — instruiu Judith. — Não devo demorar muito. Depois eu lhe conto tudo o que aconteceu.

— Vou com você.

— Não, não vai.

— Mas e se você não conseguir encontrar Patrick ou Iain?

— Então eu vou sozinha para a casa de Isabelle. Não preciso de ninguém para me defender.

— Aqui você vai precisar — respondeu Frances Catherine.

A discussão foi interrompida quando Frances Catherine avistou Brodick descendo a colina. Ela acenou para o guerreiro e, quando percebeu que ele não a tinha visto, enfiou dois dedos na boca e soltou um assovio. No mesmo instante, Brodick virou o cavalo na direção delas.

— Patrick odeia quando assovio — confessou Frances Catherine. — Ele acha que não é nada feminino.

— Não é mesmo — concordou Judith. — Mas funciona — completou, com um sorriso.

— Você ainda sabe? Meus irmãos ficariam desapontados se soubessem que você se esqueceu do importante treinamento.

Judith riu.

— Eu ainda me lembro — disse ela. — Brodick é um homem bonito, não é? — comentou, então. A surpresa em sua voz indicava que ela tinha acabado de se dar conta disso.

— Você passou quase dez dias com o homem e só agora percebeu que ele é bonito?

— É que Iain também estava junto — lembrou Judith. — E ele tende a superar qualquer um ao seu redor.

— Sim, ele consegue.

— Que cavalo magnífico — comentou Judith, na esperança de mudar

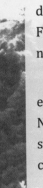

de assunto, pois não estava preparada para responder às perguntas de Frances Catherine sobre o seu relacionamento com o *laird*, pois, na verdade, nem ela entendia direito o que estava sentindo para poder explicar.

— O cavalo pertence a Iain, mas ele deixa Brodick montar de vez em quando. O garanhão é genioso, e deve ser por isso que gostam dele. Não chegue muito perto, Judith — gritou Frances Catherine, ao ver a amiga saindo em disparada para cumprimentar Brodick. — O mal-humorado é capaz de lhe dar um coice se tiver uma chance.

— Brodick não vai permitir — respondeu Judith, aproximando-se do guerreiro com um sorriso. — Você sabe onde Iain está?

— Ele está na fortaleza.

— Poderia me levar até ele, por favor?

— Não.

Fingindo não ter ouvido a negativa, ela pousou a mão sobre a dele e continuou sorrindo para não alarmar Frances Catherine enquanto sussurrava:

— Estou encrencada, Brodick. Preciso falar com ele.

As palavras mal tinham terminado de sair de sua boca quando ela se viu sentada no colo dele. O guerreiro saiu a galope e, em minutos, já a ajudava a descer no centro do pátio aberto em frente à imensa fortaleza.

— Iain está com o conselho — avisou Brodick. — Espere aqui que vou chamá-lo.

Ele jogou as rédeas do cavalo para ela e entrou.

O animal era mesmo muito mal-humorado. Foi uma luta tentar impedi-lo de fugir, mas ela não se intimidou com as bufadas, pois tinha sido ensinada a lidar com cavalos desde a tenra infância por um homem que, em sua opinião, era o melhor treinador de cavalos de toda a Inglaterra.

Judith esperou um bom tempo antes de perder a paciência. Estava com receio de que o padre tivesse sido jogado contra ela porque ela não usara a mistura de ervas e cinzas.

E não queria que Isabelle ficasse com medo também. Pois, a essa altura, Isabelle já deveria estar pensando que ela a havia abandonado para enfrentar sozinha a inquisição.

Judith decidiu que não podia perder mais tempo. Acalmou o cavalo com palavras carinhosas enquanto o montava, então o incitou em um trote colina abaixo. Mas acabou virando errado, e teve que voltar; mesmo assim, minutos depois conseguiu chegar à cabana de Isabelle. Havia uma multidão reunida do lado de fora. Winslow estava à porta. Parecia furioso... até avistá-la. Então ele pareceu um tanto surpreso.

Será que ele não acreditava que ela viria falar com o padre? Sim, era isso. E a desconfiança feriu um pouco seu orgulho, o que foi uma reação ridícula, disse a si mesma, pois Winslow não a conhecia o suficiente para ter qualquer opinião formada sobre sua pessoa.

O garanhão também não gostou da multidão. Tentou empinar e sair de lado ao mesmo tempo. Toda a atenção de Judith estava focada em acalmar o animal teimoso.

Winslow assumiu o desafio, tomando as rédeas e forçando o cavalo a sossegar.

— Iain deixou você montar no cavalo dele? — perguntou, como se não pudesse acreditar.

— Não — respondeu ela, ajeitando o xale ao redor do pescoço, enquanto apeava. — Brodick estava montado.

— Onde está o meu irmão?

— Ele entrou na fortaleza para chamar Iain. Eu esperei, Winslow, mas nenhum dos dois saía.

— Só Iain e Brodick conseguem montar esse animal teimoso. É melhor você se preparar para a bronca quando eles saírem atrás de você.

Judith não sabia se ele estava brincando ou realmente alertando para o pior.

— Não roubei o cavalo, só peguei emprestado — disse ela, em defesa própria. — Será que vou levar uma bronca do padre também? — adicionou em um sussurro.

— Pelo jeito, alguém vai — respondeu ele. — Vamos entrar. Isabelle não vai sossegar enquanto isso não for resolvido.

O guerreiro a segurou pelo cotovelo e a conduziu em meio à multidão silenciosa. Todos a encaravam abertamente, mas não pareciam hostis, apenas curiosos. Ela tentou se manter serena e até conseguiu sorrir.

No entanto, não foi tão fácil manter a fachada alegre quando o padre apareceu na porta, encarando-a com o cenho franzido. Judith torceu para que a irritação fosse por causa da demora e não por outro motivo.

Padre Laggan tinha uma vasta cabeleira grisalha, nariz aquilino e rosto que carregava marcas profundas dos vários anos de vida exposto às intempéries. Era tão alto quanto Winslow, mas era magro como uma tábua. Usava uma batina preta e uma tira larga xadrez sobre um dos ombros. O tecido estava preso por uma corda amarrada ao redor da cintura. As cores de seu tartã eram diferentes das cores dos Maitland, indicando que o padre era de outro clã. Será que os Maitland não tinham um padre? Judith decidiu que perguntaria para Frances Catherine mais tarde.

Assim que o clérigo surgiu na entrada, Winslow soltou seu cotovelo. Judith avançou e parou aos pés do degrau de entrada. Baixou a cabeça, então, em sinal de respeito, e fez uma reverência.

— Peço desculpas por ter demorado tanto, padre. Sei o quanto seu tempo é valioso, mas tive dificuldades para achar o caminho. São tantas cabanas lindas ao longo da colina que acabei virando no lugar errado.

O padre assentiu, parecendo satisfeito com o pedido de desculpas. Apesar de não ter sorrido, pelo menos suavizou o semblante. Judith viu isso como um bom sinal.

— Winslow, talvez seja melhor esperar aqui fora até que isso termine — sugeriu o padre numa voz desgastada pela idade.

— Não, padre — respondeu Winslow. — Meu lugar é ao lado de minha esposa.

O padre concordou com um menear lento.

— Tente não interferir — ordenou.

E retornou a atenção para Judith.

— Por favor, entre. Eu gostaria de lhe fazer algumas perguntas sobre o que aconteceu aqui ontem à noite.

— Certamente, padre — respondeu ela. Ergueu, então, a barra da saia e seguiu a autoridade cristã.

Ficou surpresa ao ver quantas pessoas estavam reunidas dentro da cabana. Havia dois homens e três mulheres sentados à mesa, todos de idade avançada, e duas mulheres de pé em frente à lareira.

Isabelle estava sentada em um banquinho, perto da cama, segurando o filho no colo. Judith não estava muito preocupada com a audiência que teria com o padre até ver a expressão de Isabelle. A pobre mulher parecia apavorada.

Judith correu até ela.

— Isabelle, por que não está na cama? Você precisa descansar depois da provação que passou ontem à noite. — Winslow parou ao lado de Judith. Ela pegou o bebê dos braços de Isabelle e então recuou um passo. — Por favor, ajude-a a voltar para a cama, Winslow.

— Isabelle passou por uma provação, então? — indagou padre Laggan.

Judith ficou tão surpresa com a pergunta que nem suavizou a resposta.

— Uma provação dos infernos, padre.

O padre ergueu as sobrancelhas diante de tanta sinceridade. Baixou então a cabeça, mas antes, Judith ainda teve tempo de ver certo alívio no rosto dele.

Mas foi difícil interpretar aquilo. Será que o padre estava do lado de Isabelle? Céus, como ela esperava que sim. Judith olhou para a bela criança em seus braços, a fim de se certificar de que não tinha acordado a criaturinha, então voltou os olhos para o padre novamente e, em um tom de voz bem mais suave, falou:

— Eu quis dizer, padre, que Isabelle realmente deveria repousar agora.

O padre meneou a cabeça e rapidamente tratou de apresentá-la aos pais de Winslow, que estavam sentados à mesa. Então apontou para as duas mulheres que estavam próximas à lareira.

— Agnes, fique aqui, à minha esquerda — disse ele. — Helen, fique ao lado dela. Elas são as suas acusadoras, Lady Judith.

— Minhas acusadoras? — indagou, incrédula, sem conseguir se conter. Era inacreditável. A raiva começou a crescer por dentro, mas ela conseguiu esconder a reação de todos.

Judith encarou as duas encrenqueiras. Helen avançou um passo e a cumprimentou com um leve aceno. Não era uma mulher muito atraente. Tinha cabelos castanhos e olhos da mesma cor. Parecia nervosa, se seus punhos cerrados fossem o indício de algo mais, e não conseguiu encarar Judith por muito tempo.

Agnes foi uma surpresa para Judith. Pelas histórias horrendas que tinha escutado sobre a parteira, ela esperava que a mulher parecesse uma megera, ou, no mínimo, uma bruxa velha com uma verruga na ponta do nariz. Mas não era nem uma coisa nem outra. Na verdade, Agnes tinha o rosto de um anjo, e os mais belos olhos verdes que Judith já tinha visto. O tempo fora gentil com ela. O rosto era marcado por poucas rugas, quase imperceptíveis. Frances Catherine havia contado para Judith que Agnes tinha uma filha em idade para se casar com Iain, e isso significava que a parteira muito provavelmente tinha quase a mesma idade de sua mãe. Mesmo assim, Agnes continuava com a pele jovem e bonita. E não tinha alargado na região abdominal, algo raro para a maioria das mulheres de sua idade.

De canto de olho, Judith viu Isabelle estendendo o braço para pegar na mão de Winslow. O ato só fez sua raiva aumentar ainda mais. Uma mulher que tinha acabado de parir não merecia passar por tudo aquilo. Judith levou o bebê até Winslow, passou-o para os braços do pai, e então se virou e se posicionou novamente no centro da sala. Encarou o padre, ficando assim de costas para as parteiras, de propósito.

— O que o senhor quer me perguntar, padre?

— Não ouvimos gritos.

Agnes tomou a frente com a afirmação, mas Judith se recusou a dar ouvidos ao comentário provocativo. Continuou com a atenção voltada para o padre, aguardando.

— Na noite passada — iniciou padre Laggan —, tanto Agnes quanto Helen relataram não terem ouvido gritos. E as duas moram aqui perto, Lady Judith, e por conta disso acreditam que deveriam ter ouvido algo.

Após uma pausa para pigarrear, ele prosseguiu:

— As duas parteiras me procuraram para contar sobre o fato estranho. Agora, como a senhora certamente sabe, de acordo com os ensinamentos de nossa Igreja, e de sua Igreja também, pois seu rei John ainda segue as regras ditadas pelo nosso santo padre...

De repente, ele parou. Parecia ter perdido a linha de raciocínio. Minutos depois, enquanto todos aguardavam em silêncio que ele continuasse, Agnes finalmente avançou um passo.

— Os pecados de Eva — disse ela, lembrando o padre.

— Sim, sim, os pecados de Eva — repetiu o padre Laggan, em um tom de voz cansado. — É isso, Lady Judith.

Mas Judith não fazia a menor ideia do que o padre estava falando. E isso estava estampado em seu rosto.

O padre meneou a cabeça.

— A Igreja sustenta que a dor que uma mulher enfrenta durante o parto é necessária e que é um castigo justo pelos pecados de Eva. As mulheres são salvas através da dor e do sofrimento. Se ficar claro que Isabelle não sentiu dor suficiente, bem, então...

Ele não terminou, a expressão de dor em seu rosto mostrando que não estava com vontade de se estender mais sobre aquela regra da Igreja.

— Então o quê? — perguntou Judith, determinada a ouvir até o fim.

— Isabelle será condenada pela Igreja — respondeu padre Laggan, em um sussurro. — O bebê também.

Judith ficou tão enojada com o que tinha acabado de ouvir que mal conseguia raciocinar. E, Deus, como estava furiosa também. Agora tudo fazia sentido. As parteiras não estavam atrás dela; não, elas queriam que Isabelle fosse punida e estavam usando a Igreja para atingirem o objetivo. Não se tratava apenas de uma questão de orgulho ferido. Era pior. A posição de poder que elas ocupavam sobre as mulheres do clã tinha sido abalada, e essa condenação da Igreja funcionaria como uma mensagem para as outras grávidas.

A vingança pareceu tão terrível para Judith que sua vontade era gritar com aquelas duas, mas isso não ajudaria Isabelle sob nenhum aspecto, e, só por isso, ela se manteve calada.

— Você conhece as leis da Igreja sobre os pecados de Eva, não conhece, Lady Judith? — indagou o padre.

— Sim, claro — respondeu. O que era uma mentira deslavada, mas não vinha ao caso naquele momento. Perguntou-se quais outras regras Maude tinha esquecido de mencionar, e mesmo enquanto lutava para se conter, sua fisionomia se manteve serena.

O padre pareceu aliviado.

— Eu lhe pergunto agora, Lady Judith, se a senhora fez alguma coisa para mitigar as dores de Isabelle.

— Não, padre, eu não fiz nada.

— Então Isabelle deve ter feito — gritou Agnes. — Ou o demônio a ajudou durante o parto.

Um dos dois homens que estavam sentados à mesa começou a se levantar. A fúria em seu rosto enrugado era assustadora.

Winslow avançou um passo ao mesmo tempo.

— Não vou permitir que falem essas coisas dentro de minha casa — berrou ele.

O ancião que estava à mesa assentiu, obviamente satisfeito pela interferência de Winslow, e então se sentou de novo.

A criança soltou um grito estridente. Winslow estava tão enfurecido que nem notou que Isabelle tentava tirar o bebê de seus braços. Ele avançou outro passo na direção das parteiras.

— Saíam de minha casa! — ele ordenou com outro berro.

— Não gosto disto tanto quanto você — anunciou padre Laggan, com pesar na voz. — Mas esta questão precisa ser resolvida.

Winslow tremia dos pés à cabeça. Judith se aproximou e pousou a mão em seu braço.

— Winslow, se me permitir explicar, acredito que posso esclarecer essa bobagem rapidinho.

— Bobagem? Como ousa chamar este assunto sério de bobagem?

Foi Agnes quem fizera a pergunta, mas Judith se recusou a lhe dar ouvidos, e esperou até receber uma autorização de Winslow antes de se voltar para o padre novamente. Winslow recuou para a lateral da cama e entregou o filho à Isabelle. Tudo o que a criança precisava era de um acalento para voltar a dormir, e parou de chorar na hora.

Judith encarou o padre de novo.

— Isabelle sentiu muita dor — anunciou em um tom firme.

— Não escutamos nada — interferiu Agnes.

Judith continuou a ignorá-la.

— Padre, o senhor pretende condenar Isabelle só porque ela tentou ser corajosa? Na verdade, ela gritou várias vezes, mas não a cada contração, pois não queria preocupar o marido, que esperava do lado de fora e que ela sabia que ia escutar. Até mesmo nos momentos mais difíceis, ela pensou nele.

— Vamos aceitar a palavra desta inglesa? — desafiou Agnes.

Judith se virou para o grupo de parentes sentados à mesa e continuou o relato.

— Conheci Isabelle ontem, portanto, admito que não a conheço muito bem. Mesmo assim, acho que se trata de uma mulher muito dócil. Os senhores acham que estou equivocada no meu julgamento?

— Sim, ela é dócil — anunciou uma mulher de cabelos pretos. Em seguida, virou-se para encarar as parteiras: — Ela é dócil e gentil em todos os sentidos. Somos abençoados por tê-la em nossa família. E é temente a Deus também. Ela não faria nada deliberadamente para atenuar a dor.

— Também acho Isabelle uma mulher muito gentil — interveio o padre.

— Mas isso não tem nada a ver com a questão... — exaltou-se Agnes. — O diabo...

Judith a interrompeu de propósito, dirigindo-se ao grupo sentado à mesa.

— Seria justo, então, dizer que Isabelle seria incapaz de ferir alguém? Que seu temperamento dócil jamais permitiria tal conduta?

Todos menearam a cabeça em acordo. Judith se voltou para o padre e removeu o xale que ocultava as marcas em seu pescoço.

— Agora, pergunto ao senhor, padre, se acredita que Isabelle sofreu o suficiente.

Levantou o cabelo de cima dos ombros e inclinou a cabeça para o lado, para que o padre pudesse ver o inchaço e as marcas em seu pescoço.

O senhor arregalou os olhos, surpreso.

— Santa Mãe de Deus, a nossa doce Isabelle fez isso com você?

— Sim — respondeu Judith. E graças a Deus, pensou. — Isabelle estava sofrendo tanto durante o parto que me agarrou e não soltava mais. Duvido que ela se lembre. Tentei afastar seus dedos, padre, e tentei fazer com que ela segurasse nas tiras da cadeira de parto.

O padre encarou Judith por um longo minuto. O alívio em seu olhar aqueceu-lhe o coração. Ele tinha acreditado nela.

— Isabelle sofreu o suficiente para a Igreja — anunciou o padre. — Não se fala mais nisso.

Mas Agnes não ia desistir tão fácil assim. Ela tirou um lenço de dentro da manga e foi para cima de Judith.

— Isso pode ser um truque — disse, praticamente aos berros. Pegou Judith pelo braço e tentou limpar as marcas do pescoço.

Judith contraiu o cenho, sentindo dor. Mesmo assim não tentou impedir a tortura, pois, se o fizesse, a mulher diria que ela tinha recorrido a algum tipo de artifício, como óleos matizados.

— Tire as mãos dela.

O rugido de Iain encheu a cabana. Agnes deu um pulo para trás e acabou trombando no padre, que também deu um pulo.

Judith ficou tão feliz em ver Iain que seus olhos se encheram de lágrimas. A vontade de correr para os braços dele a dominou.

Sem tirar os olhos dela, ele baixou a cabeça para não bater no batente ao entrar. Brodick vinha logo atrás. Os dois guerreiros pareciam prontos para a guerra. Iain parou a poucos passos de Judith e a examinou dos pés à cabeça para verificar se não estava ferida.

Ela se sentiu grata por ter recuperado a compostura tão rapidamente. Iain nem imaginava como estava sendo difícil para ela enfrentar essa situação. Judith já tinha se humilhado o bastante na noite anterior quando havia chorado no ombro do homem, e olhar para ele à luz do dia já estava sendo para lá de embaraçoso. Nunca mais permitiria que ele a visse em um estado tão vulnerável.

Iain desconfiava de que ela estivesse prestes a chorar. Seus olhos estavam marejados, e dava para perceber a luta interna que estava travando para conseguir manter a dignidade. Judith não tinha sido fisicamente ferida, mas seus sentimentos certamente tinham sofrido um grande golpe.

— Winslow? — A voz de Iain era dura, furiosa.

O marido de Isabelle deu um passo à frente. Sabia o que seu líder queria saber e, naquele instante, fez um resumo do que estava acontecendo. Winslow ainda não tinha superado a raiva, e sua voz soava um pouco trêmula.

Iain pousou a mão sobre o ombro de Judith e sentiu o tremor de seu corpo. Isso o deixou ainda mais enfurecido.

— Judith é hóspede de meu irmão.

Esperou até que todos os presentes assimilassem a declaração e, só então, prosseguiu:

— Além disso, ela está sob minha proteção. Se ocorrer algum problema, falem comigo. Estamos entendidos?

As vigas trepidaram com a fúria de sua voz. Judith nunca tinha visto Iain tão zangado. A cena tinha algo de irresistível, e de assustador também. Tentou se lembrar de que ele não estava bravo com ela, que, na verdade, a estava defendendo, mas a lógica não ajudou muito. O brilho de seus olhos era arrepiante.

— *Laird* Iain, percebe o que está insinuando? — O padre sussurrou a pergunta.

Iain encarou Judith quando deu a resposta ríspida:

— Sei.

— Maldição! — exclamou Brodick, em um resmungo.

Iain soltou Judith e se virou para confrontar seu companheiro.

— Está me desafiando?

Brodick teve que pensar por um tempo antes de negar com um aceno.

— Claro que não. Você tem todo o meu apoio. E Deus sabe o quanto vai precisar.

— Tem meu apoio também — anunciou Winslow.

Iain assentiu. O músculo na lateral de sua face pulsava. Judith imaginou que a demonstração de lealdade dos amigos fosse aplacar sua ira.

Mas o motivo de o homem precisar tanto do apoio deles era difícil de entender. Na Inglaterra, a hospitalidade era oferecida por todos os membros de uma família a um convidado, mas ali, pelo jeito, as coisas eram diferentes.

— E quanto ao conselho? — perguntou Winslow.

— Em breve — respondeu Iain.

Alguém bufou às costas de Judith. Ela se virou para as parteiras e ficou surpresa ao ver a expressão de Helen. A mulher parecia aliviada com o desfecho do julgamento. Parecia estar segurando um sorriso. Aquilo não fez o menor sentido para Judith.

Já a expressão de Agnes não deixava dúvida. Seus olhos brilhavam de ódio. Judith deu as costas para a mulher. Padre Laggan, ela notou, a observava atentamente.

— Padre, o senhor tem mais alguma pergunta?

O clérigo respondeu que não com um aceno. E sorriu. Como ninguém parecia estar prestando muita atenção nos dois, ela se aproximou do padre para perguntar algo. Winslow, irmão de Brodick, e Iain discutiam concentrados, e os parentes que estavam à mesa conversavam entre si.

— Padre, posso lhe fazer uma pergunta?

— Pois não?

— Se não houvesse nenhum hematoma, o senhor teria condenado Isabelle e o bebê? — Judith ajeitou o xale ao redor do pescoço enquanto esperava pela resposta.

— Não.

Judith se sentiu melhor. Afinal, não queria pensar que um homem de batina pudesse ser tão rígido.

— Eu teria encontrado o jeito de apoiá-la, talvez convidando os parentes de Isabelle para testemunharem a seu favor. — Ele tomou a mão de Judith e fez um afago. — Mas os hematomas ajudaram bastante.

— Sim, e como — concordou ela. — Se o senhor me der licença, padre, eu gostaria de ir embora.

Judith correu para fora assim que obteve permissão. Provavelmente era rude de sua parte ir embora sem se despedir dos outros, especialmente do *laird*, mas ela já não suportava mais a ideia de ficar no mesmo lugar que Agnes por mais um minuto sequer.

A multidão do lado de fora tinha dobrado de tamanho desde que ela entrara. Mas, naquele momento, Judith não estava com paciência para a curiosidade daquelas pessoas. Ela ergueu a cabeça enquanto seguia rumo às árvores onde tinha deixado o cavalo.

Não estava com paciência para o temperamento difícil do garanhão também. Deu um bom tapa no flanco esquerdo do animal para que ele sossegasse até que ela se acomodasse na sela.

Como ainda estava muito abalada com tudo o que tinha acontecido, achou melhor se acalmar primeiro antes de ir para a casa de Frances Catherine. Mas como não tinha um destino em mente, apenas instigou o animal a ir em direção ao topo. Cavalgaria até a raiva passar, independente de quanto tempo levasse.

Padre Laggan deixou a cabana de Isabelle segundos depois de Judith. O senhor, com um sorriso largo, ergueu as duas mãos para chamar a atenção da multidão.

— Está devidamente resolvido — anunciou ele. — Lady Judith esclareceu tudo.

Todos aplaudiram. O padre saiu da frente do alpendre para dar passagem a Brodick, Iain e Winslow.

A multidão foi abrindo caminho para Brodick à medida que ele caminhava em direção às árvores onde Judith deixara o cavalo. Já estava quase chegando quando percebeu que o animal não estava lá.

Brodick exibia uma expressão de incredulidade quando deu meia-volta.

— Por Deus, ela fez outra vez — resmungou, com ninguém em particular. Não conseguia aceitar o insulto que Judith tinha feito quando pegou o cavalo. E o fato de que o animal, na verdade, pertencia a Iain, não parecia fazer muita diferença.

— Lady Judith não roubou seu cavalo — disse Winslow. — Ela só pegou emprestado. Foi isso que disse quando chegou aqui, e imagino que ela ainda acredite que...

Mas Winslow não pôde continuar, pois acabou caindo na risada. Iain teve mais disciplina e não soltou um sorrisinho sequer. O líder montou em seu cavalo e então estendeu o braço para Brodick. O guerreiro estava prestes a pegar impulso para subir quando Bryan, um homem mais velho, de ombros curvados e cabelos ruivos, aproximou-se.

— A mulher não roubou seu cavalo e você não deveria pensar isso dela, Brodick.

Brodick se virou para encarar o homem. Então, outro guerreiro abriu caminho em meio à multidão e parou ao lado de Bryan.

— Isso mesmo, Lady Judith provavelmente só estava com pressa — disse o sujeito.

Então, mais um homem se aproximou, e em seguida outro, querendo justificar por que Lady Judith tinha pegado o cavalo. Iain não poderia ter ficado mais satisfeito. A questão não era sobre ter pegado ou não o cavalo emprestado, é claro. Os homens queriam deixar claro para seu líder que Judith tinha conquistado o apoio de todos... e os corações deles também. Ela defendera Isabelle e agora todos a estavam defendendo.

— Ela não precisava ter ajudado Isabelle ontem à noite e não precisava ter vindo aqui hoje para responder às perguntas do padre Laggan — contou Bryan. — Você não vai falar mal de Lady Judith, Brodick, ou terá que se entender comigo.

Qualquer ventinho podia derrubar Bryan, tão franzino que era; mesmo assim, o homem se encheu de coragem e ousou desafiar Brodick.

— Maldição! — resmungou Brodick, irritado.

Iain sorriu, acenou para os defensores de Judith, esperou até que Brodick pegasse impulso para se sentar atrás, e então incitou o cavalo.

Iain assumiu que Judith tivesse ido direto para a casa de seu irmão. Mas o cavalo não estava na frente, e ele não conseguia imaginar para onde a mulher pudesse ter ido.

Ele parou o cavalo para que Brodick pudesse apear.

— Ela deve ter voltado para a fortaleza — sugeriu Iain. — Vou olhar lá primeiro.

Brodick assentiu.

— Vou procurar lá embaixo — disse ele, e estava saindo quando parou, de repente, e deu meia-volta. — Vou lhe dar um aviso, Iain. Quando eu a encontrar, ela vai levar uma bela bronca.

— Você tem a minha permissão.

Brodick escondeu o sorriso, e esperou a pegadinha, pois conhecia Iain o bastante para saber como funcionava a cabeça dele.

— E? — instigou seu líder, esperando pela condição.

— Você pode dar uma bronca, mas não pode erguer a voz.

— Por que não?

— Ela pode ficar chateada — explicou Iain, dando de ombros. — E não posso permitir que você a chateie.

Brodick abriu a boca para dizer mais alguma coisa, então mudou de ideia. Iain tinha acabado com a graça da bronca que ele daria. Se não podia gritar com a mulher, então por que se dar ao trabalho de ter uma conversa?

Brodick se virou e começou a descer a colina, resmungando consigo mesmo. A risada de Iain o acompanhou por um bom tempo ainda.

Mas Judith não o estava esperando na fortaleza. Iain pegou o caminho de volta, então seguiu para a direção oeste, que levava a outra face da colina.

Encontrou-a no cemitério, andando apressada pela trilha que separava o solo sagrado das árvores.

Judith achou que uma caminhada seria ideal para aliviar o nervoso que tinha acabado de enfrentar por Isabelle, e acabou indo parar no cemitério sem querer. Curiosa, parou para dar uma olhada.

Era um lugar muito bonito e calmo. Uma cerca de madeira, recentemente caiada, cercava o solo sagrado. Lápides ornamentadas, algumas arqueadas, outras retas, preenchiam o interior em fileiras perfeitamente alinhadas. A maioria dos túmulos estava coberta por flores frescas. Seja lá quem fosse o responsável por cuidar daquele local de descanso final, tinha feito um excelente trabalho. O cuidado e a atenção podiam ser vistos em todos os detalhes.

Judith fez o sinal da cruz enquanto caminhava entre as fileiras. Depois, deixou o cemitério e continuou subindo a trilha estreita, passando pela fileira de árvores que escondiam a vista do vale abaixo. O vento soprava entre os galhos, em um assovio que ela achou melancólico.

O terreno reservado para os condenados ficava logo adiante. Quando se aproximou do cemitério austero, ela parou abruptamente. Não havia cerca caiada nem lápides ornamentadas. Apenas estacas de madeira desgastadas pelo tempo.

Judith sabia quem era enterrado ali: as pobres almas condenadas ao inferno pela Igreja. Sim, eram os ladrões, assassinos, estupradores, traidores, e, claro... todas as mulheres que morriam durante o parto.

A raiva de que esperava se livrar cresceu até arder por dentro.

Então não havia justiça após a morte também?

— Judith?

Ao se virar, ela se deparou com Iain parado a poucos passos de distância. Nem o tinha ouvido se aproximar.

— Você acha que estão todos no inferno?

Iain ergueu uma sobrancelha diante do ardor que impregnava sua voz ao fazer a pergunta.

— Do que você está falando?

— Das mulheres enterradas aqui — explicou Judith com um aceno de mão. E sem esperar pela resposta, continuou: — Não acredito que estejam no inferno. Elas morreram cumprindo uma missão sagrada. Sofreram as dores do parto e morreram cumprindo a obrigação para com seus maridos e padres. E em troca de quê, Iain? Arder no fogo do inferno por toda a eternidade só porque a Igreja não as considerou puras o suficiente para irem para o céu? Quanta bobagem — adicionou em um tom áspero. — Tudo isso não passa de bobagem. Se faz de mim uma herege, não me importo. Não posso acreditar em um Deus que seja cruel.

Iain não sabia o que responder. A lógica dizia que ela estava certa. Que tudo não passava de uma grande bobagem. Apesar de nunca ter parado para pensar sobre essas questões.

— A obrigação de uma mulher é dar herdeiros ao marido, não é?

— É.

— Então por que assim que descobrem que estão grávidas, não podem mais entrar em uma igreja? Elas passam a ser consideradas impuras, não é isso?

Judith emendou com outra pergunta antes que ele tivesse tempo de responder à primeira:

— Você acha que Frances Catherine é impura? Não, claro que não — respondeu ela mesma. — Mas a Igreja acha. Se ela der um filho a Patrick, terá que esperar trinta e três dias para se submeter ao ritual de purificação e poder voltar à igreja. Mas, se for menina, terá que esperar ainda mais... e se morrer durante o parto ou antes de receber a bênção, ela acabará aqui. É justo Frances Catherine ser enterrada ao lado de um assassino e um...

Finalmente ela parou. Baixou a cabeça e soltou um suspiro cansado.

— Desculpe. Eu não deveria descontar em você. Se ao menos conseguisse parar de pensar nisso, não ficaria tão brava.

— É de sua natureza se importar com os outros.

— Como você sabe que é de minha natureza?

— O modo como você ajudou Isabelle é um exemplo — respondeu ele. — E há vários outros exemplos que eu poderia lhe dar.

Sua voz estava impregnada de carinho quando ele respondeu. Foi como se ela tivesse acabado de receber um afago. De repente, ela sentiu uma vontade incontrolável de se aconchegar a ele, de lhe dar um abraço apertado. Iain era tão maravilhosamente forte, e ela estava se sentindo tão terrivelmente vulnerável.

Até então, não tinha se dado conta do quanto o admirava. Ele se mostrava muito seguro de tudo e de si mesmo. Havia um ar de autoridade silenciosa nele. Nem precisava exigir que seus seguidores o respeitassem. Não, ele tinha conquistado sua lealdade e a confiança. Raramente precisava erguer a voz para alguém. Ela sorriu ao se lembrar de todas as vezes em que ele acabara erguendo a voz para ela. Um sinal de que perdia a disciplina quando ela estava por perto. Ela se perguntou qual seria o significado disso.

— Se você não gosta de algo, não é obrigação sua tentar mudar? — perguntou ele.

Judith quase riu da sugestão até perceber, pela expressão dele, que ele estava falando sério. E isso a apanhou de surpresa.

— Você acha que eu poderia mudar a Igreja?

Iain respondeu com um meneio de cabeça.

— Um sussurro, Judith, somado a milhares de outros, pode virar um rugido de descontentamento que a Igreja não terá como ignorar. Comece com padre Laggan. Fale sobre seus questionamentos com ele. É um homem justo. Vai escutá-la.

Iain sorriu ao dizer a palavra *justo*. Ela se viu sorrindo de volta. Não era uma brincadeira. Não, ele realmente estava tentando ajudar.

— Não sou importante o suficiente para mudar as coisas. Não passo de uma mulher que...

— Enquanto acreditar nessa bobagem, você não vai conseguir fazer nada. Você se derrotará sozinha.

— Mas, Iain — argumentou ela —, que diferença posso fazer? Seria condenada se criticasse abertamente os ensinamentos da Igreja. De que adiantaria isso?

— Você não precisa começar atacando — instruiu ele. — Discuta as contradições das regras. Se conseguir conscientizar uma pessoa, e depois outra e outra...

Iain não continuou, nem foi preciso.

— Preciso pensar — disse ela. — Não consigo imaginar como eu poderia fazer alguém prestar atenção às minhas opiniões, especialmente aqui.

— Você já conseguiu, Judith. Você me fez perceber as contradições. Por que veio para cá hoje? — perguntou, com um sorriso.

— Foi sem querer. Queria caminhar um pouco para ver se a raiva passava. Você não deve ter percebido, mas eu estava muito brava quando deixei a cabana de Isabelle. Estava pronta para gritar. Foi muito injusto tudo o que eles a fizeram passar.

— Você pode gritar aqui que ninguém vai ouvir. — Havia um brilho em seus olhos ao fazer a sugestão.

— Você pode ouvir — disse ela.

— Eu não ia me importar.

— Mas eu, sim. Não seria apropriado.

— Não?

Judith balançou a cabeça.

— Não seria feminino — adicionou com outro meneio de cabeça.

Falou com tanta sinceridade que Iain não pôde resistir. Ele se abaixou e a beijou. Foi um toque rápido de lábios, só para provar a maciez. Em seguida, ele se afastou.

— Por que fez isso?

— Para você parar de olhar feio para mim.

Mas ela nem teve tempo de assimilar a admissão. Quando percebeu, ele já segurava sua mão.

— Vamos, Judith. Vamos andar até sua raiva passar completamente.

Judith teve que correr para conseguir acompanhá-lo.

— Isto não é uma corrida, Iain. Podemos ir um pouco mais devagar.

Ele diminuiu o passo, e os dois seguiram caminhando em silêncio por vários minutos, cada um absorto em seus próprios pensamentos.

— Judith, você é sempre tão cordata?

Ela achou a pergunta esquisita.

— Sim e não. Eu me contenho a cada seis meses do ano quando sou forçada a viver com minha mãe e tio Tekel.

A palavra *forçada* chamou a atenção dele, mas ele achou melhor não comentar. Afinal, ela estava começando a baixar a guarda, e ele queria tentar descobrir o máximo que conseguisse sobre a família dela antes que ela se fechasse outra vez.

— E nos outros seis meses do ano? — perguntou, em um tom descontraído.

— Não sou nada cordata. Tio Herbert e tia Millicent me deixam livre. Não tenho nenhuma restrição.

— Dê-me um exemplo — pediu ele. — Não entendi.

Judith meneou a cabeça.

— Eu queria descobrir tudo sobre o parto. Tia Millicent permitiu que eu perseguisse meu objetivo e me ajudou como pôde.

Continuou falando sobre os tios por vários minutos. O amor que sentia pelo casal era evidente em cada palavra. Iain perguntou o mínimo possível, e, aos poucos, conseguiu dar um jeito de trazer a mãe dela para a conversa.

— Esse tio Tekel que você mencionou — iniciou ele. — É irmão de seu pai ou de sua mãe?

— Ele é o irmão mais velho de minha mãe.

Iain esperou para que ela contasse mais. Mas Judith não disse mais uma palavra sequer. Eles voltavam para o local onde estavam os cavalos, e já tinham passado pelo cemitério quando ela falou novamente.

— Você acha que sou diferente das outras mulheres?

— Acho.

Os ombros delicados penderam, desanimados, e, de repente, ela parecia muito triste. Iain sentiu vontade de rir.

— Mas isso não é ruim, só é diferente. Você é mais consciente do que as outras mulheres. Não aceita tão facilmente as coisas.

— Ainda vou acabar me encrencando um dia, não vou?

— Eu a protegerei.

Foi uma promessa bonita, e arrogante também, mas ela não achou que ele estivesse falando sério. Judith riu e balançou a cabeça.

Quando alcançaram os cavalos, ele a ergueu até a sela. Com todo cuidado, passou os cabelos dela para trás e tocou nos hematomas do pescoço.

— Doí muito?

— Um pouco — admitiu.

A corrente chamou sua atenção e, mais uma vez, ele puxou o anel de dentro do vestido e admirou a peça.

Judith puxou o anel de volta e o escondeu no punho cerrado.

E foi o punho cerrado que finalmente despertou a memória dele.

Iain recuou um passo, distanciando-se dela.

— Iain? Aconteceu alguma coisa? Você está pálido — indagou.

Mas não houve resposta.

Judith demorou um bom tempo para contar a Frances Catherine todos os detalhes da inquisição. O relato foi difícil, pois a amiga não parava de interrompê-la com perguntas.

— Acho que você deveria ir comigo visitar Isabelle e o bebê — disse Judith.

— Eu adoraria ajudá-la.

— E eu gostaria que vocês se tornassem amigas. Você precisa aprender a abrir seu coração para essas pessoas. Tenho certeza de que algumas são tão amáveis quanto Isabelle. Sei que você vai gostar dela. Ela é muito meiga e me lembra você, Frances Catherine.

— Tentarei abrir meu coração para ela — prometeu Frances Catherine. — Meu Deus, vou me sentir tão sozinha depois que você for embora. Só vejo Patrick à noite, e já estou dormindo tão pesado quando ele chega que mal consigo prestar atenção no que ele diz.

— Também vou sentir falta de você. Queria tanto que você morasse mais perto de mim. Assim poderia me visitar de vez em quando. Tia Millicent e tio Herbert iam adorar vê-la novamente.

— Patrick nunca me daria permissão para ir à Inglaterra. Ele acha muito perigoso. Poderia fazer uma trança em meu cabelo enquanto esperamos?

— Claro. Mas o que estamos esperando?

— Patrick me fez prometer que eu ficaria em casa até ele terminar algo muito importante. Ele terá a maior satisfação em nos acompanhar até a casa de Isabelle.

Entregou a escova de cabelo para Judith, sentou-se no banquinho e perguntou de novo sobre o trabalho de parto de Isabelle.

O tempo passou voando, e, uma hora depois, as duas se deram conta de que Patrick ainda não tinha aparecido. Como já era quase hora do jantar, resolveram deixar a visita para a manhã seguinte.

Estavam em meio aos preparativos do jantar quando Iain bateu à porta. Frances Catherine tinha acabado de dizer algo engraçado, e Judith ainda ria quando abriu a porta.

— Minha nossa, Iain, você não vai me dizer que padre Laggan tem outra pergunta para me fazer, vai?

Foi uma brincadeira, e, em resposta, ela esperava no mínimo um sorriso. Mas o que recebeu foi uma resposta lacônica.

— Não.

Iain entrou, cumprimentou Frances Catherine com um leve aceno, então cruzou as mãos atrás das costas e se voltou para Judith.

Era difícil acreditar que aquele era o mesmo homem que, havia menos de duas horas, tinha sido tão gentil e carinhoso. Agora, ele estava tão frio e distante quanto um estranho.

— Não haverá mais perguntas do padre — anunciou ele.

— Eu já sabia — respondeu ela. — Só estava brincando.

Iain balançou a cabeça para ela.

— Agora não é hora para brincadeiras. Tenho assuntos mais importantes para tratar.

— O que é tão urgente?

Sem responder, ele se virou para Frances Catherine.

— Onde está meu irmão?

O tom brusco preocupou Frances Catherine. Ela se sentou à mesa, cruzou as mãos sobre o ventre e tentou se acalmar.

— Não sei ao certo, mas deve estar chegando.

— Por que você quer falar com Patrick? — Judith fez a pergunta que sabia que sua amiga queria ter feito, mas não ousou.

Iain se virou e saiu andando rumo à porta.

— Preciso falar com ele antes de partir.

Assim que terminou de falar, Iain tentou sair, mas Judith se colocou em seu caminho, bloqueando a passagem. A ousadia o surpreendeu tanto que ele parou e sorriu. Para conseguir um contato olho no olho, ela teve que inclinar a cabeça para trás, tão próximos que estavam. Sua intenção era de que ele visse sua expressão de descontentamento.

Mas antes de poder prever sua intenção, ele a ergueu, tirando-a de seu caminho. Judith olhou na direção de Frances Catherine. A amiga fez sinal para que ela fosse atrás dele. Judith assentiu e saiu correndo.

— Para onde você está indo? Vai ficar fora por muito tempo?

Iain nem se virou ao responder.

— Não sei quanto tempo vou demorar.

— Por que você queria falar com Patrick? Vai levá-lo junto?

Ele parou abruptamente e se virou para lhe dar atenção.

— Não, não vou levar Patrick comigo. Judith, por que você está me fazendo todas essas perguntas?

— Por que está agindo desse modo tão frio? — Ela corou assim que deixou escapar o pensamento que a atormentava. — Quer dizer — tentou recomeçar —, mais cedo seu humor parecia bem melhor. Fiz alguma coisa que o desagradou?

Iain negou com a cabeça, antes de completar a explicação:

— Estávamos sozinhos mais cedo — disse sucintamente. — Mas agora não estamos.

E, com isso, tentou ir embora outra vez. Mas ela correu na frente, mais uma vez, bloqueando seu caminho.

— Você estava indo embora sem se despedir de mim, não estava?

A pergunta soou como uma acusação. E não houve tempo para resposta. Judith deu meia-volta e pegou o caminho para a cabana de

Frances Catherine. Iain ficou parado, vendo-a se afastar. Deu para ouvi-la resmungando algo sobre ele ter sido rude, e Iain assumiu que ela estivesse falando dele. Ele bufou por conta de sua imprudência.

Então, Patrick despontou, descendo a colina e chamando sua atenção. Iain contou sobre sua intenção de levar Ramsey e Erin até a fortaleza dos MacDonald para se encontrar com *Laird* Dunbar. O encontro aconteceria em campo neutro; mesmo assim, Iain estava tomando todas as precauções necessárias. Se os Maclean ficassem sabendo do encontro, poderiam atacar com toda força.

Iain não entrou em detalhes, mas Patrick era astuto o suficiente para entender o motivo do encontro.

— O conselho não deu a bênção deles, deu? — adivinhou Patrick.

— Eles não sabem do encontro.

Patrick aquiesceu.

— Pode causar problema.

— Sim.

— Quer que eu vá junto?

— Quero que fique de olho em Judith enquanto eu estiver fora — disse Iain. — Não permita que ela se envolva em confusão.

Patrick prometeu.

— Para onde os anciões pensam que você está indo?

— Encontrar os MacDonald. Só não contei que os Dunbar também estarão presentes. — Soltou um suspiro. — Deus, como odeio segredos.

Iain não esperava uma resposta para aquilo. Apenas se virou para montar em seu cavalo, mas então parou de repente, jogou as rédeas para Patrick e voltou apressado para a cabana.

Desta vez, nem bateu à porta. Judith estava parada perto do fogo e se virou, de olhos arregalados, quando ouviu a porta batendo com força contra a parede. Frances Catherine estava sentada à mesa cortando o pão e ficou a meio caminho de se levantar, mas então se sentou de volta quando Iain passou por ela.

Ele não disse uma palavra sequer para Judith. Apenas a segurou pelos ombros e a trouxe para perto de seu corpo. Então, sua boca se chocou contra a dela, e ela ficou tão atordoada que, a princípio, não conseguiu nem reagir. Forçou-a então, a abrir a boca, enfiando a língua com uma determinação não disfarçada. Foi um beijo possessivo, quase selvagem e, quando ela estava começando a responder, ele se afastou.

Judith se apoiou na cornija da lareira. Iain deu meia-volta, acenou para Frances Catherine e deixou a cabana.

Frances Catherine olhou para a amiga, que estava muito atordoada para dizer qualquer coisa, e teve que morder o lábio inferior para não rir.

— Você não tinha me dito que a atração havia acabado?

Judith não sabia o que dizer para a amiga, mas passou o resto da noite suspirando. Após o jantar, Patrick a acompanhou, junto com Frances Catherine, até a casa de Isabelle, onde Judith conheceu mais parentes do casal, todas mulheres, pertencentes ao lado de Winslow da família. Uma linda mulher chamada Willa se apresentou. A jovem se encontrava em um avançado estágio de gravidez, e depois de explicar que era prima em terceiro grau de Winslow, perguntou se Judith poderia conversar com ela, do lado de fora, sobre algo importante. Judith ficou morrendo de medo, pois, imediatamente, imaginou que o assunto importante fosse, na verdade, um pedido de ajuda com o parto.

Mesmo assim, não teve coragem de negar o pedido da mulher em prantos, é claro, mas, antes, fez questão de explicar para Willa que não tinha muito experiência. Louise, a tia mais velha de Willa, saiu com elas da cabana e prometeu que, apesar de nunca ter tido filhos e não ter nenhum treinamento, se dispunha a ajudar.

Iain ficou fora por três semanas inteiras. Judith sentiu muita falta dele, apesar de não ter tido muito tempo para amargar a saudade. Ela fez o parto de Willa durante a ausência de Iain, assim como os partos de Caroline e Winifred. A primeira deu à luz uma menina, e as outras, dois meninos.

Sentiu muito medo em todos. A sensação era de que as coisas nunca pareciam ficar mais fáceis. Patrick teve muito trabalho tentando acalmá-la, apesar de não entender direito por que ela parecia tão determinada a participar daquele ritual tão estranho. As três mulheres entraram em trabalho de parto na calada da noite. A primeira reação de Judith era sempre de medo. Começava falando meio aos tropeços os motivos pelos quais não poderia assumir a missão, e continuava resmungando e falando até chegar à cabana das parturientes. Patrick sempre a acompanhava e, quando estavam chegando ao destino, normalmente, ela já estava quase arrancando o tartã dele de tanto puxar.

Mas a tortura acabava assim que ela passava pela porta. Dali em diante, Judith ficava calma, eficiente e determinada a tornar o trabalho de parto da mãe o mais confortável possível. E se mantinha firme até o bebê nascer.

Terminado o trabalho, ela se dava o direito de chorar por todo o caminho de volta até em casa. Não importava quem a estivesse acompanhando. Ela tinha chorado no tartã de Patrick, de Brodick e, no terceiro parto, padre Laggan por acaso estava passando por lá quando tudo terminou, e ela chorou nele todo.

Patrick já não sabia mais como ajudar Judith a superar essa provação à qual ela mesma tinha se submetido, e ficou muito aliviado quando Iain finalmente voltou para casa.

O sol já havia se posto quando seu irmão, acompanhado de Ramsey e

Erin, subiu a ladeira. Patrick assoviou para o irmão, que fez sinal para que ele fosse junto. Patrick entrou em casa para avisar à esposa de que estava indo para a fortaleza, mas ela já dormia profundamente. Deu uma espiada atrás do biombo e viu que Judith também já estava morta para o mundo.

Brodick e Alex encontraram Patrick no pátio. Os três guerreiros entraram juntos na fortaleza.

Iain estava em pé, parado na frente da lareira. Parecia exausto.

— Patrick? — chamou o irmão assim que este entrou.

— Ela está bem — disse Patrick, respondendo à pergunta que o irmão faria em seguida. Andou mais alguns passos e parou em frente ao irmão. — Ela ajudou em mais três partos enquanto você estava fora — adicionou, e sorriu. — Ela odeia ser parteira.

Iain meneou a cabeça. Pediu, então, a Alex que fosse chamar Winslow e Gowrie, então se virou para falar em particular com o irmão.

Patrick era toda a família que Iain tinha. Desde que se lembravam, um cuidava do outro. Naquele momento, Iain precisava ouvir que poderia contar com o apoio do irmão para as mudanças que estavam prestes a acontecer. Patrick não disse nada até Iain terminar de listar todas as possíveis consequências. E então, simplesmente aquiesceu. E isso era tudo de que ele precisava.

— Agora você tem uma família, Patrick. Pense...

Mas seu irmão não o deixou terminar o aviso.

— Estamos juntos, Iain.

— Eles estão aqui, Iain — avisou Brodick, interrompendo a conversa.

Iain deu um tapinha nas costas do irmão em uma demonstração de afeto, então se voltou para seus leais companheiros. Não tinha convocado o conselho, e o fato não passou desapercebido aos poucos presentes. Contou, então, o que tinha acontecido no encontro. Que *Laird* Dunbar estava velho, cansado e ansioso para formar uma aliança, e que se os Maitland não estivessem interessados, os Maclean estariam.

— O conselho não vai concordar — previu Brodick, após o relato. — Os conflitos do passado impossibilitam qualquer tipo de acordo.

— Mas os Dunbar ocupam uma área estratégica entre nós — interferiu Alex. — Se eles se unirem com os Maclean, seus guerreiros superarão os nossos em, no mínimo, dez para um. Não gosto nada dessa possiblidade.

Iain pensava o mesmo.

— Vou convocar o conselho amanhã — anunciou Iain. — Para duas coisas. Primeiro, vamos falar sobre a aliança com os Dunbar.

Mas ele parou por aí.

— Qual é o segundo assunto? — perguntou Brodick.

Pela primeira vez desde que havia chegado, Iain sorriu.

— Judith.

Patrick e Brodick foram os únicos que entenderam logo o que Iain estava querendo dizer.

— Padre Laggan está pensando em ir embora amanhã de manhã — anunciou Brodick.

— Não deixe.

— Mas o que eu digo para ele? — perguntou Alex.

— Diga que é por causa do casamento — respondeu Iain.

Patrick riu, e Brodick se juntou. Alex ainda não tinha entendido.

— E quanto a Judith? — indagou Alex. — Ela vai concordar?

Iain não respondeu.

Capítulo 9

Patrick não contou nem para Frances Catherine nem para Judith que Iain retornara para casa. Saiu bem cedo para ir até a fortaleza. Judith ajudou a amiga a colocar a cabana em ordem.

Era um pouco depois do meio-dia quando Iain bateu à porta, e Judith atendeu, com o rosto sujo e os cabelos bagunçados. Estava com cara de quem tinha acabado de limpar dentro da lareira.

Mais Iain ficou tão feliz em vê-la, que apenas franziu o cenho. Judith sorriu em resposta. Tentou, então, sem muito sucesso, dar uma ajeitada nos cabelos, tirando os cachos da frente do rosto.

— Você voltou — sussurrou ela.

Mas o homem estava muito agitado para saudações e cumprimentos.

— Sim. Judith, esteja na fortaleza dentro de uma hora.

Com isso, virou-se e saiu andando. A atitude fria a deixou arrasada; ela foi atrás dele.

— Por que devo estar na fortaleza dentro de uma hora?

— Porque eu quero que você vá — respondeu ele.

— Mas já tenho planos para hoje à tarde.

— Cancele.

— Você é teimoso como um bode — resmungou ela.

O som de uma garganta pigarreando que veio lá de dentro da cabana indicou que Frances Catherine tinha escutado o comentário. Como achava que o que tinha acabado de dizer era mesmo verdade, Judith não se arrependeu. Iain era teimoso e ponto.

Ela deu as costas para ele.

— Não senti nem um pingo de saudade de você.

Iain a pegou pela mão e a virou de volta.

— Quanto tempo exatamente eu fiquei fora?

— Três semanas e dois dias — respondeu ela. — Por quê?

Ele sorriu.

— Mas você nem sentiu saudade de mim, não é mesmo?

Então, ela se deu conta de que tinha caído em uma armadilha.

— Você é muito esperto para mim, Iain — resmungou ela.

— É verdade, eu sou mesmo — concordou ele com um sorriso vitorioso.

Céus, como ia sentir saudade dessas guerrinhas com ele, pensou. Na verdade, sentiria saudade dele.

— Se quer que eu vá até a fortaleza — disse Judith —, então, primeiro, precisa falar com Patrick para que ele fale comigo. Assim não estará quebrando a sua cadeia de comando. Depois, avise-me se ele autorizou.

Ela estava tentando provocá-lo, mas ele riu em vez de entrar no jogo.

— Iain? — chamou Frances Catherine. — O conselho está reunido na fortaleza?

Iain respondeu com um aceno. Judith percebeu a reação da amiga para a novidade e tirou a mão da de Iain.

— Você conseguiu — anunciou ela, em um mero sussurro.

— Consegui o quê?

— Deixar Frances Catherine nervosa. Olhe para ela. Ela está preocupada, e graças a você.

— O que eu fiz? — indagou, confuso. Frances Catherine parecia mesmo preocupada, mas ele não fazia a menor ideia do porquê.

— Você acabou de dizer que o conselho está reunido na fortaleza — explicou Judith. — Agora ela está com medo de que eu tenha feito algo de errado e que eles me mandem de volta para casa antes de o bebê nascer.

— Você concluiu tudo isso só de olhar para ela?

— Claro — respondeu, exasperada, cruzando os braços e franzindo o cenho. — E...? — interpelou diante do silêncio dele.

— E o quê?

— Resolva isso.

— Resolver o quê?

— Não precisa erguer a voz para mim — ralhou ela. — Você a deixou preocupada. Agora, acalme-a. É o mínimo que pode fazer. Ela é sua cunhada e você não deveria querer vê-la nervosa.

Iain bufou forte o suficiente para mexer os galhos das árvores. Virou-se então para Frances Catherine e disse:

— Judith não vai a lugar nenhum. — Olhou de volta para Judith. — Está satisfeita?

Frances Catherine estava sorrindo. Judith assentiu.

— Sim, obrigada.

Resolvida a questão, ele se virou e saiu andando na direção de seu cavalo. Judith foi atrás e o deteve pela mão.

— Iain?

— O que foi agora?

O tom ríspido não a intimidou.

— Você sentiu saudade de mim?

— Talvez.

A resposta a tirou do sério. Ela soltou a mão dele e tentou se afastar. Mas, então, ele a pegou por trás, segurando-a pela cintura, se abaixou até seu ouvido e sussurrou:

— Você deveria tentar controlar esse seu gênio, moça.

E, com isso, ele lhe deu um beijou na curva do pescoço, despertando uma onda de arrepios que desceu pelas suas pernas.

Só depois que Iain já estava longe foi que Judith percebeu que ele não tinha respondido sua pergunta.

O homem tinha o poder de derreter seu cérebro apenas ao tocá-la, mas Judith não teve muito tempo para pensar a respeito disso: Frances Catherine insistia em chamar sua atenção.

Impaciente, Frances Catherine empurrou a amiga para dentro da cabana e fechou a porta.

— Iain está apaixonado por você.

Frances Catherine soou eufórica. Judith negou com um aceno.

— Não vou me permitir pensar em amor — rebateu.

Sua amiga riu.

— Pode até não se permitir pensar em amor, Judith, mas está apaixonada por ele, não está? Já me segurei muito. Ele não precisa ficar sabendo.

O último comentário chamou a atenção de Judith.

— Sabendo o quê?

— Sobre o seu pai. Ninguém precisa saber. Vamos guardar...

— Não.

— Pense no que estou sugerindo — disse Frances Catherine.

Judith se largou sobre a cadeira.

— Eu queria tanto que você tivesse o bebê para que eu pudesse ir para casa. Cada dia fica mais difícil. Deus do céu, e se eu *estiver* me apaixonando por ele? Como vou conseguir me segurar?

Frances Catherine se aproximou, parou atrás dela e pousou a mão em seu ombro.

— Ajudaria se você pensasse nos defeitos dele?

Era uma brincadeira, é claro. Mas Judith levou a sugestão a sério e tentou listar o máximo de defeitos possíveis. Na verdade, não conseguiu pensar em muitos. O homem era praticamente perfeito. Frances Catherine sugeriu que isso poderia ser considerado um defeito também, e Judith concordou.

As duas amigas estavam tão entretidas conversando que não se deram conta de que Patrick estava parado na entrada da cabana. Ultimamente, ele vinha tomando o cuidado de não fazer barulho quando abria a porta para não incomodar a esposa, pois ela costumava tirar uma soneca depois do almoço, e ele não queria incomodá-la caso ela estivesse dormindo.

Os comentários de Judith chamaram sua atenção, mas, assim que percebeu que ela estava falando para sua esposa o que pensava sobre Iain, ele não conseguiu se segurar e riu. Judith conhecia seu irmão quase tão bem quanto ele e, quando ela mencionou o quanto ele era teimoso, Patrick se viu obrigado a concordar novamente.

— Mas você ainda se sente atraída por ele, não é?

Judith soltou um suspiro.

— Sim. Frances Catherine, o que vou fazer? Fico apavorada quando penso no que pode acontecer comigo. Não posso me apaixonar por esse homem.

— E ele também não pode se apaixonar por você? — indagou Frances Catherine. — Está se enganando se acredita nisso. O homem gosta de você. Por que não pode aceitar?

Judith negou com um aceno.

— O que acha que ele vai fazer se descobrir que *Laird* Maclean é meu pai? Você acha mesmo que ele ainda vai gostar de mim?

Apenas os anos de treinamento para controlar suas reações mantiveram Patrick de pé. Por Deus, foi como se tivesse acabado de levar um golpe na barriga. Ele titubeou para trás, então fechou a porta rapidamente e foi atrás do irmão. Patrick encontrou Iain no salão principal.

— Precisamos conversar — disse Patrick. — Acabei de descobrir uma coisa que você precisa saber.

A expressão do irmão foi o suficiente para Iain saber que havia algo de errado.

— Vamos lá fora, Patrick. Prefiro ouvir o que tem para me contar em particular.

Nenhum dos dois irmãos disse outra palavra até estarem bem longe da fortaleza. Então Patrick repetiu tudo o que acabara de ouvir. Mas Iain não pareceu surpreso.

— É uma confusão dos diabos — murmurou Patrick.

Iain concordou. Era mesmo uma confusão dos diabos.

Judith demorou quase uma hora para se limpar. O assunto Iain ia e voltava. Frances Catherine estava decidida a fazer Judith admitir que já estava apaixonada por Iain, e Judith estava decidida a não admitir.

— Você deveria me ajudar a esquecer esta atração — insistiu Judith. — Não vê o quanto ir embora será doloroso para mim? Preciso voltar, Frances Catherine. Independentemente se eu queira ou não. Isso é o que mais me deixa nervosa. Não quero falar mais sobre esse assunto.

Frances Catherine parou de imediato, pois sabia que a amiga estava quase chorando. Fez, então, um afago no ombro de Judith.

— Certo — disse baixinho. — Não se fala mais nisso. Agora, ajude-me a trocar o vestido. Vou com você até a fortaleza. Só Deus sabe o que o conselho está querendo. Prevejo confusão no futuro.

Judith ficou de pé.

— Você vai ficar em casa. Eu vou sozinha. Prometo que depois lhe conto tudo o que aconteceu.

Mas Frances Catherine não aceitaria tão fácil assim; estava determinada a ficar ao lado de Judith caso houvesse alguma confusão.

No entanto, Judith estava decidida a deixar a amiga longe disso. Patrick entrou bem no meio da discussão das duas. Tentou chamar a atenção delas com uma saudação e, quando não funcionou, apelou, erguendo a mão com arrogância para pedir silêncio.

As duas o ignoraram.

— Você sempre foi teimosa como uma mula — disse Frances Catherine para a amiga.

Patrick ficou chocado.

— Você não pode falar assim com a nossa hóspede — admoestou ele.

— Por que não? Ela acabou de me chamar de coisa pior.

Judith sorriu.

— É verdade, chamei mesmo — admitiu, envergonhada.

— Fique fora disso, Patrick — sugeriu Frances Catherine. — Estou só me aquecendo. Vou ganhar essa discussão. Agora é a minha vez.

Judith negou com um aceno de cabeça.

— Não, você não vai ganhar nada — disse ela. — Patrick, por favor, fique aqui com ela. Preciso ir até a fortaleza. Não vou demorar muito.

Em seguida, saiu apressada da cabana, antes que sua amiga tivesse tempo de continuar a discussão. Ainda bem que Patrick tinha vindo; isso ia ajudar a segurá-la em casa.

Judith sabia que estava atrasada e que muito provavelmente Iain já estava irritado — mas a irritação dele não a preocupava. Enquanto subia a colina íngreme, ponderava sobre aquele fato surpreendente. Iain era um guerreiro tão grande e mal-encarado que só isso já seria o suficiente para deixá-la nervosa. Lembrou-se, então, do nervosismo que sentira na primeira vez que o vira cruzando a ponte levadiça da fortaleza de tio Tekel. Mas a sensação se desfez de imediato e nunca mais ela se sentiu ameaçada ou amedrontada ao lado dele. Iain era grosseiro como um urso, mas, ao mesmo tempo, capaz de tocá-la com uma gentileza impressionante.

Já tio Tekel a assustava. A ideia lhe veio à mente de repente. Não compreendia por que tinha medo dele. Seu tio era um inválido que precisava ser carregado de um lugar para o outro. Bastava se manter fora de seu alcance ou a uma distância segura, que ele jamais seria capaz de encostar um dedo nela. Mesmo assim, sempre que era forçada a se sentar ao lado dele, o medo a dominava com força total.

Suas palavras cruéis ainda tinham o poder de magoá-la, admitiu para si mesma. Como ela queria ser mais forte e menos vulnerável. Só assim ele não seria mais capaz de feri-la tão profundamente. Se ao menos conseguisse aprender a proteger seus sentimentos, se conseguisse separar a razão da emoção, nunca mais se deixaria levar pelas bobagens que tio Tekel costumava dizer. Assim como não ia sofrer se nunca mais voltasse a ver Iain... se fosse mais forte.

Mas que importância tinha? Logo ela teria que voltar para casa, e Iain decerto acabaria se casando com outra. Provavelmente seria muito feliz, contanto que pudesse mandar na esposa pelo resto da vida.

Judith soltou um muxoxo de desgosto. Só de pensar em Iain beijando outra mulher já lhe doía o estômago.

Que Deus lhe desse forças, pois estava agindo como uma mulher apaixonada. Mas ela se achava uma mulher muito inteligente para se deixar magoar por amor. Não era tão boba assim, era?

Judith rompeu em lágrimas. Em questão de segundos, se acabara de tanto soluçar, mas parecia impossível conseguir se conter. Culpou, então, Frances Catherine por estar nesta situação, pois a amiga tinha cutucado e provocado até Judith finalmente se ver forçada a confrontar a verdade.

Judith saiu da trilha para evitar que alguém a visse naquela situação deplorável, e até se escondeu atrás de um pinheiro.

— Meu Deus, Judith, o que aconteceu?

Quando ouviu a voz de Patrick, deixou escapar um gemido assustado e recuou um passo. Mas ele foi atrás dela.

— Você se machucou? — insistiu ele. Era possível perceber a preocupação em sua voz.

Judith negou com um aceno.

— Não era para você ter me visto assim — sussurrou ela, secando o rosto com as costas das mãos e respirando fundo para tentar se acalmar.

— Eu não a vi — explicou Patrick. — Eu ouvi.

— Sinto muito — disse ela, em um murmúrio.

— Pelo quê?

— Por ser tão barulhenta. Eu só precisava de alguns minutos de privacidade, mas isso é impossível aqui, não é?

Seu estado era digno de pena. Patrick queria muito poder confortá-la. Afinal, Judith era a melhor amiga de sua esposa, e ele se sentia no dever de tentar fazê-la se sentir melhor. Passou o braço ao redor do ombro dela e gentilmente a virou de volta para a trilha.

— Conte o que está acontecendo, Judith. Não importa o quanto isso possa parecer terrível, tenho certeza de que posso tentar consertar para você.

Foi extremamente arrogante de sua parte ter dito isso, mas, afinal, ele era irmão de Iain, e ela chegou à conclusão de que um pouco de sua arrogância tinha sobrado para o irmão também. Mas Patrick estava se mostrando solidário, e só por isso ela resolveu relevar.

— Você não tem como ajudar, mas obrigada por se oferecer.

— Você não tem como saber o que sou capaz de fazer até me contar o que aconteceu.

— Muito bem — concordou ela. — Acabei de me dar conta de que não passo de uma bobona. Como pode ajudar nisso?

Seu sorriso foi gentil.

— Você não é uma bobona, Judith.

— Sou, sim — disse ela, meio aos berros. — Eu deveria ter me protegido. — Mas não continuou a falar.

— Judith?

— Esqueça. Não quero falar sobre isso.

— Você não deveria estar chorando, não hoje.

Judith secou os cantos dos olhos novamente.

— Sim, o dia está mesmo muito bonito, e eu não deveria estar chorando. — Respirou fundo outra vez. — Pode me deixar ir agora. Já me recuperei.

Patrick tirou a mão do ombro dela e a acompanhou colina acima, até o pátio. Mas, antes de entrar na fortaleza, ele tinha mais uma coisa para fazer. Acenou para Judith e estava se virando, quando ela o deteve com uma pergunta.

— Estou com cara de choro?

— Não — mentiu.

Judith sorriu.

— Obrigada por me ajudar a resolver meu problema.

— Mas eu não...

Patrick desistiu de protestar quando ela se virou e subiu correndo os degraus da fortaleza. Ele ainda balançou a cabeça, confuso, mas então deu meia-volta e desceu a colina.

Judith nem bateu para entrar. Apenas respirou fundo antes de abrir a pesada porta e adentrar o lugar em um rompante.

O interior da fortaleza era tão frio e feio quanto o exterior. O vestíbulo era amplo, com piso de pedra cinza, e havia uma escada encostada à parede direita das portas duplas. O salão principal ficava à sua esquerda. Era imenso e havia tantas correntes de ar que dava a sensação de se estar em um campo aberto. Uma lareira de pedra tomava a maior parte da parede oposta à entrada. O fogo ardia em seu interior, mas não aquecia o salão. Pelo contrário, fazia mais fumaça do que calor.

Não havia os aromas habituais de uma casa, como o cheiro de pão assando ou carne chiando na brasa, assim como não havia a desordem de objetos e pessoas para indicar que alguém realmente habitava aquele lugar. O salão era austero como um mosteiro.

Cinco degraus desciam para o salão. Judith esperou no alto deles até que Iain notasse sua presença. Ele estava sentado de costas para ela, à cabeceira de uma mesa estreita e comprida. Cinco homens mais velhos, que Judith imaginou serem os membros do conselho, estavam amontoados na extremidade oposta.

Pairava um clima de tensão no ar. Algo terrível estava prestes a acontecer. Dava para perceber pelas expressões dos anciões que eles tinham acabado de receber uma notícia ruim. Judith achou melhor não interromper o momento de tensão. Talvez fosse prudente voltar mais tarde, depois que todos já tivessem superado o aborrecimento. Ela recuou um passo e deu meia-volta para sair.

Mas Alex e Gowrie a impediram. Judith ficou tão surpresa ao vê-los que arregalou os olhos. Os dois guerreiros não tinham feito um barulho sequer quando entraram. Quando Judith ia tentar desviar dos dois, as portas se abriram e Brodick entrou. Patrick veio logo atrás e segurou uma das portas antes que se fechasse e fez sinal para que o padre entrasse. Padre Laggan não parecia nada feliz. Forçou um sorriso para Judith, então, apressado, desceu os degraus para o salão.

Judith ficou observando o padre até ele se aproximar de Iain. Sim, algo terrível tinha acontecido. Com certeza. Do contrário, não seria necessário chamar um padre. Ela fez uma prece silenciosa por seja lá quem estivesse precisando, então se virou para ir embora.

Mas os guerreiros estavam enfileirados às suas costas. Alex, Gowrie, Brodick e Patrick bloqueavam seu caminho.

Patrick estava na ponta, mais perto da porta. Ela se aproximou dele.

— Alguém morreu? — sussurrou.

Brodick achou a pergunta muito engraçada. Os outros permaneceram sérios, mas ninguém a deixava sair. Tampouco responderam à sua pergunta. Ela estava prestes a mandar os brutamontes saírem de seu caminho quando a porta se abriu outra vez e Winslow entrou.

O marido de Isabelle parecia pronto para a guerra. Também não foi muito educado. Apenas a cumprimentou com um leve aceno de cabeça e então assumiu seu posto na fileira dos guerreiros.

— Judith, venha aqui.

Iain berrou o comando de tal modo que a deixou sem fôlego. Judith se virou para encará-lo, mas foi perda de tempo, pois ele já não olhava mais em sua direção.

Judith não conseguia decidir se queria ou não obedecer ao chamado ríspido. Brodick decidiu por ela, dando-lhe um pequeno empurrão de incentivo. Pequeno empurrão este que não foi tão gentil assim. Ela olhou por cima do ombro para encará-lo por ter sido tão rude.

Brodick respondeu com uma piscadinha.

Alex fez sinal, indicando que ela deveria obedecer à vontade do líder. Judith olhou feio para ele também. Alguém realmente precisava ensinar um pouco de boas maneiras para aqueles homens. Mas agora não era o momento. Ela ergueu a saia do vestido, endireitou os ombros e desceu os degraus.

O padre, notou ela, parecia um pouco agitado. Estava andando de um lado para o outro na frente da lareira. Judith forçou uma expressão serena, pelo bem do padre, enquanto cruzava o salão. Quando chegou ao lado de Iain, tocou em seu ombro para chamar atenção, então se inclinou.

— Se você gritar comigo daquele jeito outra vez, sou capaz de estrangulá-lo.

Após a ameaça vazia, Judith se endireitou novamente. Iain a olhou, surpreso. E para mostrar que não estava blefando, ela meneou a cabeça, como se para reafirmar a ameaça.

Iain sorriu como se para dizer que achava que ela era maluca.

Graham observava o casal e rapidamente chegou à conclusão de que Lady Judith o intrigava. Era fácil entender por que um homem era capaz de se sentir tão fascinado por ela, capaz até mesmo de se esquecer de que era inglesa. Sim, ela era uma bela visão com seus lindos cabelos dourados e enormes olhos azuis, mas não foi a aparência que mais chamara sua atenção. Não, foi o que ele ficara sabendo sobre o seu caráter que havia despertado sua curiosidade em conhecê-la melhor.

Winslow tinha contado a ele sobre a assistência de Lady Judith durante o nascimento de seu filho e, logo após o relato, vieram os elogios de padre Laggan sobre o que tinha acontecido no dia seguinte. Judith não queria ter assumido a tarefa. Winslow contou que ela estava apavorada, mas que o medo não a impedira de fazer o que era preciso. Graham ainda ficou sabendo que ela tinha ajudado no parto de mais três crianças durante a ausência de Iain, e que em todas as vezes ela morrera de medo e preocupação pelas mães.

Graham não sabia o que fazer com os relatos. Só sabia que eram verdadeiros, é claro, mas tanta bondade e coragem vindas de uma inglesa o deixaram confuso. Era uma grande contradição.

Mas haveria tempo para pensar sobre essa confusa questão. Pela expressão de Judith, era possível perceber que Iain ainda não tinha lhe contado sobre a decisão que acabara de comunicar ao conselho. Graham olhou para seus companheiros, para ver como estavam reagindo. Duncan parecia ter acabado de beber um tonel de vinagre. Vincent, Gelfrid e Owen não pareciam muito diferentes.

Pelo jeito, ele era o único que não estava atordoado com o surpreendente anúncio. Claro que Iain o tinha colocado a par da decisão que havia tomado antes da reunião. Como Patrick estava ao lado do irmão no momento da revelação, Graham soube então, antes mesmo que Iain abrisse a boca, que se tratava de algo muito importante. Os dois irmãos sempre estavam juntos, unidos como um só, em todos os momentos cruciais. Sim, ele soube que era importante; mesmo assim, a notícia o deixou sem saber o que dizer.

Graham finalmente se levantou. Estava tomado por sentimentos conflitantes. Como líder do conselho, sabia que seu dever era tentar colocar algum juízo na cabeça de Iain, e, se isso não funcionasse, então deveria se voltar contra ele.

Mas Graham sentia que também tinha outro dever: achar uma forma de apoiar a decisão de Iain. Seus motivos eram fáceis de entender. Ele queria que Iain fosse feliz. Só Deus sabia o quanto o *laird* merecia encontrar amor e satisfação.

Além do mais, sentia-se responsável por ele. Durante todos os anos em que serviram juntos, Graham acabara assumindo o papel de pai de Iain. E se dedicou a treiná-lo para ser o melhor. Iain não o desapontou. Pelo contrário, atendeu a todas as expectativas, superou todos os objetivos que Graham havia estabelecido para ele, e mesmo quando ainda era um rapazinho, sua força e determinação superavam os esforços de todos os outros da mesma idade e até mesmo dos mais velhos.

Na tenra idade de doze anos, Iain se tornara o único parente vivo de seu irmão mais novo, que, na época, tinha apenas cinco anos. A vida de Iain sempre tinha sido cheia de responsabilidades e, não importava o quanto recaísse sobre seus ombros, ele sempre carregara o fardo como se não pesasse. Quando era preciso, trabalhava do nascer do sol até o anoitecer. Contudo, havia sido recompensado por tanto esforço. Iain era o guerreiro mais jovem a obter o privilégio de liderar o clã.

Mas havia um preço a ser pago por tal privilégio. Ao longo dos três anos de trabalho incansável e muita luta, Iain nunca tivera tempo para rir, para a diversão ou para a felicidade.

Graham cruzou as mãos atrás das costas e pigarreou para chamar a atenção de todos. Estava decidido a, primeiro, colocar todos os argumentos contra Iain. Depois que os outros anciões estivessem satisfeitos por ele ter cumprido seu dever como líder, poderia oferecer todo seu apoio ao *laird*.

— Iain, ainda há tempo para você mudar de ideia — anunciou Graham, em um tom de voz duro.

Os outros membros do conselho assentiram de imediato. Iain levantou-se com tanta rapidez que sua cadeira tombou para trás. Judith levou um susto, recuou um passo e acabou tombando em Brodick, o que a assustou ainda mais. Ao se virar para trás, ela viu que agora todos os guerreiros estavam enfileirados às suas costas, formando uma barreira intransponível.

— Por que vocês estão me seguindo? — interpelou ela, assustada.

Iain se virou, irritado ao ouvir a pergunta ridícula, e balançou a cabeça.

— Eles não a estão seguindo, Judith. Estão mostrando que me apoiam.

Mas a explicação não foi satisfatória.

— Então faça-os mostrarem apoio em outro lugar — sugeriu ela com um aceno de mão. — Estão bloqueando o meu caminho, e eu gostaria de ir embora.

— Mas eu quero que você fique — disse Iain.

— Iain, não faço parte deste lugar.

— Isso mesmo, ela não faz.

Gelfrid gritou seu apoio. Iain se virou para confrontá-lo.

Foi como se as portas do inferno tivessem acabado de se abrir. Judith teve a sensação de que estava parada no centro de uma tempestade. A gritaria a deixou com dor de cabeça. Iain não ergueu a voz uma vez sequer, mas os anciões berravam cada palavra.

A discussão parecia girar em torno de um tipo de aliança. Pelo menos foi a palavra mais repetida pelos enfurecidos membros do conselho. Iain era a favor dessa aliança, e o conselho era totalmente contra.

Um dos anciões entrou em tal estado de frenesi que teve um acesso de tosse quando terminou de expor, aos gritos, sua opinião. O pobre homem arfava e ofegava em busca de ar. Ela parecia ter sido a única a notar sua agonia. Judith levantou a cadeira que Iain tinha derrubado, então correu até o aparador para encher uma das taças de borda prateada com água. Ninguém tentou impedi-la. A guerra de palavras tinha tomado proporções ainda maiores. Judith entregou a água ao senhor, e depois de ele tomar um gole, ela começou a bater em suas costas.

O ancião ergueu a mão para mostrar que não era preciso continuar com aquilo, então se virou para mostrar seu agradecimento. Ele estava prestes a dizer obrigado quando parou subitamente e arregalou os olhos marejados. Judith achou que só então ele havia se dado conta de quem o havia socorrido. Ele bufou e começou a tossir novamente.

— O senhor não deveria se agitar — disse ela enquanto batia entre as escápulas dele outra vez. — E também não deveria me odiar — continuou. — É pecado odiar. Pergunte ao padre Laggan, se não acredita em mim. Além do mais, não fiz nada contra o senhor.

Como estava tão entretida dando conselhos ao ancião, ela não percebeu que a gritaria havia parado.

— Judith, pare de bater em Gelfrid.

Foi Iain quem deu a ordem. Ela ergueu os olhos e ficou surpresa ao ver o belo sorriso estampado no rosto dele.

— Pare de me dar ordens — reagiu. — Estou ajudando o homem. Tome outro gole — instruiu a Gelfrid. — Tenho certeza de que vai ajudar.

— Você vai me deixar em paz se eu tomar?

— Não precisa falar assim comigo — disse ela. — E será um prazer deixá-lo em paz.

Judith se virou e saiu andando na direção de Iain. Em um sussurro, perguntou a ele:

— Preciso mesmo ficar aqui?

— A moça tem o direito de saber o que está acontecendo — interveio padre Laggan. — Ela precisa concordar, Iain.

— Ela vai concordar — respondeu Iain.

— É melhor começarmos isso logo, então — sugeriu o padre. — Preciso estar nas terras dos Dunbar antes do sol se pôr. Merlin não vai esperar. Eu poderia voltar depois, é claro, se você achar que vai precisar de mais tempo para convencê-la.

— Não vou precisar de mais tempo.

— Com o que preciso concordar, exatamente? — perguntou Judith.

Iain não respondeu de imediato. Antes, virou-se para encarar seus guerreiros, em um aviso de que era para se afastarem. Mas estes ignoraram o comando mudo. Estavam se divertindo às suas custas, percebeu Iain, pois todos riam.

— Graham? — chamou Iain.

— Eu apoio sua decisão.

Iain assentiu.

— Gelfrid?

— Não.

— Duncan?

— Não.

— Owen?

— Não.

— Vincent?

O ancião não respondeu.

— Alguém faça o favor de acordá-lo — ordenou Graham.

— Estou acordado. Só não terminei de refletir a respeito da questão.

Todos aguardaram pacientemente. Uns bons cinco minutos se passaram em silêncio. A tensão no salão só crescia. Judith se aproximou de Iain até seu braço resvalar no dele. O homem parecia tenso, e ela queria que ele soubesse que podia contar com seu apoio. O que foi um pouco engraçado, uma vez que não fazia a menor ideia do que estava sendo votado, apesar de estar pronta para tomar partido de Iain.

O ponto é que Judith não gostava de vê-lo aborrecido. Segurou a mão dele. Iain nem baixou os olhos em sua direção, mas apertou de leve seus dedos.

Como todos os olhares estavam voltados para Vincent, Judith fez o mesmo. Ela desconfiava que o ancião tivesse dormido outra vez. Era difícil dizer, pois as sobrancelhas grossas escondiam seus olhos, e ele estava curvado sobre a mesa com a cabeça baixa.

Até que, finalmente, ele ergueu os olhos.

— Você tem meu apoio, Iain.

— Então são três contra, e, com nosso *laird*, três a favor — anunciou Graham.

— O que raios vamos fazer agora? — exaltou-se Owen.

— Nunca tivemos de enfrentar um dilema assim antes — ponderou Gelfrid. — Mas um empate é um empate.

— Vamos esperar para decidir sobre a aliança — anunciou Graham. Fez uma pausa, então, até que cada membro do conselho acenasse em acordo, em seguida, se voltou para Iain. — Continue, filho.

Naquele momento, Iain olhou para Judith. De repente, ele sentiu um tremendo mal-estar.

A reunião não tinha ocorrido como o esperado. Iain esperava que todos, menos Graham, votassem contra a aliança. A discussão não deveria ter demorado tanto, e ele imaginou que teria cerca de cinco minutos a sós com Judith antes de o padre chegar. Afinal, não precisaria de mais tempo do que isso para lhe dizer o que queria que ela fizesse.

Como era desconfortável ter que tratar de um assunto tão íntimo com todos aqueles olhares voltados para eles. Brodick, fiel à sua natureza impaciente, soltou:

— Judith, você não vai voltar para a Inglaterra. Nem agora nem nunca. Iain não vai levá-la de volta para casa.

O guerreiro pareceu um tanto eufórico ao dar a notícia. Judith se virou para Brodick.

— Ele não vai? Então quem vai me levar?

— Ninguém — respondeu Brodick.

Iain tomou as duas mãos de Judith e as apertou para chamar sua atenção. Então respirou fundo. Mesmo com todos os olhares voltados para eles, queria que as palavras fossem certas, que sua declaração fosse inesquecível para ela. Era muito estranho tentar pensar em palavras de amor, considerando que não tinha nenhuma experiência nesse quesito; mesmo assim, estava determinado a não estragar tudo.

O momento precisava ser perfeito para ela.

— Judith — iniciou ele.

— Pois não, Iain?

— Vou ficar com você.

Capítulo 10

— Você não pode simplesmente... ficar comigo.

— Sim, ele pode, moça — explicou Alex, muito entusiasmado.

— Ele é o *laird* — lembrou-a Graham. — Pode fazer o que quiser.

— Não importa que ele seja o *laird* — interferiu Brodick. — Franklen ficou com Marrian, e ele não é *laird*. E Robert ficou com Megan — adicionou com um encolher de ombros.

— Eu fiquei com Isabelle — acrescentou Winslow.

— É assim que fazemos, moça — explicou Gowrie.

— Você não ficou com Isabelle, simplesmente — disse Brodick ao irmão, com o intuito de esclarecer o equívoco. — Você pediu a mão dela. Há uma diferença.

— Eu a teria pegado para mim se o pai dela tivesse dificultado as coisas — argumentou Winslow.

Judith mal podia acreditar no que estava ouvindo. Parecia que todos tinham enlouquecido. Ela puxou suas mãos das de Iain e recuou um passo, tentando se afastar daquela loucura, mas acabou pisando sem querer no pé de Graham e se virou para lhe pedir desculpas.

— Perdão, Graham. Foi sem querer... Ele não pode simplesmente me pegar para ele, pode?

Graham fez que sim com a cabeça.

— Gowrie estava certo quando disse que é assim que fazemos — explicou Graham. — Claro que você terá que concordar.

Sua voz estava impregnada de compaixão. Iain tinha dado um susto na bela mulher. Ela parecia um pouco transtornada, mas certamente estava feliz com o anúncio. Afinal, era uma grande honra ser escolhida para se casar com o líder de um clã. Sim, ela estava muito feliz, só não conseguia encontrar as palavras certas para exprimir sua alegria, supôs ele.

Mas Graham supôs errado. No espaço de um ou dois minutos, Judith se recuperou. Então balançou a cabeça com veemência. E teria conseguido controlar a raiva se os apoiadores de Iain não estivessem assentindo todos juntos novamente.

Por Deus, sua vontade era de dar um chute em cada um deles. Primeiro, no entanto, precisava conseguir parar de gaguejar. Ela respirou fundo, tentando recuperar o controle, então disse em um tom de voz meio rouco:

— Iain, posso falar em particular com você?

— Não temos tempo para conversinhas agora, moça — interveio o padre Laggan. — Merlin não vai poder esperar.

— Quem é Merlin? — perguntou ela, confusa.

— Ele está em Dunbar — explicou Graham. E, com um sorriso, adicionou: — Ele precisa de um padre.

Judith se virou de volta para padre Laggan.

— Então o senhor pode ir atendê-lo — disse. — Ele está à beira da morte?

O padre negou com a cabeça.

— Ele já morreu, Judith. A família dele está me esperando para o enterro. E o calor, sabe? Merlin não vai poder esperar muito mais tempo.

— Sim, ele precisa ser enterrado — explicou Brodick. — Mas antes o padre vai casar vocês dois. Os Maitland são mais importantes que os Dunbar.

— Merlin não vai poder esperar? — Judith repetiu a explicação do padre e levou a mão à testa.

— Por causa do calor — lembrou Brodick.

Judith começou a tremer. Iain ficou com pena dela. Após dias ponderando muito sobre o assunto, Iain chegara à conclusão de que não poderia deixar Judith ir embora. E agora percebia que deveria ter lhe dado mais tempo para pensar na sua proposta.

Infelizmente, não havia mais tempo. Depois de contar para Patrick e confirmar suas suspeitas, ele soube que teria de se casar com Judith o mais rápido possível. Não poderia correr o risco de que alguém acabasse descobrindo sobre o pai dela. Não, ele precisava se casar com ela naquele momento. Só assim poderia protegê-la dos malditos Maclean.

Iain a tomou pela mão e a levou para o canto do salão. Judith pisou em falso, e ele meio que a arrastou consigo. Ela ficou com as costas viradas para a parede, e ele se colocou à sua frente, bloqueando totalmente sua visão do resto do salão.

Então, empurrou o queixo dela para cima, para que seus olhos se encontrassem.

— Quero que se case comigo.

— Não.

— Sim.

— Não posso.

— Pode, sim.

— Iain, seja razoável. Não posso me casar com você. Mesmo que eu quisesse, é impossível.

— Você vai casar-se comigo — apontou ele. — Não quer?

A possibilidade de que ela pudesse não querer se casar o apanhou de surpresa.

— Claro que você quer se casar comigo — afirmou ele.

— É mesmo? E por quê?

— Porque você confia em mim.

A demonstração de autoconfiança ofuscou a raiva dela. De todos os motivos que poderia ter dado, ele escolhera o único com o qual ela não poderia discutir. Ela confiava nele, do fundo de seu coração.

— Você se sente segura comigo.

Era impossível discordar disso também.

— Você sabe que a protegerei de tudo — adicionou ele, com um gesto gentil.

Seus olhos marejaram. Deus do céu, como ela queria que fosse possível.

— Você me ama, Iain?

Iain baixou a cabeça e a beijou.

— Eu nunca quis outra mulher do jeito que a quero — confessou ele. — Você também me quer. Não negue.

Os ombros de Judith pesaram.

— Não nego — disse em um sussurro. — Mas querer e amar são duas coisas diferentes. Talvez eu não o ame.

Judith soube que era mentira assim que as palavras saíram de sua boca.

Iain também sabia.

— Sim, você me ama.

Uma lágrima escorreu pelo rosto dela.

— Você está colocando coisas impossíveis na sua cabeça — murmurou ela.

Carinhosamente, ele enxugou a lágrima. Em seguida, segurou o rosto delicado entre as duas mãos.

— Nada é impossível. Case-se comigo, Judith. Deixe que eu a proteja.

Mas Judith precisava contar toda a verdade. Só assim ele desistiria daquela decisão precipitada.

— Existe algo que você não sabe sobre mim — iniciou ela. — Meu pai...

Mas Iain calou a confissão com a própria boca. Foi um beijo longo, apaixonado e, quando ele se afastou, ela mal conseguia raciocinar.

Judith ainda tentou mais uma vez, mas foi impedida com outro beijo.

— Judith, não me diga nada sobre a sua família — ordenou ele. — Não me importo se o seu pai é o rei da Inglaterra. Não vai falar mais uma palavra sequer sobre isso. Entendeu?

— Mas, Iain...

— Seu passado não me interessa — disse ele. Segurou-a, então, pelos ombros e apertou. Sua voz soou abafada, ardente. — Esqueça isso, Judith. Você será minha. Eu serei sua família. Vou cuidar de você.

A proposta era tão atraente que ela não sabia o que fazer.

— Preciso pensar — decidiu ela, então. — Preciso de alguns dias...

— Santo Deus — interveio padre Laggan. — Não podemos fazer Merlin esperar mais, moça. Pense no calor.

— Esperar por quê? — indagou Patrick.

— Isso mesmo, ele já falou que vai ficar com você. Vamos logo com esse casamento — incentivou Brodick.

Só então Judith percebeu que todos estavam escutando sua conversa em particular com Iain. Ela sentiu vontade de gritar.

— Não vou apressar as coisas — disse ela para todos, em geral. Em uma voz suave, adicionou: — Existem vários motivos pelos quais eu não deveria me casar com o *laird* de vocês, e preciso de tempo para pensar...

— Que motivos? — perguntou Graham.

Iain se virou de frente para o líder do conselho.

— Você está a favor ou contra nós?

— Não estou muito satisfeito, é claro, mas você sabe que estou do seu lado. Tem o meu apoio. Gelfrid, e você?

Gelfrid fez uma careta para Judith enquanto dava sua resposta.

— Estou de acordo.

Os outros membros do conselho, como cordeirinhos, repetiram o mesmo que Gelfrid.

Judith já tinha ouvido o bastante.

— Como são capazes de aprovar essa união e me olhar com essas caras? — interpelou ela. Voltou-se então para Iain e o cutucou no peito. — Não quero viver aqui. Já decidi morar com tia Millicent e tio Herbert. E sabe por quê? — Ela não lhe deu tempo para responder. — Eles não me consideram inferior, é por isso. O que me diz? — finalizou em tom de desafio.

— E daí? — perguntou Iain, segurando-se para não rir do desaforo. A mulher se transformava em uma fera quando ficava brava.

— E daí que eles gostam de mim — soltou ela, atropelando as palavras.

— Nós também gostamos de você, Judith — disse Alex.

— Todos gostam — adicionou Patrick com um aceno de cabeça.

Nem por um minuto sequer Judith acreditou naquela bobagem. Nem

Brodick, que olhou para Patrick de soslaio, como se estivesse indagando se o guerreiro tinha ficado maluco.

— Mas eu não gosto de nenhum de vocês, seus grosseirões — anunciou ela. — A ideia de viver aqui é inconcebível. Não vou criar meus filhos... Meu Deus, Iain, não quero ter filhos, lembra?

— Judith, fique calma — sugeriu Iain, puxando-a para perto de seu corpo para lhe dar um abraço apertado.

— Como assim ela não quer ter filhos? — perguntou Graham, muito impressionado. — Iain, não pode permitir isso. Você precisa de um herdeiro.

— Ela é estéril? — interpelou Gelfrid.

— Ela não disse isso — resmungou Vincent.

— A culpa é toda minha — interveio Winslow.

— A culpa é sua se a mulher é estéril? — indagou Gelfrid, tentando entender. — Como assim, Winslow?

Patrick começou a rir. Brodick lhe deu uma cotovelada para que ele parasse.

— Ela ajudou no parto de Isabelle — contou Brodick a Gelfrid. — Por isso está com medo agora. Só isso. Mas não é estéril.

Os membros do conselho se acalmaram um pouco. Iain não estava prestando atenção em ninguém além de Judith. Inclinou-se para frente e sussurrou:

— Você tem razão, você precisa de mais tempo para pensar na proposta. Pense o tempo que for preciso.

Havia algo em sua voz que a deixou desconfiada, mas ela desvendou o mistério de imediato: Iain estava se divertindo às suas custas.

— Quanto tempo tenho para pensar na proposta?

— Você vai dormir na minha cama esta noite. Achei que quisesse se casar primeiro.

Judith se desvencilhou dos braços dele e ergueu o rosto para enfrentá-lo. Iain sorria, e, então, ela se deu conta de que não tinha como escapar. Deus do céu, como o amava. E, naquele momento, não conseguia pensar em um bom motivo para isso.

Aqueles homens a estavam enlouquecendo.

— Por quê, em nome de Deus, eu o amo?

Judith só percebeu que havia deixado escapar a pergunta quando viu que Patrick estava rindo.

— Agora tudo está resolvido. Ela aceitou — disse padre Laggan, avançando para o centro do salão. — Vamos logo com isso. Patrick, você fica do lado direito de Iain, e Graham, você se posiciona ao lado de Judith. Você irá entregá-la ao noivo. Em nome do Pai, do Filho...

— Nós também queremos entregá-la ao noivo — anunciou Gelfrid, determinado a não ficar de fora da importante cerimônia.

— Isso mesmo, nós também vamos participar — resmungou Duncan.

A confusão de cadeiras quebrou a concentração do padre, que teve de esperar até que todos os anciões se posicionassem ao redor de Judith.

— Em nome do Pai, do Filho...

— Você só quer se casar comigo para poder mandar em mim o tempo todo — Judith disse a Iain.

— Essa é a parte boa — gabou-se ele.

— Pensei que os Dunbar fossem nossos inimigos — comentou ela. — Mas o seu padre é...

— Como você acha que Merlin morreu? — perguntou Brodick.

— Vocês não podem querer ficar com o crédito por essa morte, filho — advertiu Graham. — Foi a queda do penhasco que o matou.

— Winslow, você não o empurrou quando ele veio para cima de você com uma faca? — indagou Brodick.

Seu irmão negou com um aceno de cabeça.

— Ele escorregou antes que eu tivesse tempo de encostar um dedo sequer nele.

Judith estava chocada com a conversa. Patrick resolveu responder a sua pergunta inicial, já que ninguém parecia disposto.

— Não temos muitos padres na região — disse ele. — Padre Laggan tem permissão para entrar e sair de nossas terras quando deseja.

— Ele atende uma área ampla — interveio Alex —, e em todos os clãs que consideramos nossos inimigos. Tem os Dunbar, os Macpherson os Maclean e outros, é claro.

A infindável lista de inimigos a surpreendeu tanto que ela comentou com Graham, pois queria saber o máximo possível sobre os Maitland. É claro que havia outro motivo também. Ela estava tentando ganhar tempo para se recompor, pois se sentia atordoada com tudo aquilo que estava acontecendo. Ela tremia como uma criança que tinha acabado de sair do banho frio.

— Alex só falou de alguns — revelou Graham.

— Vocês não gostam de ninguém? — perguntou, incrédula.

Graham deu de ombros.

— Podemos ir logo com isso? — chamou o padre Laggan. — Em nome do Pai...

— Vou convidar tia Millicent e tio Herbert para virem me visitar, Iain, e não vou passar pelo conselho para pedir permissão primeiro.

— ... do Filho — continuou o padre um pouco mais alto.

— Em seguida, ela vai querer receber o rei John — previu Duncan.

— Não podemos permitir isso, moça — resmungou Owen.

— Por favor, deem as mãos agora e se concentrem na cerimônia — gritou o padre Laggan, mais uma vez tentando conseguir a atenção de todos.

— Não quero que o rei John apareça por aqui — argumentou Judith, olhando feio para Owen por ter feito tal insinuação. — Quero a minha tia e o meu tio. E vou recebê-los. — Virou-se, então, e teve que se esticar para conseguir olhar para Iain, pois Graham estava entre eles. — Sim ou não, Iain.

— Vamos ver. Graham, eu estou me casando com Judith, não você. Solte a mão dela. Judith, venha para cá.

Padre Laggan desistiu de tentar manter a ordem e deu seguimento à cerimônia. Iain estava prestando um pouco mais de atenção e concordou, sem pestanejar, em aceitar Judith como sua esposa.

Já Judith não foi tão cooperativa, o que o fez sentir um pouco de pena daquela mulher tão delicada e que parecia tão confusa.

— Judith, você aceita Iain como seu marido?

Antes de responder, ela ergueu os olhos para Iain.

— Veremos.

— Não, moça. Você tem que responder sim ou não — disse o padre.

— Preciso mesmo?

Iain sorriu.

— Sua tia e seu tio serão bem-vindos aqui.

Judith sorriu de volta.

— Obrigada.

— Mas você ainda precisa me responder, Judith — lembrou o padre Laggan.

— Ele vai prometer me amar e me respeitar? — perguntou ela.

— Pelo amor de Deus, ele acabou de dizer que sim — interferiu Brodick, impaciente.

— Iain, se eu ficar aqui, vou querer tentar fazer algumas mudanças.

— Judith, nós gostamos das coisas do jeito que são — avisou Graham.

— Não gosto das coisas como são aqui — disse Judith. — Iain, antes de começarmos, quero que me prometa mais uma coisa — ela soltou, de repente.

— Antes de começarmos? Já estamos no meio... — tentou explicar o padre.

— Que promessa é essa? — perguntou Graham. — O conselho pode precisar deliberar a respeito.

— Vocês não vão deliberar sobre isso, coisa nenhuma — disse ela. — É um assunto particular. Iain?

— Sim, Judith?

Por Deus, como ela amava aquele sorriso. Judith deixou escapar um suspiro enquanto fazia sinal para ele chegar mais perto e assim ela poder sussurrar em seu ouvido. Graham teve que se curvar para abrir espaço para ela. Assim que Iain se inclinou, todos os demais fizeram o mesmo para tentar escutar.

Mas todos ficaram somente na curiosidade. Fosse lá o que a inglesa houvesse dito para o líder deles, claramente o surpreendeu — isso se a expressão que ele fez indicasse alguma coisa.

— Isso é importante para você?

— É.

— Certo. Eu prometo.

Judith só percebeu que estava prendendo a respiração quando ouviu a promessa. Ela soltou um suspiro audível.

Seus olhos se encheram de lágrimas. Estava tão grata por ele não ter rido ou tomado como um insulto. Nem pedira explicações. Iain apenas perguntou se era importante e, quando ela disse que sim, ele concordou sem hesitar.

— Você ouviu alguma coisa, Graham? — perguntou Alex, em um sussurro tão alto que todos ouviram.

— Algo sobre uma bebida — sussurrou Graham de volta.

— Ela quer uma bebida? — berrou Gelfrid.

— Não, eu ouvi a palavra "bêbado" — anunciou Owen.

— Por que ela quer ficar bêbada? — quis saber Vincent.

Judith tentou segurar a risada e se concentrou no que o padre Laggan dizia.

— Eu aceito — disse ao padre. — Podemos começar agora?

— A moça não conseguiu acompanhar muito — apontou Vincent.

Padre Laggan fez a bênção final enquanto Judith discutia com o ancião sobre o comentário rude, dizendo que sua concentração era ótima.

Antes de voltar a se concentrar no padre, ela ainda conseguiu arrancar um pedido de desculpas de Vincent.

— Patrick, você poderia ir buscar Frances Catherine? Eu gostaria que ela estivesse ao meu lado durante a cerimônia.

— Você já pode beijar a noiva — anunciou o padre Laggan.

Frances Catherine andava de um lado para o outro na cabana quando Judith finalmente abriu a porta e entrou.

— Graças a Deus, você chegou. Fiquei tão preocupada. Judith, por que demorou tanto? Conte o que aconteceu. Está tudo bem? Você está tão pálida. Eles a aborreceram, não foi? — Fez uma pausa para soltar uma bufada de ultraje. — Eles não ousaram mandar você de volta para a Inglaterra, ousaram?

Judith se sentou à mesa.

— Eles se foram — sussurrou ela.

— Quem se foi?

— Todos. Eles acabaram... de ir. Até Iain. Mas antes ele me beijou. Depois se foi. Não sei para onde foram.

Frances Catherine nunca tinha visto a amiga daquele jeito. Judith parecia estar em uma espécie de transe.

— Você está me assustando, Judith. Por favor, conte o que aconteceu.

— Eu me casei.

Frances Catherine teve que se sentar.

— Você se casou?

Judith assentiu. Continuou com o olhar perdido. Na sua cabeça, só se passava a cena da estranha cerimônia de casamento.

Frances Catherine ficou tão perplexa que precisou de alguns minutos para conseguir falar novamente. Ficou sentada de frente para Judith, apenas olhando fixo para a amiga.

— Você se casou com Iain?

— Acho que sim.

— Como assim você acha que sim?

— Graham estava entre nós dois. Acho que me casei com ele. Não, eu tenho certeza de que era Iain. Ele me beijou depois... Graham, não.

Frances Catherine não sabia o que fazer com a novidade. Estava feliz, é claro, pois sua amiga nunca mais voltaria para a Inglaterra, mas, ao mesmo tempo, sentia uma espécie de fúria por dentro. Sua mente se concentrou no primeiro sentimento.

— Por que tanta pressa? Nem teve flores, teve? Você não se casou em uma capela. Afinal, não temos uma. Maldição, Judith, você deveria ter insistido com Iain para fazer as coisas direito.

— Não sei por que tudo foi feito tão às pressas — admitiu Judith. — Mas Iain deve ter seus motivos. Por favor, não fique brava desse jeito.

— Eu deveria estar lá — lamentou Frances Catherine.

— Sim, você deveria — concordou Judith.

Mais um minuto de silêncio se passou antes de Frances Catherine falar de novo:

— Você está feliz com esse casamento?

Judith deu de ombros.

— Acho que sim.

Os olhos de Frances Catherine se encheram de lágrimas.

— Você merecia que seu sonho tivesse se tornado realidade.

Judith sabia sobre o que a amiga estava falando, é claro. Ela meneou a cabeça e tentou consolar Frances Catherine.

— Sonhos são coisas para menininhas terem o que falar umas com as outras. Eles não se tornam realidade. Sou uma mulher adulta, Frances Catherine. Não acredito mais nisso.

Mas Frances Catherine não estava pronta para deixar essa história de lado.

— Você esqueceu com quem está falando, Judith. Eu a conheço melhor do que ninguém. Sei a vida difícil que você teve com a bruxa da sua mãe e seu tio alcoólatra. Sei da dor e da solidão. Seus sonhos se tornaram escudos contra a dor. Você pode me dizer que tudo foi fruto de sua imaginação, esses sonhos que agora você finge que não são importantes, mas eu sei que são.

Sua voz falhou com um soluço. Respirou fundo e então continuou:

— Seus sonhos a salvaram do desespero. Não venha me dizer que não importam, porque não vou acreditar em você.

— Frances Catherine, por favor, seja razoável — pediu Judith, exasperada. — Nem sempre foi tudo tão ruim. Millicent e Herbert balancearam minha vida. Além do mais, eu era muito pequena quando falei sobre aqueles sonhos bobos. Só estava imaginando como eu gostaria que fosse meu casamento. Até meu pai fazia parte do sonho, lembra? Eu achava que o homem tinha morrido, mas, mesmo assim, eu o imaginava ao meu lado, no fundo da capela. Meu marido estava tão feliz que até chorava. Agora eu lhe pergunto. Você consegue imaginar Iain chorando só de me ver?

Frances Catherine acabou sorrindo.

— No meu sonho, meu marido também choraria de gratidão. Patrick não chorou. Ele festejou.

— Nunca mais verei minha mãe.

O pensamento ganhou voz. Frances Catherine concordou.

— E você nunca mais terá que ir embora daqui.

— Quero que fique feliz por isso.

— Certo. Estou feliz. Agora me conte o que aconteceu. Quero saber de todos os detalhes.

Judith atendeu ao pedido da amiga. Quando a história terminou, Frances Catherine já estava rindo. Judith não conseguia se lembrar direito de todos os detalhes, e várias vezes pediu desculpas pela memória ruim e por ter contado tudo meio atrapalhado.

— Perguntei para Iain se ele me amava — contou a amiga. — Ele não me respondeu. Só percebi depois que terminou e Iain estava me beijando. Ele disse que me queria. Tentei lhe contar sobre o meu pai, mas ele não me deixou falar. Disse que não importava, que era para deixar para lá. Foi isso que ele disse. Eu bem que tentei, mas acho que deveria ter insistido.

Frances Catherine bufou de um modo nada feminino.

— Não comece a se preocupar com seu pai, nem fale mais dele. Ninguém precisa saber.

Judith assentiu.

— Fiz Iain prometer duas coisas. A primeira, que Millicent e Herbert poderão vir me visitar.

— E a outra?

— Que Iain não vai beber na minha presença.

Os olhos de Frances Catherine marejaram. Nunca pensou em pedir tal coisa ao marido, mas entendia por que Judith se preocupava tanto com isso.

— Desde que vim para cá, nunca vi Iain bêbado.

— Ele vai cumprir a promessa — sussurrou Judith, soltando um suspiro. — Só não sei onde vou dormir esta noite.

— Iain virá buscá-la.

— No que fui me envolver?

— Você o ama.

— Amo.

— Ele deve amá-la também.

— Espero que sim — disse Judith. — Ele não tinha nada a ganhar com essa união. Portanto, deve me amar.

— Você está preocupada com o que vai acontecer hoje à noite?

— Um pouco. Você não ficou, na sua primeira noite?

— Eu chorei.

Por algum motivo, as duas acharam muito engraçado aquela admissão. Patrick e Iain haviam acabado de entrar, e os dois sorriram quando viram como Frances Catherine e Judith se divertiam juntas.

Patrick quis saber o que elas tinham achado tão engraçado. No entanto, a pergunta só fez com que as duas rissem ainda mais. As mulheres não faziam o menor sentido, concluiu ele.

Enquanto isso, Iain não tirava os olhos de Judith.

— Por que você está aqui? — perguntou ele.

— Eu queria contar para Frances Catherine o que aconteceu. Nós nos casamos de verdade, não foi?

— Ela está com receio de que tenha se casado com Graham — Frances Catherine contou para Patrick.

Iain balançou a cabeça. Aproximou-se, então, de sua esposa e a ajudou a se levantar. Judith ainda não tinha olhado para ele desde que ele entrara na cabana, e isso o incomodou.

— Está na hora de irmos para casa.

Judith estremeceu da cabeça aos pés.

— Só preciso pegar algumas coisas — disse, e, de cabeça baixa, saiu na direção do biombo. — Onde é a nossa casa? — perguntou.

— No mesmo lugar em que vocês se casaram — Patrick respondeu.

Oculta na privacidade oferecida pelo biombo, ela franziu o cenho e soltou um suspiro. Daquele dia em diante, teria que passar a viver naquela fortaleza feia, supôs, mas tudo bem. Aquele era o lar de Iain: era tudo o que importava.

Judith podia ouvir os dois irmãos conversando enquanto pegava a camisola e mais alguns itens necessários para a noite. Poderia voltar no dia seguinte para pegar o restante.

Teve alguma dificuldade para dobrar a camisola e ficou surpresa ao perceber o quanto suas mãos tremiam. Ela terminou de colocar tudo dentro da pequena bolsa, mas não tinha coragem de deixar seu pequeno santuário. O significado de tudo o que havia acontecido naquele dia finalmente estava ficando claro em sua mente.

Judith se sentou na beirada da cama e fechou os olhos. Agora era uma mulher casada. De repente, seu coração começou a bater tão furioso que ela mal conseguia respirar. Ciente de que estava começando a entrar em pânico, tentou se acalmar.

Deus do céu, e se houvesse cometido um erro? Tudo tinha acontecido muito rápido. Iain nem dissera que a amava, dissera? Mas não importava se não tinha dito as palavras. Ele quis se casar com ela e não tinha nada a ganhar com isso além de uma esposa. Que outro motivo poderia haver?

E se ela não conseguisse se acostumar com essas pessoas? E se eles nunca a aceitassem? Judith focou, então, na sua maior preocupação. E se não conseguisse ser uma boa esposa? Afinal, não fazia a menor ideia de como satisfazer um homem na cama. Com certeza Iain perceberia que ela era inexperiente. Seria obrigação dele ensiná-la, mas e se ela fosse o tipo de mulher que não conseguia aprender?

A última coisa que queria era que ele a enxergasse como um ser inferior. Preferia morrer a ser vista assim.

— Judith?

A voz dele soou um pouco mais alto que um sussurro. Mesmo assim, ela hesitou, e ele percebeu. Notou que a esposa parecia prestes a desmaiar. Judith estava com medo, e ele desconfiava do motivo.

— Estou pronta para ir — disse ela, com a voz trêmula.

Mas não se moveu depois do anúncio. A bolsa estava em seu colo e ela parecia segurar nas alças com força. Iain se conteve para não rir. Em vez disso, aproximou-se da cama e se sentou ao lado dela.

— Por que está sentada aqui?

— Eu só estava pensando.

— Em quê?

Ela não respondeu. Não tinha nem coragem de olhar para ele, por isso manteve os olhos voltados para o colo.

Iain não ia apressá-la. Resolveu agir como se tivesse todo o tempo do mundo. E, assim, os dois ficaram sentados lado a lado por vários minutos. Judith podia ouvir Frances Catherine falando baixinho com o marido. Ouviu a palavra "flores" e achou que a amiga estivesse comentando sobre a cerimônia espartana.

— Será que seria possível eu tomar um banho esta noite?

— Claro que sim.

Judith assentiu.

— Não é melhor irmos?

— Você já terminou de pensar?

— Sim, obrigada por esperar.

Iain ficou de pé. Judith fez o mesmo e entregou a bolsa a ele, que pegou a mão dela e seguiu em direção à porta.

Mas Frances Catherine bloqueou o caminho deles. Estava determinada a convencê-los a ficarem para o jantar. Uma vez que já estava tudo pronto, Iain concordou. Judith estava nervosa demais para conseguir comer. Já Iain, não teve problemas. Ele e Patrick comeram tanto que pareciam ter passado quatro dias em jejum.

Após o jantar, Iain achou melhor irem andando. Judith concordou. Os dois seguiram de mãos dadas para a fortaleza. Estava escuro lá dentro, e Iain a levou para o segundo andar. Seu quarto ficava do lado esquerdo, a primeira das três portas ao longo do corredor estreito.

O quarto reluzia à luz e a calor. A lareira ficava de frente para a porta. O fogo ardia intenso, aquecendo o cômodo por inteiro. A cama de Iain ficava à esquerda da porta e ocupava grande parte da parede. Uma colcha de retalhos, feita com as cores do clã, cobria o leito, e havia um pequeno baú com duas velas em cima, encostado na parede adjacente.

Havia apenas uma cadeira no quarto, perto da lareira. Outro baú, muito maior e mais alto do que aquele perto da cama, ficava na parede oposta. Em cima, havia uma caixa quadrada, decorada com detalhes em ouro.

Iain não era muito apegado a luxos, concluiu Judith. O ambiente era funcional, eficiente e estava mais do que claro que se tratava de um quarto masculino.

Havia uma grande banheira de madeira bem em frente à lareira. Estava cheia de água quente, soltando vapor. Iain já tinha imaginado que ela fosse querer tomar um banho antes mesmo do pedido.

Ele jogou a bolsa em cima da cama.

— Precisa de mais alguma coisa?

Só parar de sentir medo, mas não disse isso para ele.

— Não, obrigada.

Porém, continuou parada no meio do quarto, as mãos cruzadas, esperando e rezando para que ele saísse e assim ela pudesse tomar banho com alguma privacidade.

Iain se perguntou por que ela parecia tão hesitante.

— Precisa de ajuda para se despir? — perguntou ele.

— Não — ela tratou de dizer, chocada só de pensar. — Ainda me lembro como se faz — adicionou em um tom calmo.

Iain assentiu, então fez sinal com um dedo para que ela se aproximasse. Judith não hesitou, mas parou quando estava a poucos passos dele.

Iain ficou feliz por ela não ter se encolhido quando ele se aproximou. Jogou os cabelos dela para trás dos ombros e então deslizou os dedos ao redor da linha do decote para pegar a corrente.

E não disse uma palavra sequer até puxar por completo a corrente.

— Você se lembra das promessas que me fez fazer hoje?

Judith apenas assentiu. Deus, só faltava ele dizer que tinha mudado de ideia.

Mas ele percebeu o pânico estampado no rosto delicado e balançou a cabeça.

— Nunca quebrei uma promessa, Judith, e não vou quebrar agora. — Seu palpite estava certo, pois o medo desapareceu do rosto dela no mesmo instante. — Se me conhecesse melhor, nunca teria se preocupado com isso.

— Mas eu não o conheço direito — sussurrou ela, meio que pedindo desculpas.

— Preciso que me prometa uma coisa — explicou ele, soltando a corrente e o anel na palma da mão dela. — Não quero que use isto em nossa cama.

Aquilo não pareceu um pedido e sim uma ordem. Iain tampouco explicou o motivo. Judith estava prestes a perguntar, mas mudou de ideia. Afinal, ele não a fez explicar por que o fizera prometer que nunca ficaria bêbedo em sua frente, e agora merecia receber o mesmo tratamento.

— Tudo bem.

Ele pareceu satisfeito quando assentiu de volta.

— Quer que eu jogue isso fora?

— Não — respondeu ele. — Coloque ali — disse, apontando para a caixa em cima do baú. — Ninguém vai mexer.

Ela correu para fazer o que ele tinha sugerido.

— Posso guardar aqui o broche que tia Millicent me deu também? Não quero perdê-lo.

Iain não respondeu e, quando ela virou, percebeu que ele tinha se retirado do quarto sem fazer barulho.

Judith balançou a cabeça. Precisava falar seriamente com ele sobre essa mania de desaparecer assim.

Uma vez que não fazia a menor ideia do tempo que ele demoraria, ela correu para o banho. Não planejava lavar o cabelo, mas então mudou de ideia.

Iain abriu a porta justamente quando Judith estava enxaguando o sabão com perfume de rosas dos cabelos. Antes de fechar a porta outra vez, ele deu uma espiada na pele dourada. Recostou-se, então, contra a parede do corredor e esperou até que sua esposa terminasse.

Não queria deixá-la constrangida na sua primeira noite, mas a mulher estava demorando uma eternidade. Iain andou uma boa distância até o lavatório, lavou as mãos e o rosto, então voltou, acreditando que a esposa estaria na cama esperando por ele.

Aguardou mais quinze minutos e então entrou. Judith estava sentada sobre um cobertor aberto no chão, bem na frente da lareira, secando os cabelos. Ela vestia uma camisola branca recatada e um penhoar combinando.

Como era linda. O rosto estava um pouco avermelhado, e os cabelos tinham um tom pálido de dourado.

Iain ficou recostado no batente da porta por alguns minutos, apenas olhando para ela. Ele sentiu um aperto no peito. Ela era sua esposa. Sim, era sua agora. Uma sensação de contentamento o acometeu por inteiro, apanhando-o de surpresa. Tudo parecera tão inevitável. Por que tinha se obrigado a manter distância dela? Deveria ter aceitado a verdade desde aquele primeiro beijo. Seu coração sempre soubera que ele nunca permitiria que ela pertencesse a outro homem. Por que sua mente havia demorado tanto tempo para aceitar?

As coisas do coração eram sempre confusas, pensou ele. Lembrou-se, então, daquela vez quando disse a Patrick que todas as mulheres eram iguais. Agora entendia a blasfêmia contida no comentário arrogante. Só havia uma Judith.

Iain balançou a cabeça, tentando esquecer todas aquelas bobagens. Era um guerreiro. Sua vida não tinha espaço para as bobagens do coração.

Ele deu meia-volta, saiu no corredor e soltou um assovio estridente. O som ecoou escadaria abaixo. Em seguida, entrou no quarto, caminhou até a lareira, apoiou-se na cornija, a menos de meio metro de distância da esposa, e tirou as botas.

Judith estava prestes a perguntar por que ele tinha deixado a porta aberta, quando três homens entraram apressados. Cumprimentaram seu *laird* com um aceno, cruzaram o quarto e ergueram a banheira. E sempre tomando o maior cuidado para manterem os olhos longe de Judith, levaram a pesada banheira para fora do quarto.

Iain os seguiu até a porta e já ia fechá-la quando alguém gritou seu nome. Ele bufou e deixou o quarto novamente.

Quase uma hora havia se passado e Iain ainda não tinha voltado. O calor do fogo deixara Judith sonolenta. Seus cabelos estavam um pouco úmidos ainda, e quase todos os cachos já estavam de volta. Ela se levantou, colocou a escova sobre a cornija da lareira e caminhou até a lateral da cama. Estava tirando o penhoar quando Iain entrou no quarto.

Ele fechou a porta, trancou-a e então tirou o tartã. Não vestia nada por baixo.

Judith achou que fosse morrer de vergonha ali mesmo. Para disfarçar, olhou para a viga central no teto, mas não antes de ter dado uma boa olhada nele. Não era de se admirar que Frances Catherine tivesse chorado na sua primeira noite. Se Patrick fosse parecido com Iain, e ela desconfiava que era, entendeu muito bem o motivo do choro. Por Deus, seus olhos já estavam ficando marejados. Senhor, ela não estava preparada para aquilo. Tinha cometido um erro, afinal. Não, não, ela não estava pronta para aquele tipo de intimidade. Não o conhecia bem o suficiente... nunca deveria ter...

— Vai dar tudo certo, Judith.

Iain estava parado bem à sua frente, mas ela não tinha coragem de olhar. Ele pousou as mãos sobre seus ombros e apertou em um gesto carinhoso.

— Vai dar tudo certo. Você confia em mim, não confia?

Sua voz estava impregnada de carinho. Mesmo assim, não ajudou. Ela respirou fundo várias vezes, tentando se acalmar. Também não ajudou.

E então ele a puxou e a envolveu em um abraço apertado. Judith deixou escapar um leve suspiro e, por fim, se acalmou. Daria tudo certo. Iain não ia feri-la. Ele a amava.

Judith se afastou o suficiente para conseguir olhar em seus olhos. Havia muito calor ali, e um pouco de divertimento também.

— Não tenha medo — disse ele, em um sussurro tranquilizante.

— Como você sabe que estou com medo?

Ele sorriu. *Com medo* não era exatamente a expressão, pensou. *Apavorada* seria uma descrição mais apurada.

— Você está com a mesma expressão da noite em que contei que Isabelle queria que você a ajudasse no parto do filho.

Judith baixou os olhos até a altura do peito dele.

— Eu não queria ajudar porque estava com medo de não conseguir... Iain, acho que não quero fazer isso aqui também. Eu sei que vai dar tudo certo, mesmo assim eu preferiria não...

Judith nem terminou a confissão. Apenas retornou para os braços dele e se recostou contra o peito forte.

Iain gostou que ela tivesse conseguido ser honesta com ele, apesar de ter ficado um pouco frustrado. Nunca tinha levado uma virgem para a cama, assim como não tinha pensado até então em como seria importante facilitar ao máximo as coisas para ela. Aquilo ia requerer tempo, paciência e uma boa dose de perseverança.

— Do que exatamente você tem medo? — perguntou ele.

Mas não obteve resposta. Judith tremia dos pés à cabeça, e ele sabia que não era de frio.

— Vai doer, é claro, mas se eu...

— Não tenho medo da dor.

Judith afirmou aquilo de tal modo que o deixou ainda mais intrigado.

— Então do que você tem medo? — indagou, acariciando as costas dela enquanto esperava pela resposta.

— Um homem sempre... você sabe... — As palavras saíram aos tropeços. — Mas algumas mulheres não conseguem, e se eu for uma dessas mulheres, então vou desapontá-lo.

— Você não vai me desapontar.

— Tenho quase certeza de que vou — sussurrou ela. — Acho que sou uma dessas que não conseguem, Iain.

— Você vai conseguir — disse ele, com autoridade. Não que tivesse muita certeza sobre o que ela estava falando, mas sabia que ela precisava de seu apoio. Afinal, ele era o experiente e sabia que ela iria acreditar em qualquer coisa que lhe dissesse naquele momento.

Continuou acariciando suas costas. Judith fechou os olhos e se deixou acalmar. Ele era, sem sombra de dúvida, o homem mais atencioso do mundo e, quando agia com tanta gentileza com ela, era impossível não o amar.

Não demorou muito para que ela superasse o medo. Ainda estava um pouco nervosa, é claro, mas não achou que fosse incomum. Judith respirou fundo e se afastou de Iain. Não tinha coragem de olhar para ele e sabia que estava vermelha de vergonha, mas isso não a impediu de fazer o que fez em seguida. Lentamente, ela ergueu a camisola e a tirou. Então a jogou sobre a cama. Ele nem teve tempo de olhar. Assim que a camisola foi removida, Judith correu de volta para seus braços.

Iain estremeceu.

— Como é bom sentir você encostada ao meu corpo — sussurrou ele, sua voz rouca de emoção.

Era uma sensação muito boa para ela. Era maravilhosa. Em um tom de voz tímido e hesitante, ela disse isso para ele.

Iain apoiou o queixo no alto da cabeça de Judith.

— Você me dá prazer, Judith.

— Mas ainda não fiz nada.

— Nem precisa — explicou ele.

Deu para perceber o tom de divertimento em sua voz. Ela reagiu com um sorriso. Ao não apressá-la, Iain, na verdade, estava ajudando-a a superar a vergonha. Ela sabia que esse era seu plano, mas não se importou que tivesse sido de propósito. O cuidado com seus sentimentos pesou muito mais. Até o rubor já tinha passado.

O calor do membro entumecido resvalando tão intimamente contra seu ventre ainda a preocupava, mas Iain não estava pressionando, só estava sendo gentil, muito gentil enquanto a acariciava lentamente para que seus medos se fossem, e não demorou para que aquela preocupação perdesse a importância.

Como ela queria tocá-lo. Judith afastou os braços que o seguravam com força ao redor da cintura e, timidamente, acariciou os ombros largos, então as costas e, finalmente, as coxas. A pele parecia aço quente sob as pontas de seus dedos. A textura e a cor eram tão diferentes da sua, mas ela ficou encantada com todas aquelas maravilhosas diferenças. Os músculos ao longo dos braços pareciam nós de cordas, ao passo que ela era tão frágil.

— Você é tão forte, Iain, e eu sou tão frágil. Parece estranho que eu possa satisfazê-lo.

Ele riu.

— Você não é fraca. Você é macia e lisa, e muito, muito atraente.

Judith ruborizou de prazer por causa do elogio. Esfregou, então, o rosto contra o peitoral forte, sorrindo pelo modo como os pelos encaracolados faziam cócegas em seu nariz. Inclinou a cabeça para trás e o beijou, no ponto pulsante, bem na base do pescoço.

— Gosto de tocá-lo — admitiu.

Ela soou surpresa pelo que acabava de admitir. Mas Iain não se surpreendeu, pois já sabia que ela gostava de tocá-lo. Assim como ele também gostava de tocá-la. Uma das coisas nela que mais o atraía era aquele seu desejo de tocá-lo, acariciá-lo sempre que possível. Ele se lembrou das vezes em que ela segurara sua mão instintivamente, do modo como tocava em seu braço quando estava falando sobre algo que ele dissera e que ela resolvera contradizer.

Judith tinha poucas inibições quando estava ao lado dele... mas só com ele. Sim, ele havia notado o modo como ela se comportara com reservas com seus guerreiros durante a viagem. Sempre agradável, é claro, mas evitando encostar um dedo sequer neles. Assim como nunca tinha relaxado nos braços de Alex quando foi forçada a cavalgar com ele, apesar de ter acabado caindo no sono em seus braços. Ela confiava plenamente em Iain, e, para ele, esse fato era tão importante quanto o seu amor.

Por Deus, ela realmente o amava.

— Judith?

— Sim?

— Você está pronta para parar de se esconder de mim?

Judith quase riu. Estava mesmo se escondendo dele, e ele sabia que isso fazia parte de seu joguinho. Ela o soltou e recuou um passo para estabelecer uma distância dele.

Como o sorriso dele era lindo, pensou ela enquanto o admirava. E ela tinha o corpo mais lindo que ele já vira, pensou ele. Era tão perfeitamente moldado, da cabeça aos pés. Céus, se demorasse um pouco mais para tocá-la e torná-la sua por inteiro, ele sabia que acabaria perdendo a cabeça.

Aproximaram-se um do outro ao mesmo tempo. Ela entrelaçou os braços ao redor do pescoço dele enquanto ele encaixava as mãos nas nádegas arredondadas e a puxava para mais perto.

Iain se inclinou e a beijou, um beijo profundo e faminto que os deixou sem ar. Sua língua se movia dentro da boca que o recebia para provar toda a doçura oferecida. Um gemido abafado de satisfação veio do fundo de sua garganta quando ela imitou o joguinho erótico de amor e esfregou a língua contra a dele.

Judith cedeu de tal modo, que Iain teve que firmar um braço ao redor do corpo entregue para não cair enquanto se virava e se abaixava para puxar as cobertas. Mas ela não queria que o beijo terminasse nunca e, para chamar sua atenção, entrelaçou os dedos entre os cabelos de sua nuca, deu um puxão e se inclinou para beijá-lo quando ele não reagiu rápido o suficiente.

Como era adorável aquela sua ousadia. Assim como os gemidos que ela dava. Iain a ergueu em seus braços e a colocou no meio da cama. Sem lhe dar tempo para começar a se preocupar, ele se abaixou sobre ela, separando as coxas com uma das suas. Apoiou, então, seu peso sobre os cotovelos e deixou que seu corpo a cobrisse por inteiro. Céus, ele nunca tinha experimentado nada tão maravilhoso em toda a sua vida.

A reação dela estava sabotando seu desejo de ir devagar, de prepará-la aos poucos para a invasão definitiva. Era preciso se concentrar no que estava fazendo, ser preciso em onde e como tocá-la, até que ela perdesse a capacidade de pensar e só sentisse prazer. Mas Judith impossibilitou seu plano calculado, movendo-se inquieta sob o seu corpo, desviando sua atenção. Ele a beijou novamente, um beijo demorado e quente que o deixou ainda mais sedento. Até que, finalmente, ele conseguiu se afastar daquela boca que o consumia e foi descendo devagar para provar o vale perfumado entre os seios macios. Suas mãos tocaram, acariciaram, provocaram e, enfim, quando ele já não poderia esperar nem mais um segundo sequer, ele se apoderou de um mamilo e começou a sugar.

Judith quase caiu da cama. Ondas de prazer percorriam seu corpo. Desconfiando de que não conseguiria aguentar aquela doce tortura por muito mais tempo, ela o segurou pelos ombros e fechou os olhos, se entregando ao frenesi de prazer.

Iain tremia de vontade de possuí-la. Sentia que seu controle o estava abandonando. O desejo de prová-la por inteiro superou tudo o mais. Suas mãos foram descendo — primeiro acariciando a barriga plana, depois um pouco mais até tocarem a parte interna das coxas, separando-as lentamente. Ele se abaixou e beijou a ponta do triângulo macio de cachos que protegia sua virgindade.

— Iain, não faça...

— Sim.

Judith tentou se afastar, mas então a boca cobriu seu centro quente, e a língua, céus, a língua se esfregava contra aquele ponto tão íntimo, consumindo-a com um prazer tão intenso, que ela se esqueceu de tentar se proteger.

Como que por instinto, seus quadris se ergueram um pouco mais até a boca que a estimulava. As unhas cravaram nas omoplatas. Nunca tinha imaginado que um homem pudesse fazer amor com uma mulher de um modo tão íntimo, mas isso não a deixou nem um pouco chocada ou envergonhada. Na verdade, despertou um desejo avassalador de tocá-lo do mesmo modo, de descobrir o seu sabor. Mas cada vez que ela tentava se mover, ele a segurava com mais força e a forçava a ficar no lugar.

Iain se deslocou para o lado e, lentamente, deslizou o dedo para dentro do abrigo apertado. O polegar esfregou o delicado botão oculto, e a reação de Judith quase acabou com seu controle. Nunca vira uma mulher respondendo com tanta honestidade ou tamanho abandono. A confiança depositada nele era tão grande que ela se libertou de todas as inibições e entregou seu corpo, voluntária e amorosamente. Ele preferia morrer a se permitir encontrar o prazer primeiro, pois ela vinha antes da própria necessidade... ainda que isso o matasse.

Amá-lo, certamente, acabaria matando-a. Este foi o último pensamento coerente que passou pela cabeça de Judith. Pensamento que acabou deixando escapar em voz alta, tão concentrada estava em tentar segurar seu último resquício de controle, para saber o que dizia ou fazia.

A sensação era de que estava desmoronando por dentro. Ela gritou seu nome, e ele perdeu o controle. Ao sentir uma onda de tremor, ela abriu mais as coxas e Iain se ajoelhou entres suas pernas.

— Coloque os braços ao meu redor, querida — sussurrou em um pedido rouco. Em seguida, esticou-se, cobriu a boca dela com a sua, e a forçou a ficar parada, segurando-a pelas laterais dos quadris.

Hesitou no limiar por um segundo ou dois, então foi penetrando devagar até sentir a barreira da virgindade.

Ele a estava machucando, mas Judith nem sentia tanta dor assim. O modo como a beijava fazia com que tudo o mais parecesse insignificante. A crescente pressão dentro de seu corpo doía, e ela ficou ainda mais inquieta, numa tentativa de encontrar um modo de aliviar o doce tormento.

Iain cerrou os dentes, tentando conter o imenso prazer que já sentia e a dor certa que acabaria causando, e então avançou com uma estocada poderosa.

Judith gritou de surpresa e dor. A sensação era de ter sido rasgada ao meio. A névoa da paixão desapareceu. Ela começou chorar, e pediu que ele a deixasse em paz.

— Não gosto disso — sussurrou ela.

— Shh, querida — sussurrou ele, tentando acalmá-la. — Vai dar tudo certo. Não se mexa. A dor vai passar. Oh, céus, Judith, não tente se mexer.

Parecia zangado e amoroso ao mesmo tempo, e ela não conseguia entender nada do que ele estava dizendo. A dor latejava, mas outra sensação, tão diferente de qualquer outra coisa que ela já havia experimentado, começou a se misturar à dor, confundindo-a ainda mais.

O peso do corpo dele a mantinha presa à cama e a ele. Iain respirou fundo e devagar, tentando manter o controle. Como ela era quente e apertada, e tudo o que ele mais queria era continuar penetrando-a sem parar até saciar seu próprio prazer...

Iain se apoiou sobre os cotovelos e a beijou novamente. Estava tentando lhe dar tempo para se acostumar, e se sentiu um animal quando viu lágrimas escorrendo pelo rosto dela.

— Meu Deus, Judith, sinto muito. Eu tive que feri-la, mas eu...

A preocupação que viu nos olhos dele a acalmou mais do que o pedido de desculpas. Ela estendeu a mão e acariciou a lateral do rosto dele, trêmula.

— Vai dar tudo certo — sussurrou ela, fazendo a mesma promessa que ele fizera havia poucos minutos. — A dor já passou.

Iain sabia que não era verdade. Beijou suas sobrancelhas, depois a ponte do nariz, e finalmente capturou a boca em um beijo longo e apaixonado. A mão deslizou entre seus corpos unidos e ele começou a acariciar o centro quente e úmido.

Não foi preciso muito para reascender a chama do desejo. Ele começou a se mover, lentamente a princípio, até que ouviu um gemido de prazer. Mesmo assim, ainda conseguiu segurar o último resquício de controle que sempre mantinha quando estava com outras mulheres, mas Judith acabou com todo o seu controle com uma simples declaração.

— Eu amo você, Iain.

A paixão tomou conta da mente e do corpo dele. Iain a penetrou profundamente, de novo e de novo. Ela reagiu erguendo os quadris para mais. Já não o deixava mais ser gentil; não, suas unhas estavam cravadas nos ombros dele, pedindo mais e mais daquela felicidade incrível.

Iain enterrou o rosto na curva do pescoço perfumado e cerrou os dentes diante do prazer ardente que o consumia.

A pressão que crescia dentro do corpo dela estava se tornando insuportável. Quando pensou que estava prestes a morrer por causa da intensidade dos sentimentos que a dominavam, Iain começou a se mover com ainda mais força, mais exigência.

Judith tentava entender o que estava acontecendo. Mas Iain não deixava. De repente, ela ficou apavorada. Parecia que sua mente estava se distanciando de seu corpo e de sua alma.

— Iain, eu não...

— Shh, amor — sussurrou ele. — Apenas me abrace, eu cuidarei de você.

A mente de Judith aceitou o que o coração sempre soube. Ela se entregou. Foi a experiência mais mágica de sua vida. Uma felicidade nunca experimentada. Arqueou o corpo, agarrou-se ao marido e se deixou consumir pelo prazer.

Assim que Iain percebeu que ela havia atingido a plenitude, também encontrou seu ápice. Com um gemido abafado, derramou sua semente dentro dela, e seu corpo estremeceu por inteiro, rendendo-se finalmente.

Ele desmoronou sobre o corpo dela com um gemido de satisfação masculina. Um cheiro de sexo tomava conta do ar, um lembrete persistente da maravilha que tinham acabado de compartilhar. O coração de Iain martelava no peito como um tambor, e ele estava tão impressionado com o modo como havia se entregado por completo a ela, que nem conseguia se mexer. Sua vontade era de ficar ali dentro dela para sempre, enquanto ela acariciava seus cabelos e suspirava vez ou outra.

Por Deus, como ele estava feliz.

Judith demorou mais para se recuperar. Não conseguia tirar as mãos dele. Tinha uma centena de perguntas para fazer. A primeira, e certamente a mais importante, era descobrir se tinha conseguido satisfazê-lo.

Ela o cutucou no ombro para chamar sua atenção. Iain entendeu que tinha sido um sinal de que estava pensando e se virou para o lado. Mas ela rolou junto.

Os olhos dele estavam fechados.

— Iain, eu consegui satisfazê-lo?

Ele sorriu.

Não foi o suficiente. Ela precisava ouvir em palavras.

Iain abriu os olhos e se deparou com ela olhando-o fixo, como se estivesse preocupada.

— Como você ainda tem dúvidas se conseguiu me satisfazer? — perguntou ele.

Mas ele não lhe deu tempo de argumentar. Envolveu-a em seus braços, ergue-a sobre o seu corpo e lhe deu um beijo barulhento.

— Se tivesse me dado mais prazer, teria me matado. Está satisfeita agora?

Judith fechou os olhos e encaixou a cabeça na curva entre o pescoço e o queixo dele.

Sim, ela estava muito satisfeita.

Capítulo 11

Judith não dormiu muito naquela noite. Iain não parava de acordá-la. Certamente não era de propósito, mas, cada vez que ele se virava, ela era despertada de um sono profundo. Judith foi se afastando cada vez mais; porém, sempre que o fazia, ele ocupava o espaço até que tomou toda cama e ela, literalmente, estava quase caindo.

Conseguiu pegar no sono, por fim, pouco antes do nascer do sol. Minutos depois, Iain tocou seu braço. Judith deu um pulo e gritou assustada, o que quase o matou de susto também. Tanto, que em um ato de reflexo, ele já estava com a espada em punho e se levantando da cama para defendê-la quando se deu conta de que não havia nenhum invasor.

Judith, com muito medo de alguma coisa, ainda estava mais adormecida do que acordada. Finalmente, ele percebeu que ela estava com medo dele. Havia algo de primitivo em seus olhos e, quando abaixou a espada e se virou para tocá-la, ela se encolheu.

Mas Iain não seria rejeitado. Ele a pegou pela cintura, deitou-se de costas na cama, puxou-a para cima de seu corpo, prendeu-a entre as pernas e então tentou acalmá-la, acariciando suas costas.

No mesmo instante, ela relaxou sob o afago. Após soltar um bocejo, ele perguntou:

— Você estava tendo um pesadelo?

Sua voz estava rouca por causa do sono, e ela se sentiu culpada por tê-lo acordado.

— Não — respondeu, em um mero sussurro. — Volte a dormir. Você precisa descansar.

— Conte o que aconteceu. Por que gritou?

— Eu esqueci — explicou ela, esfregando o rosto contra o peitoral quente e fechando os olhos.

— Você se esqueceu do motivo de ter gritado?

— Não. Esqueci que estava casada. Quando você encostou em mim sem querer, eu só... reagi. Não estou acostumada a dormir com um homem.

Ele sorriu na escuridão.

— Não imaginei que estivesse. Mas agora você não está mais com medo, está?

— Não, claro que não — murmurou em resposta. — Obrigada pela atenção.

Deus do céu, como ela soou formal. Aquele homem ao seu lado era seu marido e ela o estava tratando como se fosse um desconhecido. Mas Judith estava se sentindo estranha... e vulnerável. Talvez fosse o cansaço. Não tinha dormido muito desde que havia chegado às Highlands, e toda a agitação e a novidade do dia anterior não ajudaram muito.

E, quando percebeu, as lágrimas a pegaram de surpresa. Sabia que estava sendo infantil, boba e emotiva, mas não conseguia se conter.

— Judith? — Com o polegar, ele enxugou uma das lágrimas que escorria pelo rosto macio. — Conte por que você está chorando.

— Não teve nenhuma flor. Iain, deveria ter tido flores.

Judith falou tão baixinho que ele ficou em dúvida se tinha entendido direito.

— Flores? — perguntou para confirmar. — Não teve nenhuma flor?

Esperou uma explicação mais completa, mas só obteve o silêncio como resposta. Apertou-a de leve, então, como que para incentivá-la.

— Na capela.

— Que capela?

— Aquela que não existe — respondeu ela. Sabia que estava sendo piegas, e que muito provavelmente ele não estava entendendo nada. — Estou exausta — completou, para justificar toda aquela confusão de ideias atrapalhadas. — Por favor, não fique bravo comigo.

— Não estou bravo — disse ele, e continuou acariciando as costas dela enquanto tentava entender. O que será que ela queria dizer com flores em uma capela que não existia? Não fazia o menor sentido, mas ele achou melhor deixar para tentar descobrir o que realmente estava se passando na cabeça dela no dia seguinte.

Aquele corpo doce e quente não demorou para desviar seus pensamentos para outras coisas. Mas não seria possível possuí-la novamente, não naquela mesma noite. Ainda seria muito cedo, seu corpo precisava de tempo para assimilar a novidade.

Porém, Iain não conseguia pensar em outra coisa. Em questão de segundos, seu corpo reagiu, duro e pulsante. Não importava. Ele preferia morrer a feri-la novamente.

Iain abraçou sua querida esposa e fechou os olhos. Patrick, uma vez, disse que seria capaz de andar no fogo do purgatório por Frances Catherine, e Iain se lembrou que tinha rido daquela afirmação ridícula.

Seu irmão havia baixado todas as defesas. Assim, acabou se colocando em uma posição vulnerável. Iain achava que seu irmão não passava de um tolo. Tudo bem se preocupar com a própria esposa, mas permitir que uma mulher controlasse todos os passos de um guerreiro, querer agradá-la a cada gesto do jeito que Patrick procurava agradar sua esposa, isso já era demais para Iain. Nenhuma mulher controlaria sua vida. Ele sabia que nunca poderia se deixar envolver emocionalmente assim. Claro que gostava de Judith, mais do que deveria, e agora que ela era sua esposa, isso bastava.

Colocar-se em uma posição de vulnerabilidade seria o seu fim. Estava muito feliz por ela amá-lo. Isso a ajudaria a se adaptar com mais facilidade.

Iain demorou para pegar no sono outra vez. Continuou pensando sobre todos os motivos lógicos pelos quais nunca se deixaria dominar pelo amor, como Patrick, e, quando finalmente adormeceu, estava convencido de que o melhor a fazer seria manter distância entre o coração e a razão.

Mas então Judith invadiu seus sonhos.

Judith dormiu praticamente a manhã inteira. Iain já tinha deixado o quarto quando ela finalmente acordou. Seu corpo estava rígido e muito sensível, e ela soltou um gemido nada feminino antes de se levantar.

Não tinha a menor ideia do que deveria fazer agora que era a esposa de um *laird*. Resolveu se vestir e então descer e procurar o marido para perguntar a ele.

Na pequena bolsa que havia trazido, tinha colocado seu vestido cor-de-rosa-claro e algumas peças íntimas limpas. Ela se vestiu sem pressa, e, quando finalmente terminou, arrumou a cama e dobrou o tartã que Iain tinha deixado sobre a colcha.

O salão principal estava vazio. Sobre a mesa havia uma bandeja de maçãs e, ao lado, uma grossa fatia de pão preto. Judith serviu água em uma taça e comeu uma maçã. Ficou esperando que um criado aparecesse a qualquer momento, mas, depois de muito esperar, concluiu que possivelmente estivessem todos fora, cuidando de outros afazeres.

Graham chamou sua atenção quando começou a descer os degraus. Ela estava prestes a chamá-lo, mas então parou. O líder do conselho não tinha percebido que estava sendo observado, parecia distraído. E muito triste e cansado também. Ele deu uma olhada para trás, balançou a cabeça, e então continuou descendo os degraus. Judith sentiu pena do ancião. Não sabia o motivo de sua infelicidade, e não tinha certeza se deveria ou não se intrometer.

Ele trazia um pequeno baú. Parou novamente quando estava na metade dos degraus para ajeitar o objeto e então a viu.

Judith o saudou com um sorriso.

— Bom dia, Graham.

Ele meneou a cabeça e abriu um sorriso, que, do ponto de vista de Judith, pareceu forçado. Mesmo assim, ela correu até a entrada.

— Gostaria que eu o ajudasse com isso?

— Não, moça — respondeu Graham. — Pode deixar que eu consigo. Brodick e Alex estão pegando o resto de minhas coisas. E as de Gelfrid também. Em breve, estaremos fora de seu caminho.

— Não estou entendendo — disse ela, surpresa. — Vocês não estão no meu caminho. O que quer dizer com isso?

— Estamos nos mudando da fortaleza. Agora que Iain arrumou uma esposa, Gelfrid e eu vamos morar em uma das cabanas. Lá embaixo.

— Por quê?

Graham parou quando chegou no topo dos degraus.

— Porque Iain se casou — explicou, pacientemente.

Judith terminou de subir os degraus e parou de frente para ele.

— Vocês estão se mudando porque eu me casei com Iain?

— Foi o que acabei de dizer, não foi? Vocês vão precisar de privacidade, Judith.

— Graham, antes de Iain se casar comigo, eu me lembro de ter ouvido você dizer que o apoiava, que concordava com esta união.

Graham concordou.

— É verdade.

— Então vocês não podem se mudar.

Ele ergueu uma sobrancelha diante da afirmação.

— O que uma coisa tem a ver com a outra?

— Se vocês se mudarem, será um sinal de que não aceitam este casamento. Mas se ficarem...

— Judith, este não é o motivo. Vocês acabaram de se casar e merecem um pouco de privacidade. Dois velhos só iriam atrapalhar.

— Então vocês não estão se mudando porque não querem viver sob o mesmo teto que uma inglesa?

A preocupação era evidente em seus olhos. Graham negou veementemente com um aceno de cabeça.

— Se fosse isso, eu diria.

Judith acreditou nele. Soltou um suspiro, aliviada, e então perguntou:

— Onde Vincent, Owen e Duncan moram?

— Com as esposas deles.

Ele tentou desviar, mas ela bloqueou seu caminho. Ele não queria partir, e Judith não queria ser a responsável por expulsá-lo. O problema, é claro, era o seu orgulho. Ela precisava encontrar uma maneira de conseguir o que queria e, ao mesmo tempo, preservar o orgulho do homem.

— Há quanto tempo você mora aqui? — indagou, tentando distraí-lo enquanto pensava em uma saída para a situação.

— Há quase dez anos. Quando fui eleito *laird*, eu me mudei para cá com a minha Annie. Mas ela morreu há cinco anos. Passei as funções de *laird* para Iain há seis meses, e eu deveria ter me mudado, então, mas acabei ficando. Sei que já abusei da hospedagem.

— E Gelfrid? — perguntou ela, quando ele tentou desviar novamente. — Há quanto tempo ele mora aqui?

Graham a olhou, desconfiado.

— Há três anos. Ele se mudou para cá depois que a esposa morreu. Judith, este baú está começando a pesar. Deixe-me passar, por favor.

Mais uma vez, ele tentou contornar para poder chegar à porta, mas Judith correu na frente, parou com as costas pressionadas nas portas e abriu os braços.

— Não vou deixar você sair, Graham.

A ousadia o surpreendeu.

— Por que não? — interpelou ele, soando irritado, apesar de ela duvidar que estivesse mesmo.

— Por quê? — respondeu ela com a mesma pergunta.

— Sim, por quê? — interpelou ele outra vez.

A coisa estava ficando complicada, e ela não conseguia pensar em nenhuma justificativa que fizesse sentido. Judith quase riu do amontoado de bobagens que passou pela sua cabeça.

— Porque vou ficar ofendida. — Sentiu o rosto ruborizando. E se sentiu muito tola também. — Sim, é isso — adicionou com um aceno.

— O que está fazendo, Judith? — gritou Brodick do andar de cima. Judith nem se mexeu quando olhou para o alto. Gelfrid estava parado ao lado de Brodick.

— Não vou permitir que Graham e Gelfrid se mudem — respondeu ela.

— Por que não? — perguntou Brodick.

— Vou ficar com eles — gritou ela de volta. — Iain me pegou para ele, e eu vou ficar com eles para mim.

Foi a justificativa mais ultrajante e sem sentido, e piorou quando Iain abriu as portas, e Judith só não caiu porque o marido a segurou a tempo. Graham soltou o baú e avançou para tentar segurá-la também, e, de repente, ela se viu em meio a uma disputa de cabo de guerra entre os dois homens, morrendo de vergonha por toda a confusão que estava causando.

— Judith? O que você está fazendo? — perguntou Iain.

Ela estava fazendo papel de boba, mas jamais iria assumir algo assim para Iain. Mesmo porque, tinha certeza de que ele já tinha percebido.

— Estou tentando colocar um pouco de bom senso na cabeça de Graham — explicou ela. — Ele e Gelfrid querem se mudar.

— Mas ela não está deixando — interveio Brodick.

Iain apertou a mão de Judith.

— Se eles querem se mudar, então você não deve interferir — disse a ela.

— Você quer que eles se mudem? — perguntou Judith.

Nesse momento, virou-se para encarar o marido, esperando uma resposta convincente, mas tudo que teve foi um aceno de cabeça em negativa.

Judith sorriu, vitoriosa, e se virou para confrontar Graham outra vez.

— Você está sendo grosseiro, Graham.

Este sorriu. Mas Iain pareceu chocado com os modos da esposa.

— Você não pode falar assim com uma pessoa mais velha — disse em um tom de comando.

— E eu não posso ofendê-la — interveio Graham com um menear de cabeça. — Se isso é tão importante para você, moça, acho que Gelfrid e eu podemos ficar.

— Obrigada.

Gelfrid tinha descido os degraus correndo. Judith percebeu o alívio estampado em seu rosto. Ele tentava encará-la, mas não estava dando muito certo.

— Mas, antes, precisamos acertar uma coisa — anunciou Gelfrid.

Judith concordou.

— Diga — respondeu ela.

— Você não vai ficar batendo nas minhas costas cada vez que minha garganta coçar.

— Não.

Gelfrid bufou.

— Então estamos de acordo. Brodick, leve minhas coisas de volta. Vou ficar.

Gelfrid foi atrás, apressado.

— Tome cuidado, rapaz, para não arranhar meu baú.

Iain tentou pegar o baú que Graham segurava, mas o ancião empurrou suas mãos, rejeitando a oferta de ajuda.

— Ainda não estou tão velho a ponto de não conseguir carregar sozinho — declarou. E, em um tom de voz mais suave, adicionou: — Filho, sua esposa é um pouco temperamental. Ela se colocou na frente da porta e teve um ataque tão violento que Gelfrid e eu tivemos que ceder.

Finalmente, Iain entendeu o que tinha acontecido.

— Agradeço a consideração de vocês dois — respondeu, muito sério. — Vai demorar um pouco até que Judith se adapte, e certamente vou precisar contar com a cooperação de todos vocês.

Graham assentiu.

— Ela é mandona.

— Sim, ela é.

— Gelfrid e eu podemos dar um jeito nisso.

— Eu também posso — disse Iain.

Graham retomou a descida dos degraus.

— Só não sei o que você vai fazer com esse gênio dela. Acho que ninguém vai conseguir dar um jeito nisso.

Judith ficou parada ao lado de Iain, olhando até Graham desaparecer no corredor. Sabia que o marido a encarava, e achou que talvez fosse melhor tentar explicar seu comportamento.

Tomou a mão dele, virou-se e ergueu os olhos até os seus.

— Esta casa é deles tanto quanto sua — iniciou ela. — Não achei que eles realmente quisessem se mudar e, por isso, eu...

— Você o quê? — perguntou ele, quando ela não continuou.

Judith soltou um suspiro e baixou os olhos.

— Eu fiz papel de boba para que eles ficassem. Foi tudo que consegui pensar para preservar o orgulho deles. — Então, soltou a mão dele e saiu andando. — Acho que eles vão falar sobre isso por semanas.

Iain a deteve quando ela já estava no meio do salão. Segurou-a pelos ombros e a virou de frente para ele.

— Você é muito mais sensível do que eu — confessou ele.

— Sou?

Iain concordou, assentindo.

— Nunca passou pela minha cabeça que Graham e Gelfrid quisessem ficar.

— Temos muito espaço.

— Por que você está vermelha?

— Estou?

— Está se sentindo melhor hoje?

Ela olhou no fundo de seus olhos enquanto analisava a pergunta.

— Mas eu não estava me sentindo mal ontem à noite.

— Machuquei você.

— Machucou. — Quando sentiu o rosto ruborizando ainda mais de vergonha, ela baixou os olhos até a altura do queixo dele. — Estou me sentindo bem melhor hoje. Obrigada por perguntar.

Foi preciso muito autocontrole para não rir dela. Fosse qual fosse o motivo pelo qual Judith estava envergonhada, ela havia conseguido sair da situação com classe. Ele já tinha notado, durante a viagem, o quanto Judith era formal e educada, e achou encantador esse seu lado inglês. Só que, depois da noite de amor que haviam compartilhado, a reação foi, no mínimo, engraçada.

— De nada — respondeu ele, meio arrastado.

Então ergueu-lhe o rosto pelo queixo e se abaixou até ela. Seus lábios roçaram uma, duas vezes. Mas não foi o suficiente. Iain aprofundou o beijo e a puxou contra seu corpo.

Naquele momento, Judith se esqueceu da vergonha e se entregou. Quando ele finalmente se afastou, ela recostou-se no conforto de seu corpo.

— Judith, deixei um tartã na cama. Você deveria estar usando.

— Sim, Iain.

Iain ficou tão satisfeito com a demonstração de obediência que a beijou novamente. Brodick os interrompeu gritando o nome de Iain, e se divertiu com a reação do casal. Judith deu um pulo de susto, e Iain o olhou feio.

— Erin está esperando para lhe dar o relatório — anunciou Brodick logo atrás deles. — Se tiver terminado de beijar sua esposa, vou dizer a ele para entrar.

— Já estou mesmo de saída — disse Judith.

Iain balançou a cabeça.

— Você não pode simplesmente me comunicar o que pretende fazer, Judith. Precisa pedir minha permissão.

Parecia que ele estava dando instruções para uma criança. Judith não gostou nada da situação, mas se segurou apenas porque Brodick observava.

— Entendi — respondeu em um sussurro.

— Aonde pensa que vai?

— Vou pegar o resto de minhas coisas na casa de Frances Catherine.

Como estava decidida a não dar tempo para ele lhe dar permissão, Judith ficou na ponta dos pés, beijou-o e então saiu correndo em direção à porta.

— Não vou demorar.

— Isso mesmo, não demore — berrou Iain. — Esteja de volta em dez minutos, Judith. Preciso falar com você sobre alguns assuntos importantes.

— Pode deixar.

Iain ficou observando enquanto a esposa saía. Assim que a porta se fechou atrás dela, Brodick começou a rir.

— O que diabos é tão engraçado?

— Eu estava apreciando o fogo nos olhos de sua mulher quando você disse que ela precisava de sua permissão, Iain.

Iain sorriu, pois também achara a reação engraçada. A mulher tinha um gênio indomável.

Então, Erin entrou no salão, desviando os pensamentos de Iain para assuntos mais importantes. Ele mandou Brodick chamar Graham para ouvir o que Erin tinha a dizer.

Judith descia a colina, apressada, quando resolveu diminuir o passo. O dia estava lindo. O sol brilhava, e uma brisa suave aquecia o ar. Tentou se concentrar na beleza ao redor e esquecer o modo arrogante como Iain lhe instruíra a pedir sua permissão sempre que quisesse fazer algo. Será mesmo que ele achava que ela ia pedir a permissão dele antes de ir visitar a melhor amiga? Talvez, sim.

    Judith sabia que era seu dever como esposa e mulher fazer de tudo para se entender com o marido. Que deveria obedecê-lo como havia prometido na cerimônia de casamento. Para completar, seu marido era o líder de um clã. Ainda levaria um tempo para se acostumar com a ideia do casamento, pensou.

    Parou no meio do caminho e se recostou contra o tronco grosso de uma árvore enquanto pensava sobre sua nova posição. Amava Iain; confiava completamente nele. Seria errado de sua parte desafiá-lo abertamente. Teria que ter paciência, supôs, até ele adquirir confiança e perceber que não precisava vigiar cada passo seu.

    Talvez Frances Catherine pudesse dar alguns conselhos. Judith queria fazer Iain feliz, mas, ao mesmo tempo, não queria se transformar em uma criada. Sua amiga estava casada havia um bom tempo e certamente tinha passado pela mesma situação com Patrick. Só não sabia como a amiga tinha conseguido convencer Patrick a ouvir suas opiniões.

    Judith se desencostou da árvore e retomou o caminho.

    A primeira pedra a acertou bem no meio das costas, arremessando-a para a frente e fazendo-a cair de joelhos. Ficou tão surpresa que, instintivamente, se virou para ver de onde tinha vindo.

    Então, viu de relance o rosto de um menino antes de ser atingida pela segunda pedra. A rocha de formato irregular feriu a pele suave logo abaixo do olho direito, fazendo sangue escorrer pela face alva.

    Nem deu tempo de gritar. A terceira pedra atingiu o lado esquerdo da cabeça, e Judith caiu no chão. Se jogaram mais pedras, ela nem sentiu, pois acabou desmaiando com a força do golpe na têmpora.

Iain começou a ficar impaciente quando Judith não retornou para a fortaleza no tempo combinado. Escutava o relato de Erin sobre a possível aliança entre os Dunbar e os Maclean, mas sua cabeça estava em outro lugar. Erin estava lhe dizendo o que ele já sabia, e o relato só estava sendo repetido por causa de Graham. O líder do conselho não acreditava que tal união fosse possível, uma vez que tanto *Laird* Dunbar quanto *Laird* Maclean já eram muito velhos e muito teimosos para abrir mão de algum poder pelo bem do clã de outro. E agora, depois de ouvir o relato de Erin sobre o encontro que ele presenciara, Graham estava definitivamente convencido da impossibilidade de tal aliança.

E Judith ainda não tinha voltado. Os instintos de Iain diziam que havia algo errado. Disse a si mesmo que ela apenas tinha perdido a noção do tempo. Provavelmente estava sentada à mesa com Frances Catherine, conversando, distraída, e nem prestou atenção ao tempo. Mas a razão não deixava a preocupação ir embora.

Já não dava mais para ficar ali parado. Sem mais nem menos, Iain abandonou a reunião. Simplesmente se levantou e seguiu rumo à porta.

— Aonde você vai, Iain? — chamou Graham. — Precisamos pensar em um plano agora.

— Não vou demorar — respondeu ele. — Vou atrás de Judith. Ela já deveria ter voltado.

— Ela deve ter perdido a noção do tempo — sugeriu Brodick.

— Não.

— Ela está testando você, então? — indagou o guerreiro, rindo da possibilidade. — A mulher é teimosa, Iain. Deve ter ficado contrariada com a sua ordem.

Iain balançou a cabeça, negando com veemência.

— Ela não me desafiaria.

Brodick se levantou abruptamente, fez uma reverência para Graham, e, em seguida, saiu correndo atrás de seu líder. Iain desceu pelo caminho que levava à casa do irmão. Brodick montou em seu cavalo e pegou a trilha mais longa que contornava as árvores.

Iain a encontrou primeiro. Ela estava encolhida no chão, deitada de lado e a única parte visível de seu rosto estava coberta de sangue.

Não era possível saber se estava viva ou morta. E durante aqueles segundos que se passaram até que conseguisse chegar perto dela, ele foi consumido pelo terror, incapaz de raciocinar com alguma coerência. Só um pensamento passava pela sua cabeça: ele não poderia perdê-la. Não agora, não quando ela tinha acabado de entrar definitivamente em sua vida.

Seu grito de angústia ecoou colina abaixo. Homens vieram correndo com suas espadas em punho, prontos. Patrick tinha acabado de sair à porta de casa, de braço dado com a esposa, quando ouviu o som horripilante. Ele empurrou Frances Catherine de volta para dentro, deu ordem para que trancasse a porta, e, em seguida, se virou e correu colina acima.

Iain nem percebera que tinha gritado. Havia se ajoelhado ao lado de Judith e, com todo cuidado, a virara até que ela ficasse deitada de costas no chão. Ela soltou um suspiro fraco. Foi o som mais doce que ele já ouvira em toda a sua vida. Judith ainda era sua. Só então Iain conseguiu respirar novamente.

Seus homens formaram um círculo ao redor deles. E ali ficaram, observando enquanto seu líder verificava se havia algum osso quebrado ou outros ferimentos.

Brodick foi quem interrompeu o silêncio.

— O que diabos aconteceu com ela?

— Por que ela não abre os olhos? — perguntou Gowrie ao mesmo tempo.

Patrick avançou em meio ao grupo e se ajoelhou ao lado do irmão.

— Ela vai ficar bem?

Iain fez que sim com a cabeça, pois não confiava em si mesmo para falar. Não conseguia tirar os olhos do galo na têmpora de Judith. Com todo carinho, ele tirou o cabelo de cima para poder examinar melhor.

— Meu Deus — sussurrou Patrick ao ver o estrago. — Ela poderia ter morrido com a queda.

— Ela não caiu. — Iain afirmou em um tom de voz trêmulo de fúria.

Patrick ficou confuso. Se ela não tinha caído, então o que havia acontecido?

Foi Brodick quem respondeu à pergunta antes mesmo que Patrick tivesse tempo de fazê-la.

— Alguém a derrubou — disse ele, e se abaixou, do outro lado de Judith, sobre um dos joelhos, e começou a limpar gentilmente o sangue do rosto dela com a ponta de seu tartã. — Veja as pedras, Patrick. Tem sangue em uma delas. Isso não foi um acidente.

Iain teve que recorrer a toda a sua disciplina para não deixar se guiar pelo ódio que tomava suas veias. Judith vinha em primeiro lugar. A vingança poderia esperar. Terminou de verificar se os ossos das pernas e tornozelos estavam todos intactos, então se virou para pegá-la em seus braços. Patrick o ajudou.

Os dois irmãos ficaram em pé ao mesmo tempo. O olhar de Iain pousou em Brodick. A angústia que o guerreiro viu nos olhos de seu líder disse tudo.

Iain não queria apenas Judith em sua cama. Ele a amava.

Depois de aninhar a mulher contra o peito, Iain começou a subir a colina. Parou, de repente, e se virou de volta para Brodick.

— Encontre o maldito. — Não esperou para se certificar de que sua ordem tivesse sido ouvida. — Patrick, vá buscar Frances Catherine. Judith vai querer que ela esteja ao seu lado quando acordar.

A vibração da voz grave de Iain reverberando na sua caixa torácica a despertou. Judith abriu os olhos, sem saber ao certo onde estava. Tudo girava ao seu redor, causando náusea e fazendo sua cabeça latejar. Ela fechou os olhos outra vez e se entregou aos cuidados de Iain.

Só acordou de novo quando Iain a colocou no centro da cama. No minuto em que a soltou, ela tentou se sentar. Mas o quarto começou a girar. Buscou apoio no braço forte do marido até que sua visão voltasse ao normal.

Todo o seu corpo doía. As costas pareciam estar em chamas. Iain parou de forçá-la a se deitar de costas quando ela mencionou o incômodo que a posição causava. Graham entrou correndo no quarto, trazendo uma tigela cheia de água, derramando pelas beiradas a cada passo que dava. Gelfrid veio logo atrás com uma pilha de paninhos quadrados.

— Abra espaço, Iain. Deixe-me chegar perto dela — ordenou Graham.

— A pobre moça levou um belo tombo, não foi? — comentou Gelfrid. — Ela é sempre tão desastrada?

— Não, ela não é — respondeu Judith.

Gelfrid sorriu. Iain não conseguia largar a esposa.

— Pode deixar que tomo conta dela — ele disse a Graham. — Ela é minha.

— Claro que é — concordou Graham, tentando acalmar Iain.

Judith encarou o marido. Ele parecia furioso. E o modo como a segurava com força chegava a machucar um pouco.

— Os ferimentos foram leves — anunciou ela, sinceramente esperando que estivesse certa. — Iain, por favor, solte meus braços. Já tenho hematomas suficientes.

Seu pedido foi atendido. Graham colocou a bacia sobre o baú. Gelfrid umedeceu um dos lencinhos e o entregou a Iain.

Ele não disse uma palavra sequer enquanto limpava o sangue do rosto dela. E o fez com todo cuidado. O corte, de fato, não era tão profundo, e Iain achou que o ferimento acabaria cicatrizando sozinho, sem precisar de pontos.

A notícia a deixou aliviada, pois não suportava a ideia de alguém, nem mesmo seu marido, enfiando-lhe uma agulha na pele.

Iain parecia mais calmo. Então, sem querer, Gelfrid acabou despertando sua fúria novamente.

— É um milagre que ela não tenha ficado cega. Poderia até ter perdido o olho. Sim, poderia.

— Mas não perdi — disse Judith rapidamente ao perceber o olhar assustador do marido, e fez um afago na mão dele, tentando acalmá-lo. — Está tudo bem — falou com a voz branda. — Já estou me sentindo melhor.

Estava tentando confortá-lo, pois Iain parecia muito preocupado.

— Você vai se sentir melhor depois que eu passar um unguento nos cortes. Agora tire a roupa. Quero dar uma olhada nas suas costas.

Iain dera a ordem ao mesmo tempo em que Graham se inclinava para colocar um pano frio em cima do inchaço da têmpora.

— Segure isso firme sobre o ferimento, Judith. Vai ajudar a atenuar a dor.

— Obrigada, Graham. Iain, eu não vou tirar a roupa.

— O ferimento na cabeça poderia ter causado algum dano mais profundo — comentou Gelfrid. — Sim, ela teve sorte de não ter caído morta.

— Sim, você vai tirar a roupa — disse Iain para a esposa.

— Pare de deixar Iain ainda mais nervoso, Gelfrid. Sei que não está fazendo de propósito, mas o que poderia ter acontecido não aconteceu. Estou bem, muito bem.

— Claro que está — concordou Gelfrid. — Mas é melhor ficarmos de olho nela, Graham. Ela pode ficar confusa por um dia ou mais.

— Gelfrid, por favor — pediu Judith com um gemido. — E eu não vou tirar a roupa — explicou pela segunda vez.

— Sim, você vai.

Ela fez sinal para que Iain chegasse mais perto. Gelfrid veio junto.

— Iain, temos... visitas.

Finalmente, Iain conseguiu sorrir. O pudor dela foi como um bálsamo, e o modo como o encarava com o cenho franzido lhe deu vontade de rir ainda mais. Ela ficaria bem. Não estaria criando caso se o ferimento na cabeça tivesse sido mais grave.

— Não somos visita — disse Graham. — Moramos aqui, lembra?

— Sim, claro, mas...

— Você está vendo as coisas duplicadas, Judith? — perguntou Gelfrid. — Lembra-se de Lewis, Graham? Ele estava vendo as coisas duplicadas antes de bater as botas.

— Pelo amor de... — iniciou Judith.

— Vamos, Gelfrid. Acho que a moça vai explodir de tão vermelha. Ela não vai tirar a roupa enquanto estivermos aqui.

Judith esperou até que a porta se fechasse atrás dos dois anciões antes de se virar de volta para Iain.

— Não acredito que passou pela sua cabeça que eu pudesse tirar a roupa na frente de Graham e Gelfrid. O que você está fazendo agora?

— Estou tirando a sua roupa — explicou ele, paciente.

A explosão de raiva passou. Era por causa do sorriso dele, é claro. Só agora tinha se dado conta de como ele ficava ainda mais belo quando sorria. E quando a ideia surgiu em sua mente, já era tarde. Ele já tinha tirado toda a sua roupa e se inclinava sobre ela, tocando o hematoma no centro de suas costas antes que ela tivesse tempo de mandá-lo parar.

— Está tudo bem com as suas costas — disse ele. — A pele não sofreu nenhuma lesão.

Seus dedos deslizaram ao longo da espinha dorsal, e ele sorriu quando ela estremeceu ao toque.

— Você é toda macia e lisa — disse em um sussurro.

Ele se abaixou e a beijou no ombro.

— Frances Catherine deve estar esperando lá embaixo. Vou pedir para Patrick subir com ela.

— Iain, estou bem. Não preciso...

— Não discuta comigo.

Os dentes cerrados e o tom de voz indicavam que seria inútil discutir com ele. E de tanta insistência, ela acabou vestindo a camisola, apesar de estar se sentindo ridícula em trajes de dormir em plena luz do dia. Mas, naquele momento, Iain precisava se acalmar, pois ainda parecia muito preocupado.

Frances Catherine chegou minutos depois e, apenas com um olhar, expulsou Patrick do quarto, depois de ele a ter carregado escada acima, reclamando o tempo todo por causa de seu peso.

Gelfrid e Graham trouxeram o jantar. Judith não estava acostumada a ser mimada. Mesmo assim, adorou todas as atenções. Mais tarde, Isabelle apareceu para uma breve visita, e, quando Iain voltou, Judith estava exausta de tanta atenção.

Ele colocou todo mundo para fora. Judith protestou, mas acabou caindo no sono minutos depois.

E só acordou pouco antes do amanhecer. Iain dormia de bruços e Judith tentou se levantar sem fazer barulho, mas assim que se virou e colocou uma perna para fora da cama...

— Sua cabeça ainda está doendo?

Judith se virou e viu que Iain estava apoiado sobre um dos cotovelos, olhando para ela. Seus olhos estavam semicerrados, os cabelos desgrenhados, mas ele estava simplesmente lindo.

Ela voltou para a cama e o empurrou de costas para que pudesse se deitar sobre o seu corpo. E então beijou seu cenho franzido e mordiscou o lóbulo de sua orelha.

Mas ele não estava com paciência para provocações. Soltou um gemido abafado, passou os braços ao redor do corpo que se oferecia e capturou sua boca para um beijo de verdade.

A resposta rápida o deixou ensandecido. O beijo se tornou ainda mais quente, molhado, inebriante. Sua língua penetrou aquela boca doce para se encontrar com a dela, e, quando ele finalmente terminou o jogo erótico, ela colapsou sobre o peito largo.

— Querida, me responda. Sua cabeça ainda dói?

Havia preocupação em sua voz, e, na verdade, ainda doía um pouco, mas ela não queria que ele parasse de beijá-la.

— O beijo me fez bem — respondeu em um sussurro.

Iain sorriu, apesar de saber que a resposta era absurda. Após se espreguiçar, ele fez um carinho na nuca dela.

— Já eu, fiquei excitado — murmurou.

Judith soltou um leve suspiro de prazer.

— Você me quer, Judith?

Naquele momento, Judith ficou em dúvida se deveria parecer tímida ou ousada. Será que os maridos gostavam que suas esposas fossem agressivas ou recatadas? Resolveu deixar isso de lado. Afinal, já tinha mostrado certa ousadia, e Iain não parecera se importar.

— Claro que quero você... um pouquinho.

Era tudo que Iain precisava ouvir. Ele se afastou dela, virou de lado e a puxou para cima de seu corpo. Então ergueu o rosto delicado para que seus olhos pudessem se encontrar, e disse:

— Vou fazer você me querer tanto quanto eu a quero.

— Você vai? Iain, você me quer... agora?

Judith não entendeu. Céus, como era inocente. Bastava dar uma boa olhada para ver o quanto ele a desejava. Mas lhe faltava coragem de olhar, é claro. A vergonha a impedia, mas então ele resolveu mostrar. Pegou sua mão e a colocou bem em cima do membro enrijecido. Judith reagiu como se tivesse acabado de se queimar no fogo, puxando a mão com uma velocidade espantosa. Seu rosto ficou corado. Iain soltou um suspiro. Sua esposa querida ainda não estava pronta para esquecer a timidez. Mas ele não desistiria assim tão fácil.

Era um homem paciente. Sabia esperar. Beijou-a no alto da cabeça, então, e a ajudou a tirar a camisola. E Judith ficou de cabeça baixa até a peça sair totalmente.

Em seguida, ele iniciou a atraente missão de ajudá-la a vencer a timidez. Judith não reagiu quando ele acariciou seus ombros, os braços, as costas, mas deixou escapar um doce gemido de prazer ao sentir a mão dele deslizando devagar sobre o seu traseiro, mostrando sem palavras o quanto ela era sensível ao toque naquela região.

Até que finalmente ela começou a explorar o corpo dele com as pontas dos dedos. E demorou um longo, longo tempo até conseguir chegar na parte da frente, deixando Iain de dentes cerrados de tanta expectativa.

Mas a agonia compensou. A mão chegou até o abdômen e então ela hesitou; em seguida, desceu mais um pouco, até tocar no membro quente.

A reação dele a deixou mais ousada. Ele soltou um gemido abafado, que veio do fundo da garganta, e apertou seus ombros. Beijou-o no peitoral largo e foi descendo pouco a pouco até parar por um breve instante para beijar o baixo ventre. O homem não tinha gordura. Era todo feito de músculos. Iain se dobrou ao meio quando ela o beijou no umbigo. E só para deixá-lo um pouco mais louco do que já estava, ela o beijou no mesmo lugar uma segunda vez.

Iain a deixou livre até ela chegar na altura da virilha. Então a puxou de volta e beijou seus doces lábios. Foi um beijo demorado, intenso, apaixonado. Mas ela não caiu no truque.

— Iain, eu quero...

— Não.

O tom foi áspero, mas ele não conseguiu evitar. O mero pensamento no que ela estava prestes a fazer quase o matou de vontade de penetrá-la. Como não queria se satisfazer antes dela, e sabia que, se ela o tomasse em sua boca, ele não ia aguentar, resolveu que era melhor evitar.

— Sim — insistiu ela.

— Judith, você não entende — iniciou ele, em um tom titubeante.

Os olhos dela estavam fechados de paixão, e a visão mexeu com ele. Judith estava ficando excitada só de tocá-lo? Mas ele não teve tempo para mais conjecturas.

— Eu sei que agora é a minha vez — sussurrou ela, e se ergueu para silenciá-lo com um beijo. Sua língua penetrou na boca dele antes que ele tivesse tempo para assumir o comando da situação. — Deixe-me — insistiu.

E, dessa vez, conseguiu o que queria. Os punhos de Iain estavam cerrados ao lado do corpo. Então, ele puxou o ar, estremeceu e se esqueceu de soltar. Judith era inocente e maravilhosamente inexperiente, e tão amorosamente devotada que ele achou que tivesse morrido e ido para o céu.

Não daria para aguentar mais aquela doce tortura por muito tempo. Ele já nem se lembrava de como tinham ido parar na cama. Talvez a tivesse jogado na cama? Iain estava tão descontrolado que não conseguia pensar em nada além de lhe dar prazer até ela ficar pronta para ele.

Seus dedos deslizaram entre as coxas e, quando sentiu a umidade quente, quase perdeu o controle de vez. Ele afastou as pernas delicadas e soltou um gemido másculo, cheio de excitação.

Mas antes de se mover para tomá-la por inteiro, ele hesitou.

— Querida?

Estava pedindo permissão para ela. A ideia invadiu sua mente atordoada de paixão, e lágrimas inundaram seus olhos. Como ela amava aquele homem.

— Sim, claro — gritou em resposta, ciente de que muito provavelmente morreria se ele não a penetrasse naquele momento.

Iain tentou ser gentil, mas ela não estava com paciência para delicadezas. A princípio, ele foi penetrando devagar, até que ela ergueu os quadris e o agarrou pelas coxas para puxá-lo para mais perto, deixando arranhões em sua pele.

Enquanto durou o ritual do amor, sua boca não desgrudou da dela. A cama rangia por causa das estocadas firmes. Seus gemidos se misturavam aos sussurros de prazer dela. Naquele momento, nenhum dos dois conseguia pensar com coerência. Quando Iain soube que estava prestes a jorrar sua semente dentro dela, sua mão se moveu entre seus corpos unidos para ajudá-la a encontrar o prazer primeiro.

O fogo da paixão o consumiu por completo. O gozo o fez se sentir enfraquecido e, ao mesmo tempo, invencível. Ele desabou em cima do corpo envolvente com um gemido abafado de satisfação selvagem.

Céus, como ele amava seu cheiro. Inalou a fragrância feminina e teve a certeza de que realmente tinha estado no céu. Parecia que seu coração ainda estava prestes a explodir, mas ele não se importava se acontecesse. A satisfação era tanta que não conseguia pensar em mais nada.

Judith também ainda não tinha se recuperado. A constatação o deixou cheio de si. Como era bom saber que tinha conseguido fazê-la perder as inibições e o controle. Iain a beijou na curva entre o pescoço e o colo, bem no ponto onde os batimentos cardíacos ainda pulsavam descontrolados, e sorriu pelo modo como a carícia a fez perder o fôlego.

Tentou, então, encontrar forças para sair daquele aconchego, pois sabia que seu corpo começava a pesar sobre o dela, mas tudo o que mais queria era que aquele momento de prazer nunca mais terminasse. Nunca tinha experimentado aquele tipo de satisfação com outra mulher. Sim, sempre conseguira se manter distante, à parte. Mas o mesmo não acontecia com Judith, ele não conseguia se proteger dela. A constatação foi chocante, e, de repente, Iain se sentiu muito vulnerável.

— Eu amo você, Iain.

Uma declaração tão simples e, ao mesmo tempo, tão assustadora. E, com ela, Judith aniquilou todos os medos que passavam pela cabeça de Iain naquele momento.

Iain bocejou ao pé de seu ouvido e então se apoiou sobre os cotovelos para beijá-la. No entanto, sua intenção caiu no esquecimento assim que pousou os olhos sobre o irregular inchaço ao redor do olho.

Judith estava sorrindo até ele começar a franzir o cenho.

— O que aconteceu, Iain? Eu não lhe dei prazer?

— Claro que você me deu prazer — respondeu.

— Então por que...

— Você poderia ter perdido o olho.

— Você está falando igual a Gelfrid — apontou ela, tentando aliviar o clima tenso. Mas não funcionou.

— Você teve muita sorte, Judith. Poderia...

Judith pousou a mão sobre a boca dele.

— Você também me deu muito prazer — sussurrou.

A tentativa não funcionou outra vez. Ele pediu sua atenção, perguntando:

— Quando você caiu, por acaso viu um homem... ou uma mulher por perto?

Judith pensou sobre a pergunta por um longo minuto antes de decidir não contar sobre o menino que tinha visto. A criança era muito pequena para ser trazida diante do *laird*. Seria muito assustador para ela, sem contar a vergonha e a humilhação que causaria à família. Não, ela não deixaria que isso acontecesse. Além do mais, tinha certeza de que conseguiria cuidar daquilo sozinha. Primeiro, teria que encontrar o pequeno rebelde, é claro. Quando o encontrasse, teria uma longa e boa conversa com ele. Caso não resolvesse, aí sim buscaria a ajuda de Iain. Ou, no mínimo, ameaçaria fazê-lo. Mas isso seria em último caso. E se o menino tivesse idade suficiente — apesar de ela desconfiar que não tinha mais de sete anos —, ela o colocaria nas mãos do padre Laggan e o faria confessar seu pecado.

— Judith? — perguntou Iain, exigindo uma resposta.

— Não, Iain. Não me lembro de ter visto nenhum homem ou mulher por perto.

Ele assentiu, apesar de não acreditar; pois, na verdade, duvidava de que ela se desse conta de que tinha sido atacada. Muito provavelmente, já tinha desmaiado com a primeira pedrada, e, em sua inocência, nem lhe ocorreu a possibilidade de ter sido vítima de um ato de traição.

Iain se abaixou e lhe deu um beijo antes de sair da cama.

— O dia já amanheceu. Os deveres me esperam — disse ele.

— Eu tenho deveres? — perguntou ela enquanto puxava as cobertas sobre o corpo.

— Claro que tem. Judith, por que esconde seu corpo de mim?

Judith começou a ruborizar. Iain achou muito engraçada a reação. Então, ela afastou as cobertas e se levantou para encará-lo. Iain não desperdiçou a oportunidade de observá-la por inteiro enquanto Judith olhava fixamente na direção da cornija da lareira.

— Também não tem problema você olhar para mim — disse ele, em um tom arrastado.

O tom de brincadeira em sua voz a fez sorrir.

— Você está se divertindo com a minha timidez, não está, marido?

Mas ele não respondeu. Finalmente ela o encarou. Iain parecia... atordoado. Será que seu corpo não o agradava? Ela estava tentando alcançar a coberta para se esconder quando o comentário a impediu.

— Você acabou de me chamar de marido. Assim, de repente.

A coberta escorregou de volta na cama.

— Você gosta de mim? — indagou ela.

Ele sorriu.

— Às vezes.

Judith riu enquanto corria para se atirar nos braços dele. Iain a ergueu alguns centímetros do chão e a beijou.

— Você me faz esquecer de todas as minhas obrigações.

Judith ficou tão feliz que seus beijos fossem capazes de tirar a concentração dele que nem se importou. Voltou para a cama e se sentou só para vê-lo se vestir.

Parecia que, a cada peça de roupa que vestia, ele se transformava mais e mais no líder do clã e menos no amante carinhoso de minutos antes. Quando finalmente prendeu o cinto, ele se transformou no *laird* por inteiro, passando até mesmo a tratá-la como se ela fosse um bem seu.

Sua obrigação, explicou ele, era instruir os criados sobre o que precisava ser feito. Não tinham uma cozinheira que trabalhava em tempo integral na fortaleza. As mulheres do clã se revezavam para providenciar as refeições. Mas, se ela quisesse, poderia assumir o trabalho.

A manutenção do interior da fortaleza era de responsabilidade sua. E uma vez que Graham e Gelfrid iriam continuar morando com eles, ela também deveria atender às necessidades dos dois.

Judith não ficou preocupada, pois, desde muito cedo, ela se vira obrigada a tratar diretamente com os criados quando passava a temporada na fortaleza de seu tio Tekel. Portanto, não tinha nenhum problema em cuidar disso.

Já Iain parecia preocupado, pois achava que a esposa ainda era muito jovem para assumir tantas responsabilidades. Chegou a compartilhar sua preocupação, e a fez prometer que ia recorrer a ele caso tivesse alguma dúvida.

Judith não se ofendeu pela falta de confiança do marido nas suas habilidades de comandar uma casa. Afinal, como ele poderia saber o que ela era ou não capaz de fazer? Mas o tempo lhe daria a oportunidade de provar que ela era capaz de assumir as responsabilidades cabíveis à esposa de um *laird*. Só então ele não precisaria mais se preocupar.

E ela estava ansiosa para começar.

— Vou descer e começar agora mesmo — anunciou, animada.

Mas Iain negou com um aceno.

— Você ainda não se recuperou. Precisa descansar.

Antes que ela tivesse tempo de discutir, ele a puxou para mais perto, deu-lhe um beijo na testa e, em seguida, seguiu rumo à porta.

— Use meu tartã, esposa.

Judith se esqueceu da nudez e correu atrás dele.

— Preciso lhe pedir uma coisa.

— O quê?

— Você poderia, por favor, mandar reunir todas as mulheres e crianças? Eu gostaria que você me apresentasse a elas.

— Por quê?

Mas ela não explicou seus motivos.

— Por favor?

Ele soltou um suspiro.

— Quando quer que eu faça isso?

— Pode ser hoje à tarde.

— Eu tinha planejado reunir meus guerreiros para comunicar sobre o nosso casamento, e assim eles informariam a suas esposas, mas se você quer...

— Ah, sim, eu quero.

— Muito bem — concordou ele.

Só então ela permitiu que ele se fosse. Exausta do amor tórrido que haviam acabado de fazer, ela voltou para a cama, e, sem pressa de se vestir, deitou-se e se enrolou nas cobertas, no lado dele da cama, para se sentir mais perto de seu amado, e fechou os olhos.

A soneca durou três horas. Apesar do sentimento de culpa, só se sentiu disposta a sair do quarto no início da tarde. Sentiu certa culpa por desperdiçar tempo, mas isso também não a fez se apressar. Vestiu a mesma chemise branca, pois ainda não tinha pegado o restante de suas coisas na casa de Frances Catherine. Tentou prender o tartã que Iain deixara, mas não obteve muito sucesso, até que resolveu sair à procura de um dos anciões para pedir ajuda.

Gelfrid foi quem a socorreu. Ele a acompanhou ao descerem as escadas.

Iain estava esperando no grande salão com Graham. Os dois sorriram assim que a viram.

Então, Brodick entrou correndo no salão, chamando sua atenção, e ela se virou com um sorriso para receber o recém-chegado.

Em resposta, o guerreiro se curvou numa reverência.

— Estão todos esperando por você, Iain — anunciou Brodick. — Judith, você poderia ter perdido o olho. Teve muita sorte.

— Sim, ela teve muita sorte — comentou Gelfrid. — Não estou entendendo por que nosso *laird* quer falar diretamente com as mulheres — adicionou, então.

Gelfrid queria uma explicação, é claro, mas Judith não estava disposta a dar. Ela sorriu para o ancião e se voltou para o marido, que tomou sua mão e a acompanhou porta afora.

— Iain, você confia em mim, não confia? — indagou ela.

A pergunta o pegou de surpresa.

— Confio — respondeu ele. — Por que me perguntou isso agora, Judith?

— Porque há uma situação... especial, e, antes, quero ter certeza de como agir, de que você confia em mim o suficiente para não interferir.

— Vamos falar sobre isso hoje à noite — disse ele.

— Até lá, já terá sido resolvido.

Iain segurou a porta aberta para que ela passasse e foi logo atrás. Judith ia descendo os degraus quando foi detida pelo marido, que passou o braço ao redor de seus ombros e a puxou para perto de si.

E só então ele se dirigiu à multidão reunida. As mulheres, tantas que Judith nem conseguia contar, estavam à frente, com seus filhos ao lado. O pátio estava cheio, assim como as colinas abaixo.

Judith mal prestava atenção ao que o marido dizia ao grupo, buscando desesperadamente o rosto do garoto em meio às pessoas. Acabou encontrando Frances Catherine e ficou feliz ao ver Isabelle ao lado de sua amiga.

Iain parou.

— Continue falando — sussurrou ela.

Ele se abaixou para sussurrar ao seu ouvido.

— Mas eu já terminei.

— Iain, por favor. Ainda não o encontrei. E não me olhe desse jeito. Eles vão pensar que você acha que não passo de uma lunática.

— Não acho que você seja lunática — murmurou ele.

Ela deu-lhe, então, um cutucão na lateral do corpo para que ele cooperasse.

Iain começou a falar novamente. Judith estava prestes a desistir de procurar o garoto quando uma das parteiras atraiu sua atenção; aquela que se chamava Helen, lembrou. Como a mulher parecia muito assustada, Judith ficou observando um pouco mais enquanto se perguntava por que a parteira parecia tão aborrecida com a notícia do casamento. Enquanto a olhava, Helen meio que se virou e baixou os olhos, olhando para trás. Então, Judith viu o garoto, que tentava se esconder atrás da saia da mãe.

Ela cutucou Iain outra vez

— Você já pode parar.

Assim Iain o fez. Demorou um minuto inteiro para que seu clã percebesse que ele havia terminado. Então todos comemoraram o anúncio. Guerreiros, que estavam parados ao lado da fortaleza, aproximaram-se para parabenizar o líder.

— Esse foi o discurso mais longo que você já fez — comentou um deles.

— Esse foi o único discurso que ele fez até hoje — interveio Patrick.

Mas Judith não estava prestando atenção aos homens, pois queria pegar o garoto antes que sua mãe o levasse embora.

— Com licença, por favor — pediu ela, e saiu antes que Iain tivesse tempo de concordar.

Ela acenou para Frances Catherine ao passar pela amiga e seguiu apressada em meio à multidão. Várias jovens a pararam no caminho para lhe dar os parabéns. Pareciam sinceras, e ela respondeu a cada uma com um convite para lhe fazerem uma visita na fortaleza.

Helen segurava o filho pela mão. Quanto mais perto Judith chegava, mais apavorada a mulher parecia.

Obviamente o filho tinha confessado a travessura para a mãe. Judith seguiu em frente até, por fim, conseguir alcançar a parteira.

— Boa tarde, Helen — iniciou ela.

— Estávamos indo falar com o *laird* — desabafou a mulher. — Então fomos avisados de que deveríamos nos reunir no pátio, e eu...

Sua voz foi substituída por um soluço. Várias mulheres curiosas observavam a conversa, e Judith não queria que elas soubessem o que estava acontecendo.

— Helen. Tenho algo muito importante para falar com o seu filho. Você poderia me emprestá-lo por alguns minutos?

Os olhos de Helen marejaram.

— Andrew e eu estávamos indo contar para o *laird*...

Judith a interrompeu com um aceno de cabeça.

— Este assunto é entre mim e o seu filho — insistiu ela. — O *laird* nunca precisará saber. Meu marido é um homem muito ocupado, Helen. Se o assunto que deseja discutir é sobre pedras que foram arremessadas, então acho que pode ficar entre nós três.

Finalmente, Helen entendeu, e ficou tão aliviada que parecia prestes a desmaiar. Mas concordou com um aceno veemente.

— Devo esperar aqui?

— Por que não vai para casa? Mandarei Andrew para lá assim que terminarmos nossa conversa.

Helen piscou, afastando as lágrimas.

— Obrigada — agradeceu, em um sussurro.

O tempo todo Iain não tirava os olhos da esposa, perguntando-se o que ela estaria conversando tanto com Helen. A parteira parecia nervosa, mas, como Judith estava de costas, ele não conseguia ver se ela estava aborrecida ou não.

Brodick e Patrick falavam alguma coisa, e ele estava prestes a se virar para os guerreiros quando Judith atraiu sua atenção mais uma vez. Ela passou por trás de Helen e pegou o filho da parteira pela mão. O menininho tentou resistir, mas ela o puxou para a frente, e então desceu a colina, levando a criança.

— Para onde Judith está indo? — perguntou Patrick.

Iain não respondeu rápido o bastante para o gosto de Brodick.

— Quer que eu vá atrás? Judith não deveria andar sozinha até que o culpado seja encontrado. Não é seguro.

Só depois que o amigo fez a pergunta foi que Iain entendeu o que estava acontecendo.

— Meu irmão consegue cuidar da própria esposa, Brodick. Você não precisa se preocupar tanto com ela — disse Patrick.

Iain finalmente se virou para o irmão e o amigo.

— Não é necessário que ninguém vá atrás de Judith. Eu sei quem jogou as pedras. Judith está segura.

— Quem diabos fez isso? — interpelou Brodick.

— O filho de Helen.

Os dois guerreiros ficaram surpresos.

— Mas ela está com ele agora — disse Patrick.

Iain assentiu.

— Ela deve tê-lo visto. Vocês viram o modo como ela o arrastou para longe? Ah, ela sabe. Provavelmente vai lhe dar uma bela bronca.

Iain estava certo. Judith deu uma bela bronca no garoto, mas o sermão não durou muito. Andrew se mostrou tão arrependido e tão assustado, que ela acabou o consolando. O menino tinha acabado de completar sete anos. Era um garoto grande e muito forte para a idade; mesmo assim, não passava de um menino.

E agora, ele encharcava de lágrimas o tartã de Judith, implorando pelo seu perdão. Não tivera a intenção de machucá-la. Não, queria apenas assustá-la para que ela quisesse voltar para a Inglaterra.

Judith estava prestes a pedir desculpas por não ir embora das Highlands, quando o pequeno, aos prantos, soltou seu verdadeiro motivo.

— Você fez minha mãe chorar.

Judith não fazia a menor ideia de por que havia feito Helen chorar, e Andrew não estava conseguindo explicar com clareza. Decidiu que a solução seria ter uma conversa com Helen para resolver o problema de uma vez por todas.

Judith se sentou em cima de uma pedra baixa com o garotinho soluçando no colo. Estava satisfeita com o sinal de arrependimento. E como ele já tinha confessado para a mãe ter sido o autor da arte, ela lhe disse que não via necessidade de incomodar o *laird* com esse assunto.

— O que o seu pai achou disso que você fez? — perguntou Judith.

— Meu pai morreu no verão passado — contou Andrew. — Eu cuido de minha mãe agora.

Judith sentiu um aperto no coração pelo garotinho.

— Andrew, você me prometeu que não vai aprontar mais nada e eu acredito em você. Este assunto está encerrado.

— Mas preciso pedir desculpa para o *laird*.

Era muito nobre da parte da criança, e corajoso também.

— Você está com medo de falar com o *laird*?

Andrew assentiu.

— Gostaria que eu contasse para ele por você? — perguntou ela.

O menino escondeu o rosto no ombro de Judith.

— Você contaria para ele agora? — indagou ele, em um sussurro.

— Pode ser — concordou ela. — Vamos voltar e...

— Ele está aqui — sussurrou Andrew, com a voz trêmula de medo.

Judith se virou e se deparou com o marido parado logo atrás dela, recostado a uma árvore com os braços cruzados à frente do peito.

Não era para menos que Andrew estava tentando se esconder embaixo de seu tartã. Dava para sentir seu tremor. Ela resolveu acabar de uma vez por todas com aquela agonia. Judith o afastou e o forçou a ficar de pé. Então o pegou pela mãozinha e o levou até Iain.

Andrew estava cabisbaixo. De seu ponto de vista, muito provavelmente Iain parecia um gigante. Judith sorriu para o marido, então apertou de leve a mão de Andrew, em um sinal de incentivo.

— Seu *laird* está esperando para ouvir o que você tem a lhe dizer — instruiu ela.

Andrew deu uma espiadela. Parecia apavorado. As sardas que cobriam seu rostinho estavam mais brancas do que marrons, e seus olhos castanhos estavam cheios de lágrimas não derramadas.

— Eu joguei as pedras — Andrew soltou de supetão. — Não queria machucar sua esposa, só assustar um pouco para que ela voltasse para a casa dela. Assim a mamãe não choraria mais. — Confissão feita, ele baixou a cabeça até seu queixo tocar o peito. — Desculpe — adicionou em um resmungo.

Iain não disse nada por um longo tempo. Judith não aguentava mais ver o sofrimento da criança e estava prestes a sair em sua defesa quando Iain ergueu a mão e fez que não com a cabeça.

Não queria sua interferência. Lentamente, ele foi se afastando da árvore onde estava encostado e avançou alguns passos até parar diante de Andrew.

— Não adianta pedir desculpas para os seus pés — disse Iain. — Peça para mim.

Judith não concordou com a atitude do marido. Afinal, ela tinha sido a vítima do ataque, e Andrew já tinha pedido desculpas a ela. Por que ele tinha que pedir desculpas ao *laird*?

Mas achou que aquele não era um bom momento para discutir com Iain. Ele poderia pensar que ela estivesse tentando diminuir a sua autoridade.

Andrew ergueu os olhos para o *laird* novamente, apertando a mão de Judith. Será que Iain não via o quanto o menino estava assustado?

— Sinto muito por ter machucado sua esposa.

Iain assentiu. Cruzou as mãos atrás das costas e encarou Andrew por um longo minuto. Judith achou que ele estivesse prolongando aquela tortura de propósito.

— Você, venha comigo — ordenou ele. — Judith, você espera aqui.

Sem lhe dar tempo para argumentar, ele saiu andando. Andrew soltou a mão dela e foi correndo atrás de seu *laird*.

Os dois demoraram um longo tempo. Quando voltaram, Iain ainda estava com as mãos cruzadas atrás das costas. Andrew caminhava ao seu lado. Judith sorriu ao ver o modo como a criança imitava seu líder, com as mãozinhas para trás, em uma pose tão arrogante quanto a de Iain. O garoto tagarelava sem parar e, vez ou outra, Iain assentia.

Andrew agia como se tivesse acabado de se livrar de um imenso fardo. Iain o dispensou, esperou até que estivesse longe o suficiente para não ouvir e disse:

— Perguntei se você tinha visto alguém, Judith. Poderia me explicar por que não respondeu à minha pergunta?

— Na verdade, você me perguntou se eu tinha visto um homem ou uma mulher por perto — lembrou-o. — Sendo assim, não menti para você. Eu vi uma criança, não um homem ou uma mulher.

— Não tente usar essa lógica invertida comigo — alertou ele. — Você sabe o que perguntei. Agora, eu gostaria de saber por que não me disse nada.

Ela soltou um suspiro.

— Porque a questão era entre mim e a criança — explicou. — Não achei necessário incomodá-lo com isso.

— Mas eu sou seu marido — foi a vez dele de lembrá-la. — O que diabos você quer dizer com não achou necessário me incomodar?

— Iain, eu tinha certeza de que poderia cuidar desse assunto sozinha.

— Escolher não era uma opção sua.

Ele não estava bravo. Estava simplesmente dizendo a Judith como lidar adequadamente com seus problemas.

E ela tentava não se irritar com isso, mas não estava conseguindo. A inglesa cruzou os braços à frente do corpo e franziu o cenho.

— Por acaso eu tenho alguma opção?

— É meu dever cuidar de você.

— E também cuidar de meus problemas?

— Claro.

— Isso não me torna melhor do que uma criança. Por Deus, acho que não estou gostando muito de estar casada. Eu tinha mais liberdade quando morava na Inglaterra.

Iain soltou um suspiro exasperado. Judith estava dizendo as coisas mais ultrajantes e agindo como se acabasse de descobrir seu papel na vida, como mulher.

— Judith, ninguém é totalmente livre.

— Você é.

Ele negou, balançando a cabeça.

— Como *laird*, tenho muito mais restrições do que qualquer um dos guerreiros que se reportam a mim. Sou obrigado a prestar contas diante do conselho sobre tudo o que faço. Todos ocupam uma função aqui, e têm responsabilidades também. Esposa, não aprecio ouvir você me dizendo que não gosta de estar casada.

— Não falei que não gosto de estar casada com você, marido. Apenas que não estou gostando muito de estar casada. É mais restritivo. Tem uma diferença.

Seu semblante indicava que ele discordava. Ele a puxou para mais perto e a beijou.

— Você vai gostar de estar casada comigo, Judith. Eu ordeno que goste.

Foi uma ordem ridícula. Ela se afastou e o encarou, pois tinha certeza de que tudo aquilo não passava de uma brincadeira e que ela veria isso em seu rosto.

Mas Iain não estava brincando. Céus, ele parecia... preocupado, e vulnerável também. O que a surpreendeu, e, ao mesmo tempo, a deixou muito, muito satisfeita. Ela se aconchegou nos braços protetores novamente.

— Eu te amo — disse ela, em um mero sussurro. — É claro que gosto de estar casada com você.

Iain a abraçou com mais força.

— E, com o tempo, você vai acabar gostando de compartilhar seus problemas comigo para que eu possa resolvê-los — anunciou ele.

— Pode ser — disse ela, recusando-se a concordar plenamente. — Mas alguns eu resolverei sozinha.

— Judith... — começou.

Mas ela o interrompeu.

— Frances Catherine me contou que você sempre foi mais um pai para Patrick do que um irmão. Você cresceu resolvendo todos os problemas dele, não foi?

— Talvez, quando éramos mais jovens — admitiu. — Agora que

somos adultos, decidimos juntos o que deve ser feito sempre que temos um problema. Eu confio nele muito mais do que ele em mim. Diga o que meu irmão tem a ver com esta discussão. Quer que eu cuide de você, não quer?

— Claro que quero. Só não desejo ser um fardo. Quero poder compartilhar meus problemas com você, não os colocar nas suas mãos. Entendeu? Quero fazer parte, ser tão importante na sua vida a ponto de você querer compartilhar suas preocupações comigo. Será que você não conseguirá aprender a me tratar com a mesma consideração que tem por Patrick?

Iain não sabia o que dizer.

— Vou pensar nisso — prometeu.

Ela se recostou no aconchego do abraço, de modo que ele não pôde ver seu sorriso.

— Isso é tudo que lhe peço.

— Vou tentar abrir a mente para novas ideias, Judith.

— Você vai conseguir.

Ela o beijou no queixo. E como se fosse um convite, Iain se abaixou e capturou sua boca para um beijo longo. E foi com muita relutância que se obrigou a soltá-la.

Então, Judith avistou Andrew parado a uma distância razoável deles.

Iain nem se virou quando chamou o garoto:

— Você está pronto, Andrew?

— Sim, *laird* — respondeu o menino, imediatamente.

— Como você sabia que ele estava parado ali?

— Eu o ouvi chegando.

— Eu não.

Iain sorriu enquanto explicava.

— Você não precisa ouvir.

A resposta não fez o menor sentido, além de soar muito arrogante.

— Para onde você vai levá-lo? — perguntou ela, baixinho, para que o garoto não pudesse ouvir.

— Para os estábulos. Ele vai ajudar o encarregado dos estábulos.

— Isso é um castigo? Iain, você não acha...

— À noite, falaremos sobre isso — interrompeu ele.

Ela assentiu. Ficou tão feliz por ele não dizer que ela não deveria se intrometer, que sentiu até vontade de sorrir.

— Como quiser.

— Pois bem, eu gostaria que você voltasse para a fortaleza.

Judith assentiu, fez uma mesura para o marido e se pôs a subir a colina.

— Descanse agora à tarde — recomendou ele.

— Pode deixar, Iain.

— Estou falando sério, Judith.

Só então ela se deu conta de que seu marido não esperava que ela fosse concordar tão facilmente. E, uma vez que ela não discutiu, ele assumiu que sua ordem seria obedecida. Judith tentou segurar a risada ao perceber que o marido estava começando a conhecê-la.

Ela cumpriu a promessa, mas antes recebeu a visita de Frances Catherine. Depois que Patrick acompanhou a esposa de volta para casa, Judith subiu para se recolher em seu quarto. A constante preocupação com o parto de Frances Catherine não saía de sua cabeça, só que agora ela achava que finalmente tinha conseguido encontrar uma solução. Judith não acreditava que tivesse conhecimento suficiente para saber o que fazer se o parto tivesse complicações, mas Helen com certeza saberia, não? De agora em diante, a mãe de Andrew passaria a vê-la com outros olhos, pensou

Judith, e talvez, se usasse a abordagem certa, quem sabe não conseguiria convencer a parteira a ajudá-la sem ter que envolver Agnes.

Muito provavelmente Frances Catherine teria um ataque quando soubesse. Judith teria que convencê-la de que Helen poderia ser de grande ajuda e não um obstáculo.

Acabou adormecendo, rezando para que isso fosse verdade.

Capítulo 12

Ela dormiu a noite toda. Quando acordou, Iain já não estava mais no quarto. Judith se lembrou de que precisava se apressar para começar o dia. Avistou suas bolsas de viagem empilhadas em um canto e presumiu que Iain tivesse ido buscá-las na casa de Frances Catherine.

Depois de guardar suas coisas no baú menor e arrumar o quarto, ela desceu.

Gelfrid estava sentado à mesa com Duncan, tomando o desjejum. Os dois anciões começaram a se levantar assim que a viram entrar no salão, mas ela fez sinal para que se sentassem.

— Não vai se juntar a nós, moça? — perguntou Gelfrid.

— Vou levar uma maçã comigo, obrigada. Tenho uma missão importante a cumprir.

— Você ficou muito bem com o nosso tartã — murmurou Duncan, com o cenho franzido enquanto fazia o elogio, como se elogiá-la fosse uma tarefa muito difícil.

Judith conteve uma risada; mesmo assim, sorriu. Duncan, pensou ela, era igualzinho a Gelfrid. Cascudo por fora, mas muito carinhoso por dentro.

— O rosto dela ainda está medonho — comentou Gelfrid. — Ela poderia ter perdido um olho, Duncan — adicionou com um menear de cabeça.

— Sim, poderia — concordou o outro.

Judith escondeu a irritação.

— Gelfrid, deseja que eu faça alguma coisa antes de sair?

O ancião negou com um aceno de cabeça.

— Você viu Graham hoje? — perguntou ela. — Talvez ele queira alguma coisa, e eu gostaria de ter tudo organizado antes de começar o dia.

— Graham saiu para caçar com Patrick e alguns outros — explicou Gelfrid. — Ele deve voltar para o almoço. Eles saíram bem cedo.

— Iain foi com eles?

Foi Duncan quem respondeu à pergunta:

— Ele foi para o lado oposto a fim de ter uma conversinha com os Macpherson. As terras deles fazem fronteira com as nossas a oeste.

Judith percebeu a hesitação em sua voz.

— Não acho que será uma conversinha, Duncan. Estamos brigados com os Macpherson, não estamos?

O ancião concordou.

— Mas não precisa se preocupar. É só uma pequena querela. *Laird* Macpherson é tão incompetente que nem vale a pena brigar com eles. Não vai ter nenhum derramamento de sangue.

— Tem certeza, Duncan?

— Tenho. Não vai haver nenhuma batalha.

— Isso mesmo. Será mais chatice do que divertimento para Iain — adicionou Duncan.

— Obrigada por terem me contado — respondeu Judith. Em seguida, fez uma mesura, e então se virou e saiu apressada.

Judith estava na metade do caminho, descendo a colina, quando se lembrou de que não sabia onde Helen morava. Não seria uma boa ideia perguntar para Frances Catherine, pois sua amiga poderia desejar saber por que ela queria falar com a parteira, e Judith estava determinada a falar primeiro com Helen antes de tocar no assunto com a amiga.

Ela se virou na direção da cabana de Isabelle. Lembrando-se de que, durante a horrível inquisição, Agnes se gabara que tanto ela quanto Helen moravam perto o suficiente para escutar os gritos durante o parto, Judith estava certa de que Isabelle poderia lhe indicar o caminho.

Ao avistar o padre Laggan descendo a colina, ela acenou para ele e correu ao seu encontro.

— O senhor conseguiu enterrar Merlin a tempo? — perguntou ela.

O senhor sorriu e respondeu:

— Consegui. Agora estou de volta para abençoar propriamente o filho de Isabelle.

— O senhor está sempre com pressa assim, padre?

— Para dizer a verdade, sim — respondeu ele, segurando as duas mãos de Judith. — Você parece feliz. Iain está tratando você bem, não está?

— Sim, padre. O senhor janta conosco hoje à noite?

— Será um prazer. Tem tempo de ir até a casa de Isabelle comigo agora, para dizer um olá?

— Claro. Mas primeiro preciso falar com uma das parteiras — explicou ela. — O senhor, por acaso, sabe onde Helen mora?

O padre assentiu e ainda fez a gentiliza de levá-la até lá. Ele bateu à porta, e Helen levou um susto ao se deparar com o padre e a esposa do *laird*.

Judith percebeu a expressão de assustada da mulher e tratou logo de acalmá-la.

— Bom dia, Helen — iniciou ela. — Padre Laggan fez a gentileza de me mostrar onde ficava a sua casa. Ele estava indo dar a bênção ao filho de Isabelle — completou. — E eu queria falar com você sobre um assunto particular... se você tiver tempo. Se quiser, posso voltar mais tarde.

Helen abriu espaço e graciosamente convidou os visitantes para entrar.

O cheiro de pão fresco enchia o ar. Padre Laggan fez sinal para que Judith entrasse primeiro.

A pequena cabana estava impecável. O piso de madeira tinha sido tão bem esfregado que brilhava.

Judith se sentou à mesa, mas o padre se aproximou da lareira e se abaixou até a chaleira de ferro pendurada na armação acima do fogo.

— O que temos aqui? — perguntou ele.

— Ensopado de carneiro — respondeu Helen, em um tom sussurrante, segurando o avental com as duas mãos com tanta força que as juntas de seus dedos estavam brancas.

— Já dá para experimentar, Helen? — perguntou o padre Laggan, sem muita sutileza.

A perspectiva de alimentar o padre deixou Helen mais à vontade. Ela o mandou para a mesa e então lhe serviu uma generosa porção do cozido. Judith ficou surpresa com o apetite do padre, pois, apesar de magro como uma vareta, o homem de Deus comia por dois.

Helen já estava com a fisionomia mais relaxada enquanto servia o padre. Judith percebeu a alegria da mulher com os elogios dele e tratou de acrescentar mais alguns depois que comeu duas fatias grossas de pão preto, cobertas com uma geleia deliciosa.

Mas nem assim Helen se sentiu à vontade o suficiente para se sentar. Padre Laggan terminou a refeição, agradeceu à parteira pela hospitalidade, e então se retirou para ir até a cabana de Isabelle. Judith ficou para trás.

Esperou até que a porta se fechasse atrás do padre, e então pediu a Helen que se sentasse.

— Eu gostaria de agradecê-la mais uma vez... — iniciou Helen.

Mas Judith a interrompeu.

— Não vim aqui para ouvir seus pedidos de desculpa. Aquele problema já foi resolvido e Andrew já aprendeu a lição.

— Desde que o pai morreu, o menino tem andado... mais agarrado a mim. Ele acha que deve ficar ao meu lado o tempo todo para me proteger.

— Talvez ele esteja com medo de que você também morra e ele fique sozinho — sugeriu Judith.

Helen concordou.

— Somos só nós dois agora. É difícil para ele.

— Não tem tios ou primos que possam...

Judith parou quando Helen negou com um aceno.

— Somos só nós, mesmo, Lady Judith.

— Não, vocês não estão sozinhos — argumentou Judith. — Vocês fazem parte deste clã. Logo seu filho terá idade para ser um guerreiro Maitland. Se não há nenhum tio ou primo para orientar Andrew, então a questão deve ser tratada com Iain. Helen, você sabe o quanto é essencial para uma criança acreditar que é importante. — Fez uma pausa para sorrir para a parteira antes de adicionar: — Isso é importante para uma mulher também, não é?

— Sim, é — concordou Helen. — Tem sido difícil viver aqui. Venho da família MacDougall. Tenho oito irmãs e dois irmãos — adicionou com um menear de cabeça. — Nem preciso dizer que sempre tinha alguém com quem conversar, e sempre tempo para uma visita amigável. Mas aqui é diferente. As mulheres trabalham do nascer ao pôr do sol. Aos domingos é a mesma coisa. E, mesmo assim, ainda as invejo, pois elas têm um marido para cuidar delas.

Com o incentivo de Judith, Helen continuou falando sobre a sua vida por mais de uma hora. Contou que tinha se casado tarde e que era muito grata ao falecido marido, Harold, por tê-la salvado de se tornar uma solteirona, e que, durante todo o tempo em que estiveram casados, ela tentara cuidar do lar deles da melhor maneira possível.

Admitiu que, depois da morte dele, ela gostou de não ter mais que esfregar o chão todos os dias, mas logo acabou sentindo tédio. Ela riu e confessou que agora esfregava e limpava igualzinho a antes de o marido morrer.

Judith ficou surpresa quando Helen admitiu que sentia saudade de preparar refeições especiais para o marido e que adorava inventar pratos novos, e ainda jurou que sabia mais de uma centena de maneiras de preparar carneiro.

— Você gosta de ser parteira? — perguntou Judith.

— Não.

A resposta foi rápida e enfática.

— Eu já tinha feito cerca de vinte partos antes de me mudar para cá — explicou ela. — E achei, depois que Harold morreu, que minha experiência poderia me ajudar a me... adaptar. Mas não vou participar mais de partos. Depois do confronto por causa de Isabelle, resolvi que vou tentar encontrar outro meio de...

Mas ela não terminou.

— Helen, você acredita que uma mulher deve padecer para agradar a Deus?

— A Igreja...

— Estou perguntando o que você acha — interrompeu Judith.

— Todos os partos são dolorosos. Mas não posso crer que Deus culpe todas as mulheres pelo pecado de Eva.

Após a admissão praticamente sussurrada, ela pareceu preocupada.

Judith tratou de acalmá-la.

— Não vou contar ao padre Laggan. Também acredito que Deus seja mais misericordioso do que a Igreja prega. Tento não questionar a sabedoria de nossos líderes, Helen, mas às vezes não consigo acreditar em algumas das regras confusas.

— O que você diz é verdade — concordou Helen. — Não podemos fazer nada sobre esses ditames, ou acabaremos sendo excomungadas — adicionou.

— Acabei me desviando de meu tópico — disse Judith, então. — Eu gostaria de conversar com você sobre a minha amiga, Frances Catherine, e pedir sua ajuda.

— O que você quer que eu faça?

Judith explicou.

— Sei que acabou de dizer que não quer mais fazer partos, Helen, mas não tenho mais ninguém a quem recorrer e estou muito preocupada com minha amiga. Se o parto se complicar, não sei o que fazer.

Helen não poderia recusar o pedido, não depois do modo gentil como Judith tinha tratado Andrew.

— Frances Catherine tem medo de você — explicou Judith. — Teremos que convencê-la de que você não acredita que seja necessário ser cruel. Precisamos guardar segredo sobre isso também. Não quero que Agnes interfira.

— Ela vai tentar — anunciou Helen. — Ela tem necessidade disso — adicionou com um menear de cabeça. — E não vai adiantar nada se tentar falar com ela. Agnes é teimosa. E está furiosa com você por ter roubado o marido da filha dela.

Judith balançou a cabeça.

— Iain não estava noivo de Cecilia — apontou. — E Frances Catherine me contou que ele não tinha intenção nenhuma de pedir a mão dela.

Helen encolheu os ombros.

— Agnes está espalhando boatos — sussurrou. — Ela está dizendo que ele teve que se casar com você para proteger sua honra.

Os olhos de Judith se arregalaram.

— Ela está dizendo que Iain e eu... que eu...

Nem conseguiu terminar. Helen confirmou.

— Ela está dizendo isso mesmo. E insinuando que você está esperando um filho. Que Deus a ajude se o *laird* souber disso.

— Espero que ele não saiba, pois o aborreceria.

Helen concordou. Judith tentou ir embora, mas Helen mencionou que ela era a primeira visita que recebia em mais de três meses. Então, Judith se sentou novamente.

A conversa durou mais uma hora antes de Judith se levantar para ir embora.

— Adorei conversar com você, Helen. Vou falar com Frances Catherine hoje à tarde, e agradeceria se você pudesse fazer uma breve visita a ela amanhã. Juntas, tenho certeza de que podemos livrá-la de todos os seus medos.

Judith estava quase na porta quando, de repente, parou e virou-se de volta para Helen.

— Você sabia que todas as mulheres trocam turnos para prepararem as refeições para Iain e os dois anciões que moram na fortaleza?

— Sim — respondeu Helen. — Sempre foi assim. Eu me ofereci para ajudar, mas Harold ficou doente e não tive mais tempo.

— É uma tarefa difícil para as mulheres?

— Ah, sim. Especialmente nos meses de inverno. São sete mulheres, uma para cada dia da semana, sabe, e como elas ainda têm suas famílias para cuidar, é complicado.

— Mas você adora cozinhar — lembrou-a Judith.

— Sim.

— Como consegue os ingredientes para preparar sua comida?

— Os guerreiros da fortaleza me trazem. E algumas mulheres me dão algumas sobras.

Judith franziu o cenho. O que Helen tinha acabado de contar beirava a caridade.

— Não sei cozinhar — confessou Judith.

— Você é esposa do *laird*. Não precisa saber.

— Andrew precisa da orientação de um homem tanto quanto de uma mulher, não é mesmo?

— Sim, ele precisa — concordou Helen, tentando adivinhar por que Judith estava pulando de um assunto para outro.

— E você adora cozinhar. Sim, foi o que você me disse. Está tudo certo então, Helen, a menos, é claro, que você não queira — concluiu Judith. — Não é um favor que estou pedindo ou uma ordem que estou dando, e acho que você deveria pensar antes de tomar uma decisão. Mas se decidir contra a minha sugestão, vou entender.

— Que sugestão, milady?

— De se tornar a governanta da fortaleza — explicou Judith. — Você poderia instruir as criadas e preparar as refeições. Terá toda a ajuda de que precisar, é claro, mas será a encarregada. Acho que é um bom plano. Você e Andrew poderiam fazer todas as refeições na fortaleza, e ele passaria um bom tempo com Gelfrid e Graham, e Iain também, é claro, apesar de não com a mesma frequência. Os anciões estão precisando de alguém que cuide deles, e me parece que você está precisando cuidar de alguém, além de Andrew.

— Você faria isso por mim?

— Você não entendeu — apontou Judith. — Nós precisamos mais

de você do que você de nós. Além do mais, acredito que possa morar na fortaleza também. Seria mais fácil se você morasse lá. Mas não vou pressioná-la para tomar uma decisão. Primeiro, vamos deixar que Andrew se acostume com o fato de a mãe passar o dia todo na fortaleza, e, depois, podemos falar sobre a mudança definitiva de vocês para lá. Tem um quarto grande atrás da adega com uma janela bem ampla.

Judith se deu conta de que estava se precipitando e tratou de se conter.

— Você vai pensar na minha proposta?

— Será uma honra para mim assumir essa posição — disse Helen.

Depois de tudo resolvido, Judith deixou a cabana, satisfeita. Parecia que acabara de fazer uma importante mudança; uma mudança positiva, que beneficiaria tanto Helen e seu filho quanto a dinâmica de sua casa.

Durante o jantar daquela noite, ela contou sobre a proposta que tinha feito, esperando ouvir algumas reclamações de Gelfrid, pois já tinha percebido que, de todos os anciões, ele era o que menos gostava de mudanças, mas ele não disse nada.

Iain entrou no salão bem no meio da discussão. Ocupou seu lugar à cabeceira da mesa, cumprimentou Graham e Gelfrid com um aceno, então se inclinou para dar um beijo em Judith.

Graham contou a novidade para o *laird*. Iain não fez nenhum tipo de comentário, apenas concordou com um aceno.

— O que você achou da ideia? — perguntou Judith.

Antes de dizer qualquer coisa, ele pegou a taça que Judith havia colocado à sua frente e tomou um bom gole de água fresca.

— Por mim, tudo bem.

— Acho que será uma boa mudança — anunciou Graham. — Não teremos mais que aturar a comida de Millie. Deus, como eu detesto as quartas-feiras.

— Helen cozinha bem? — perguntou Gelfrid.

— Ela é ótima — respondeu Judith, e então se voltou para Graham. — Quanto às mudanças, tem mais uma que eu gostaria de implementar, mas vou precisar da cooperação de vocês... e da sua também, Iain.

Graham franziu o cenho.

— É um assunto para o conselho?

— Não — respondeu ela, e se virou para o marido. — Tenho certeza de que vocês vão considerar uma mudança pequena e que não precisa ser levada ao conselho.

— Que mudança é essa? — indagou Gelfrid.

Ela respirou fundo.

— Quero os domingos.

Patrick entrou no salão no momento em que Judith soltou o pedido.

— Você deveria dar a ela, Iain — opinou Patrick.

— O que a moça quer dizer com querer os domingos? — Gelfrid perguntou para Graham.

— Acho que não ouvimos direito — respondeu Graham. — Não acho que ela tenha dito...

Mas Gelfrid não deixou Graham terminar.

— Se a moça aprendesse a juntar as palavras como nós, conseguiríamos entender melhor o que ela quer dizer.

Então, Duncan entrou no salão todo empertigado, seguido por Vincent e Owen. Judith chegou bem perto de Iain.

— Haverá reunião agora à noite?

Iain assentiu.

— Mas não vamos começar antes de você explicar esse pedido estranho sobre os domingos — disse ele.

Judith balançou a cabeça, ergueu uma sobrancelha e se aproximou do marido novamente, até ficar na ponta da cadeira.

— Não quero discutir isso na frente do conselho — disse, em um sussurro.

— Por que não? — perguntou Iain. Aproximou-se da esposa e passou uma mecha loira para trás de seus ombros.

Judith cobriu a mão dele com a sua.

— Porque é um assunto particular que primeiro você precisa concordar se vai apoiar ou não — explicou ela.

— Graham e Gelfrid estavam aqui quando você...

Judith interrompeu o marido.

— Eles fazem parte da família, Iain. Esse assunto particular deve ser discutido com eles também.

— Ouviu isso, Graham? — berrou Gelfrid, satisfeito. — Ela disse que fazemos parte da família.

Judith se voltou com o cenho contraído para o ancião, que ouvia a conversa reservada que ela tentava estabelecer com o marido. Mas Gelfrid apenas sorriu em resposta.

De volta a Iain, falou:

— Terei o maior prazer em lhe explicar em nosso quarto, se puder me dar alguns minutos.

Iain queria rir, mas não ousou, é claro. Sua esposa ficaria ofendida se ele risse, uma vez que parecia muito preocupada ou coisa do tipo. Para completar, havia um certo rubor em seu rosto. O que será que ela queria discutir de tão embaraçoso? Ele bufou, ciente de que se fossem para o quarto para discutir tal questão, as chances de conversarem a respeito de qualquer coisa seriam mínimas. Decerto acabaria levando sua amada para a cama, e enquanto estivesse apreciando o prazer de tocá-la, ele perderia a reunião. Uma vez que tinha convocado o conselho novamente para discutir a possibilidade de uma aliança, não seria justo deixá-los esperando.

Os anciões ocupavam seus assentos à mesa. Um jovem guerreiro, que Judith nunca tinha visto antes, trazia uma jarra de vinho e servia as taças dos comensais. Iain fez sinal de "não" quando o rapaz veio encher sua taça. Judith só percebeu que estava prendendo a respiração quando soltou o ar, após o marido rejeitar a bebida.

A recusa de Iain não passou despercebida para Owen.

— O que foi isso? Você precisa brindar conosco ao seu próprio casamento, filho — anunciou Owen. — É a primeira vez que nos reunimos com você, agora como um homem casado, aconselhando-nos.

— Que tipo de conselho ele dá a vocês?

Judith só percebeu que tinha soltado a pergunta em voz alta quando já era tarde demais. Certamente conseguira atrair a atenção de todos. Os anciões a encaravam de um modo indagador.

— Que tipo de pergunta foi essa? — indagou Owen.

— Ele é o *laird* — lembrou-a Vincent. — É obrigação dele nos aconselhar.

— Está tudo de cabeça para baixo aqui — apontou Judith com um aceno.

— Explique o que quer dizer com isso, moça — sugeriu Graham.

Como estava arrependida de ter tocado no assunto, e, por Deus, como odiou ser o foco das atenções. Dava para sentir o calor aquecendo seu rosto de tanto rubor. Ela apertou a mão de Iain, e então disse:

— O *laird* de vocês é jovem e não tem a sabedoria que vocês têm. Parece-me que vocês, como anciões, deveriam dar conselhos. Foi isso que eu quis dizer.

— As coisas sempre foram assim aqui — explicou Gelfrid.

Todos os outros anciões concordaram em uníssono. Judith notou que o escudeiro, incentivado por Owen, enchia a taça de Iain de vinho tinto até a borda. Mas, como estava concentrada na outra pergunta que ia fazer a Gelfrid, se conteve para não reagir diante da visão do marido tomando um ou dois goles da bebida.

— Gelfrid, por favor, não pense que estou sendo insolente pelo que vou dizer — iniciou ela. — Mas eu me pergunto se vocês são tão apegados às próprias tradições a ponto de não aprovarem nenhum tipo de mudança, nem que seja pelo benefício de todo o clã.

Era muita ousadia fazer uma pergunta como essa. Judith temeu a reação dele. Gelfrid coçou o queixo enquanto ponderava, então deu de ombros.

— Estou vivendo com uma inglesa — anunciou o ancião. — E acho que isso é uma mudança e tanto. Portanto, não devo ser tão apegado às minhas tradições, Judith.

Iain imaginou que Judith tivesse ficado satisfeita com a resposta quando parou de apertar sua mão.

— Vamos brindar agora, e depois a esposa do *laird* pode nos contar por que ela quer os domingos — anunciou Graham.

— Você ouviu isso, Owen? Nossa moça quer os domingos — contou Gelfrid ao amigo em um sussurro demasiado alto.

— Ela não pode ter, pode? — perguntou Vincent. — Você não pode ter um dia só seu. O dia pertence a todos.

— Muito curioso isso — murmurou Duncan.

— Ela é inglesa — lembrou Vincent.

— Você está dizendo que ela é do contra? — perguntou Owen.

— Ela não é do contra — defendeu Gelfrid.

A discussão estava saindo de controle. Iain se segurava para não rir. Judith tentava não se irritar, e sorriu para Gelfrid por ter saído em sua defesa, satisfeita por, ao menos, ele ter percebido que ela não era do contra.

Mas Gelfrid estragou tudo quando disse:

— Ela só não fala coisa com coisa. Acho que não consegue evitar. O que você acha, Owen?

Judith encarou Iain, uma mensagem silenciosa de que ele deveria defendê-la. Ao que ele respondeu com uma piscadela.

— Ouçam, ouçam — soltou Graham, tentando atrair a atenção de todos. Então se levantou, ergueu a taça e fez um brinde longo e demorado aos noivos.

Todos, incluindo Iain, beberam até a última gota de suas taças. O escudeiro tratou de reabastecê-las com mais vinho.

Judith afastou a cadeira da mesa. Um hábito instintivo, adquirido havia muitos anos, sem se dar conta do que estava fazendo.

Iain notou. Assim como notou que, a cada gole que ele tomava, Judith se afastava um pouco mais.

Toda a sua atenção estava centrada em Graham, que, naquele momento, dava as boas-vindas oficiais a Judith.

Então, Frances Catherine, apoiada no braço forte de Alex, adentrou o salão. Patrick pareceu ao mesmo tempo surpreso e irritado por ver a esposa.

Mas Frances Catherine impediu o marido de lhe dar um sermão antes mesmo que ele tivesse tempo de começar.

— Eu queria tomar um pouco de ar fresco e visitar minha amiga querida. Ela também mora aqui, Patrick, portanto, desmanche essa cara feia. Alex não me deixou cair.

— Eu ia trazê-la em meu cavalo, mas...

— Ele não sabia como me erguer — explicou Frances Catherine, dando um tapinha na barriga e sorrindo para o marido.

— Junte-se a nós — chamou Judith. — Graham acabou de fazer um brinde encantador à família, como boas-vindas para mim.

A amiga assentiu, então olhou para Alex.

— Viu? Falei que não havia reunião nenhuma. Judith não estaria aqui.

— Por que eu não estaria aqui? — quis saber Judith.

Frances Catherine se aproximou da mesa, sentou-se ao lado do marido e segurou sua mão para que ele parasse de olhar feio para ela. Então sorriu para Judith enquanto beliscava o marido.

Patrick supôs que se tratava de um aviso para se comportar, mas acabou rindo da ousadia da esposa em desobedecer a uma ordem sua. Assim que tivesse uma oportunidade, ele lhe diria que ordem dada era ordem cumprida. E a ordem tinha sido especificamente para que ela ficasse em casa. Só de pensar no risco de sua querida esposa levar um tombo e se machucar já o deixava apavorado. Ele só estava pensando em sua segurança, ponderou. Se algo acontecesse a ela, não saberia o que fazer.

Estava ficando irritado só de pensar nessa possibilidade sombria quando Frances Catherine chamou sua atenção, apertando-lhe a mão e se recostando em seu corpo. Patrick soltou um suspiro e, sem se importar se era ou não apropriado, passou o braço ao redor da esposa e a puxou para mais perto.

Frances Catherine, muito sem jeito, pedia a Graham que repetisse o brinde para que ela pudesse ouvir. O ancião o fez com a maior satisfação e, junto, lá se foi outra taça de vinho.

Mais uma vez, Judith afastou um pouquinho mais a cadeira. Já sentia o familiar nó se formando no fundo do estômago. Iain tinha prometido que nunca ficaria bêbado em sua presença, mas e se, por acidente, ele acabasse passando um pouquinho da conta? Será que ficaria violento e mal-humorado como tio Tekel?

Era melhor nem pensar. Gelfrid exigia sua atenção.

— Agora nos conte por que você quer os domingos — disse ele.

— Céus, o que você está fazendo no canto, Judith? — perguntou Graham, ao perceber que ela estava longe do grupo.

— Ela foi se afastando — explicou Owen.

Judith sentiu o rubor tomando conta de seu rosto. Respirou fundo e se levantou.

— Domingo é dia de descanso — anunciou ela. — A Igreja diz isso. Na Inglaterra, seguimos essa regra.

— Nós também seguimos — disse Graham. — Nós descansamos, não é mesmo, Gelfrid?

— Sim, descansamos — concordou seu amigo.

— Todos os homens descansam.

Foi Frances Catherine quem fez o último comentário. Seu olhar estava focado em Judith.

— É aí que você quer chegar, não é?

Judith assentiu.

— Notei que as mulheres nunca têm um dia de descanso — explicou Judith. — O domingo é como qualquer outro dia para elas.

— Está criticando as nossas mulheres? — perguntou Duncan.

— Não — respondeu ela. — Estou criticando os homens.

Iain se recostou na cadeira e sorriu. Judith o alertara de que queria fazer algumas mudanças, e ele assumiu que essa fosse uma delas. Maldição, tinha sido ele quem sugerira que ela mudasse o que não gostasse. Lembrou-se da conversa que eles tiveram em frente ao cemitério. Sim, ele tinha sugerido.

— Quer que nós mandemos as mulheres não trabalharem aos domingos? — perguntou Graham.

— Não, claro que não. Se vocês mandarem, será outra obrigação.

— Acha que estamos maltratando nossas mulheres? — indagou Duncan.

Judith negou com um aceno de cabeça.

— Não — disse ela. — Como bons guerreiros, vocês provêm para suas esposas. Cuidam delas e as protegem. Em troca, elas cuidam da casa e atendem às suas necessidades.

— Assim é o casamento — anunciou Graham.

— O problema dela é com o casamento, então? — perguntou Owen, tentando entender.

Gelfrid meneou a cabeça.

— Foram as pedradas que a deixaram confusa — concluiu ele. — Ela quase perdeu o olho.

Judith sentiu vontade de gritar de frustração. Não o fez, é claro, e, mais uma vez, tentou recorrer à lógica para fazê-los entender. Voltou a atenção para Iain.

— Quando as mulheres têm tempo de se divertir? Seu clã nunca vai aos festivais, vai? Você já viu alguma mulher almoçando ao ar livre para aproveitar o sol enquanto conversam umas com as outras? Eu nunca vi — finalizou, com um menear de cabeça.

Em seguida, voltou-se para Graham.

— Alguma mulher tem cavalo? Você já viu alguma delas cavalgando em uma caçada por lazer? — Sem esperar pela resposta, continuou: — Só estou pedindo que considerem a possibilidade de deixar os domingos para que elas possam se divertir um pouco. Isso é o que eu tinha a dizer.

Judith se sentou de volta na cadeira, determinada a ficar de boca fechada. Aquele era o momento de lhes dar tempo para pensar no assunto antes de atacar novamente.

— Valorizamos cada membro deste clã — anunciou Gelfrid.

— Acho que está na hora de darmos início a nossa reunião — interveio Duncan. — Se as mulheres se retirarem, podemos começar.

Judith se levantou em um salto.

— As mulheres não fazem parte deste clã; pois, se fizessem, teriam permissão para apresentar suas demandas a este conselho.

— Judith, isso não é verdade — contradisse Owen. — Há poucos meses, permitimos que Frances Catherine se colocasse diante de nós.

— Sim, eles permitiram — concordou Frances Catherine. — Queriam fazer com que eu desistisse de mandar buscarem você.

— Vamos fazer outro brinde e esquecer essa história — sugeriu Vincent. — Iain, é melhor você falar com a sua mulher sobre essas ideias. Se permitirmos, daqui a pouco, ela vai querer que os maridos obedeçam a suas esposas.

Judith desanimou ao se dar conta de que nunca conseguiria o apoio do conselho.

Então, Iain atraiu sua atenção ao menear a cabeça para Vincent.

— Não posso discordar de minha esposa — anunciou ele. — Concordo com o que ela está dizendo.

Judith ficou tão feliz que sentiu vontade de correr até ele. No entanto, ao ver Iain pegar a taça e tomar um longo gole, em vez de seguir seu primeiro impulso, ela se sentou de volta na cadeira.

— O que você estava dizendo, Iain? — perguntou Graham.

— Judith não conhecia nossos costumes quando chegou aqui — explicou ele. — Tudo foi uma grande novidade, e ela conseguiu enxergar coisas que nós ignorávamos... ou que acabamos aceitando sem questionar com o passar dos anos. Não vejo motivo para não insistirmos que nossas mulheres descansem aos domingos.

Os anciões concordaram, mas Graham queria que o *laird* fosse mais específico.

— Está nos aconselhando a mandar as mulheres tirarem esse dia de descanso?

— Não — respondeu Iain. — Como Judith disse, uma ordem se torna uma obrigação. Nós vamos sugerir e as encorajar, Graham. Vê a diferença?

Graham sorriu e se virou para Judith.

— Agora entende por que ele é o *laird*? Ele nos dá conselhos claros, Judith.

Ainda estava tudo distorcido em sua mente, mas Judith estava muito feliz por seu marido ter defendido seu argumento.

— E agora talvez você entenda por que eu me casei com ele — respondeu ela. — Nunca me casaria com um homem que não fosse razoável.

— Ela está praticamente sentada na cozinha — comentou Gelfrid, em um sussurro um tanto alto. — Não estou entendendo mais nada.

— Judith — chamou Iain. — Mandei Brodick e Gowrie esperarem do lado de fora até a reunião começar. Você poderia ir chamá-los para entrar, por favor?

Foi um pedido estranho, considerando o fato de que o escudeiro estava parado bem atrás dele. O garoto parecia disposto a se encarregar da tarefa, mas, quando ele abriu a boca para se oferecer, Iain ergueu a mão.

— Será um prazer ir chamá-los — disse ela, e estava tão feliz pelo modo como Iain tinha lhe pedido o favor, que mal conseguiu conter um sorriso.

Iain ficou observando enquanto ela saía. Assim que a porta se fechou atrás dela, ele se voltou para Frances Catherine.

— A tarefa foi só um pretexto — explicou ele, baixinho. — Quero lhe perguntar uma coisa.

— Pois não? — respondeu Frances Catherine, tentando não se preocupar com o cenho franzido do cunhado.

Iain apontou para a cadeira de Judith, que estava no canto, então indagou:

— Por quê?

Na verdade, ele queria saber por que Judith tinha se afastado da mesa.

— O vinho — sussurrou ela.

Iain balançou a cabeça. Ainda não conseguia entender.

Frances Catherine respirou fundo.

— É algo que ela sempre faz, desde criança... e teve que aprender a se proteger sozinha. Isso costumava deixar meu pai louco, até o dia em que ele resolveu não beber mais na frente de Judith. Acho que ela faz sem perceber... não se ofenda.

— Eu só queria entender — apontou Iain. — E não vou me sentir ofendido — prometeu. — Agora me conte por que ela afasta a cadeira cada vez que tomo um gole. O que isso significa para ela?

— Judith se movia para... — Iain esperou pacientemente. Frances Catherine desviou o olhar e baixou os olhos para a mesa — ... não correr o risco de levar um safanão.

Iain não contava com essa resposta. Recostou-se de volta na cadeira para tentar entender o significado do que Frances Catherine tinha acabado de lhe contar.

Um longo minuto se passou em silêncio, então Iain perguntou:

— Aconteceu de ela não conseguir ficar longe o suficiente?

— Ah, sim — respondeu Frances Catherine. — Várias vezes.

Os outros anciões tinham ouvido cada palavra, é claro. Gelfrid deixou escapar um longo suspiro. Graham balançou a cabeça.

— Por que ela pensaria que você seria capaz de bater nela? — indagou Owen.

Iain não tinha percebido até então o quanto odiava a falta de privacidade em sua vida.

— Isso é um assunto de família — anunciou ele.

Um assunto que era melhor parar por ali antes que fosse longe demais. Mas Frances Catherine não entendeu a insinuação e se virou para Owen a fim de lhe dar uma resposta.

— Ela não acha que Iain seria capaz de bater nela — explicou. — Do contrário, não teria nem se casado com ele.

— Então por que... — insistiu Owen.

— Se Judith quiser que você saiba sobre o passado dela, ela mesmo lhe contará — disse Iain, em um tom de voz duro e determinado. Em seguida, levantou-se. — A reunião vai ficar para amanhã — anunciou.

Sem dar tempo para ninguém argumentar, ele se virou e saiu andando pelo salão.

Judith estava parada no meio do pátio e se virou quando ouviu a porta se fechando às suas costas, e sorriu ao ver o marido.

— Eles ainda não chegaram, Iain — disse ela. — Mas pode deixar que vou mandá-los entrar assim que chegarem.

Ele desceu os degraus e continuou andando na direção dela, mas Judith recuou inconscientemente, apesar de o marido, ao que parecia, não estar embriagado nem com o semblante alterado. Judith havia contado: ele tomara três taças de vinho cheias... ou será que tinha tomado apenas alguns goles? Ela não tinha certeza. Ele não parecia alterado. Mesmo assim, para não correr o risco, ela recuou mais um passo.

Iain parou. Ela fez o mesmo.

— Judith?

— Sim?

— Tive uma ressaca horrorosa aos quinze anos. Ainda me lembro como se fosse ontem.

Os olhos dela se arregalaram. Ele avançou mais um passo em sua direção.

— Foi uma lição dolorosa — adicionou, avançando mais um passo. — Nunca vou me esquecer de como me senti no dia seguinte.

— Você passou mal?

Iain riu.

— Muito — confessou. Estavam a apenas alguns passos de distância. Se esticasse o braço, ele conseguiria tocá-la. Mas não o fez. Queria que ela se aproximasse dele. Cruzou, então, as mãos atrás do corpo e a encarou. — Graham me deu cerveja e ficou cuidando de mim no dia seguinte. Ele estava me ensinando uma lição importante, mas eu era muito arrogante para perceber isso na época.

A curiosidade superou o medo. Quando ele avançou outro passo em sua direção, ela não recuou.

— Que lição? — perguntou.

— Que um guerreiro que perde o controle para a bebida não passa de um tolo. O vinho o deixa vulnerável, perigoso para os outros também.

Ela assentiu.

— É isso mesmo que acontece. Alguns homens nem se lembram do que fizeram no dia seguinte: podem ferir alguém e nem se lembrarem. Outros ficam achando que correm risco de serem atacados. Bêbados não são confiáveis.

O que ela estava dizendo de modo tão inocente tocou fundo em seu coração, mas ele teve o cuidado de não demonstrar.

— E quem lhe ensinou essa lição? — perguntou ele, em um tom de voz brando.

— Tio Tekel — respondeu ela, esfregando os braços enquanto contava sobre os ferimentos que ele sofrera e como ele usava o vinho para aliviar a dor. Ela tremia só de lembrar. — Depois de um tempo... o vinho transtornou a cabeça dele. Então ele deixou de ser confiável.

— Você confia em mim?

— Ah, sim.

— Então venha aqui.

Iain abriu os braços. Judith hesitou por uma fração de segundo, então avançou ao encontro dele e se entregou ao abraço apertado.

— Prometi que nunca ficaria bêbado, Judith, e você realmente me ofende ao pensar que eu seria capaz de quebrar essa promessa.

— Eu não quis ofendê-lo — sussurrou, colada ao peitoral aconchegante. — Sei que você não quebraria sua promessa de propósito, mas haverá ocasiões, como esta noite, quando você terá que beber com os outros. E, se a comemoração pedir...

— Não importa qual seja o motivo — interrompeu ele, esfregando o queixo no alto da cabeça dela, amando a sensação dos cabelos sedosos contra a sua pele. Inalou, então, a suave fragrância feminina, e, quando se deu conta, sorria de prazer.

— Marido, você vai perder sua reunião importante — sussurrou ela.

— Sim — concordou ele, soltando-a. Então esperou até que seus olhos se encontrassem, e, quando aconteceu, ele se abaixou e beijou-lhe a boca doce.

Iain a pegou pela mão e a levou de volta para dentro. Mas, uma vez do lado de dentro, ele não seguiu na direção do salão, e sim começou a subir a escadaria, trazendo junto sua esposa.

— Para onde estamos indo? — sussurrou ela.

— Para o nosso quarto.

— Mas a reunião...

— Vamos ter a nossa própria reunião.

Judith não entendeu. Ele abriu a porta do quarto, piscou para sua esposa, e então lhe deu um pequeno empurrão para entrar.

— Qual o motivo desta reunião?

Iain fechou a porta, trancou e voltou sua atenção para Judith.

— Satisfação — anunciou ele. — Tire a roupa, que vou lhe explicar em detalhes o que quero dizer.

O rubor imediato indicou que ela tinha entendido o jogo. Judith riu, uma risada gostosa e sonora que fez o coração dele bater mais rápido. Só depois de ela se tornar sua esposa foi que ele se deu conta do quanto a existência que levava antes do casamento era fria e vazia. Era como se, até então, circulasse envolto em um nevoeiro de obrigações e responsabilidades, nunca se permitindo parar para pensar no que estava faltando em sua vida.

Judith havia transformado sua vida completamente. Como era bom estar com ela. Agora ele encontrava tempo para se divertir com coisas inconsequentes, como provocá-la só para ver sua reação. E como gostava de tocá-la. Como era bom sentir aquele corpo macio encostado ao seu. Ele gostava até mesmo do modo como ela ruborizava pelas coisas mais insignificantes, o modo como tentava lhe dar ordens, tímida.

Ela era uma deliciosa confusão. Iain sabia o quanto tinha sido difícil para ela vencer a timidez e falar em nome das mulheres do clã, pleitear um tratamento melhor.

Judith era obstinada, corajosa e muito generosa.

E ele estava apaixonado por ela.

Que Deus o ajudasse, pensou, pois a mulher tinha capturado seu coração. E ele já não sabia se ria ou se chorava. Judith parou de tirar a roupa e fitou o marido. Àquela altura, vestia apenas uma chemise branca e estava pegando a corrente que trazia o anel de seu pai presa ao pescoço quando percebeu a expressão fechada de Iain.

— Aconteceu alguma coisa? — perguntou ela.

— Pedi para não usar esse anel.

— Você me pediu para não usar à noite, na cama — argumentou. — E eu nunca usei, certo?

O cenho se franziu ainda mais.

— Por que você usa isso durante o dia? Por acaso tem algum apego especial?

— Não.

— Então por que diabos você usa isso?

Ela não entendia por que ele ficara tão irritado.

— Porque Janet e Bridget têm entrado no nosso quarto para limpar, e não quero que elas encontrem o anel e fiquem imaginando coisas. — Judith encolheu os ombros delicadamente. — O anel se tornou um incômodo. Acho melhor eu me livrar dele.

Agora, provavelmente, seria o momento perfeito para contar a ele de quem era o anel e por que ela tinha tanto medo que alguém reconhecesse o símbolo inconfundível e adivinhasse que havia pertencido a *Laird* Maclean.

Judith guardou a corrente e o anel no baú e fechou a tampa. Então se virou para encará-lo, decidida a contar toda a verdade.

— Pouco antes de nos casarmos, lembra-se de que você me disse que o meu passado não tinha importância para você?

Iain assentiu.

— Lembro.

— Você foi sincero?

— Jamais jogo palavras ao vento.

— Não precisa ser grosso comigo — sussurrou ela, e começou a esfregar as mãos. Se Iain a amava, a verdade que estava prestes a contar não acabaria com esse amor... ou acabaria?

— Você me ama?

Ele se afastou da porta. Seu olhar severo ardia o suficiente para queimar.

— Você não vai ficar me dando ordens, Judith.

Ela ficou surpresa com a reação.

— Claro que não, mas eu perguntei...

— Não vou me transformar em um cordeirinho. É melhor você entender isso aqui e agora.

— Eu entendi — respondeu ela. — Não quero mudar nada em você.

Mas o olhar furioso ainda estava lá.

— Não sou um fraco, e não serei obrigado a agir como um.

A conversa tinha tomado um rumo inesperado. Iain estava entendendo tudo errado. Em seu coração, ela sabia que ele a amava, mas a reação à pergunta simples a confundiu de tal modo que ela já não tinha certeza de mais nada.

Ficou observando enquanto ele tirava uma bota e a jogava no chão. A outra teve o mesmo destino.

— Por que minha pergunta o aborreceu tanto? — indagou, tentando se apegar a essa possibilidade.

— Guerreiros não ficam aborrecidos. Mulheres, sim.

Judith endireitou os ombros.

— Não estou aborrecida.

— Sim, você está — apontou ele. — Você está torcendo as mãos.

Imediatamente, ela parou.

— É você quem está de cara feia — disse ela.

Iain deu de ombros.

— Eu estava... pensando.

— No quê?

— No fogo do purgatório.

Judith precisava se sentar. Agora nada mais fazia sentido.

— O que isso tem a ver?

— Patrick me falou que seria capaz de andar no fogo do purgatório só para agradar a esposa.

Ela se aproximou da cama e se sentou na beirada.

— E...? — incentivou quando ele parou.

Iain terminou de tirar a roupa, andou até a cama, puxou Judith para ficar de pé e a olhou no fundo dos olhos.

— E acabei de me dar conta de que eu faria o mesmo por você.

Capítulo 13

Judith andou envolta em uma névoa de felicidade por duas semanas. Iain a amava. Não tinha dito exatamente com essas palavras, mas o fato de ter verbalizado que seria capaz de andar no fogo do purgatório só para agradá-la certamente era prova suficiente de que a amava.

Ela não conseguia tirar o sorriso do rosto. Iain não conseguia atenuar o cenho franzido. Obviamente estava tendo dificuldade para aceitar seus sentimentos. Judith desconfiava de que ele estivesse à espera de ela fazer ou dizer algo que confirmasse as suspeitas de que ele havia se colocado em numa posição vulnerável agora. Amá-la o preocupava. Ela compreendia a mistura de sentimentos. Guerreiros eram treinados para lutar e proteger. Passavam anos treinando para se tornarem invencíveis de corpo e alma. Não tinham tempo para o lado doce da vida. Provavelmente, Iain estava se sentindo acuado, concluiu. Com o tempo, ele acabaria aprendendo a confiar em seu amor, e a sentir a mesma alegria que ela estava sentindo agora.

Às vezes, flagrava o marido observando-a quando ele achava que ela não estava prestando atenção. Parecia muito preocupado. Ela achou por bem nem tocar no assunto da história boba de vulnerabilidade, pois desconfiava de que ele ficaria bravo só de ouvir a palavra. O melhor era dar tempo ao tempo enquanto ele resolvia a questão internamente.

Gelfrid descobriu que Judith era boa com agulha e linha, e lhe deu uma cesta cheia de roupas que careciam de conserto. Graham não quis ficar de fora e lhe deu suas roupas também.

Para seu conforto, foram colocadas três cadeiras de espaldar alto e assentos estofados em formato de semicírculo em frente à lareira. Claro que as cadeiras eram forradas com o xadrez dos Maitland. Após o jantar, ela pegava seu trabalho de mão, sentava-se em uma das cadeiras e trabalhava enquanto escutava as discussões que ocorriam à mesa. Muitas vezes, era chamada por Graham para dar sua opinião, e geralmente acabava concordando com um menear de cabeça. Quando se tratava de uma reunião oficial, ela se retirava do salão, e sabia que Iain apreciava sua consideração por poupá-lo do desconforto de ter que convidá-la a se retirar.

Judith aprendeu que, ao agradar aos anciões, sem querer acabara ensinando-os como agradá-la. Certa manhã, ela comentou ser uma pena não haver tapeçarias coloridas nas paredes para suavizar a austeridade da pedra cinzenta. Imediatamente, Graham subiu até seu quarto, e Gelfrid, ao dele, e os dois voltaram trazendo lindas tapeçarias de seda que antes enfeitavam as paredes de suas casas.

Helen ajudou a pendurar as tapeçarias. Ela já havia se tornado uma ajuda indispensável na casa. Com o incentivo e ajuda de Judith, Helen organizou a cozinha e transformou a fortaleza em um lar mais agradável para todos. O aroma de suas especiarias flutuava no ar, arrancando sorrisos e suspiros de contentamento de Graham e Gelfrid.

O primeiro domingo escolhido para ser o dia de descanso não foi exatamente como Judith esperava. A maioria das mulheres ignorou a sugestão de deixar o trabalho de lado, mas Judith não se deu por vencida. Decidiu que o modo de fazer as mulheres saírem para socializar seria através dos filhos. E, para isso, organizou jogos para os pequenos e mandou Andrew de cabana em cabana para avisar que, no domingo seguinte, aconteceria o festival Maitland para todos os meninos e meninas.

O festival foi um tremendo sucesso. Mães deixaram tudo de lado para assistir à participação dos filhos nos jogos. Judith já esperava essa reação, mas não que os homens também acabariam participando do evento. Alguns apareceram só por curiosidade. Outros foram assistir aos filhos competindo. Helen ficou responsável pela organização da comida, mas outras mães também se prontificaram a ajudar. Mesas foram levadas para fora e cobertas com bandejas com tortas de frutas, pães, geleias e pratos mais substanciosos como salmão, cordeiro defumado e aves.

Durante todo o dia, houve apenas um momento constrangedor. Foi quando uma menina de onze anos chamada Elizabeth venceu a competição de arco e flecha. A garota superou todos, incluindo vários garotos de treze anos.

Ninguém sabia o que fazer. Se batessem palmas para a menina, não seria uma humilhação para os meninos mais velhos? Judith não sabia ao certo como lidar com a delicada situação. Felizmente, Iain chegou logo após o término da competição. Judith foi ao seu encontro, entregou-lhe uma das lindas rosetas que ela havia feito para as crianças e pediu que condecorasse o vencedor, sem mencionar quem havia vencido.

O marido só descobriu quando deu uma olhada para o alvo da menina. O que não fez a menor diferença para ele. Iain elogiou Elizabeth por sua habilidade enquanto espetava a roseta de seda em seu tartã. Os pais da menina se aproximaram, e o pai orgulhoso contou em alto e bom som que ele mesmo tinha ensinado à filha a usar o arco e flecha e que a pontaria dela era muito boa para a idade que a menina tinha.

Judith passou a maior parte do dia conversando com o maior número de membros do clã que conseguiu. Viu Agnes de longe duas vezes, mas, cada vez que tentou se aproximar para cumprimentar, a parteira lhe dava as costas e saía andando. Depois de três tentativas, Judith desistiu.

Frances Catherine estendeu um cobertor no chão, próximo ao centro da colina, de onde assistiu sentada a todos os jogos. Judith se juntou a ela para o almoço. Andrew foi atrás, e só quando se virou para se sentar perto da amiga foi que notou que todas as outras crianças tinham vindo também.

Os pequenos estavam curiosos sobre ela. Embora agora fosse a esposa do *laird*, ela ainda era uma inglesa, e eles tinham várias perguntas para fazer. Judith respondeu a cada uma delas, tomando o cuidado de não se ofender com algumas coisas ultrajantes que pensavam sobre os ingleses.

Frances Catherine contou a história de como ela e Judith haviam se conhecido. As crianças quiseram ouvir mais sobre o festival da fronteira, é claro, e Judith contou tudo sobre os jogos. Ouviram, atentas, a cada palavra. Algumas se penduraram a ela. Um garotinho, que não devia ter mais do que três anos, ficou parado ao lado de Judith. Ela só descobriu o que ele queria quando tirou as rosetas que haviam sobrado do colo. Imediatamente, ele correu para ocupar o lugar vago. Judith continuou sua história, e, poucos minutos depois, o pequeno já tinha caído no sono.

As crianças não queriam que o dia terminasse. Pediram para ouvir mais uma história, e então mais uma e mais outra. Até que Judith finalmente prometeu que, no dia seguinte, durante a tarde, traria sua costura para fora e se sentaria naquele mesmo local. Quem quisesse se juntar seria bem-vindo, e ela poderia contar mais histórias.

No geral, Judith achou que tudo estava correndo muito bem. Apesar de Frances Catherine ainda ser motivo de grande preocupação, é claro. Afinal, enquanto o bebê não nascesse e sua amiga estivesse totalmente recuperada, Judith sabia que continuaria preocupada. Sua amiga ainda teimava em não confiar em Helen, apesar de já ter amolecido um pouco. Sua fé permanecia em Judith, confessou, e se ela achava que Helen pudesse ajudar, então tudo bem... contanto que Judith estivesse no comando.

Só faltava uma semana para o parto de Frances Catherine, se seus cálculos estivessem corretos. Pelo tamanho da barriga, Judith achava que havia, no mínimo, três bebês lá dentro. Ela cometeu o erro de comentar isso com Patrick. O homem ficou pálido, e ela se apressou em dizer que tinha sido apenas uma brincadeira. O cunhado a fez prometer que nunca mais brincaria com isso.

Iain continuava distante de Judith durante o dia. Mas, à noite, a situação mudava. Os dois faziam amor apaixonadamente quase todas as noites, e sempre acabavam dormindo abraçados.

Até então, seu marido nunca tinha perdido a compostura ou a arrogância na presença dos outros — até a tarde em que ela conheceu Ramsey.

Frances Catherine tinha acabado de entrar no salão para passar uma hora ou mais com Judith. Patrick a tinha ajudado a se sentar em uma das cadeiras próximas à lareira, mandado ela ficar ali comportada até ele terminar de cuidar de um assunto importante, e então saído andando pelo salão para se juntar a Iain e Brodick.

— Meu marido está parecendo um bobo — sussurrou Frances Catherine.

Judith riu. Frances Catherine olhou para Iain e percebeu que ele sorria. Minutos depois, ela disse mais alguma coisa que Judith achou muito engraçado, e notou que sempre que Judith ria, seu marido sorria.

Achou aquilo muito lindo e resolveu contar para Judith. E quando estava contando, Ramsey entrou no salão acompanhado de mais dois guerreiros.

Judith nem notou a chegada do homem; já Frances Catherine, sim.

— Você se lembra de quando lhe falei sobre o guerreiro chamado Ramsey e de como ele é lindo?

Judith nem se lembrava mais.

— Dê uma olhada — murmurou Frances Catherine. — E você vai entender do que estou falando.

Claro que Judith ficou curiosa e se virou para dar uma olhada no homem. Então respirou fundo, achando que estivesse de boca aberta, apesar de não ter certeza. Senhor, ele era lindo. Foi a única palavra que lhe ocorreu e que fazia alguma justiça. Descrever sua aparência para alguém que nunca o vira seria uma tarefa ingrata, pensou, pois Ramsey era tudo, menos comum. Era a perfeição em pessoa. Tinha cabelos castanho-escuros, olhos castanhos e um sorriso capaz de fazer o coração das mulheres disparar. E, naquele exato momento, ele estava sorrindo.

— Você viu a covinha? — sussurrou Frances Catherine. — Ele não é magnífico, Judith?

Como não notar aquela covinha? Era escandalosamente atraente, mas ela não admitiria isso para a amiga. Em vez disso, resolveu provocá-la.

— Qual dos três é Ramsey? — perguntou com ares de inocência.

Frances Catherine caiu na risada, e o som atraiu a atenção dos homens. Ramsey sorriu para a esposa de Patrick, então olhou para Judith.

Os dois ficaram se entreolhando por um longo minuto, enquanto ela se perguntava como alguém podia ser tão lindo daquele jeito, e ele muito provavelmente se perguntava quem diabos era ela.

Iain se levantou, então, desviando a atenção de Judith para o marido. Ele não parecia muito feliz. Olhava fixamente para ela.

Judith se perguntou o que tinha feito para irritá-lo, e assim que conseguiu tirar os olhos de Ramsey, ela desconfiou de que tinha acabado de descobrir.

A paciência de Iain estava curta.

— Judith, venha aqui — ordenou ele, praticamente berrando.

Ofendida com o modo como ele havia chamado sua atenção, ela franziu a testa para deixar clara a sua contrariedade, mas Iain ignorou a mensagem sutil e fez sinal com o dedo para ela.

Sem pressa, Judith dobrou cuidadosamente a meia que estava remendando para Gelfrid, guardou dentro da cesta e se levantou devagar.

— Acho que seu marido está com ciúme — murmurou Frances Catherine.

— Isso é ridículo — Judith sussurrou de volta.

A amiga bufou. Judith se segurou para não rir outra vez. Cruzou, então, o salão, indo na direção dos três convidados, e parou em frente ao marido, que a encarava de cara feia.

— Deseja alguma coisa? — perguntou ela ao marido.

Ele assentiu. Então a agarrou, e ela não conseguia entender o que tinha acontecido com ele. Iain a puxou para mais perto e passou o braço por cima de seus ombros, prendendo-a junto ao seu corpo.

Estava agindo de modo tão possessivo que Judith teve que morder o lábio inferior para não rir. Frances Catherine estava certa. Iain estava com ciúme. Não sabia se deveria se sentir feliz ou ofendida.

Iain a apresentou aos visitantes, e Judith tomou o cuidado de dar a cada um dos guerreiros a mesma atenção. Ficou curiosa para observar Ramsey mais de perto, mas não ousou. Iain poderia perceber.

No fim das formalidades, Judith tentou retornar para a amiga, mas Iain não a soltava e, ao erguer os olhos, ela viu que ele ainda estava de cara amarrada.

— Podemos falar em particular? — pediu ao marido.

Iain respondeu praticamente a arrastando para a cozinha.

— O que deseja falar comigo?

— Ramsey é muito bonito.

Iain não gostou do que ouviu. Judith sorriu.

— Mas você também é, marido. Eu não andaria no fogo do purgatório por ele, independentemente de quanto ele seja fiel a você. Eu não o amo. Eu amo você. Só achei que você quisesse ouvir isso de mim. Eu andaria no fogo do purgatório por você... mas só por você.

Só então ele a soltou.

— Fui tão óbvio assim?

Judith meneou a cabeça. Ele sorriu, então se abaixou e a beijou. Foi um beijo suave, carinhoso, que a deixou desejando mais.

— Sou um homem muito possessivo, Judith. Você já deve ter percebido isso.

Seu sorriso o encheu de prazer.

— Eu já percebi que você é possessivo — sussurrou. — Mesmo assim, ainda o amo.

Ele riu.

— Meus homens estão esperando. Tem mais alguma coisa que queira me dizer?

O tom arrogante e altivo estava de volta.

— Não, marido.

Judith só foi rir depois que ela e Frances Catherine saíram para ter um pouco de privacidade.

O que dissera para Iain não haviam sido palavras vazias. Ela seria mesmo capaz de andar no fogo do purgatório por ele, mas nunca imaginou que, de fato, teria que fazer algo tão impossível.

O purgatório acabou sendo a terra dos Maclean.

E Judith foi posta à prova na tarde seguinte. Iain tinha saído com Ramsey e Brodick para tentar, mais uma vez, pôr fim à disputa com os difíceis Macpherson, cujas terras ficavam a oeste das deles, e Patrick e Graham estavam se preparando para sair para uma caçada. Graham contou que planejava fazer uma parada para pescar também.

— Se der tempo, é claro — explicou o ancião. — Patrick só fica longe da esposa por, no máximo, quatro horas, por causa do estado dela. — Fez uma pausa para dar uma risadinha. — O rapaz vive me chamando de lado para dizer que a esposa fica morrendo de medo quando ele não está por perto, e, ultimamente, ela tem me chamado de lado a fim de me pedir que eu leve o marido dela para caçar o dia inteiro para que ela possa ter um pouco de paz e tranquilidade.

— Ele a está deixando louca — contou Judith para Graham. — Ele fica de olho nela o tempo todo. Ela jura que, quando acorda durante a noite, sempre se depara com ele olhando fixamente para ela.

Graham balançou a cabeça.

— Ele está deixando todo mundo louco — admitiu. — Patrick não dá ouvidos à razão. Todos ficaremos muito felizes depois que Frances Catherine tiver o bebê.

Judith estava totalmente de acordo, mas resolveu mudar de assunto.

— Vocês vão caçar perto da cachoeira?

— Vamos — respondeu ele. — Lá é melhor para pescar.

— Frances Catherine me contou que aquele lugar é muito bonito.

O tom de melancolia em sua voz não passou desapercebido para o experiente ancião.

— Por que não vem conosco? Assim poderá ver por si mesma o quanto é bonito.

Judith ficou radiante. Mas, antes de aceitar, discutiu a questão com Helen.

— Se precisar de ajuda, terei o maior prazer em ficar em casa.

Helen ficou muito feliz pela demonstração de consideração de sua senhora.

— Agora que Janet e Bridget fazem o trabalho mais pesado, não tenho muito mais o que fazer fora da cozinha, milady.

— Então, está tudo certo — anunciou Graham. — Partiremos dentro de alguns minutos. Vá se arrumar, moça. Helen, talvez eu possa trazer peixes frescos para o jantar.

Judith subiu correndo para o andar de cima. Trocou sua roupa por um traje de montaria, prendeu o cabelo para trás com uma fita, e então desceu a escada com pressa.

Patrick não ficou muito feliz quando soube que ela estava indo junto. Como entendia seus motivos, ela nem ficou ofendida.

— Frances Catherine ficará bem até nós voltarmos — prometeu ela. — Helen vai ficar de olho nela, não vai, Helen?

A governanta concordou com um leve aceno, mas Patrick ainda não estava convencido, e foi para os estábulos praticamente empurrado por Graham.

Era uma manhã maravilhosa. Judith levou junto sua capa pesada, mas nem precisou usar a proteção extra. Soprava um vento suave, o sol brilhava, e a paisagem era mesmo de tirar o fôlego, como Frances Catherine dissera.

Mas eles nem conseguiram chegar à base da cachoeira. Os Dunbar atacaram antes disso.

Não houve nenhum tipo de alerta. Graham seguia à frente pela densa floresta verde e enevoada. Judith vinha logo atrás, e Patrick tinha assumido a retaguarda. Seguiam tranquilos, pois estavam nas terras dos Maitland.

De repente, viram-se cercados por cerca de vinte guerreiros com espadas em punho. Não usavam as cores dos Maitland, mas Judith estava tão surpresa com o súbito aparecimento que nem teve tempo de sentir medo.

— Vocês estão em nossas terras — vociferou Graham, com uma fúria que Judith nunca tinha visto antes. — Saiam agora, Dunbar, antes de violarem nossa trégua.

Os guerreiros não reagiram ao comando. Continuaram parados como estátuas. Judith teve a impressão de que nem piscaram.

Um bom número de guerreiros a encarava, mas ela ergueu o queixo e os encarou de volta, pois não se deixaria intimidar pelo inimigo. Tampouco deixaria que percebessem o quanto estava assustada.

Então, ela ouviu o estrondo de cavalos vindo em direção a eles, justamente quando Patrick avançava para se postar à sua direita. Os dois ficaram tão próximos que suas pernas roçavam.

Ele estava tentando protegê-la. E ela sabia que o cunhado seria capaz de dar a vida em nome de sua segurança. Judith pediu ao Criador que aquele ato nobre não fosse necessário.

Ninguém se moveu até o estrondo dos cavalos ressoar bem na frente deles, irrompendo da mata fechada. Vários guerreiros Dunbar se viraram para olhar.

Mais cinco homens apareceram. Estes também usavam tartãs, mas não eram das mesmas cores dos Dunbar. Judith não entendeu o que significava aquilo, mas Patrick, sim, e deixou escapar um palavrão abafado.

Ela se virou para olhar para ele.

— Quem são eles? — indagou, em um sussurro.

— Guerreiros Maclean.

Judith arregalou os olhos e virou-se para encarar os homens. O líder chegou um pouco mais perto, montado em seu cavalo. Judith fixou a atenção nele. Havia algo familiar, mas ela não conseguia imaginar o que era. O guerreiro era alto, de ombros largos, cabelos loiro-escuros e olhos azuis intensos.

Graham quebrou o silêncio.

— Então vocês estão mancomunados com os Dunbar.

Foi uma afirmação, não uma pergunta, mas o guerreiro Maclean respondeu mesmo assim.

— Seu *laird* tentou impedir a aliança. E teria conseguido se não tivesse que lutar contra você, seu velho, e os outros membros do conselho. Quem é essa mulher?

Nem Graham nem Patrick responderam.

O guerreiro Maclean fez sinal para que seus homens os cercassem. Patrick e Graham nem tiveram tempo de alcançar suas armas, se é que fossem tolos o bastante para tentar. Naquele momento, as espadas dos Dunbar estavam apontadas para seus pescoços. Os guerreiros aguardavam que o líder Maclean desse a próxima ordem.

— Vou perguntar outra vez — disse o líder a Graham. — Quem é essa mulher? Ela me parece familiar.

Graham balançou a cabeça. O coração de Judith começou a bater mais acelerado.

— Eu falarei por mim — manifestou-se ela.

Patrick pousou a mão em seu joelho e deu um apertão, em uma tentativa de impedi-la.

O líder avançou um pouco mais e ficou encarando Patrick por um longo minuto; depois, olhou de novo para Judith.

— Então fale — ordenou, arrogante.

— Antes me diga quem você é, e eu responderei a suas perguntas — ordenou ela de volta.

O aperto de Patrick em seu joelho se intensificou a ponto de doer.

— Meu nome é Douglas Maclean.

— Você está no comando desses homens ou é apenas o mais falante?

Ele ignorou o insulto.

— Sou o filho do *laird* — disse ele. — Agora me diga quem...

A pergunta foi interrompida quando ele percebeu o modo como o semblante da linda mulher havia mudado. A cor abandonou seu rosto. Ela quase caiu do cavalo, e nem pareceu notar. Ele se esticou e a segurou pelo braço.

Judith se atreveu a balançar a cabeça para ele.

— Você não pode ser filho dele.

A veemência em sua voz o deixou confuso.

— Claro que posso — respondeu o guerreiro.

Mas ela se recusava a acreditar. Quando, de repente, algo lhe ocorreu. Muito provavelmente seu pai já havia sido casado antes. Sim, era isso, disse a si mesma. Douglas parecia ser alguns anos mais velho do que ela...

— Quem era a sua mãe? — interpelou ela.

— Por que está me perguntando isso?

— Responda.

A fúria em sua voz o surpreendeu.

— Se eu responder, você promete que vai me dizer quem é?

— Prometo.

Ele assentiu.

— Muito bem — disse, em um tom mais brando desta vez. — Minha mãe era uma vagabunda inglesa. Seu sotaque era muito parecido com o seu. Disso, eu me lembro bem. Agora me diga quem é você — ordenou ele outra vez.

Judith lutava desesperadamente para se manter firme.

— Quantos anos você tem?

O rapaz respondeu, então apertou com força o braço dela.

Judith achou que fosse vomitar. Douglas era cinco anos mais velho do que ela, e os olhos, Deus, os olhos eram da mesma cor dos seus. Será que o tom do cabelo também era o mesmo? Não, disse a si mesma. O seu era mais claro.

Foi obrigada a respirar fundo para não gaguejar. Então escorreu de lado na sela, para o lado de Patrick.

Deus do céu, então era verdade. Douglas era seu irmão.

Patrick tentou ampará-la com o braço. Douglas a puxou em sua direção, então a tirou do cavalo e a colocou sentada à sua frente.

O Segredo 375

— O que diabos ela tem? — perguntou Douglas.

Ninguém respondeu. Douglas bufou, frustrado. Ainda não sabia a quem aquela mulher pertencia, mas reconheceu Patrick.

— O *laird* dos Maitland virá atrás do irmão — disse aos seus homens. — Mas estaremos prontos para lhe dar as boas-vindas. Levem todos para a fortaleza de meu pai — ordenou com um aceno na direção de Graham e Patrick.

O tempo que levou para chegarem à fortaleza dos Maclean foi consideravelmente menor, pelo fato de terem permissão para passar pelas terras dos Dunbar. Patrick tratou de mentalizar cada detalhe do caminho para usar no futuro.

Judith nem viu direito para onde estava indo, pois seguiu o tempo todo de olhos fechados, tentando assimilar o que estava acontecendo.

Estava quase chorando de vergonha pela traição de sua mãe. Como a mulher tinha sido capaz de abandonar o filho? Judith sentia tanto enjoo que não conseguia se concentrar em nada direito, muito menos controlar o próprio estômago.

Enquanto cavalgavam, ela tentava imaginar como Douglas reagiria se ela vomitasse nele.

Quando finalmente abriu os olhos, Douglas notou.

— O nome Maclean a assustou tanto que você desmaiou?

— Não desmaiei — rebateu ela. — Quero cavalgar no meu cavalo.

— E eu quero que você fique aqui — respondeu ele. — Você é muito bonita — adicionou, quase como um reflexo tardio. — Quem sabe eu não acabe levando-a para a minha cama.

— Isso é nojento.

O pensamento escapou sem querer, mas não conseguiu segurar. Douglas relevou por pena. Então pegou em seu queixo e a forçou a olhar para ele.

Deus do céu, será que ele a beijaria agora?

— Vou vomitar — gaguejou ela.

Imediatamente, ele tratou de soltá-la.

Judith respirou fundo várias vezes para convencê-lo de que realmente não estava passando bem, então relaxou.

— Já estou me sentindo melhor — mentiu.

— Os ingleses são uns fracos — disse ele. — Esse é mais um motivo pelo qual nós os desprezamos.

— Vocês desprezam as inglesas mulheres tanto quanto desprezam os homens? — perguntou ela.

— Sim.

— Sou inglesa — confessou ela. — E você acabou de se contradizer. Se odeia todos nós, por que insinuou que quer me levar para a sua cama?

Douglas não respondeu. Alguns minutos se passaram antes de ele falar novamente:

— Como você se chama?

— Judith.

— Por que está usando o tartã dos Maitland?

— Minha amiga me deu. Estou aqui de visita e voltarei para a Inglaterra depois que minha amiga tiver seu bebê.

Douglas balançou a cabeça.

— Os Maitland não a deixariam ir embora. Você está mentindo, Judith.

— Por que eles não me deixariam ir embora?

— Porque você é muito bonita...

— Sou inglesa — ela o interrompeu com o lembrete. — Eles não gostam de mim.

— Não minta para mim. — Foi uma ordem. — Diga a quem você pertence.

— Ela está dizendo a verdade — gritou Patrick. — Ela é uma hóspede, nada mais.

Douglas riu. Não conseguiu acreditar em nada do que estavam dizendo. A mão que segurava Judith pela cintura apertou. Ela tentava soltar os dedos que a apertavam quando viu o anel no dedo dele e deixou escapar um suspiro. Imediatamente, levou a mão ao peito onde o anel idêntico de seu pai jazia oculto.

— Onde você arrumou esse anel feio? — perguntou ela.

— Era de meu tio — respondeu ele. — Por que você insiste em continuar me fazendo perguntas pessoais?

— Só curiosidade.

Em um sussurro abafado, ele disse:

— Você é mulher de Iain, não é?

— Não falo com porcos.

Ele riu, então. Douglas era muito ignorante para perceber que aquilo tinha sido um insulto, pensou ela.

— O dia está muito bonito para me ofender com bobagens — anunciou ele. — Capturei Graham para o meu pai, e você para mim. Sim, é um belo dia.

Que Deus a ajudasse, ela era parente desse bárbaro. Uma hora se passou sem que os dois se falassem, mas a curiosidade falou mais alto e derrubou sua determinação de ignorá-lo. Uma vez que agora estavam bem à frente de Graham e Patrick e ninguém conseguiria ouvi-los, ela resolveu descobrir o máximo que podia sobre seu pai.

— Como é esse tal de *Laird* Maclean?

— Malvado.

O tom de brincadeira em sua voz não passou despercebido.

— E...?

— E o quê?

— Esqueça.

— Por que está tão interessada?

— É bom saber o máximo possível sobre os nossos inimigos — explicou ela. — Por que seu pai vai ficar feliz em ver Graham?

— Eles têm algo para acertar. O ódio vem de muito tempo. Sim, meu pai vai ficar muito feliz em ver Graham novamente.

Eles não se falaram mais até entrarem nas terras dos Maclean. Judith teve alguns minutos de privacidade. Quando retornou ao abrigo das árvores, ela ignorou a mão estendida de Douglas, e montou em seu próprio cavalo antes que ele tivesse tempo de impedi-la.

Patrick continuou tentando se aproximar para falar com ela, mas os Dunbar não permitiam. Os guerreiros que os acompanhavam se afastaram assim que mais guerreiros Maclean se aproximaram, obviamente com intenção de retornarem para o próprio território.

Judith sabia que Patrick queria que ela se mantivesse calada. Ele não queria que os Maclean soubessem que tinham capturado a esposa do *laird* e usassem isso como isca para atrair Iain. Douglas só estava testando quando sugeriu que ela era esposa do *laird*. Não teria como ter certeza até que alguém confirmasse sua suspeita.

Mas nada daquilo importava. Iain viria do mesmo jeito. Decerto Patrick sabia disso. Os dois irmãos sempre haviam cuidado um do outro, e Iain viria em socorro do irmão, disse Judith a si mesma, ainda que ela não estivesse envolvida.

Poderia haver derramamento de sangue. Judith não tinha nenhuma dúvida disso. Iain não seria razoável quando viesse se vingar, e seu estômago doeu só de pensar no que poderia acontecer.

Ela não queria que ninguém morresse. Por outro lado, não sabia o que poderia fazer para evitar essa guerra, apesar de estar determinada a tentar.

Poderia tentar falar com seu pai em particular e revelar a ele sua verdadeira identidade. Então imploraria pelo seu perdão. Se ele se mostrasse misericordioso, quem sabe deixaria Graham e Patrick irem embora antes de Iain vir atrás deles.

Judith nunca havia implorado por nada, e, no fundo, tinha dúvidas de que fosse funcionar. Assim como não achava que seu pai a receberia bem. Se ele nem se dera ao trabalho de ir atrás dela ou de sua mãe... por que mudaria de atitude justamente agora?

E se contasse a ele quem era, certamente acabaria perdendo tudo. Iain nunca a perdoaria. E nem daria para culpá-lo, pois ela sabia que deveria ter lhe contado a verdade, deveria ter insistido que ele a escutasse.

Judith se lembrou de todas as noites escuras e quentes que haviam passado juntos abraçados, sussurrando seus pensamentos um para o outro... ah, sim, ela deveria ter lhe contado numa daquelas oportunidades.

Mas o medo a impediu; pois, no fundo, sabia que ele deixaria de amá-la.

Sua mente estava tão consumida pelo medo que ela nem notou que eles já estavam no pátio da fortaleza Maclean. Olhou para o alto, avistou a maciça estrutura de pedra, ergueu os ombros... e se encheu de coragem.

E ela deu um nome à fortaleza Maclean. Purgatório.

Douglas tentou ajudá-la a apear do cavalo, mas foi rechaçado. Tentou pegar em seu braço quando ela pisou no chão, mas ela o empurrou, e então se virou e seguiu rumo aos degraus.

Seu porte era tão régio quanto o de uma rainha. Graham seguiu atrás. Estava tão orgulhoso de sua atitude que sorriu. Patrick fez o mesmo. Os guerreiros Maclean ficaram para trás tentando imaginar por que os Maitland pareciam tão animados. Curiosos, correram para dentro a fim de ver qual seria a reação do *laird* deles quando visse os *presentes* que seu filho estava trazendo.

Laird Maclean deixou todos esperando por mais de três longas horas. Judith foi mantida em uma das extremidades do gigantesco salão, e os outros prisioneiros, no extremo oposto. Patrick e Graham tiveram as mãos amarradas atrás das costas.

Judith não conseguia ficar parada. Ficou andando de um lado para o outro diante da mesa comprida. Quanto mais o tempo passava, mais ansiosa ficava, mas sua maior preocupação era com Frances Catherine. Será que sua amiga entraria em trabalho de parto quando ficasse sabendo que Patrick tinha sido capturado? Meu Deus, ela nem estaria lá para ajudar.

Seu coração doeu por Patrick. Certamente ele estava pensando a mesma coisa naquele momento.

Sua inquietação deve ter incomodado tanto os guerreiros Maclean, que um deles se aproximou para segurá-la. A audácia a surpreendeu tanto que ela só tentou se esquivar quando ele a puxou para seus braços.

Patrick soltou um rugido de fúria e atravessou o recinto, indo em socorro da cunhada. Então, Douglas irrompeu pelo salão, mas Judith recuperou a consciência antes que um dos dois homens tivessem tempo de chegar perto. Ela deu uma joelhada entre as pernas do guerreiro nervosinho. O sujeito soltou um grito de indignação — e de dor, para sua satisfação — antes de se dobrar e cair no chão.

E ainda estava orgulhosa de seu feito quando Douglas chamou sua atenção ao puxá-la para longe do guerreiro que se contorcia no chão. Patrick não foi impedido pelo fato de suas mãos estarem amarradas e usou o ombro para afastar Douglas de Judith.

Douglas foi arremessado contra a parede de pedra. Judith foi junto, e teria batido a cabeça na parede se Douglas não tivesse colocado a mão na frente para protegê-la.

Patrick tentou acertar Douglas novamente, mas Judith estava no caminho. Douglas a empurrou para o lado e então foi para cima de Patrick.

— Não ouse bater nele — gritou Judith. — Ele está com as mãos amarradas. Se quiser bater em alguém, bata em mim.

— Fique fora disso, Judith — berrou Patrick.

— Basta.

Laird Maclean estava parado na entrada do salão. Judith enrijeceu ao ver o homem imenso com as mãos nos quadris e cara de mau.

— Tirem esse guerreiro daqui — ordenou ele.

Douglas assentiu e ajudou o guerreiro que Judith tinha derrubado a ficar de pé e o empurrou na direção da saída.

O *laird* meneou a cabeça, satisfeito, então terminou de entrar. Passou por Judith sem nem olhar para ela e seguiu em frente até alcançar o outro extremo da mesa, onde se sentou em uma cadeira de espaldar alto, no centro.

Então, uma mulher entrou correndo. Parecia ser cerca de dez anos mais velha do que Judith. Era morena, corpulenta e tinha um jeito presunçoso. A mulher parou e deu uma olhada em Judith antes de retomar o passo apressado em direção à mesa. Naquele momento, Judith decidiu que a odiava.

Sua atenção se voltou para o pai, então. Como não queria que ele fosse tão bonito... mas ele era. Parecia-se um pouco com Douglas... e com ela, imaginou com um aperto no coração. A pele era mais envelhecida do que a do filho, é claro, e ele tinha rugas profundas nos cantos dos olhos e da boca. Os cabelos castanhos eram salpicados de fios brancos, o que lhe conferia uma aparência distinta.

Estava claro que ele não fazia a menor ideia de quem ela era, mas, quando seu olhar pousou em Graham, ele soltou um riso malvado.

Douglas avançou. Judith tentou lhe dar uma rasteira quando ele passava, mas ele a segurou pelo braço e a levou junto.

— Tenho um presente de casamento para você, pai — anunciou Douglas. — Não tenho certeza, mas estou achando que essa megera pertence a Iain Maitland.

Judith deu um chute no irmão, ofendida com o insulto. Até que entendeu o significado do que ele tinha acabado de dizer.

Um presente de casamento para seu pai... Não, não podia ser verdade. Ela não tinha entendido direito.

— Seu pai não vai se casar, vai?

Parecia que ela estava engasgada com algo. Douglas se voltou para ela.

— Sim, ele vai se casar, e, céus, para uma prisioneira, você já perguntou demais.

Judith sentiu os joelhos bambearem. Douglas teve que ampará-la. Por Deus, ela não imaginava que ainda teria mais surpresas. Primeiro, descobriu que tinha um irmão. Agora, acabava de ficar sabendo que seu pai estava prestes a se tornar bígamo.

— Ele pensa que vai se casar com essa mulher? — perguntou ela com um aceno de mão na direção da mesa.

Douglas meneou a cabeça. A companheira do *laird* ficou ofendida.

— Tirem-na daqui! — berrou a mulher. — Ela me ofendeu.

Judith avançou um passo na direção da mulher. Douglas deu um aperto tão forte em seu braço que ela achou que tinha quebrado. Acabou reagindo com um grito involuntário de dor e tentou se livrar da mão que a detinha; porém, o movimento brusco só serviu para rasgar a manga de seu vestido.

Douglas olhou, arrependido, e em um sussurro abafado que apenas ela pôde escutar, disse:

— Não queria machucá-la. Por favor, fique parada. Não vai adiantar tentar brigar.

Laird Maclean soltou um suspiro audível.

— Saia — ordenou ele para sua companheira. — Não preciso de sua interferência.

A mulher demorou para obedecer. Quando passou por Judith, encarou-a outra vez, mas Judith ignorou.

— *Laird* Maitland está chegando — gritou um guerreiro, da entrada.

Foi como se o coração de Judith tivesse parado de bater. Iain estava ali.

— Quantos estão com ele? — berrou *Laird* Maclean.

— Ele está sozinho — relatou o guerreiro. — Vem subindo a colina do jeito que o senhor queria.

Laird Maclean riu.

— O rapaz é corajoso, sou obrigado a reconhecer. Posso apostar que não está armado também.

— Não, ele não está — respondeu o guerreiro.

Judith queria desesperadamente correr ao encontro do marido. E tentou fazer isso, mas Douglas a segurou, apertando o braço que já estava ferido e trazendo-a para mais perto.

— Não maltrate a mulher, Douglas, a despeito de quanto ela o provoque. Quero Iain, não a mulher dele.

— Pelo amor de Deus, eu imploro que ouça a razão, *Laird* Maclean. Pare agora, antes que haja um derramamento de sangue.

Foi padre Laggan quem fez o pedido, da entrada. Judith se virou bem no momento em que o padre adentrava o salão correndo, e só parou ao lado de Judith.

— Você está bem, moça?

Ela aquiesceu.

— Padre, o senhor veio realizar o casamento de *Laird* Maclean?

— Sim, Judith — respondeu o padre, cansado. — E para tentar colocar algum juízo na cabeça dele antes que seja tarde demais.

Judith balançou a cabeça. Em um sussurro, falou:

— Posso lhe garantir que não haverá nenhum casamento.

— Solte-a, Douglas — ordenou o padre. — Veja o que você fez no braço dela. A pele já está ficando roxa e inchada. Você a está machucando.

Mais que depressa, Douglas obedeceu à ordem do padre. Judith aproveitou que estava livre e saiu correndo em direção à porta, mas Douglas a segurou pela cintura e a puxou de volta justamente quando Iain entrava.

Iain não parou para analisar a situação, ou quantos havia contra ele. Apenas seguiu em frente. Judith deu uma olhada em sua expressão e fechou os olhos. Iain estava prestes a matar alguém. E Douglas poderia muito bem ser o alvo.

— Solte-me — sussurrou ela. — Ele vai matá-lo se não me soltar.

Seu irmão foi esperto o suficiente para fazer o que ela havia sugerido. Imediatamente, ela correu ao encontro de Iain e se atirou em seus braços, enterrando o rosto no peito protetor.

— Você está bem? — perguntou ele. — Eles não a feriram?

Era possível sentir o tremor do corpo dele. Ela olhou para ele, e sua fisionomia dizia que não era medo o motivo do tremor. Era ódio.

— Ninguém me feriu — disse. — Fui muito bem tratada.

Ele assentiu, abraçou-a com mais intensidade, então a passou para trás de seu corpo e avançou para encarar o inimigo. Judith foi junto. Graham e Patrick foram liberados para se aproximarem também. Os dois se posicionaram um de cada lado de Judith.

Os dois *lairds* ficaram se encarando por um longo tempo, medindo um ao outro. Maclean foi o primeiro a quebrar o silêncio.

— Pelo visto, você arrumou um problema, Iain Maitland. Capturei sua esposa e ainda não sei o que vou fazer com ela. Você teve a ousadia de tentar formar uma aliança com os Dunbar enquanto enviava um emissário até mim com o mesmo propósito. Achou que poderia nos jogar um contra o outro?

— Você é um tolo, seu velho — respondeu Iain, com a voz tremendo de raiva. — Foi Dunbar quem fez o joguinho.

Maclean desferiu um soco na mesa.

— Já formei uma aliança com os Dunbar. Você diz que eu sou o tolo?

Iain não hesitou.

— Sim.

Laird Maclean respirou fundo para tentar controlar a raiva. Inclinou, então, a cabeça para o lado enquanto encarava Iain. Em seguida, balançou a cabeça.

— Você está me provocando — vociferou. — E eu me pergunto por quê. Todos sabem o quanto valorizo os laços de família. Sim, minha aliança faz todo sentido. Você deve saber que a prima em segundo grau de *Laird* Dunbar, Eunice, é casada com meu irmão. Sim, foi uma união de família, Iain Maitland, e família vem sempre em primeiro lugar. Mesmo assim, você me chama de tolo por eu ser leal? Você é muito inteligente para me incitar deliberadamente e correr o risco de eu matá-lo. Você tem muito a perder. Qual é o seu jogo?

Iain não respondeu rápido o suficiente para o gosto do *laird*.

— Essa mulher é sua esposa?

— Minha relação com ela não é de sua conta.

Maclean sorriu.

— Posso querer ficar com ela para entregar a um de meus homens — vangloriou-se, numa tentativa de tirar *Laird* Maitland do sério. — Douglas, o que acha de levá-la para a sua cama?

— Claro que sim — respondeu Douglas.

O ultraje já tinha ido longe demais. Os dois *lairds* pareciam dois touros, batendo as cabeças um contra o outro. Judith se colocou ao lado do marido.

— Vocês não vão ficar comigo — afirmou ela.

Seu pai contraiu os olhos e vociferou:

— A sua ousadia não me agrada.

— Obrigada — reagiu ela.

Iain quase riu. Podia sentir o tremor de Judith. Maclean não fazia ideia de como ela estava assustada, e Iain estava feliz por isso.

— Você tem sotaque inglês — comentou Maclean. — E parece ser tão tola quanto seu marido. Os dois não percebem o risco que estão correndo? — Seus olhos se concentraram em Judith. — Ou a possibilidade de seu marido morrer a agrada?

Nem Judith nem Iain responderam. A paciência de Maclean se esgotou e ele começou a gritar com Iain, que, por sua vez, não demonstrou nenhum tipo de reação às ameaças do inimigo. Sua fisionomia estava tão controlada que parecia ter sido esculpida em pedra. Na verdade, ele mais parecia entediado.

Laird Maclean estava com o rosto vermelho e sem fôlego quando terminou de cuspir sua ladainha de ameaças.

— Sim, você está encrencado — exaltou-se o velho *laird*. — Ninguém me chama de tolo. Ninguém. — Recostou-se de volta à cadeira, decidido. — Vou matar você por esse insulto, Iain.

— Não! — Judith gritou enquanto dava um passo à frente.

Iain a segurou pela mão, impedindo-a de avançar.

Ela se virou para o marido.

— Preciso falar com ele — sussurrou. — Por favor, entenda.

Iain soltou-a. Judith tirou a corrente do pescoço e fechou o anel na palma da mão. Então avançou para confrontar seu pai.

O salão ficou em silêncio enquanto todos aguardavam, curiosos, o que a inglesa tinha a dizer.

— Sim, você capturou a esposa de Iain — iniciou ela.

Maclean bufou. Judith abriu a mão e deixou o anel cair sobre a mesa, bem na frente dele.

Maclean ficou olhando para a peça por um longo tempo antes de, finalmente, pegá-la. A surpresa estava estampada em seu semblante. Ele voltou os olhos para ela, com o cenho franzido, ainda sem entender.

Judith respirou fundo.

— Sim, você capturou a esposa de Iain — repetiu. — Mas ele se casou com a sua filha.

Capítulo 14

Seu pai reagiu como se uma lâmina tivesse acabado de ser enterrada em seu peito. Seu corpo oscilou para a frente e para trás, até ele quase cair da cadeira, então se recostou de volta nas almofadas. Parecia furioso e incrédulo. Balançava a cabeça, negando, enquanto ela fazia que sim devagar, afirmando.

— Onde você conseguiu este anel?

— Minha mãe me deu. Ela o roubou de você.

— Diga o nome de sua mãe — ordenou ele, com a voz embargada pela emoção.

Mas não havia nenhum sinal de emoção na voz de Judith ao responder.

Douglas avançou e parou à direita de Judith. O pai deles olhou de um para o outro, e então pela segunda vez. As semelhanças eram assustadoramente evidentes. Ele, por fim, acreditou.

— Meu Deus...

— Pai, o senhor está bem?

O *laird* não respondeu ao filho. Iain se aproximou e parou à esquerda de Judith; tão perto que seus braços roçavam. Judith não sabia se o marido olhava para ela ou não. Estava com medo de verificar, pois tinha certeza de que estava furioso com ela.

— O que, em nome de Deus, deu no senhor, pai? — perguntou Douglas. — Parece que acabou de ver o diabo.

Pelo jeito, Douglas não tinha ouvido a confissão sussurrada. Uma vez que Iain permaneceu em silêncio, ela preferiu acreditar que ele também não tinha ouvido.

Judith estava determinada a fazer a seguinte barganha com o pai: em troca de seu silêncio sobre a primeira esposa dele, o *laird* deveria deixar Iain e os outros irem embora. Se ele quisesse se casar novamente, que assim fosse. Ela não ia interferir...

— Por que você não me quis?

A pergunta saiu sem querer, e ela se contorceu por dentro. Que diferença fazia se ele quis ou não ficar com ela? Por Deus, ela estava parecendo uma menininha carente.

— Eu não sabia — respondeu Maclean, passando os dedos entre os cabelos, em um gesto nervoso. — Jurei nunca mais voltar para a Inglaterra. Ela sabia que eu não quebraria minha promessa. Depois que ela morreu, nunca mais pensei nela. Resolvi esquecer o passado.

Judith avançou até quase encostar na mesa. Inclinou-se para a frente e então sussurrou:

— Ela não morreu.

— Meu Deus...

— Se quiser se casar outra vez, não vou contar ao padre Laggan que você já é casado. Não me importo — adicionou com um aceno. — Mas terá que deixar os Maitland irem embora.

Sem esperar pela resposta, ela recuou, impondo certa distância entre eles.

Laird Maclean não imaginava que ainda pudesse ter mais surpresas.

Ainda estava atordoado com todas as verdades que tinha acabado de ouvir.

— Pai, o que está acontecendo?

O *laird* tentou romper o estupor e virou-se para seu filho.

— Você tem uma irmã — disse ele, com a voz rouca de emoção.

— Eu tenho?

— Sim.

— Onde?

— Ela está ao seu lado.

Douglas se virou para encarar Judith, que o encarou de volta.

Demorou um longo tempo para seu irmão aceitar. Ele não parecia muito feliz com a novidade. Na verdade, parecia chocado.

— Não quero você na minha cama — disse ele, meio aos tropeços, com um sorrisinho. — É por isso que ficou com nojo quando tentei...

Mas ele não continuou, pois só então notou que Iain o observava. E a voz de Iain soou mortalmente ameaçadora quando ele perguntou:

— O que exatamente você tentou fazer, Douglas?

O irmão dela perdeu o sorriso.

— Eu não sabia que ela era sua esposa, Maitland — desculpou-se. — Assim como não sabia que ela era minha irmã quando tentei beijá-la.

Iain nem quis saber mais que desculpas estavam sendo dadas. Passou por trás das costas de Judith, agarrou Douglas pelo colarinho e o empurrou para longe com um movimento brusco e preciso.

O pai de Judith não mostrou nenhuma reação ao ver o filho estatelado no chão à sua frente. Sua atenção continuava focada na filha.

— Estou feliz por você não se parecer com ela.

Judith não respondeu ao comentário.

Seu pai soltou um longo suspiro.

— Ela fez sua cabeça contra mim? — perguntou ele.

A pergunta a pegou de surpresa. Ela negou com um menear.

— Disseram-me que meu pai havia morrido defendendo a Inglaterra dos infiéis. E que, por isso, ele teria ganhado um título de barão.

— Então você passou toda a infância com ela?

— Não. Nos primeiros quatro anos, morei com tia Millicent e tio Herbert. Millicent é irmã de minha mãe — adicionou.

— Por que você não morou com sua mãe?

— Ela não podia nem me ver. Por muito tempo, acreditei que fosse porque eu era uma lembrança viva do homem que ela havia amado. Mas, aos onze anos, descobri toda a verdade. Ela me odiava porque eu era parte de você.

— E quando você descobriu a verdade?

— Contaram-me que você havia banido minha mãe, que sabia que ela estava grávida de mim, e que você não queria nenhuma de nós.

— Mentiras — sussurrou, balançando a cabeça. — Eu nunca soube sobre você. Por Deus, eu nunca soube.

Judith não demonstrou nenhum tipo de reação diante do discurso inflamado.

— Se puder nos deixar ir para casa — repetiu ela. — Não vou contar para o padre que você já é casado.

Seu pai negou com um aceno.

— Não, eu não vou me casar de novo. Já estou muito velho para cometer um pecado desses perante Deus. Estou feliz com as coisas como estão.

Nesse momento, ele voltou sua atenção para Iain.

— Você sabia que eu era pai de Judith quando se casou com ela?

— Sim.

Judith deixou escapar uma leve arfada, mas logo se recuperou da surpresa. Iain só podia estar mentindo, e, mais tarde, ela tentaria descobrir o motivo, quando estivessem sozinhos. Isso se ele voltasse a falar com ela novamente, ponderou. Ela ainda não tinha coragem de olhar para ele. Queria chorar de vergonha por não ter confiado o suficiente nele para lhe contar a verdade.

— Então por que tentou fazer uma aliança com os Dunbar? — perguntou Maclean. — Ou os miseráveis mentiram para mim?

— Os Dunbar se aproximaram de nós primeiro — explicou Iain. — Eu me encontrei com o *laird* deles em um campo neutro para discutirmos a possibilidade de uma aliança, mas isso foi antes de eu saber que minha esposa era sua filha.

— E depois que você descobriu?

Iain deu de ombros.

— Àquela altura, eu já sabia qual era a intenção dos Dunbar e que não podia confiar neles. E por isso mandei meu emissário, Ramsey, vir falar com você.

— Você se casou com a minha filha porque eu era o pai dela?

— Sim.

O *laird* assentiu, satisfeito com a honestidade de Iain.

— Você a trata bem?

Iain não respondeu. Judith achou que ela deveria fazê-lo.

— Ele me trata muito bem. Eu não ficaria com ele se fosse diferente.

Seu pai sorriu.

— Você tem opinião. Isso me agrada.

Mas Judith não o agradeceu pelo elogio. Afinal, menos de cinco minutos antes, ele dissera que sua ousadia o desagradava. Ele estava se contradizendo, e nenhum dos elogios conseguiria aliviar a dor que ela sentia.

Judith notou que os olhos de seu pai estavam ficando marejados, mas não conseguia imaginar o motivo.

— Quando descobriu sobre mim? — perguntou Douglas. — Você sabia desde os onze anos que tinha um irmão mais velho?

Judith quase desmoronou ali mesmo, sobrepujada pelo peso da traição de sua mãe.

— Eu não sabia sobre a sua existência... até hoje — sussurrou. — Ninguém nunca me contou.

Douglas encolheu os ombros, tentando mostrar que não se importava, que estava bem. Porém, Judith podia ver a vulnerabilidade no fundo de seus olhos. Ela tocou em seu braço em uma tentativa de confortá-lo.

— Agradeça, Douglas, por ela tê-lo deixado aqui. Você teve mais sorte.

Douglas ficou comovido ao perceber que a irmã estava preocupada com seus sentimentos. Ele pigarreou, tentando aliviar a tensão, então disse:

— Eu deveria ter cuidado de você como fazem os irmãos mais velhos. Eu deveria, Judith.

Ela assentiu e estava prestes a dizer ao irmão que acreditava que ele a teria protegido se soubesse, mas seu pai desviou sua atenção.

— Quero que você passe um tempo aqui comigo e Douglas.

— Não! — Foi Iain quem vociferou a negação. — Judith, saia e espere por mim lá fora. Tenho algo a discutir com seu pai.

Sem hesitar, ela deu meia-volta e saiu andando. *Laird* Maclean ficou observando-a por um momento, então se pôs de pé de repente, olhando fixamente para as costas da filha.

— Eu jamais teria quebrado minha promessa de nunca mais voltar à Inglaterra — disse ele. — E certamente não teria voltado pela minha esposa — adicionou, um pouco mais alto.

Judith continuou se afastando do pai. Tremia tanto, que temia que as pernas falhassem. Se ao menos conseguisse sair...

— Eu não voltaria por terras, ou título, nem por todo o ouro que a Inglaterra pudesse me oferecer.

Ela estava na metade do caminho quando ele berrou:

— Judith Maitland!

Parou, então, e se virou. Lágrimas escorriam, alheias a sua vontade. Seus punhos estavam cerrados, de modo que ninguém visse seu tremor.

— Mas eu teria quebrado minha promessa por uma filha! — gritou seu pai. — Sim, eu teria voltado para a Inglaterra por você.

Judith respirou fundo, então meneou a cabeça lentamente. Como queria acreditar nele. No entanto, sabia que precisava de tempo — e distância — para separar todas as mentiras da verdade.

Graham estava parado próximo ao pé dos degraus que levavam à porta de entrada. Dois guardas estavam parados às suas costas, de sentinela. A fisionomia de Graham a fez perder o ar, a fúria e o desdém eram tão visíveis que parecia que ele tinha acabado de cuspir nela.

Certa de que estava prestes a vomitar, ela correu para fora, cruzou o pátio e continuou em busca de privacidade atrás de um aglomerado de árvores. Continuou correndo até perder o fôlego. Então caiu no chão e rompeu em um choro compulsivo digno de pena.

Como estava confusa por dentro. Será que seu pai tinha dito a verdade? Será que, se soubesse que tinha uma filha, ele a teria reclamado? Será que teria sido capaz de amá-la?

Oh, Deus, os anos perdidos, as mentiras, a solidão. E agora era tarde demais. Ela tinha revelado quem era, e Graham deixara claro, com um olhar de ódio, que ela tinha perdido tudo. Que não passava de uma estrangeira novamente.

— Iain — disse ela, entre soluços.

Será que o havia perdido também?

Iain sabia que Judith precisava dele naquele momento. E o pior era que estava certo de que a tinha magoado ao admitir que havia se casado porque ela era uma Maclean. Sua vontade era ir atrás dela, é claro, mas antes precisava negociar com seu pai. Na sua cabeça, a segurança de Judith vinha antes de seus sentimentos.

— Você usou minha filha para me atingir, não usou? — apontou *Laird* Maclean, tentando parecer furioso, mas falhou na tentativa. Deixou escapar um suspiro, então. — Acho que eu teria feito o mesmo se estivesse em seu lugar.

Toda a disciplina de Iain desapareceu. O guerreiro avançou para cima da mesa, pegou o pai de Judith pelos ombros e o ergueu da cadeira. Douglas veio em socorro do pai. Iain o arremessou para longe com as costas da mão.

— Eu me casei com Judith para protegê-la de você, seu maldito! — vociferou, e, em seguida, empurrou Maclean de volta na cadeira. — Agora vamos chegar a um acordo, ou juro por Deus que eu matarei você.

Laird Maclean ergueu a mão para impedir que seus homens atacassem Iain.

— Saiam todos — bramiu. — Isto é entre mim e *Laird* Maitland. Douglas, você fica.

— Patrick, fique também — ordenou Iain.

— Não vou sair! — gritou Graham.

— Como quiser — concordou *Laird* Maclean, em um tom cansado. Então esperou até que seus guerreiros se retirassem e ficou de pé para encarar Iain. — Por que você achou que precisava protegê-la de mim? Sou o pai dela.

— Você sabe muito bem o porquê — respondeu Iain. — Você a teria casado com um dos Dunbar. E eu não poderia permitir isso.

Laird Maclean não argumentou sobre a possibilidade, pois sabia que era verdade. Muito provavelmente ele a teria casado com um dos Dunbar para selar mais uma aliança.

— Eu teria pedido a permissão dela primeiro — murmurou, então se sentou de volta na cadeira. — Deus do céu, como isso é difícil de aceitar. Eu tenho uma filha.

— E uma esposa — lembrou-se Iain.

A expressão de Maclean obscureceu.

— Sim, uma esposa — concordou. — A mulher me abandonou — explicou. — Foi embora com a desculpa de voltar para a Inglaterra para ver seu irmão que estava doente, mas eu sabia que ela não tinha intenção de retornar para as Highlands. Na época, fiquei feliz por me livrar dela. Confesso que fiquei feliz quando soube que ela tinha morrido. Se isso é pecado, então que seja. Nunca conheci uma mulher como aquela — adicionou. — Nem antes, nem depois. Ela não tinha consciência. Vivia para satisfazer seu próprio prazer, nada mais. Era tão cruel com o filho que eu passava a maior parte do tempo tentando proteger o menino da própria mãe.

— Judith não teve ninguém para protegê-la.

— Reconheço — respondeu Maclean, e, de repente, pareceu um homem muito velho. — Ela disse que morou com a tia nos primeiros quatro anos de vida. O que aconteceu depois? Ela foi morar com a mãe?

— Sim.

— E quanto ao irmão de minha esposa? O beberrão? — perguntou Maclean.

— Ele morava com elas também. A tia e o tio tentaram cuidar de Judith. Ela morava com eles por seis meses a cada ano, e depois morava no inferno pelos outros seis meses.

— Um arranjo curioso — disse Maclean, balançando a cabeça. —

Nunca vou conseguir compensar todo esse sofrimento. Nunca... — Sua voz falhou, ele fingiu uma tosse, então falou: — Você terá sua aliança, Iain, se ainda a quiser. Os Dunbar vão se rebelar, é claro, mas posso mantê-los sob controle e fazê-los ficarem quietos, contidos entre nossas terras, como estão. Só tenho um pedido a fazer.

— Qual?

— Quero que Judith passe um tempo aqui. Eu gostaria de conhecê-la melhor.

Maclean nem tinha terminado de fazer o pedido e Iain já estava negando com um aceno.

— Minha esposa vai comigo.

— Você permite que ela venha me visitar de vez em quando?

— Apenas Judith pode decidir isso — afirmou Iain. — Eu não a obrigaria.

— Mas não a impedirá?

— Não — concedeu Iain. — Se ela quiser vê-lo novamente, eu a trarei aqui.

— Iain Maitland, você está fazendo promessas sem autoridade para tal — anunciou Graham, praticamente aos gritos. — O conselho vai decidir sobre qualquer aliança, não você.

Iain se virou para encarar Graham.

— Vamos discutir isso depois — disse, em tom de comando.

— Você deveria agradecer à minha filha por ela ter se manifestado! — berrou Maclean. Levantou-se, então, espalmou as mãos sobre a mesa e inclinou o corpo para a frente. — Ela salvou sua vida, Graham. Há anos tenho vontade de acabar com você. Ainda posso, se ficar sabendo que você não está tratando minha filha bem.

Ele fez uma pausa para encarar seu inimigo.

— Vi a expressão que você fez quando ouviu Judith dizer que era uma Maclean. Você não consegue engolir, não é mesmo? Imagino que esteja furioso com o fato de o seu *laird* ter se casado com a minha filha, mas não importa — continuou Maclean, em tom de ameaça. — Se magoar Judith, eu juro por Deus que mato você com as minhas próprias mãos.

— Pai, e se Judith quiser ficar aqui conosco? — indagou Douglas. — Talvez ela não queira ir embora com Iain. O senhor deveria perguntar para ela.

Mas Iain não se deixou impressionar com a repentina demonstração de preocupação fraternal de Douglas.

— Ela vai comigo.

Douglas não desistiu assim tão fácil.

— Vai permitir que ele a leve se ela não quiser?

— Permitir? — Pela primeira vez, Maclean sorriu. — Pelo jeito, Iain vai fazer o que lhe der na cabeça. — Voltou sua atenção para Iain. — Você deve ter começado com um belo plano em mente, mas acabou se apaixonando ao longo do caminho, não foi?

Iain se recusou a responder, mas Douglas não deixou por isso mesmo.

— Você ama Judith?

Iain soltou um suspiro. O irmão de Judith estava se mostrando uma pedra em seu sapato.

— Acha mesmo que eu me casaria com uma Maclean se não a amasse?

Laird Maclean soltou uma gargalhada.

— Seja bem-vindo à família, filho.

Iain encontrou Judith recostada em uma árvore, fora da trilha, a uma boa distância da fortaleza. A luz do luar iluminava o suficiente para que pudesse ver como ela estava pálida.

— Judith, está na hora de irmos para casa.

— Sim, claro.

Mas ela não se mexeu. Ele se aproximou. Quando Judith ergueu os olhos, ele percebeu que ela tinha chorado.

— Está tudo bem? — perguntou, em um tom preocupado. — Sei que foi difícil para você.

Novas lágrimas inundaram seus olhos.

— Será que ele estava mentindo ou dizendo a verdade? Foram tantas mentiras que não consigo mais distinguir o que é verdade... Mas não importa, não é mesmo? O fato de saber que meu pai teria me reclamado já compensou todos os anos perdidos.

— Acho que importa para você — apontou Iain. — E acredito que ele estava dizendo a verdade. Se soubesse, ele teria ido para a Inglaterra atrás de você.

Ela se afastou da árvore e endireitou os ombros.

— Sei que você deve estar furioso comigo. Eu deveria ter lhe contado antes quem era o meu pai.

— Judith...

Mas ele foi interrompido.

— Tive medo de que você não me quisesse mais se soubesse a verdade. — Então, ela finalmente percebeu que Iain não estava zangado. — Por que não está bravo? Você deve ter ficado chocado. E por que mentiu para o meu pai?

— Quando eu menti?

— Quando disse que já sabia que eu era filha dele.

— Não menti. Eu já sabia antes do nosso casamento.

— Mas você não tinha como saber! — gritou ela.

— Vamos conversar sobre isso mais tarde — propôs ele. — Depois que chegarmos em casa.

Judith negou. Queria falar naquele momento. Parecia que o mundo inteiro tinha acabado de desmoronar.

— Se você sabia... então por que se casou comigo?

Iain estendeu a mão, mas ela recusou.

— Judith, não vou falar sobre isso agora.

Deus, ele parecia tão calmo, tão razoável.

— Você me usou.

— Para protegê-la.

— Você queria uma aliança. Foi só por isso que se casou comigo. Achei que, meu Deus, achei que, como você não tinha nada a ganhar, você realmente me queria, achei que... — Sua voz falhou em um soluço. Estava tão enojada pela verdade, que quase desmoronou. Recuou mais um passo. Estava furiosa consigo mesma por ter sido tão ingênua. — Como fui tola! — berrou. — Realmente achei que eu poderia fazer parte deste lugar. Acreditei que poderia ser aceita, que não importaria quem eram minha mãe ou meu pai...

Respirou fundo, tentando desesperadamente recuperar o controle.

— Não posso culpar ninguém além de mim mesma por ter pensado essas bobagens. Nunca serei aceita. Não vou para casa com você, Iain. Nem agora nem nunca.

— Não erga a voz para mim — alertou ele em um tom de voz abafado e frio. — Você vai para casa comigo. Agora.

Iain foi tão rápido que ela nem teve tempo de correr. Prendeu as duas mãos dela com uma sua e saiu arrastando-a de volta pelo caminho antes mesmo de que ela tivesse tempo de tentar se livrar.

Judith parou de tentar quando se lembrou de Frances Catherine. A amiga precisava dela.

Iain parou no limite da clareira.

— Não ouse chorar — ordenou.

— Você partiu meu coração.

— Consertarei depois.

Judith quase irrompeu em lágrimas ali mesmo, mas o grupo de guerreiros reunidos no pátio a fez mudar de ideia. Orgulhosa, endireitou as costas e apertou o passo para conseguir acompanhar o marido, determinada a não expor sua fraqueza na frente dos Maclean.

Graham e Patrick aguardavam montados em seus cavalos, prontos para partir. Iain não quis que Judith fosse sozinha em seu cavalo. Deixou as rédeas do animal a cargo de Patrick e então se virou e a colocou sobre a sela de seu cavalo. Subiu no lombo do animal, acomodou-a em seu colo e assumiu a liderança.

Primeiro, eles passaram por Graham e, quando seus olhares se cruzaram, este virou a cara. Mais que depressa, ela baixou os olhos e cruzou as mãos, tentando desesperadamente não transparecer o que estava sentindo. Não queria que nenhum deles soubesse o quanto se sentia ferida por dentro.

Iain percebeu o insulto que Graham tinha feito a sua esposa e ficou tão furioso que mal conseguiu se controlar. Judith havia enrijecido em seus braços, e, em um gesto de proteção, ele a puxou para mais perto de seu peito e se abaixou para sussurrar em seu ouvido:

— Pertencemos um ao outro, Judith. Nada mais importa. Lembre-se disso.

Só depois que falou em voz alta foi que se deu conta do profundo significado das palavras. O aperto que tinha no peito se desfez. Amar Judith o fazia se sentir capaz de conquistar o mundo. Não havia nenhum problema que não pudessem enfrentar, contanto que estivessem juntos. Lembrou-se, então, de que ela havia lhe dito que queria poder compartilhar suas preocupações, mas ele não permitira. E, em troca, deveria compartilhar as suas com ela. Não só não o tinha feito como ainda tivera a coragem de zombar, acreditando, na sua arrogância, que ele, e somente ele, deveria tomar todas as decisões, resolver todos os problemas, comandar sozinho. Era dever dela lhe comunicar que ele estava errado, e ele cuidaria disso.

Depois de tudo o que acontecera, era difícil entender por que ela ainda o amava. Era um milagre, pois ele tinha certeza de que não merecia. Ele quase sorriu, porque, merecendo ou não, o coração dela pertencia a ele... e ele nunca a deixaria ir embora. Nunca.

Foi como se todos aqueles pensamentos tivessem sido ditos em voz alta; pois, de repente, Judith olhou para ele e sussurrou:

— Não vou viver com um homem que não me ama.

Judith esperava a raiva, e, no fundo, ao menos um pouco de remorso, mas não recebeu nenhum dos dois.

— Certo — concordou ele.

Magoada, ela virou o rosto. Iain sabia que, naquele momento, ela não estava em condições de ouvir nada do que ele tinha a dizer. Era melhor deixar as explicações para o dia seguinte.

— Feche os olhos e descanse — mandou ele. — Você está exausta.

Estava prestes a fazer isso, quando viu um movimento na escuridão. Todo o seu corpo enrijeceu e ela se agarrou ao braço dele. As árvores ao redor pareciam ganhar vida diante de seus olhos. Sombras se moviam sob a luz do luar.

Eram os guerreiros Maitland: tantos que era impossível contar. Estavam todos vestidos para a batalha. Ramsey liderava os guerreiros. Ele avançou e esperou por Iain para lhe contar o que tinha acontecido.

Então Iain não tinha vindo sozinho. Bastava um sinal e seus homens atacariam. Judith se sentiu grata por ter conseguido impedir uma guerra, e se perguntou quantas vidas teriam sido perdidas se ela tivesse permanecido calada.

Não falou mais com o marido até chegarem em casa. Uma vez lá, disse que não queria dormir na mesma cama que ele. Iain a pegou no colo e a levou para o quarto. E como estava muito cansada para brigar, ela acabou dormindo antes mesmo que ele tirasse suas roupas.

Mas ele não teve coragem de deixá-la sozinha. Envolveu-a em seus braços, acariciando-a, embalando-a, beijando-a, e, nas primeiras horas do dia, eles fizeram amor.

A princípio, Judith estava muito sonolenta para protestar, e então muito consumida pela paixão para fazê-lo parar. Sua boca estava carinhosamente quente sobre a dela. As mãos acariciaram as partes internas de suas coxas, forçando-as gentilmente a se abrir. E, então, seus dedos penetraram no centro úmido e quente enquanto a língua invadia sua boca. O joguinho erótico de amor lhe arrancava gemidos de prazer. Ela se moveu impaciente sob o peso do corpo forte e quente. Foi a permissão de que precisava. Ele se encaixou entre as coxas e mergulhou dentro dela. Judith arqueou o corpo e entrelaçou os braços ao redor do pescoço do marido, puxando-o para mais perto. As estocadas eram lentas, controladas, calculadas. O doce tormento a deixou louca. Ela apertou as pernas ao redor do corpo que lhe dava prazer e ergueu os quadris com mais intensidade, em um pedido mudo para que ele acelerasse o ritmo.

Os dois chegaram ao ápice juntos. Ele soltou um gemido no fundo da garganta e colapsou sobre ela. Ela o abraçou com força, enquanto ondas de êxtase varriam seu corpo, e então gemeu contra o ombro largo.

Depois que começou chorar, parecia que não conseguia mais parar. Ele se virou para o lado, levando-a junto, e sussurrou palavras doces até ela finalmente relaxar contra seu corpo e ele perceber que ela havia dormido novamente. Só então Iain fechou os olhos, entregando-se por completo, e adormeceu também.

Na manhã seguinte, Iain deixou o quarto uma hora antes de Judith acordar. A governanta subiu para despertá-la, bateu de leve à porta e chamou seu nome.

Judith tinha acabado de se vestir. Usava um vestido cor-de-rosa-claro. Assim que permitiu, Helen entrou no quarto. Deu uma olhada nas roupas de Judith e parou abruptamente.

— Você não está usando o nosso tartã — comentou.

— Não — respondeu Judith sem dar mais explicações. — O que queria falar comigo?

— Os anciões...

— Sim? — perguntou Judith diante da hesitação de Helen.

— Eles a aguardam no salão principal. Então é verdade? O seu pai é...

Helen não conseguia nem dizer o nome, mas Judith foi misericordiosa e completou:

— *Laird* Maclean é o meu pai.

— Não desça — alertou Helen, e começou a esfregar as mãos, agitada. — Você está muito pálida. Volte para a cama. Direi a eles que você está doente.

Judith negou com um aceno de cabeça.

— Não posso me esconder aqui — disse, e estava seguindo em direção à porta, quando parou. — O conselho não está quebrando uma de suas regras sagradas ao falar diretamente comigo em um prédio oficial?

Helen assentiu.

— Acho que estão tão zangados que até se esqueceram das regras. Além de você, eles só permitiram que mais uma mulher se apresentasse diante deles: sua amiga Frances Catherine. Não se falou de outra coisa aqui por semanas.

Judith sorriu.

— Frances Catherine me contou que eles tentaram fazê-la desistir de mandar me buscar. Eles devem estar com vontade de torcer o pescoço dela agora. Veja toda a confusão que causei.

Helen balançou a cabeça.

— Você não causou nenhuma confusão.

Judith fez um afago em seu braço.

— Meu marido está esperando por mim com os anciões?

Helen balançou a cabeça outra vez, em um esforço de controlar as emoções. Sua voz vacilou quando respondeu:

— Ele está voltando da casa do irmão. Graham mandou uma mensagem para que ele voltasse. Não vão mandá-la embora, vão?

— Meu pai é inimigo deles — lembrou Judith. — Duvido que queiram que eu fique aqui.

— Mas o seu marido é o nosso *laird* — sussurrou Helen. — Com certeza...

Judith não queria falar sobre Iain. Helen estava ficando muito nervosa. Lágrimas escorriam pelas suas bochechas. Judith sentiu muito por estar causando tanto sofrimento, mas não sabia o que fazer para atenuar. Afinal, não poderia dizer para Helen que tudo daria certo, pois estaria mentindo.

— Vou sobreviver a isso — disse ela. — E você também. — Forçou um sorriso, beliscou as bochechas para lhes dar um pouco de cor e então deixou o quarto.

Iain entrou no mesmo instante em que ela começou a descer a escadaria, e pareceu aliviado ao vê-la. E ela não soube o que fazer com isso.

— Eu gostaria de falar com você, Iain. Tenho algo que preciso lhe dizer.

— Agora não, Judith. Não temos tempo.

— Então arrume um tempo — insistiu ela.

— Frances Catherine precisa de você, esposa.

Sua postura mudou completamente. Judith terminou de descer os degraus correndo.

— É o bebê?

Iain assentiu.

— Helen? — chamou Judith.

— Eu ouvi, milady. Vou pegar algumas coisas e já estou indo.

Judith segurava a mão de Iain, e, ao perceber, tentou soltar, mas ele não permitiu. Então se virou, abriu a porta para ela e a puxou para fora.

Os anciões estavam reunidos diante da mesa próxima à lareira. Iain agiu como se eles nem estivessem ali.

— Há quanto tempo começaram as contrações? — perguntou Judith.

— Patrick não falou. Ele está tão abalado que mal consegue falar coisa com coisa.

Iain não tinha exagerado. O marido de Frances Catherine estava parado bem no meio da entrada da cabana.

— Ela quer que eu vá buscar o padre — disse Patrick, assim que o casal surgiu. — Meu Deus, é tudo culpa minha.

Judith não sabia o que dizer sobre isso. Iain balançou a cabeça.

— Recomponha-se, Patrick — ordenou o irmão mais velho. — Você não vai ajudar se descontrolando desse jeito.

— É tudo culpa minha — repetiu Patrick em um sussurro angustiado.

— Maldição! — exclamou Iain, em parte um resmungo. — Claro que é culpa sua. Você a levou para a cama...

— Não é isso — interrompeu Patrick.

— Então o que é? — perguntou Iain, quando o irmão não explicou.

— Eu a fiz entrar em trabalho de parto. Nós estávamos conversando sobre o pai de Judith, e ela me contou que já sabia há anos. Fiquei um pouco irritado por ela não ter me contado e acho que acabei falando um pouco mais alto do que deveria.

Patrick bloqueava a passagem, sem perceber que impedia Judith de entrar, enquanto confessava sua culpa ao irmão. Até que Judith finalmente o empurrou do caminho e entrou apressada.

Mas parou, de repente, assim que viu Frances Catherine sentada à mesa, escovando os cabelos; aparentemente muito calma. Estava até assoviando.

Frances Catherine sorriu, então fez sinal para que a amiga fechasse a porta.

— Pegue aquela fita — pediu. — Aquela cor-de-rosa que está perto da cama, por favor.

Judith fez o que a amiga pediu. Então, percebeu que suas mãos tremiam.

— Como está se sentindo, Frances Catherine? — perguntou em um sussurro preocupado.

— Estou bem, obrigada.

Judith encarou a amiga por um longo minuto.

— Você está sentindo alguma dor agora ou só está fingindo estar bem?

— Se não estivesse, eu fingiria — respondeu Frances Catherine.

Judith se aproximou da mesa e desmoronou na cadeira de frente para a amiga. Respirou fundo em um esforço para desacelerar o coração, então perguntou o que ela queria dizer com aquela resposta sem sentido.

Frances Catherine ficou feliz em explicar.

— Estou sentindo dores, mas, se não estivesse, eu fingiria estar, só para irritar Patrick. Vou deixá-lo, Judith. Nenhum homem vai gritar comigo, nem mesmo meu marido. Você pode me ajudar a arrumar minhas coisas?

Judith caiu na risada.

— Você vai embora agora ou depois que o bebê nascer?

Sua amiga sorriu.

— Depois. Não estou com nem um pouco de medo — adicionou em um sussurro, retomando o assunto. — Não é estranho? Tive medo a gravidez inteira, mas agora não estou com medo de nada.

— Então por que mandou chamar um padre?

— Para arrumar uma ocupação para Patrick.

Judith não acreditou naquela bobagem.

— Você quis assustá-lo, não foi?

— Isso também — admitiu Frances Catherine.

— Você tem um lado malvado oculto, Frances Catherine. Assustou seu marido de propósito. Chame-o e peça desculpas.

— Vou pedir — prometeu a amiga. — Foi muito ruim para você?

Frances Catherine mudou de assunto tão rápido que Judith demorou um minuto para reagir.

— Meu pai é um homem muito bonito — comentou.

— Você cuspiu na cara dele?

— Não.

— Conte-me tudo o que aconteceu.

Judith sorriu.

— Não vou lhe contar nada até que fale com seu marido. Você não está o ouvindo andando de um lado para o outro lá fora? Que vergonha, Frances Catherine.

Mas antes que tivesse tempo de dizer qualquer coisa, Frances Catherine foi acometida por uma forte contração. Ela largou a escova e segurou a mão de Judith. Ainda estava ofegante quando a contração passou.

Judith continuou contando mentalmente os segundos durante a dor.

— Essa foi um pouco mais forte do que as outras — murmurou Frances Catherine. — Mas ainda estão espaçadas. Seque a minha testa, Judith, e depois peça ao Patrick para entrar. Estou pronta para ouvir o pedido de desculpas dele.

Judith foi correndo atender ao pedido. Esperou do lado de fora para dar um pouco de privacidade ao casal. Iain estava sentado no muro de pedra, observando-a.

— Nunca vi meu irmão tão descontrolado — comentou.

— Ele ama a esposa — respondeu Judith. — Está preocupado com ela.

Iain encolheu os ombros.

— Eu amo você, mas tenho certeza de que não vou ficar igual ao Patrick quando você me der um filho ou uma filha.

As palavras foram ditas com tanta casualidade, tanta naturalidade, que a pegaram de surpresa.

— O que foi que você disse?

Iain repetiu em um tom irritadiço.

— Eu falei que não vou perder o controle igual ao Patrick...

— Antes — interrompeu ela. — Você disse que me ama. Você falou de um jeito como se estivesse sendo sincero.

— Eu sempre falo com sinceridade. Você sabe disso. Judith, quanto tempo acha que o parto vai demorar?

Ela ignorou a pergunta.

— Você não me ama — anunciou em um tom de voz enfático. — Eu sou apenas o sacrifício que você teve que fazer para conseguir a aliança. — Sem lhe dar tempo para responder, continuou: — O anel me denunciou, não foi? Ele é idêntico ao que Douglas estava usando e você o reconheceu.

— O anel me pareceu familiar, mas demorei para lembrar onde o tinha visto.

— Quando exatamente você se lembrou?

— Quando estávamos no cemitério — confessou. — Depois Patrick ouviu você perguntando para Frances Catherine o que ela achava que eu faria se descobrisse que Maclean era o seu pai. E ele me contou, é claro, mas eu já sabia.

Judith balançou a cabeça.

— Não entendo — admitiu ela. — Se ele sabia, por que ficou tão bravo com Frances Catherine?

— Ele ficou bravo porque ela não contou nada para ele.

— E então, assim que descobriu quem era o meu pai, você se casou comigo.

— Logo em seguida — concordou ele. Então se levantou e a trouxe para junto de seus braços. — Sem flores — sussurrou. — Sinto muito por isso, mas sua segurança vem em primeiro lugar. Não tive tempo de preparar um casamento do jeito que você merecia.

Deus do céu, como ela queria acreditar nele.

— Você não precisava ter se casado comigo para me proteger.

— Sim, eu precisava. Era apenas questão de tempo até que um dos anciões visse o maldito anel e o reconhecesse.

— Eu ia jogar o anel fora — alardeou ela.

Iain bufou.

— Você não ia — disse. — Tem o coração muito mole para destruir a única coisa que a ligava ao homem que a colocou no mundo.

Ela resolveu não discutir a possibilidade.

— Você não gosta dele, gosta?

— De seu pai?

— Sim.

— Claro que não gosto dele — respondeu Iain. — Ele é um grande desgraçado — adicionou. — Mas também é o seu pai e, quando decidi que ficaria com você, mandei Ramsey ir falar com ele sobre uma aliança. Teria sido mais prático nos unirmos com os Dunbar. As terras deles fazem fronteira com as nossas, mas *Laird* Maclean é seu pai, e você tinha o direito de requerer o reconhecimento... se quisesse, Judith.

— Mas você não confia nos Maclean, confia?

— Não. Quanto a isso, também não confio muito nos Dunbar.

— Você gosta de Douglas?

— Não muito.

O modo franco como ele explicou tudo foi um verdadeiro bálsamo.

— Você não gosta de ninguém, não é mesmo?

Iain respondeu com um sorriso carinhoso.

— Gosto de você.

Sempre a deixava sem fôlego pegar Iain olhando para ela daquele jeito. Judith teve que se esforçar para se concentrar no que estava falando. Baixou, então, os olhos para a altura do peito dele.

— Por que era necessário formar uma aliança com os dois clãs? Vocês sempre viveram isolados.

— *Laird* Dunbar está velho e cansado; mesmo assim, não quer passar o posto para um guerreiro mais jovem. Quando fiquei sabendo que ele estava negociando com Maclean, tentei interferir antes que a união se concretizasse. Os Dunbar unidos aos Maclean poderiam se tornar invencíveis contra nós. O que era uma grande preocupação.

— Por que não me explicou isso?

— Foi o que acabei de fazer.

Ele estava se protegendo e os dois sabiam disso.

— Por que não me explicou antes?

— Foi difícil para mim — finalmente admitiu. — Nunca fui de dividir meus problemas com mais ninguém além de Patrick.

— Nem com Graham?

— Nem com ele.

Judith se afastou e o encarou no fundo dos olhos.

— O que o fez mudar de ideia?

— Você — respondeu ele. — E Frances Catherine.

— Não entendi.

Ele segurou sua mão, colocou-a sentada em cima do muro de pedra e se sentou ao seu lado.

— No começo, eu não entendia a ligação que existe entre vocês. Vocês pareciam confiar plenamente uma na outra.

— Nós confiamos plenamente uma na outra — disse ela.

Iain assentiu.

— Ela nunca contou para ninguém quem era o seu pai, e você nunca teve medo de que ela pudesse dizer.

A impressão era de que, antes de falar, ele montava o discurso mentalmente. Sua voz era lenta, hesitante.

— Você deu a ela uma arma que poderia ser usada contra você. Um homem jamais faria isso.

— Alguns fariam.

— Eu, não — admitiu ele. — E até conhecê-la, nunca acreditei que esse tipo de confiança existisse.

Abruptamente, ele se levantou. Cruzou as mãos atrás das costas e se virou para encará-la.

— Você me mostrou que pode confiar plenamente em sua amiga. Quero o mesmo, Judith. Você disse que confia em mim, mas se confiasse de todo o coração, plenamente, aceitaria sem questionar quando eu digo que a amo, e que estou sendo sincero. Só então sua incerteza, seu medo, sua mágoa vão desaparecer.

Seu mundo virou de cabeça para baixo. Então ela se deu conta de que tudo o que ele estava dizendo era a mais pura verdade.

— Não confiei o suficiente em você para lhe contar quem era o meu pai — sussurrou ela. — Mas eu acabaria contando... um dia. Tive medo de que não me quisesse mais se soubesse.

— Se você tivesse confiado o suficiente em mim...

Judith meneou a cabeça.

— Eu tentei, pouco antes de nosso casamento... Por que você não permitiu que eu contasse naquele momento?

— Porque eu estava desesperado para protegê-la, e o único jeito de fazer isso seria me casando com você. O conselho não pensaria duas vezes se descobrisse que Maclean era seu pai. Eles a usariam para tentar destruí-lo.

— Se eu tivesse deixado o anel na Inglaterra, nada disso...

Mas ele não permitiu que ela terminasse.

— Mais cedo ou mais tarde, os segredos acabam sendo descobertos — disse ele. — Muitas pessoas sabiam a verdade. Seus parentes na Inglaterra poderiam recorrer aos Maclean para trazer você de volta. — Deu de ombros. — Ainda podem. — Ele parecia muito preocupado com a possibilidade.

— Iain, não acho que eu possa continuar aqui. O modo como Graham olhou para mim quando descobriu quem era meu pai... Ele nunca vai conseguir me aceitar como uma Maitland. Serei sempre uma estrangeira. Não, eu não posso ficar aqui.

— Muito bem.

O fato de ele ter concordado tão rápido a deixou confusa, pois ela imaginava que, no mínimo, fosse pedir que ela tentasse, e então ela teria a nobreza de concordar. Como era possível ele ter acabado de confessar que a amava e agora concordar que ela fosse embora assim tão facilmente?

Mas Judith não teve tempo de ouvir seus motivos, pois Patrick abriu a porta e gritou seu nome.

Ela entrou e encontrou Frances Catherine sorrindo, satisfeita. Judith presumiu que o marido da amiga tivesse se desculpado devidamente.

Frances Catherine não sentia tanta dor na lombar quando andava, e por isso caminhava lentamente de um lado para o outro diante da lareira enquanto Judith cuidava dos detalhes.

Sua amiga tinha milhares de perguntas para fazer sobre os Maclean, mas Judith não conseguiu responder a nenhuma. Quando finalmente conseguiu falar uma frase inteira sem ser interrompida, acabou contando à amiga sobre Douglas.

— Tenho um irmão. Ele é cinco anos mais velho do que eu — disse Judith. — Minha mãe o abandonou e nunca contou nada sobre sua existência para ninguém.

Frances Catherine quase tropeçou e ficou furiosa por Judith.

— Vadia maldita! — blasfemou aos berros.

E estava prestes a soltar outro palavrão quando ouviu o marido se desculpando por ela, do lado de fora da janela. Frances Catherine levou a mão à boca para segurar uma risada.

— Sua mãe é um monstro — sussurrou. — Se houver alguma justiça neste mundo, ela ainda vai ter o que merece.

Judith não acreditava na possibilidade, mas não discutiria sobre isso — não naquele momento.

— Talvez — foi tudo que se permitiu dizer.

— Agnes teve o que merecia — anunciou Frances Catherine com um menear de cabeça.

— Por quê? O que aconteceu com ela? — perguntou Judith.

Frances Catherine não parecia estar ouvindo muito do que a amiga dizia.

— Sim, ela teve. Ela fez a besteira de espalhar boatos horríveis sobre você, achando que nosso *laird* não ficaria sabendo.

— Iain ficou sabendo?

— Ficou — respondeu Frances Catherine. Então, fez uma pausa para se concentrar na dor e segurou na beirada da cornija da lareira até passar. Em seguida, secou a testa com um paninho. — Meu Deus, essa foi mais forte do que a última.

— E foi mais longa também — comentou Judith.

Frances Catherine concordou.

— Onde eu estava mesmo? Ah, sim, Agnes.

— O que exatamente Iain ficou sabendo?

— Que você estava grávida de um filho dele antes de se casarem.

— Meu Deus, ele deve ter ficado furioso...

— E como ficou — concordou Frances Catherine. — Você, Patrick e Graham tinham saído para pescar, e Iain voltou dos compromissos dele umas duas horas depois. Primeiro, ele passou aqui para ver se eu estava precisando de alguma coisa. Foi muita gentileza da parte dele, não foi? Iain ficou muito mais atencioso depois que se casou com você, Judith. Ele nunca...

— Frances Catherine, você está desviando do assunto — interrompeu Judith. — O que ele fez com a Agnes?

— Eu estava chegando lá. Iain estava indo para a fortaleza quando alguém o parou no caminho para lhe contar. Ou talvez tenha sido um dos anciões...

— Não importa como ele ficou sabendo — Judith interrompeu novamente. — Quero saber o que ele fez. Você está me deixando louca, Frances Catherine, dando voltas desse jeito.

Frances Catherine sorriu.

— Está distraindo você do parto, não está?

Judith assentiu. Então implorou à amiga que terminasse de contar a história.

Frances Catherine atendeu ao pedido com o maior prazer.

— Brodick me contou que ele foi até a casa da Agnes imediatamente. Brodick também deu uma passadinha aqui, só para perguntar se eu estava bem. Acho que Patrick pediu para ele fazer isso... Mas, continuando: uma hora depois, eu havia saído para tomar um pouco de ar fresco, quando vi Agnes e sua filha, Cecilia, descendo a colina, carregando as coisas delas. Brodick me contou que elas estavam indo embora daqui. E que não vão voltar mais, Judith.

— Para onde elas foram?

— Para a casa de uns primos de Agnes. Elas foram escoltadas por um grupo de guerreiros.

— Iain não me contou nada. — Judith refletiu sobre o fato por alguns minutos, enquanto Frances Catherine retomava o passo.

Então, Helen bateu à porta, interrompendo a conversa particular.

— Depois falamos sobre isso — cochichou Frances Catherine.

Judith assentiu e foi ajudar Helen a trazer uma pilha grande de lençóis para juntar aos que estavam sobre a mesa. Winslow veio logo atrás, trazendo a cadeira de parto. Imediatamente, Frances Catherine convidou o guerreiro para ficar para o almoço. Winslow ficou tão surpreso com o convite que tudo o que conseguiu fazer foi negar com um aceno de cabeça.

Patrick não estava em condições de cuidar da tarefa de passar o tartã na viga. Winslow fez o serviço e, em sinal de agradecimento, Frances Catherine lhe ofereceu uma bebida.

Ele recusou o vinho e estava indo em direção à porta quando parou de repente e deu meia-volta.

— Minha esposa está lá fora — disse ele. — Ela quer ajudar. A menos que...

— Por favor, peça para ela entrar — solicitou Judith. — Será muito bom tê-la aqui conosco, não é mesmo. Frances Catherine?

Sua amiga pareceu muito animada com a ideia.

— Claro — concordou. — Ela pode almoçar conosco.

Helen parou de arrumar a cama e ergueu os olhos.

— Você está mesmo com fome, moça? Posso trazer uma sopa que fiz ontem. Ela passou a noite no fogo.

— Sim, por favor — respondeu Frances Catherine. — Mas não estou com fome.

— Então por que... — iniciou Judith.

— Quando estiver na hora do jantar, temos que ter o que comer — insistiu Frances Catherine. — Tudo tem que ser como... de costume. Certo, Judith?

— Sim, claro — respondeu Judith.

Então, Isabelle entrou apressada, atraindo a atenção de todas. Fechou a porta, aproximou-se de Frances Catherine e pegou sua mão. Enquanto Judith cuidava dos preparativos, Isabelle repetiu todas as palavras de encorajamento que Judith havia lhe dito quando ela entrou em trabalho de parto. Falou sobre o milagre que estava acontecendo, adicionou que, sim, era confuso, mas que ainda era maravilhoso, e que Frances Catherine deveria se lembrar de se sentir feliz por estar cumprindo a missão de trazer uma nova vida ao mundo.

Uma sensação calorosa de contentamento tomou conta de Judith por saber que tinha conseguido fazer a diferença na vida de outra pessoa. Sabia que, se o conselho conseguisse o que queria, em breve ela teria que deixar aquele lugar; mas, enquanto ainda estivesse ali, tentaria impactar a vida de mais alguém. Pelo menos uma das mulheres, além de Frances Catherine, ia se lembrar dela.

Apressada, Helen deixou a cabana para ir buscar a sopa. Isabelle tinha deixado o filho com uma tia de Winslow, e saiu brevemente para avisar que ficaria ao lado de Frances Catherine até o bebê nascer.

Frances Catherine esperou até a porta se fechar atrás das duas mulheres, então se virou para Judith.

— Você está preocupada comigo?

— Um pouco, talvez — admitiu Judith.

— O que houve? No que estava pensando enquanto Isabelle conversava comigo?

Judith sorriu. Nada escapava aos olhos atentos de Frances Catherine.

— Percebi que fiz alguma diferença na vida de Isabelle. Eu a ajudei a trazer o filho dela ao mundo. Ela nunca vai se esquecer disso. Os outros vão se esquecer de mim, mas ela, não.

— Não, ela não vai se esquecer — concordou Frances Catherine, e então resolveu mudar de assunto. — Patrick diz que Iain não quis contar o que ele pretende fazer. Meu marido tem certeza de que o conselho vai punir vocês dois. Ele falou que, quando ele disse isso para o irmão, Iain apenas sorriu e balançou a cabeça, em um gesto vago.

Judith deu de ombros.

— Não importa o que aconteça, eu não estarei aqui. Você entende por quê, certo? Não posso viver outra vez me sentindo deslocada.

— Judith, de um jeito ou de outro, todas as mulheres daqui se sentem um pouco deslocadas — argumentou Frances Catherine.

De repente, a porta se abriu abruptamente.

— E então? — berrou Patrick, da entrada.

— E então, o quê, marido?

— Por que está demorando tanto, Frances Catherine?

— Patrick, você precisa se controlar — ordenou Judith. — Isso não vai acontecer tão cedo.

Frances Catherine correu até o marido.

— Sinto muito por estar tão preocupado, mas está tudo bem. Não posso apressar o bebê, Patrick.

— Judith, você pode fazer alguma coisa? — interpelou Patrick.

— Sua esposa precisa descansar agora — anunciou Judith. — Precisamos ter paciência.

Patrick soltou um suspiro cansado.

— Winslow disse que você está o dobro do tamanho que Isabelle estava — comentou com o cenho franzido.

Frances Catherine ignorou o comentário do marido, pois sabia que ele estava procurando algo mais com que se preocupar.

— Eu como o dobro — disse ela, apenas. — Para onde Iain foi?

Patrick sorriu pela primeira vez.

— Eu o estava enlouquecendo. Ele foi treinar com seus homens.

— Você deveria ir ajudá-lo — sugeriu Frances Catherine. — Mando alguém chamar quando estiver chegando a hora.

Patrick acabou concordando, apesar de ter relutado um pouco, mas continuou indo e voltando, e, ao final do dia, acampou do lado de fora da porta.

A tia de Isabelle veio chamá-la duas vezes durante o dia para amamentar o bebê, e Helen saiu uma vez para verificar se estava tudo certo com o jantar dos anciões e, outra, para dar uma olhada no filho.

As contrações de Frances Catherine continuaram em intervalos inconsistentes até o final da tarde, quando começaram a vir com mais força, então, mas ela estava mais do que preparada para suportá-las.

Por volta da meia-noite, ela gritava em agonia. Estava usando a cadeira de parto e fazia o máximo de força durante cada contração longa e excruciante. Com o intuito de ajudar, Helen pressionava a barriga com as mãos espalmadas, mas seus esforços só pareciam servir para aumentar ainda mais a dor. O bebê não estava ajudando.

Havia algo de errado e todos sabiam disso. As contrações estavam vindo uma após a outra agora, e ela já deveria ter dado à luz. Algo estava impedindo a passagem. Helen se ajoelhou no chão diante de Frances Catherine para verificar o avanço do bebê mais uma vez, e, após dar uma olhada, ela se apoiou agachada sobre os calcanhares e olhou para Judith.

O medo em seus olhos fez o estômago de Judith revirar. Helen fez sinal para elas irem conversar do outro lado da sala.

— Nada de cochichos — gritou Frances Catherine. — Digam o que está errado.

Judith meneou a cabeça, concordando.

— Sim, pode falar — disse para Helen.

— O bebê não está na posição correta. Senti um pé.

Então, veio outra contração. Judith mandou a amiga fazer força para baixo, mas Frances Catherine gritou que não aguentava mais, e tombou o corpo para frente, exausta.

— Meu Deus, Judith, não aguento mais. Quero morrer. A dor...

— Não ouse desistir agora — interrompeu Judith.

— Não consigo enfiar minha mão dentro — sussurrou Helen. — Precisamos do fórceps, Judith.

— Não!

O grito sofrido de negação de Frances Catherine fez Judith perder o controle. Estava tão apavorada por dentro, que nem sabia direito o que estava fazendo. Ela puxou a mão da amiga, que a segurava com força. Então, correu até a tigela de água para lavar as mãos, enquanto as instruções de Maude ecoavam em sua cabeça. Sem se importar se o que a parteira tinha lhe dito era baseado numa bobagem ou não; seguiria os procedimentos e confiaria que tudo daria certo.

Helen ficou de pé quando Judith se ajoelhou diante de Frances Catherine.

Sua amiga estava rouca de tanto gritar. Em um sussurro fraco, ela implorou:

— Diga a Patrick que eu sinto muito.

— Deixe de bobagem! — gritou Judith, indiferente à agonia da amiga. — Cabe a você, Frances Catherine, fazer tudo ao contrário.

— Você está pensando em virar a criança? — perguntou Helen. — Vai rasgá-la por dentro se tentar.

Judith negou com um aceno de cabeça e continuou concentrada em Frances Catherine.

— Diga quando a próxima contração vier — instruiu.

Helen trouxe para perto de Judith a bacia com gordura de porco.

— Passe gordura nas mãos — sugeriu ela. — Vai ajudar a criança a sair mais fácil.

— Não — respondeu Judith. Afinal, não tinha lavado as mãos para agora contaminá-las.

Isabelle pousou as mãos sobre a barriga de Frances Catherine e, minutos depois, gritou:

— A contração está começando. Sinto a barriga enrijecendo.

Judith começou a rezar. Frances Catherine, a gritar. Helen e Isabelle aguentaram firme enquanto Judith trabalhava.

O coração de Judith quase saiu pela boca quando sentiu o pezinho saindo. Naquele momento, ela rezava alto, mas ninguém conseguia ouvir, pois os gritos potentes de Frances Catherine abafavam qualquer barulho. Com todo cuidado, Judith puxou um pezinho para baixo e, em seguida, começou a procurar o outro.

Então, Deus respondeu às suas preces, pois nem teve que procurar muito pelo outro pezinho. Lentamente, ela o puxou pela abertura.

Frances Catherine fez o resto. Era impossível não fazer força para baixo, e o bebê teria caído em pé se Judith não o tivesse segurado a tempo.

A bela criança que tinha causado tantos temores era pequena, gorducha e tinha um chumaço de cabelos ruivos no alto da cabeça. Era muito delicada... e tinha um rugido muito parecido com o da mãe.

Ela era perfeita.

Assim como a irmã. Esta, porém, não deu nenhum trabalho, mas apanhou todos de surpresa. Frances Catherine chorava de alegria e de alívio pelo tormento ter chegado ao fim. Helen havia saído para completar o ritual de enterrar a placenta de acordo com as regras da Igreja, para que os demônios não pudessem atacar a mãe ou a criança enquanto estavam em condições tão vulneráveis. E Isabelle havia se ocupado dos primeiros cuidados do bebê. Judith estava limpando Frances Catherine quando, de repente, ela começou a fazer força mais uma vez. Judith havia mandado a amiga parar com aquilo, com receio de que o esforço pudesse provocar uma hemorragia, mas Frances Catherine não conseguia parar. Sua segunda filha nasceu minutos depois, e teve a delicadeza de nascer de cabeça.

As crianças eram idênticas na aparência. Nem Isabelle nem Helen conseguiam distinguir uma da outra. As duas foram cuidadosamente envolvidas em cueiros de cores diferentes: a que nasceu primeiro, em um branco; e a segunda, em um cor-de-rosa, antes de serem cobertas com o tartã Maitland.

Frances Catherine nem sangrou tanto, mas, na cabeça de Judith, a preocupação ainda não tinha passado. Ela ia garantir que a mãe ficasse de cama por cerca de duas semanas para evitar qualquer tipo de complicação.

Frances Catherine finalmente foi colocada em sua cama. E vestia a linda camisola branca que Judith tinha feito para ela. Seus cabelos foram escovados e presos com uma fita cor-de-rosa. Apesar do cansaço, ela parecia feliz, mas Judith sabia o quanto estava difícil para ela se manter acordada.

Patrick foi informado sobre o estado da esposa e respirou aliviado ao saber que tudo tinha dado certo, mas Helen não contou se tinha sido menino ou menina, deixando para a mãe a feliz missão de revelar a grande surpresa.

Os bebês foram acomodados nos braços de Frances Catherine para serem apresentados ao pai. Judith ajeitou as cobertas ao redor do trio, então foi buscar o novo pai.

— Espere — chamou Frances Catherine, baixinho, para não acordar as meninas. As duas dormiam profundamente.

— Pois não? — sussurrou Judith de volta.

— Nós... nós fizemos tudo certinho, não foi, Judith?

— Sim, nós fizemos.

— Eu queria dizer...

— Você não precisa dizer nada. Eu entendo.

Frances Catherine sorriu.

— Agora é a sua vez, Judith, de dar uma amiguinha às minhas filhas, para elas terem com quem compartilhar segredos — ordenou ela.

— Vamos ver — respondeu Judith, e fez sinal para Isabelle e Helen a acompanharem. Patrick quase a derrubou quando passou por ela. Sua pressa de conhecer sua nova família arrancou um sorriso de Judith.

Foi maravilhoso sentir o ar fresco. Judith estava exausta, mas aliviada por ter cumprido sua missão. Ela caminhou até o muro de pedra e se sentou. Isabelle foi atrás.

— Foi preocupante, não foi? — comentou Isabelle. — Senti muito medo por Frances Catherine.

— Eu também — admitiu Judith.

— Ela vai precisar de ajuda — anunciou Helen. — Passou por uma situação difícil e vai precisar fazer muito repouso. Não vai poder cuidar dos bebês sozinha.

— A tia de Winslow se ofereceu para ajudar, e eu também — falou Isabelle. — Podemos ficar com as manhãs.

— Eu posso ficar a partir do jantar e a noite toda — sugeriu Helen.

As duas mulheres olharam para Judith, esperando que ela fosse se oferecer para ficar com as tardes, mas sua resposta foi um aceno de cabeça.

— Teremos que encontrar alguém para ficar com as tardes — disse ela. — Não posso me comprometer em ajudar, pois não sei ao certo quanto tempo ainda ficarei por aqui.

— O que você está dizendo? — perguntou Isabelle, claramente surpresa com o comentário de Judith.

— Amanhã eu explico — prometeu Judith. — Agora preciso falar com Frances Catherine. Quero que me prometam que vão cuidar dela. Ela não pode sair da cama, pois ainda não está totalmente fora de perigo.

Judith percebeu o desespero na própria voz, mas estava além de suas forças tentar controlar. Talvez o cansaço estivesse mexendo com seus sentimentos, pensou.

Isabelle e Helen não discutiram suas instruções, e Judith agradeceu o silêncio das duas. Helen deixou escapar um suspiro preocupado. A tristeza que viu no rosto de sua senhora era de partir o coração.

Helen resolveu atenuar o clima pesado da conversa.

— Vocês ficaram tão surpresas quanto eu quando Frances Catherine começou a entrar em trabalho de parto pela segunda vez?

Isabelle e Judith sorriram.

— Vocês estão com expressões cansadas — comentou Helen. — Vão para casa e descansem um pouco. Passarei o resto da noite aqui.

Nem Isabelle nem Judith tinham forças ou vontade de se mexer. Estava tão sossegado, tão tranquilo ali, sentadas, apenas olhando para o vazio da escuridão.

Então, Judith ouviu um barulho às suas costas e se virou. Eram Iain e Winslow descendo a colina. Ela se virou de volta e tentou melhorar sua aparência. Jogou os cabelos para trás, beliscou as bochechas para ganhar uma cor e tentou alisar as marcas de amarrotado do vestido.

Isabelle observou a cena.

— Você ainda está meio destruída — disse com uma risadinha.

Judith ficou surpresa com o comentário, pois Isabelle era tão delicada e falava de um jeito tão manso que ela nunca imaginou que a moça tivesse um lado brincalhão. Ela caiu na risada e revidou:

— Você também.

As duas se levantaram ao mesmo tempo para receberem seus maridos, então se recostaram uma na outra, tentando transferir o peso do corpo de uma para a outra.

— Não me importo com minha aparência — confessou Isabelle. — Winslow quer... você sabe, e não acho que eu deva fazer isso tão cedo. Só se passaram sete semanas. Acho que deveríamos esperar mais sete... Mas há noites que eu também quero...

Judith não sabia ao certo se tinha entendido o que Isabelle estava tentando dizer, mas então viu o rubor no rosto da moça e finalmente entendeu.

— Maude me falou que o normal é esperar seis semanas para... poder voltar a dormir com o marido.

Imediatamente, Isabelle tentou melhorar sua aparência. Judith achou muito engraçado, e sua risada fez Isabelle rir também.

Helen balançou a cabeça para o estado deplorável das duas.

Iain e Winslow acharam que as duas tinham enlouquecido. Helen foi quem deu as boas novas sobre Frances Catherine. Os dois guerreiros ficaram muito satisfeitos, é claro, mas continuaram intrigados com a agitação das esposas.

— Isabelle, comporte-se — ordenou Winslow. — Parece até que está bêbada.

Ela mordeu o lábio inferior, tentando segurar a risada.

— O que você está fazendo acordado a esta hora da noite? — perguntou Isabelle ao marido. — Por que não está em casa com nosso filho?

— Minha tia está lá — respondeu Winslow.

— Ela vai passar a noite toda lá?

Winslow estranhou a pergunta.

— Claro que vai. Eu vou dormir na fortaleza.

Isabelle franziu o cenho para o marido, que, por sua vez, ergueu uma sobrancelha diante da reação inusitada.

— Isabelle, o que houve com você? — indagou ele, preocupado.

Isabelle não respondeu. Judith se aproximou do marido.

— Por que não está na cama?

— Eu estava esperando por você.

A confissão a emocionou e seus olhos marejaram. Iain pousou o braço ao redor de seus ombros e se virou para ir embora. Helen desejou uma boa noite a todos e entrou de volta na cabana.

Sem querer, Isabelle bloqueava a saída para o pátio, quando avançou para confrontar o marido, e nem percebeu que Iain e Judith estavam parados bem atrás dela.

— Não quero dormir com a sua tia — soltou ela. — Quero dormir com você. Judith disse que só precisamos esperar seis semanas, marido, e já se passaram sete.

Winslow puxou a esposa para seus braços e abriu caminho para Iain e Judith passarem. Então se abaixou e sussurrou alguma coisa no ouvido dela.

Alex, Gowrie e Ramsey atraíram, então, a atenção de Judith. Os três guerreiros desciam a colina a passos largos. Quando chegaram perto o suficiente para que fosse possível ver suas fisionomias, seu coração foi parar na garganta. Os homens pareciam furiosos.

Judith chegou mais perto de Iain.

— Por que eles estão acordados? — indagou, baixinho.

— Tivemos uma reunião que durou mais do que o esperado.

Iain não parecia disposto a explicar o que tinha acontecido, e ela estava cansada — e assustada — demais para perguntar. Após rolar de um lado para o outro na cama, Judith finalmente caiu em um sono profundo.

Capítulo 15

— Judith, acorde. Está na hora de partir.

Iain a chacoalhava com gentileza para acordá-la. Ela abriu os olhos e se deparou com o marido sentado na beirada da cama. Bastou um olhar para sua fisionomia fechada e sua mente despertou do sono.

Judith se sentou, puxou as cobertas para cobrir o corpo e o encarou.

— Partir? — perguntou em um sussurro, tentando entender. — Estou indo embora agora?

— Sim. — Sua voz era dura, a expressão determinada.

Por que estava tão frio? Judith o segurou pelo braço quando ele tentou se levantar.

— Tão cedo, Iain?

— Sim. Dentro de uma hora, se possível. — Afastou o braço dela, abaixou-se para lhe dar um beijo na testa, então se levantou e caminhou até a porta.

Ela o chamou.

— Eu gostaria de me despedir de Frances Catherine.

— Não vai dar tempo. Arrume apenas uma bolsa. Leve-a até os estábulos. Nos encontraremos lá.

Assim que a porta se fechou às costas de seu marido, Judith se deixou dominar pelas lágrimas. Sabia que estava sendo patética, mas não se importou. Não estava pensando com muita clareza, afinal. Ela tinha dito para Iain que não queria mais ficar ali. E ele simplesmente estava atendendo ao seu pedido.

Maldição, como ele podia deixá-la simplesmente ir embora? Será que não via o quanto ela o amava?

Judith se lavou, então colocou seu vestido azul-royal escuro. Penteou os cabelos, arrumou uma bolsa e, quando finalmente estava pronta para partir, deu uma última olhada ao redor de seu quarto.

Seu tartã estava pendurado em um mancebo perto da porta. Não poderia abandoná-lo. Ela o dobrou e guardou dentro da bolsa.

Então, parou de chorar — e de sentir pena de si mesma. E passou da tristeza para a raiva. Um marido que realmente amava sua esposa não a deixaria ir embora. Ela precisava dizer isso para Iain. Ele a amava. Quanto a isso, não havia dúvidas. Não importava se suas atitudes às vezes a confundiam. Ele teria que explicar o que estava fazendo... e por quê.

Era impossível imaginar a vida sem ele. Judith deixou o quarto correndo e desceu os degraus, com a bolsa.

Graham estava parado na entrada, segurando a porta. Judith viu, então, a multidão enorme reunida no pátio.

Tentou passar sem olhar para o ancião, mas ele tocou em seu ombro para chamar sua atenção. Ela parou, mas, teimosa, manteve os olhos voltados para o chão.

— Por que não olha para mim, moça? — perguntou Graham.

Judith o encarou, então.

— Não quero ver seu olhar de desprezo, Graham. Naquela noite, você deixou claro o que sente.

— Judith, sinto muito. Eu não quis magoá-la. Foi apenas uma... surpresa, e eu estava muito furioso por termos sido capturados e achei que você tinha enganado a todos nós. Estou muito envergonhado. Será que seria capaz de perdoar um velho bobo?

Seus olhos embaçaram de lágrimas. Lentamente, ela meneou a cabeça.

— Eu o perdoo. Preciso me encontrar com Iain agora, Graham. Ele está me esperando.

— Fale com ele, Judith. Não deixe que ele faça isso. Queremos que ele fique.

A angústia em sua voz partiu o coração dela.

— Ele só vai me levar para a Inglaterra — explicou ela. — Depois, voltará.

O ancião negou com um aceno.

— Não, moça. Ele não vai voltar.

— Graham, ele tem que voltar. Ele é o *laird* de vocês.

— Não é mais.

Judith ficou muito atordoada para disfarçar sua reação. Deixou cair a bolsa e ficou encarando Graham. Ele se abaixou para pegar a bolsa, mas ela tentou tirar da mão dele. Graham a segurou com força e negou com um aceno.

— Você votou contra ou a favor desta decisão? — indagou.

Mas não quis esperar pela resposta de Graham. Ergueu, então, os ombros e deixou a fortaleza correndo. A multidão abriu caminho quando ela chegou aos pés dos degraus e se virou na direção dos estábulos.

Graham foi atrás. Os outros anciões estavam enfileirados no topo da escadaria, do lado de fora da fortaleza, para verem a partida.

A multidão corria atrás de Judith agora. As portas dos estábulos estavam abertas, e Iain saiu, trazendo seu cavalo, acompanhado de Patrick, que conversava com o irmão, apesar da falta de respostas. A fisionomia de Iain era fria. Judith não percebeu que havia parado até o marido erguer os olhos, avistá-la de longe e fazer sinal para que se aproximasse.

Mas ela não se moveu. O significado do que estava fazendo a atingiu profundamente. Céus, ela não queria ir embora. Tinha trazido junto o tartã Maitland como uma lembrança do quanto tinha sido feliz ali. Com certeza se enrolaria no tecido macio durante as noites frias de inverno que estavam por vir e tentaria encontrar algum consolo nas lembranças dos tempos felizes. Quanta bobagem, pensou. Mesmo assim, ainda sentiria muita falta de Iain e de todos os bons amigos que tinha feito ao longo dos últimos meses.

Em um piscar de olhos, seus receios por ser uma estrangeira pareceram perder a importância. Ela era uma Maitland e se sentia parte deles. Sim, tinha encontrado o seu lugar, e ninguém, nem mesmo seu marido, a faria ir embora.

Então, sentiu uma pressa imensa de se aproximar de Iain para que pudesse explicar como seus sentimentos tinham mudado. A parte difícil seria explicar de um modo que fizesse sentido.

Ela ergueu a barra do vestido e saiu correndo. Isabelle a deteve quando a chamou.

— Judith? Será que vou gostar de morar na Inglaterra?

Judith deu meia-volta para olhar para a amiga, certa de que tinha entendido algo errado.

— O que você disse?

Isabelle se afastou da multidão e avançou para perto de Judith. Trazia o filhinho nos braços. As tias de Winslow vinham logo atrás; Judith reconheceu as duas senhoras grisalhas. As duas estavam sentadas à mesa na cabana de Isabelle no dia da inquisição do padre.

— Será que vamos gostar de morar na Inglaterra? — repetiu Isabelle.

Judith balançou a cabeça.

— Vocês não podem ir comigo. Iam odiar morar lá. Nem eu gosto da Inglaterra — adicionou, meio gaguejando. — E olha que sou inglesa.

— Vamos nos acostumar.

Foi Helen quem falou, enquanto vinha, apressada, até parar ao lado de Isabelle. Andrew vinha logo atrás da mãe, trazendo uma bolsa.

Judith não sabia o que dizer para as mulheres.

— Mas vocês não podem simplesmente...

Outra mulher se aproximou. Judith a reconheceu, apesar de não se lembrar do nome. Sua filha, Elizabeth, tinha sido a garotinha que vencera a competição de arco e flecha no dia do festival. A mãe sorrira, orgulhosa, quando Iain entregou o prêmio à filha.

— Nós também vamos — anunciou a mãe.

E então outra e mais outra avançaram para proclamar suas intenções. Judith se voltou para Iain em busca de socorro, mas ficou sem ar quando viu o grupo de guerreiros enfileirados atrás dele.

Eles também estavam indo?

Nada daquilo fazia sentido. De repente, ela se viu rodeada de crianças, e, um pouco mais atrás, suas mães, que traziam nos braços bagagens de mão.

— Na Inglaterra, vamos poder descansar todos os domingos, não vamos?

Judith não sabia ao certo quem tinha feito a pergunta. Mesmo assim, assentiu e lentamente foi se aproximando do marido. Sabia que parecia atordoada. Iain teria que falar sério com aquelas pessoas, pensou.

Seu marido não tirava os olhos dela. Um de seus braços estava apoiado no lombo do cavalo. Sua expressão era contida, mas, quando ela chegou perto o suficiente, pôde ver que havia surpresa em seus olhos.

Judith parou a poucos passos de distância. Não sabia ao certo o que ia dizer até as palavras saírem de sua boca.

— Você sabe que eu o amo, não sabe, Iain?

A pergunta saiu quase gritada, mas Iain não se importou.

— Sim, Judith — respondeu ele. — Eu sei que você me ama.

Judith suspirou, aliviada, e ele imaginou que finalmente sua esposa tivesse resolvido todas as dúvidas que pairavam em sua cabeça... e em seu coração. Afinal, ela parecia muito feliz consigo mesma.

Judith sorria para ele agora, e seus olhos estavam marejados.

— E você me ama — disse, então, só que em um tom bem mais suave, desta vez. — Eu me lembro de ter dito que nunca viveria com um homem que não me amasse. E você concordou. Você me deixou confusa, pois eu não conseguia ver o quanto me amava. Eu gostaria que tivesse me dito antes. Teria me poupado um bocado.

— Você se preocupa muito — disse ele.

E ela achou melhor não discutir.

— O que você planeja fazer? Vai me levar de volta para a Inglaterra? Nenhum de nós pertence àquele lugar, Iain. Aqui é o nosso lar.

— Não é assim tão simples, esposa. Não posso ficar parado e permitir que o conselho tome decisões baseadas na emoção.

— Eles elegeram outro *laird*?

— Nós não votamos — interveio Graham, soltando a bolsa de Judith para se aproximar, apressado. — Seu marido renunciou quando os outros anciões não concordaram com a aliança com os Maclean.

Judith se virou para fitar a fortaleza. Os quatro anciões estavam reunidos, conversando. Gelfrid gesticulava, parecendo agitado.

— Não vamos para a Inglaterra, Judith. Nós vamos para o norte.

Está na hora de partirmos — adicionou Iain com um aceno na direção de Graham.

Ela respirou fundo, então recuou um passo, distanciando-se do marido. A ousadia chamou sua atenção.

— Eu o amo com todo o meu coração, Iain Maitland, mas, mesmo assim, vou desafiá-lo.

Iain parecia surpreso. A inglesa cruzou os braços à frente do corpo e meneou a cabeça para mostrar que estava mesmo disposta a fazer o que havia acabado de dizer.

As mulheres se posicionaram às suas costas e assentiram para mostrar seu apoio.

— Não posso permitir que me desafie, Judith.

Os guerreiros que estavam atrás dele assentiram, apoiando o líder.

Judith recuou mais um passo.

— Eu deveria ter tido a chance de opinar antes de você renunciar — anunciou ela. — Sou sua esposa, afinal, e tenho o direito de opinar sobre os planos que afetam minha vida. Espero ter o direito de expressar minha opinião no futuro.

Iain tentava segurar um sorriso. Cada vez que Judith dizia algo, as mulheres assentiam em apoio.

Judith se considerava uma estrangeira. Mas, vejam só, pensou ele. Lá estava ela, cercada pela sua família de irmãs Maitland. A inglesa tinha conquistado o coração de todos, assim como conquistara o seu.

Com isso, Iain se deu conta de que ele e a esposa não partiriam sozinhos. O clã inteiro parecia determinado a ir junto com o casal, para onde quer que fosse. Patrick já tinha anunciado sua intenção de ir com Frances Catherine e as meninas assim que ela estivesse recuperada do parto. Iain já esperava por isso, é claro, mas o que não esperava era o apoio dos outros guerreiros.

Nem mesmo de sua esposa.

Iain encarava Graham, imaginando o dilema que muito provavelmente atormentava o ancião naquele momento. Todos os seus seguidores o estavam abandonando. Estavam dando as costas para as antigas tradições.

Iain pensou em um modo de tentar resguardar o orgulho do velho líder, pois seria uma grande humilhação para Graham se ele fosse embora levando consigo todo o clã. Graham tinha sido como um pai para ele. Não era justo humilhá-lo daquela maneira.

Por outro lado, não tinha como voltar atrás. A questão era muito importante.

— Judith, não posso mudar o que já foi decidido — anunciou Iain.

— Não foi o que você me disse — argumentou ela.

Mas ele reagiu com um meneio de cabeça apenas. Imaginando que talvez ele tivesse se esquecido da conversa que tinham tido enquanto andavam pelo cemitério, ela resolveu lembrá-lo.

— Eu estava reclamando de todas as injustiças deste mundo, e me lembro da sugestão que você me deu. Você disse que, se eu não gostasse de algo, então deveria tentar mudá-lo. Um sussurro, somado a mil, se transforma em um grito de descontentamento, lembra? Sim — adicionou ela com um aceno. — Foi exatamente isso que você disse. Mudou de ideia, então?

— Judith, isso é... complicado.

— Não, não é complicado — murmurou Graham. — Isso tudo não passa de uma questão do velho contra o novo. Essa é a verdade.

Judith sentiu pena do ancião, que parecia tão derrotado.

— Não — negou ela. — Não se trata do velho contra o novo de forma alguma.

— Judith...

Ignorando o tom de alerta de Iain, ela se aproximou de Graham e tocou em seu braço. A demonstração de lealdade ao ancião foi proposital, é claro; pois, na mente de Judith, não era o orgulho de Iain que precisava ser poupado — todos os guerreiros tinham tomado partido dele. Quem estava com o orgulho ameaçado era Graham. Judith estava determinada a encontrar um jeito de ajudá-lo a voltar atrás sem ter que renunciar à sua honra ou à dignidade.

— É a experiência e a sabedoria guiando os jovens e os fortes — disse ela ao ancião. — Aposto que consegue enxergar isso, Graham.

— Existe um fundo de verdade no que acabou de dizer — concordou ele.

Judith respirou fundo, então prosseguiu:

— Eu gostaria de falar diretamente com o conselho.

Um burburinho de aprovação se ergueu às costas de Judith. Pela expressão de Graham, parecia que ela tinha acabado de lhe pedir para cortar o próprio pescoço. Ele ficou emudecido.

— Sobre o que você quer falar com o conselho? — perguntou Iain.

Sem tirar os olhos de Graham, ela respondeu ao marido:

— Em primeiro lugar, eu gostaria de dizer o quanto eles foram negligentes com os membros mais importantes deste clã, ao ignorarem as mulheres e as crianças. Sim, é isso que eu diria em primeiro lugar.

Graham teve de esperar até que as mulheres que estavam atrás de Judith se acalmassem para poder falar.

— Em que sentido elas foram ignoradas?

— As mulheres não têm permissão para discutir seus problemas com o conselho — respondeu Judith. — Nossos problemas deveriam ser tão importantes para vocês quanto os dos guerreiros. Nós também deveríamos poder expressar nossas opiniões sobre temas importantes.

— Judith, todas as mulheres são importantes aqui.

— Então por que não temos acesso ao conselho?

Era a primeira vez que Graham era desafiado dessa maneira. Enquanto pensava na resposta, ele coçou o queixo.

— Quando tiver algum problema, procure seu marido para aconselhá-la — disse, finalmente.

E pareceu tão satisfeito consigo por ter se saído com essa solução que até deu um pequeno sorriso.

— Isso também é muito bom — apontou Judith. — Maridos e esposas devem mesmo discutir seus problemas um com o outro, mas e as mulheres que não têm marido? A quem podem recorrer para pedir conselho? Essas mulheres deixaram de ter importância? Se Helen tivesse um problema com o filho, ela deveria poder discutir isso com você ou Gelfrid, ou com qualquer outro membro do conselho, mas isso está fora de questão para ela. Quando o marido dela morreu, ela se tornou uma estrangeira.

— Eu teria a maior satisfação em ajudá-la a resolver seus problemas — respondeu Graham.

Judith tentou ocultar a irritação.

— Helen não precisa que você resolva os problemas dela — argumentou. — Nenhuma de nós precisa. Só queremos ter o direito de discutir as nossas preocupações, ouvir um outro ponto de vista... queremos fazer parte deste clã, Graham. Helen tem uma cabeça boa. Ela consegue resolver seus próprios problemas. Entendeu agora?

— Há Dorothy também — Helen disse para Judith. — Mencione-a quando estiver falando para ele como são as coisas por aqui.

— Sim, há Dorothy — concordou Judith. Helen tinha acabado de lhe contar sobre a gravidez da mulher em questão. — Dorothy deve ter o bebê dentro de um mês. O marido dela morreu durante uma caçada, três semanas depois de eles se casarem. O conselho deveria ser a família dela agora. Ela não deveria estar sozinha. Com certeza os anciões vão querer fazer algumas mudanças... pelo bem das mulheres e das crianças.

O argumento abalou as convicções de Graham; foi inevitável. De fato, os anciões ignoravam as mulheres.

— Temos sido negligentes — admitiu.

Isso era tudo o que estava disposto a oferecer naquele momento, mas já era o suficiente. Judith se voltou para Iain. Era a sua vez de ceder um pouco.

— Minha mãe é inglesa, meu pai, o *Laird* Maclean, e não posso mudar isso. Você é o *laird* aqui, Iain, e não acredito que possa mudar isso também.

Iain franziu o cenho.

— Judith, só pressionei pela aliança porque Maclean era seu pai. A verdade é que meus homens são capazes de vencer uma legião de Maclean. Eles são mais bem treinados do que qualquer outro exército da Escócia. Entretanto — adicionou com um olhar insinuante na direção de Graham —, os Dunbar, aliados aos Maclean, podem nos superar em número. Como *laird*, é meu dever proteger cada membro deste clã. Eu simplesmente não posso fazer isso como conselheiro. A posição é vazia sem poder. E isso, esposa, não é mais aceitável para mim.

— Inaceitável é como está agora — apontou ela.

— Como sempre foi — corrigiu ele.

— Até que você mude.

Iain avançou e parou diante de Graham.

— Não vou continuar como conselheiro. Quero o poder de agir.

Um longo minuto se passou enquanto Graham, mais uma vez, ponderava sobre a exigência de Iain. Voltou-se, então, para os anciões antes de olhar para Iain novamente.

E, ainda assim, foi cauteloso.

— Poder absoluto...

Judith estava prestes a interrompê-lo, mas achou por bem se conter. Era mais difícil lidar com homens do que com mulheres, pensou. O orgulho deles dificultava até mesmo a solução mais razoável.

— Você precisa ser responsável pelos seus atos, filho — disse Graham, e parecia tão abatido que Judith achou que já tivesse decidido contra a mudança e que lutava para aceitar o inevitável.

Então, ocorreu-lhe uma solução.

— Excelente ideia, Graham — disse ela, sorrindo para o ancião e meneando a cabeça diante do semblante confuso. Em seguida, correu e parou ao lado de Iain. Então lhe deu um cutucão na lateral do corpo antes de dizer: — Não é um bom plano, marido?

Iain não fazia a menor ideia do que ela estava falando.

— Judith, se cada decisão minha for questionada...

— Uma vez por ano, apenas — interrompeu ela. — Ou o seu plano inclui dar um voto de confiança ao *laird* de vocês mais de uma vez por ano? — perguntou diretamente ao ancião.

A princípio, Graham pareceu surpreso, até que enfim entendeu a sugestão. Imediatamente, ele concordou, e sorriu também.

— Uma vez por ano será o suficiente. Assim, você será responsabilizado pelos seus atos, e poderá ser deposto, Iain.

A ameaça vazia ficou pairando no ar. Todos sabiam que isso nunca aconteceria. O poder tinha acabado de ser concedido ao *laird*. Todos tinham entendido isso também.

— Será um bom equilíbrio do poder — anunciou Graham, em um tom forte e convicto. — O conselho irá se reunir uma vez por mês para ouvir as petições dos membros, é claro. Também o aconselharemos, Iain, sempre que for preciso.

— O conselho ouvirá as petições de todos os membros? Inclusive das mulheres? — pressionou Judith.

Graham assentiu.

— Sim, moça — concordou. — Especialmente das mulheres. Nós as mantivemos caladas por muito tempo. Já está na hora de elas terem voz.

— Nada será decidido até que os outros membros concordem — disse Iain para Graham.

— Vou colocar a questão para eles agora mesmo — disse o ancião. — Vocês deverão votar contra ou a favor destas mudanças dentro de uma hora.

Demorou apenas metade do tempo até que os anciões voltassem e anunciassem que estavam todos de acordo com o plano inovador de Graham.

Uma onda estrondosa de aplausos ecoou pelas colinas. Iain se viu cercado pelos seus apoiadores. Foram muitos tapas nas costas; um barril de vinho foi trazido para fora; copos, distribuídos; e muitos brindes, realizados.

Os anciões não se isolaram. Pelo contrário, misturaram-se à multidão e participaram espontaneamente da comemoração.

Quando finalmente conseguiu se esquivar dos simpatizantes, Iain saiu em busca de sua esposa com a intenção de levá-la a um local mais reservado para poderem comemorar a sós.

Quando a avistou na direção do caminho que descia pela colina, tentou alcançá-la, mas foi detido por Vincent e Owen, que queriam conversar sobre o plano inteligente de Graham. A conversa não parecia ter fim, e Iain se viu impossibilitado de ir atrás de sua esposa por uns bons vinte minutos.

Então, Ramsey e Brodick o pegaram quando ele estava começando a descer a colina.

— Vocês viram Judith?

— Ela está com Frances Catherine e Patrick — respondeu Ramsey. — Iain, você não está zangado porque me recusei a ocupar a posição de *laird* em seu lugar, está?

— Não — respondeu Iain.

— Temos uma coisa para discutir com você — interveio Brodick. — Não vai demorar nem um minuto.

O minuto de Brodick durou uma hora, mas Iain deu boas risadas por causa do pedido estranho. No fim, acabou concordando. Até desejou boa sorte aos dois.

Quando finalmente conseguiu chegar à cabana do irmão, Judith já tinha ido embora. Frances Catherine e os bebês já dormiam, e Patrick estava com cara de quem também precisava muito de um cochilo. E bocejava quando apontou na direção que Judith tinha tomado.

Iain a encontrou minutos depois, escondida entre um aglomerado de árvores, perto do riacho.

Parecia tranquila. Estava descalça, sentada no chão, com as costas apoiadas em uma árvore. Seus olhos estavam fechados, as mãos devidamente cruzadas sobre o colo.

Iain se sentou ao seu lado.

— Você abandonou a comemoração por causa da bebida?

Ela não abriu os olhos, mas sorriu.

— Não. Eu só queria passar um tempo com Frances Catherine e então encontrei este lugar sossegado para descansar... e pensar. É difícil ter um momento de privacidade aqui, não é mesmo?

— Sim, é — concordou ele, com uma risada. — Foi você quem insistiu em ficar.

— Sim, foi. Mesmo assim, a falta de privacidade às vezes cansa um pouco.

— Você pode ir para a capela quando quiser ficar sozinha.

Judith abriu os olhos então.

— Iain, nós não temos uma capela — lembrou.

— Mas teremos. Até o próximo verão. Deve ficar pronta para o dia do nosso primeiro aniversário de casamento.

— Por quê?

— Para que possamos mandar rezar uma missa para celebrar nossa união — explicou ele, sorrindo pelo modo como seu anúncio a pegara de surpresa, e, gentilmente, a puxou para longe da árvore. Então, trocou de lugar com ela e, assim que se acomodou, colocou-a sobre seu colo. Abaixou-se e a beijou na testa. — Com flores, Judith — disse, em um sussurro rouco. — A capela estará cheia de flores. Eu prometo.

O sorriso dela era radiante.

— Eu me casei com um homem muito atencioso. Não preciso de flores, Iain. Tenho tudo que eu poderia querer.

— Mas haverá flores — murmurou, satisfeito com o que tinha acabado de ouvir.

— Por que você abandonou a comemoração? — foi a vez dela de perguntar.

— Eu queria ficar sozinho com você.

— Por quê?

Tomou o rosto dela entre as mãos, então, e se inclinou para frente até que seus lábios se encontrassem. O beijo foi doce, lento, cheio de amor.

Lentamente, ele se afastou. Judith soltou um suspiro e se deixou cair no aconchego que o corpo dele oferecia, ciente de que nunca se sentira tão feliz e satisfeita.

Longos minutos se passaram em silêncio.

— Iain?

— O quê, meu amor?

— O que vamos fazer sobre o meu pai?

— Suportá-lo, eu acho.

Eles continuaram falando sobre a família dela por um bom tempo. Judith decidiu que queria ver o pai novamente, o irmão também, e Iain prometeu que a levaria até a fortaleza Maclean na tarde do dia seguinte.

A conversa acabou girando em torno dos acontecimentos do dia. Foi uma conversa sem pressa. De olhos fechados, Judith estava um pouco alheia ao que Iain dizia, até ele mencionar que Brodick e Ramsey estavam de partida para uma caçada.

Havia uma pontinha de diversão na voz dele que atraiu sua atenção.

— O que você achou tão engraçado? — perguntou ela.

— Eles vão caçar na Inglaterra — respondeu ele com uma risada.

— Por quê? — indagou, confusa.

— Não conseguiram encontrar o que estão procurando aqui. Estão seguindo o meu exemplo.

— Iain, do que você está falando? O que exatamente eles vão caçar?

— Esposas.

Judith caiu na risada, achando que o marido estivesse brincando. Aninhou-se novamente, achando muito estranho o senso de humor dele.

Iain nem se deu ao trabalho de explicar que não estava brincando. Judith acabaria descobrindo que o que ele estava dizendo era verdade quando Ramsey e Brodick voltassem com as mulheres.

Envolveu sua querida esposa em um abraço apertado e fechou os olhos.

Um vento doce com cheiro de verão soprou sobre o riacho até atingir o casal.

Judith se aconchegou um pouco mais no marido e, encantada, contemplou a bênção que Deus lhe havia concedido. Agora ela fazia parte de uma família. Era amada, querida e valorizada.

Finalmente estava em casa.

LAIRDS' FIANCÉES #1

UM CASAMENTO ARRANJADO LEVA AO AMOR APAIXONADO NESTE CLÁSSICO ROMANCE HISTÓRICO ESCOCÊS DA AUTORA *BEST-SELLER* DO *NEW YORK TIMES*, JULIE GARWOOD, QUE LEVARÁ VOCÊ EM UMA VIAGEM ROMÂNTICA INESQUECÍVEL, RICA EM HUMOR, SUSPENSE E DETALHES *HISTÓRICOS*.

POR DECRETO DO REI, O MAIS PODEROSO DOS *LAIRDS* ESCOCESES, ALEC KINCAID, DEVE TOMAR UMA NOIVA INGLESA. SUA ESCOLHA É JAMIE, A FILHA MAIS NOVA DO BARÃO JAMISON — UMA BELDADE ESPEVITADA DE OLHOS VIOLETA. DESDE O PRIMEIRO VISLUMBRE QUE TEM DA ORGULHOSA DAMA, ALEC SENTIU UMA FOME ARDENTE AGITAR-SE DENTRO DELE. ESTA ERA UMA MULHER DIGNA DE SEU ESPÍRITO DE GUERREIRO DESTEMIDO. E ELE ANSEIA POR TOCÁ-LA, DOMÁ-LA, POSSUÍ-LA... PARA SEMPRE.

MAS, COM OS VOTOS DE CASAMENTO, JAMIE FEZ SEU PRÓPRIO JURAMENTO SECRETO: NUNCA ENTREGAR SEU CORAÇÃO A UM HOMEM QUE ELA CONSIDERA UM BÁRBARO DAS HIGHLANDS. ALEC É TUDO CONTRA O QUE O CORAÇÃO DE JAMIE A ALERTOU: UM PATIFE ARROGANTE E TACITURNO, CUJA APARÊNCIA RUDE ECOA PRAZERES SELVAGENS.

NO ENTANTO, QUANDO ESTRANHOS ACIDENTES COMEÇAM A COLOCAR A VIDA DE JAMIE EM RISCO, ALGO MUITO MAIS PERIGOSO DO QUE O DESEJO AMEAÇA CONQUISTAR SEUS SENTIDOS.

OS BEIJOS ARDENTES DE *LAIRD* KINCAID INCENDEIAM SEU SANGUE, MAS ELA ESTÁ DETERMINADA A RESISTIR A ELE...

Editora Charme

Entre em nosso site e viaje no nosso mundo literário.
Lá você vai encontrar todos os nossos
títulos, autores, lançamentos e novidades.
Acesse www.editoracharme.com.br

Você pode adquirir os nossos livros na loja virtual:
loja.editoracharme.com.br

Além do site, você pode nos encontrar em nossas redes sociais.

https://www.facebook.com/editoracharme

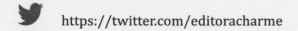
https://twitter.com/editoracharme

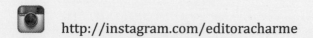
http://instagram.com/editoracharme

@editoracharme